흉터와 무늬

흉터와 무늬

최영미
장편소설

문학동네

신이여, 이 글을 썼던 손을 용서하소서.

차례

1

거울을 본다. 화장대 유리 속의 내 얼굴을 본다. 내 피부는 조금 얽었다. 자세히 들여다보면 뺨에 희미한 낙서 같은 긁힌 자국이 여기저기 찍혀 있다. 대낮의 햇살 아래 도드라져 보이는 작은 얼룩들…… 오른쪽 입술 끝에서 밖으로 길게 삐친 곡선이 눈에 띄는데, 얼핏 보면 수염 같다고 사람들은 말한다. 지금까지 내 몸에 생긴 상처 중에 가장 큰 건 바로 그 자잘한 손톱자국들이다.

눈 밝은 사람들이 내 얼굴을 뜯어보며 "어머, 피부가 고운 줄 알았는데 뭐가 많이 났네요. 이게 뭐죠?"라고 물을 때가 있다. "네— 원래 그래요. 어릴 적 개구지게 노느라 다쳤어요. 절벽에서 떨어졌어요." 이렇게 대충 얼버무리기도 귀찮으면 아무 말도 않고 그냥 웃는다. 그건 나의 뇌관이다. 무심코 살짝이라도 건드리면 나는 폭발할 것이다. 누가, 어떤 가벼운 손길로, 지나가는 바람으로라도 스치면 쓰라렸다.

2

가끔씩 나는 그 방에 간다.

홍은동. 내가 살림을 차렸던 방이다. 주인집 대문 옆에 붙은 쪽문으로 들어가 철제계단을 오르면 유리문이 보인다. 창문에 커튼이 쳐 있고 10자 장롱과 경대가 한쪽 벽을 온통 차지하고, 벽에서 떨어져 비스듬히 놓인 14인치 컬러텔레비전이 보는 사람 없이 돌아간다. 방안에 가구는 그게 다다. 침대는 없다. 스탠드라든가 꽃병 같은 신혼의 달착지근한 냄새를 풍기는 장식이라곤 찾아볼 수 없다. 자줏빛 인조가죽으로 만든 납작한 쿠션에 파묻힌 체육복 차림의 여자가 강냉이를 입에 넣고 씹고 있다. 그 옆에 어수선한 비닐봉지들과 담배꽁초 수북한 재떨이.

내 생애 가장 길고도 추웠던 겨울에, 영하 20도를 육박하는 엄동설한에 나는 전기장판 하나로 버텼다. 방바닥에 담요와 전기장판과 요를 겹쳐 깔았는데도 시멘트의 냉기가 가시지 않았다. 단독주택이라 외풍이 세서 실내에서도 손발이 시렸다. 털스웨터와 누비잠바에 머플러까지 두르고, 잘 때도 겉옷을 껴입었다. 보일러가 고장났는데 고칠 엄두도 못 낸 건 그곳에서의 삶이 끝나가고 있었기 때문이다.

나는 이혼을 기다리고 있었다. 불행했던 몇 개월의 결혼생활을 끝내고 남편과 별거중이던 나는 전세가 빠지는 날만 기다렸다. 정식으로 혼인신고를 하지 않았으니 이사만 가면 이혼이 기정사실화될 터였다. 친정에서 얻어준 집이었지만 시댁과 가까워 어서 빨리 그곳을 벗어나고 싶었다.

나는 늘 무언가를 먹고 있었다. 먹고 마시고 피우느라 내 입은 쉴 새가 없었다. 느지막이 11시쯤 일어나 세수를 하고 식량을 구하러 대문을 나섰다. 점심과 저녁거리를 한꺼번에 사들고 집에 돌아오면 새벽녘까지 시시포스의 고역이 계속된다. 음식물로 배가 불러서 바지를 잠글 수 없을 지경이 되도록 씹는 행위를 그만두지 않았다. 한동안 나는 제대로 된 식사를 하지 못했다. 나한테 걸린 건 강냉이, 순대, 만두, 김밥, 오방떡, 과자 부스러기—스낵류나 군음식이 대부분이었다. 얼이 빠져 뭘 해먹을 의욕이 뭉치지 않았다.

방바닥 가득 군것질거리를 늘어놓고 느릿느릿 차례차례 속옷을 벗기듯이 봉지를 뜯었다. 꾸역꾸역 목구멍으로 빨려들어오는, 그건 음식이라기보다 시간을 때우는 도구였다. 값이 싸고 오래 씹을 수 있는 강냉이는 내 손에서 떨어질 날이 없어, 매일 두세 봉지씩 해치웠다. 마지막 남은 한 알마저 입에 털면 먼지 같은 부스러기만 날리던, 구겨진 비닐봉지. 구겨진 하루. 구겨진 내 청춘.

한밤중에 담배가 떨어지면 휴지통을 뒤졌다. 긴 꽁초를 골라 휴지로 닦아 입에 물었는데, 재활용한 담배는 더 맛이 있었다. 주전부리가 떨어져도 쓰레기통을 뒤져 시커멓게 탄 국화빵 조각이나 싸늘하게 식은 순대 꽁지 따위를 입에 넣었다. 그렇게 폭식한 다음에는 변비약을 먹었다. 둘코락스. 그 이름만 들먹여도, 샛노란 작은 알갱이만 떠올려도 토할 것 같다. 원래 하루에 두 알이 정량이나 복용할수록 슬금슬금 양이 늘어났다. 세 알, 네 알…… 하루 열 알씩! 물도 마시지 않고 맨입에 털어넣었다. 집에 혼자 있을 때도 마치 마약 하듯이 누가 볼까봐 꿀꺽 삼켰다. 학내 시위에 연루되어 무기정학을 당한 1982년 봄부터 1987년 겨울까지 하루도 빠지지 않고 변비약을 복용했다.

80년대, 나는 내 싱그러운 젊은 날들을 둘코락스에 바쳤다. 그 노란 알약에는 내가 참여한, 혹은 참여하지 못한 시위의 최루탄 냄새, 투쟁의 거리에서 멀어졌던 밀실의 불안, 이루지 못한 연애의 꿈이 고스란히 묻어 있다.

겨울 내내 나는 그 방에 유폐되어 있었다. 하루 한 번 시장에 가거나 만화책을 빌리러 문을 나설 뿐, 아무도 만나지 않았다. 만날 일도, 만날 사람도 없었다. 우울한 거처에는 찾아오는 친구도 없었다. 무엇인가 해야 한다는 마음만 앞섰지 딱히 할 일이 없었다. 나는 내가 뭘 하고 싶은지조차 몰랐다. 나는 나의 생각, 나의 걱정, 나의 두려움, 나의 분노, 나의 과거에 갇혀 있었다. 그가 때려서 찢어진 눈꼬리는 아물었지만, 나는 나를 속이고 학대했던 방에서 빠져나갈 수 없었다. 그 어두운 사각형 밖으로 한 발짝도 걸어나갈 수 없었다.

이혼을 앞둔 스물네 살이 폭식과 둘코락스와 줄담배로 서서히 미쳐가던 방. 폭식의 끝. 더 씹을 게 없다. 피울 꽁초도 없고, 만화책도 추리소설도 없다. 거리의 소음이 끊기고 오로지 밤. 밤이 있을 따름이다. 어떻게든 메워야 하는 시간. 뭔가를 해야 할 것 같으면서도 아무것도 할 수 없던 밤. 텔레비전 채널을 돌리다 해외 입양아에 관한 프로를 보게 되었던가. 문득, 느닷없이 그게 머리에 들어와 박혔다.

언니. 있었다.

그런데 그게 과연 하나의 생각이었을까? 생각 이전에 감각. 추상적인 감각이었다. 뭔가 켕기는 느낌. 아주 센 힘이 나를 잡아당긴다. 번개처럼 번쩍거리다 천둥처럼 울리다 몸에 꽂히는…… 설명할 수 없는 아픔이 문장을 만들지 못하고 나를 찌른다.

아,

그래……

있었지……

나에게 언니가 있었다, 는 사실을 나는 안다. 알았다. 알게 되었다.

사람들이 내게 "형제가 몇입니까?"라고 물을 때마다 "세 딸 중 맏이예요"라고 대답하며 아주 잠시 가벼운 통증을 느꼈을 뿐이다. 뭔가 걸리적거리며 눈에 보이지 않는 미세한 가시가 목에 걸렸다. 그러나 그것도 세월이 지나면서 무뎌져 요즘엔 내 쪽에서 먼저 "세 딸 중 맏이예요"라고 묻지도 않는 말을 주워섬기지 않았나.

언니라는 뇌관이 건드려진 순간, 내 속의 뜨거운 것들이 터지고 나는 무너진다. 무릎이 꺾이고 떼굴떼굴 구르며 나는 오열한다. 나는 내가 왜 우는지도 모르고 운다.

언니는 심장병 환자였다.

언니는 죽었다.

당분간 내가 아는 건 이게 다다. 나머지는 캄캄한 어둠 속. 나는 언니의 이름도 모르고, 이목구비도 자세히 그려지지 않는다. 언제 언니가 우리 곁을 떠났는지…… 머릿속을 뒤진다. 없다. 다시 샅샅이 뒤진다. 아무것도 잡히지 않는다.

나는…… 나를 통해서만 언니에게 간다.
나의 이미지, 나의 시간을 통해서만 언니를 찾을 수 있다.

3

나는 교복을 입고 있다. 하얀 칼라에 헐렁한 상의. 엉덩이가 반들반들 닳은 검정 치마는 푸른빛이 돌았다. 앞뜰에 복사꽃이 흐드러지다 못해 짓물러 터지고, 하얀 꽃잎들이 바람에 날리다 한꺼번에 떨어져 수의처럼 땅을 덮을 때.

하굣길의 내가 집을 향해 걸어가고, 아니 뛰어가고 있다. 가방을 흔들며 뜀박질하듯 단숨에 산을 내려와 징검다리를 건넌다. 개천을 지나자 이 빠진 입처럼 드문드문 벽돌이 깨진 담벼락이 보인다. 대문 아래께를 부술 듯이 발로 걷어차고 들어간다. 발로 걷어차고 팔로 미는 동작이 동시에 이뤄진다.

"엄마아— 나 일등했어."

마당에서 빨래를 널던 엄마가 날 돌아보며

"그래애? 아이구, 우리 하경이 장하다."

그런데 엄마의 표정이 이상하다. 허옇게 버짐이 핀 얼굴이 단박 환해지는 듯하더니 수심이 가득하다.

내가 엄마를 졸라 청바지를 사 입고 속리산으로 수학여행을 갔던 봄. 언니는 집에 없었다. 그러니까 나는 열넷, 언니는 나보다 두 살이 많으니 열여섯이었다. 언니는 열여섯 꽃다운 나이에 세상을 떠났다.

아무도 아는 이 없는 미국에서. 우리 가족 누구도 언니의 최후를 지켜보지 못했다. 그곳이 어디인지, 당신이 마지막 가쁜 숨을 몰아쉬고 눈을 감은 곳이 미국의 어느 도시 어느 병원인지 나는 모른다. 그런데 언니는 왜 미국에 갔을까?

같은 부모 밑에서 15년 가까이 한솥밥을 먹고 자랐지만, 나는 언니에 대해 아는 게 별로 없다. 함께 놀거나 공부하며 언니와 주고받은 대화의 한마디도, 엉성한 한 토막도 생각나지 않는다. 어떻게 그게 가능할까? 나는 그 질문에 답해야 한다. 자매는 정말 서로 말도 안 하고 지냈을까? 아니면 단지 내 기억력의 문제인가.

기억은 곧 사랑이다. 사랑하면 기억한다. 나는 언니에게 관심이 없었고 그녀의 존재를 의식하지 않았던 게 아닐까? 나 혼자 높이 솟아오르기 위해, 바닥에 엎드린 환자를 쳐다보지도 않았다. 내 몫의 생을 탕진하느라, 살아서도 언니는 내게 죽은 사람이나 마찬가지였다.

그건 내가 언니를 위해 운 최초의 울음이었다. 한 번도 몸밖으로 내보낸 적이 없는 뜨거운 물들이 쏟아지고 둑이 무너지며 매듭들이 풀어졌다. 눈물과 콧물로 뒤범벅된 회한이 마디마디 뼛속 깊이 스며들었다. 일종의 발작 상태가 지나가고 감정의 찌끼들이 분해되어 증발할 무렵, 과거가 조금씩 되살아났다. 흐릿한 영상들이 또렷해지고 막연했던 것들이 이름을 얻기 시작했다. 과거는 한꺼번에 복원되지 않는다. 서서히 현재의 수면 위로 겹쳐서 떠오른다.

며칠 뒤. 몇 달 뒤였나. 거울을 보았다. 세수하고 로션을 바르다 흘깃 던진 시선에 그게 잡혔다. 자신의 얼굴을 처음 본 사람처럼 나는 놀란다. 언제 어디서 다쳤는지 흉터인지 검버섯인지 알 수 없는 자국들…… 점인가? 내 뺨에 파인 흠집들의 정체를 알려고 경대에 얼굴을 바싹 갖다대었다.

손—톱—자국이다! 예리한 칼날이 등줄기를 휘익, 긋고 지나간다. 그토록 찾아헤매던 잃어버린 시간이 내 얼굴 위에 새겨져 있었다. 씁쓸한 곤혹이 유리 위를 떠다니다 점점이 흩어진 갈색의 무늬들이 어느 순간 모여 유령이 되고, 잊힌 얼굴이 비친다. 도망치듯 나는 거울 앞을 물러났다.

세수하며 이 닦으며 거울을 수천 번은 봤을 텐데…… 나는 언니를 외면했지만, 언니는 내게 지울 수 없는 흔적을 남겼다.

언니는 세 살, 나는 걷지도 못하는 아가였다. 건강한 나는 네발로 기어다녔고, 두발로 걷는 언니보다 행동이 빨랐다. 먹을 게 보이면 먼저 기어가 잽싸게 낚아채는 동생이 얄미워도 기운이 없어 쫓아가지 못하는 언니는 손톱으로 나를 할퀴었다.

"애, 윤경아, 너 그러다가 나중에 하경이 신랑한테 혼날라."

얼굴에 흉터가 있으면 당신의 손녀가 시집을 못 갈까봐 걱정했던 큰할머니는 내 볼에 생채기가 생길 때마다 언니를 야단쳤다고 한다.

언니, 라고 말하는 게 두렵다. 그녀 아니면 그, 라고 했어야 했다. 그러면 앞으로 쓰게 될 글들이 훨씬 쉽게 풀려나올 텐데. 문장과 나 사이의 거리가 언니와 나의 거리만큼, 삶과 죽음의 간극만큼 벌어질 텐데.

밥을 먹다가도 길을 걷다가도 불쑥불쑥 잡초처럼 돋아나는, 엎드려 나를 위로하는 침대에도 출몰하는 죄의식의 다발. 당장의 즐거움을 추구하는 의식을 밀어내는 무의식의 총체가 언니다. 물론 내가 그동안 언니만을 생각했던 건 아니다. 나도 당신들처럼 먹고 자고 방귀 뀌고 섹스도 했지만, 머리 한구석에 늘 먹구름이 끼어 있는 듯 개운하지 않았다. 어떻게 내가 그 웅성거림을, 어른거림을 문자로 옮길 수 있을까. 어떻게 시작해야 하나.

내 책상의 위와 아래에는 원고지와 빛바랜 사진들, 녹음테이프, 그때그때 떠오른 단상들을 끄적인 종이쪽지들이 널려 있다. 과거의 종이 더미에 눌려 나는 압사당할 지경이다. 나를 위해, 당신을 위해 어서 아무렇게나 털어놓고 싶다. 원고지와 사진들이 치워지고 서랍이 비워지고, 내가 이 긴 이야기에 마침표를 찍는 날. 나는 나를 용서할 수 있을까?

녹음테이프에서 재생된 목소리는 팍 쉬어 있다. 알아들을 수 없는 울먹임. 새벽녘에 기계에 대고 그처럼 격하게 중얼거린 사람이 바로 나였나? 언니는 아직도 나를 아프게 하는가. 현재가 아닌 과거의 고통은 모두 장식에 지나지 않는다.

나는 진실만을 말하고 싶은데, 가슴속에 가두고 너무 곱씹어 기억과 환상이 뒤섞인 지금, 무엇이 진실인지? 흐릿한 시간과 공간에 묶인 이미지의 편린들도 해를 거듭하며 깎이고 풍화되어 어디까지가 실제이고 어디부터 헛것인지 자신이 없다. 부디 내가 나를 기만하지 않고, 산 자든 죽은 자든 욕되게 하지 않고 소설을 마쳤으면 좋겠다.

이것은 언니의 추억을 빌린 나의 이야기가 될 것이다.

4

나는 어머니를 졸라 내 출생에 얽힌 아슬아슬한 후일담을 듣기 좋아했다.

"추석 다음날이니 해가 늦게까지 뽀송뽀송했겠지? 여덟시…… 아홉시쯤 됐나? 참, 근데, 너는 날 때부터 성미가 지랄 같았어. 어쩜 에미를 그렇게 놀래킬 수가 있니? 이건 숫제 에미를 놀래키려고 태어난 애 같더라."

여태껏 흥분이 가라앉지 않은 듯 고개를 절레절레 흔드는, 당신은 타고난 이야기꾼이었다.

모든 탁월한 이야기꾼들이 다 그렇듯이 내 어머니 이진순은 설명보다는 묘사를, 간접화법보다는 직접화법을 선호했다. 어머니는 무슨 내용이든 핵심만 전하는 법이 없다. 사돈의 팔촌뻘 되는 어디 사는 친척 아무개의 족보부터 구구절절 펼치다 최근에 어떻게 그를 만났으며 그이가 권해서 산 비누가 잘 닦이니 너 하나 써봐라, 로 끝나는 긴 사설을 경청할 인내가 우리에겐 없다. 샤워중에 뛰어나와 "글쎄 내 말 좀 들어봐라"로 시작되는 전화를 받으면 딸들은 "엄마. 핵심만 말해"로 어미의 청산유수를 사전에 봉쇄했다.

1961년 음력 8월 16일. 만삭의 어머니는 저녁상을 치우고 화장실에 갔다. 차례를 지내고 남은 음식을 처분하느라 과식한 뒤였다. 뒷간에 앉아서 힘을 주는데 별안간 배가 뒤틀렸다. 당황한 어머니는 방으로 기어들어갔다. 밑에서 자꾸 치미는 게 애가 당장이라도 나올 기세였다. 마침 외출했다 들어온 아버지가 황급히 산파를 부르러 달려갔다. 그런데 얼마나 시간이 흘렀을까. 그동안을 참지 못하고 내가 세상에 나왔다. 성미 급한 내게 그 짧은 '동안'이 길었던 게다. 산파를 모시고 아버지가 도착했을 때 방안에는 피가 흥건했고 어머니는 기절해 있었다. 어떻게 가위를 찾아 탯줄을 끊었는지 아이는 무사했다.

기절한 것까지는 틀림없는데, 내 탯줄을 끊은 사람이 누구인가에 대해서는 얘기할 때마다 어머니의 말이 달랐다. 출산을 앞두고 미리 맞춰놓은 이웃동네의 산파가 오기 전에 당신 손으로 잘랐다고 했다가, 큰할머니가 잘랐다고도 했다. 최근 전화 통화에서 엄마는 "니 탯줄을 끊은 사람은 따로 있다"고 했다. 아이들을 여럿 출산했으니 누가 누구의 배꼽 줄을 잘랐는지 헷갈릴 만도 한데다, 초장부터 내가 엄마의 혼을 빼놔 어떻게 일을 치렀는지 경황이 없었나보다.

똥과 피비린내가 범벅된 출생신고는 미래의 나를 예고한다. 뒷간에서 생명의 문을 힘차게 밀어젖힌 아이는 제 몸에 똥을 묻히더라도 지상의 냄새나는 진실을 외면하지 않는 리얼리스트가 되리라.

서울특별시 성동구 광장동의 17번지가 지금 어디인지?

1961년의 주소가 2002년에도 유효한지를 묻는 내게 남자 직원이 무뚝뚝하게 벽을 가리켰다. 동사무소의 벽에 걸린 지도에서 일렬로 매겨진 숫자들을 짚다가 나는 멈추었다. 16 옆에 17. 어머니가 말한 대로였다. 집은 없어졌지만 주소는 살아 있었다.

한국화이자 앞. 길가에서 세번째 집은 4층의 낡은 연립주택이었다. 집 앞에 허리를 구부린 늙은 은행나무 한 그루가 시원했다. 앞집과의 경계인 낮은 담에 바싹 붙어 휘어지도록 녹음을 늘어뜨리고, 시멘트의 틈바귀에 천연기념물처럼 우뚝 살아남은 고목의 꼬장꼬장한 푸르름이 애틋했다. 내친김에 강가로 발길을 돌렸다.

수양버들이 우거진 강둑이 아름다웠다. 오래된 아름다움에 대한 예의로 나는 선글라스를 벗었다. 바로 코앞이 올림픽대교인데, 소음과 매연에도 불구하고 2002년의 서울이라고는 믿기지 않는 고즈넉한 동양화 같은 풍광에서 40년 전의 그때 그 모습을 끌어내며 나는 강변을 거닐었다. 시계를 거꾸로 돌려, 나를 낳고 기른 어머니와 아버지를 이해했다. 광장동 광나루 옥수동 세검정…… 내 집도 없고 고정된 직장도 없이 하나 둘 셋 넷, 아이들을 만들고 서울의 산수山水가 빼어난 곳만 옮겨다닌 그네들의 낭만과 비현실을 사랑할 수밖에 없는 자신을 발견하며.

"그렇지 않아도 내가 전화하려 했다. 그래 어떻든?"

"그 집이, 그 자리가 그대로 있더라. 옆에 빙 둘러 아파트가 들어섰는데 거기만 4층 빌라야. 그런데 그 앞에 아주 크어다란, 백년도 더 됐을 은행나무가 있어. 엄마, 나 태어날 때부터 있던 나무 맞지?"

"그게…… 글쎄 그랬겠지."

그랬겠지, 라니?

엄마의 시큰둥한 반응은 백년 넘은 고목처럼 드높았던 환상을 깨며 나를 다시 현실로 되돌렸다. 얼마나 이사를 다녔으면 자기집 대문 앞에 늘어진 잎사귀와 줄기가 무덤덤해졌을까? '길가에서 세번째 집'을 40년간 기억에 담아두었던 당신이 어떻게 은행나무를? 섭섭했지만, 그때는 엄마 말마따나 근처에 집이 쪼르르 세 채만 있고 사방이 밭이었다. 아차산을 등지고 앞이 한강이니 깔린 게 나무이고 푸성귀라 은행 아니라 은행 할아버지라도 귀한 줄 몰랐을 게다. 은행나무도 나루터의 수양버들도 아름다웠노라. 한강이 그리 가깝다니…… 들떠서 떠드는 딸에게 엄마는 말했다.

"그래. 너 낳고 피 빨래를 경순이가 한강 빨래터에 들고 가서 빨았어. 경순이. 너 경순이 알지? 그 열세 살짜리를 불러들여, 국민학교 중퇴한 애한테 그 일을 시켰지 뭐니? 어떡하니. 큰할머니는 윤경이 봐야지. 사람이 없어서. 나 해산구완할 사람이 없어서…… 그랬지. 그 어린것이 빨래하고 밥도 끓이고 다 했어. 내 그래 미안해 나중에 돈 줬다. 응. 그래. 부산 살아. 언제 한번 가봐라."

광나루에 다녀온 뒤에 나는 나의 탄생 장면을 고쳐 썼다.

가위를 잡고 허둥대는 큰할머니에게 산모가 애원한다.

"어서 끊으세요."

"못한다. 에미야, 난 못해. 나는 애 낳아본 적 없어. 어떻게 하는지 몰라. 무섭다 어멈아."

못하겠다고 버티는 큰할머니를 설득하는 데 실패한 어머니는 기어이 탈진해 쓰러지고, 겁에 질린 할미가 방을 나가 이 집 저 집 대문을 두드린다. 광장동 17번지에는 1961년 한가위에 집이 세 채밖에 없었고, 차례를 지내느라 귀향한 이웃들이 돌아오지 않아 탯줄을 끊을 사람을 구하기가 쉽지 않았을 터.

무슨 일이 벌어졌는지 눈치채고 시퍼렇게 질린 윤경 언니를 들쳐업은 늙은이가 광나루의 너른 밭을 종종걸음치는 동안, 복부의 중앙에 줄을 매단 채 피바다 속에 방치된 갓난아기의 울음소리가 아차산 자락을 울리고 우리집에서 빤히 보이는 한강 변에 정박한 배들에게도 들렸으리. 그리고 제때에 거두어지지 못한 태초의 당황스러움이 공포로 변해 아이의 잠재의식을 지배할 것이다. 까무러쳐 누운 어미 옆에서 아무것도 모른 채 방바닥에 내팽개쳐져 우는 아이를 열쇠구멍으로 들여다보며 나는 운명의 주술에 걸린다.

받아주는 손 하나 없이 이 위험천만한 세상에 던져졌으니, 생을 마감하는 순간에도 나는 혼자. 더 살아볼 것도 없이 나의 미래도 그 한 문장으로 굴러가리라는 예감에 '하경이 너는 혼자 태어났다'를 단물이 빠질 때까지 씹고 또 씹는다.

5

세상에 고개를 내밀기 전부터, 어미의 뱃속에 고이 접혀 있을 때부터 나는 엄마를 놀래켰다. 어린 내가 사고를 칠 때마다 어머니는 '어쩜 지 애비와 그렇게 닮았냐'며 태몽을 끄집어냈다.

"꿈에 글쎄, 커―어다란 구렁이가 연못가에서 꿈틀거리는 거야. 아휴― 어찌나 징그럽던지."

뱀은 겁 많은 우리 어머니가 제일 싫어하는 동물이다. 그런데 쥐띠인 어머니가 결혼한 아버지도 뱀띠였다. 내 아버지와 어머니는 다른 세계에서 온 사람들이었다. 전쟁이 두 사람을 난파시키지 않았다면 전주 이씨 왕손에 대학물을 먹은 신여성이 철도원의 아들인 고졸 노총각과 맺어지는 우연은 없었으리라.

경기도 평택에서 제법 행세하는 지주 양반의 3남2녀 중 장녀였던 나의 어머니 이진순은 같은 성씨의 친족들이 모여 사는 마을의 울타리 안에서 명랑한 유년기를 보냈다. 대문간에 쌀가마가 높이 쌓이고 붉은 홍시가 마당에 뒹굴고 『정감록』을 줄줄 외는 할아버지와 일제 미싱이 있는 집에서, 전쟁이 일어나 모든 게 뒤집히기 전까지 그네의 하늘은 쾌청했다.

서울의 경기여중 2학년에 재학중이던 진순은 고향으로 피난 왔다

모친상을 당했다. 6·25 사변중에 시름시름 앓다 약 한번 써보지 못하고 어머니가 죽자 진순의 아버지, 나의 외할아버지는 몇 달도 안 돼 새장가를 들었다. 진순보다 일곱 살 위인 서모에게는 전처소생의 큰딸이 눈엣가시였다. 서모는 악을 쓰고 의붓딸의 머리를 끄댕기며 달려들어 교복을 찢었다고 한다. 학교 가면 죽인다고 교복을 불태워도 겁에 질린 진순은 아무 말도 못하고 뒤에서 눈물만 찔끔거렸다.

계집애를 공부시켜 뭐하느냐는 서모와 맞장구치며 진순의 재능을 질투했던 친척 오빠들의 반대로 서울이 수복되고 한참 뒤에야 학교에 갔는데, 재등록 기간이 지나 복학이 불가능하다는 말을 들었다. 다른 여학교에 편입학한 진순은 서모의 구박에도 굴하지 않고 학업을 계속했지만, 옛날의 도도하던 자존심은 한풀 아니 여러풀 꺾였다.

똑똑한데 대학을 못 가게 된 조카딸의 처지를 동정한 그녀의 삼촌이 신학교 사환 자리를 소개해, 진순은 낮에는 일하고 밤에는 공부하며 서울의 야간대학을 마쳤다. 사범대학 국문과를 졸업한 여자에게는 교사 자격증이 있었다. 여러 식구 부양하느라 골 빠지는 친정아버지를 돕고 싶어, 학원을 경영하는 오촌당숙에게 선생 자리를 부탁하러 갔는데, 당숙의 말이 "얘, 너 시집이나 가라. 좋은 신랑 있다"였다. "가자, 가자, 선보러 가자"에 "싫어요. 싫어요"로 일관하다 까짓것 얼굴 한번 내밀자고 어느 날 진순은 집을 나섰다.

여자가 남자를 만났을 때, 그녀는 그의 얼굴을 보기 전에 팔꿈치부터 보았다. 스물세 살의 처녀는 친척 아저씨네 부엌에서 술상을 차리고 있었다. 여자보다 일곱 살 위인 오촌당숙의 집에는 청년들이 떼거리로 몰려와 술을 먹고 있었다. 빠끔 열린 문 너머로 남자의 하얀 살

덩어리를 보고 여자는 뜨거운 것에 데인 듯 놀라 뒤로 숨었다. 달걀 삶아놓은 것처럼 희고 깨끗한 피부. 사내답게 잘생긴 그는 벌써부터 당숙이 여자에게 소개시키려 한 남자, 정일도였다.

팔꿈치만 봤다고 엄마는 강조하는데—나는 그때 이미 게임이 끝났다고 생각한다. 남자는 여자에게 '팔꿈치'만 보여주었을 뿐인데 여자는 그걸 대단하게 간직했으니.

남자는 다음날 아침부터 하숙집을 나와 여자의 집 앞에 나타났다.

"누님, 아침밥 얻어먹으러 왔습니다."

껄껄 웃으며 집안으로 들어온 그는 여자를 데리고 나가 점심을 사고 영화를 보여주었다. 방안에서 둘이 화투를 치며 광 나왔다 뭐 나왔다 놀다가 손금을 봐주겠다는 남자에게 손목이 잡혀 평생을 살았다는데.

친어미만 살아 있었어도 이진순은 정일도를 따라나서지 않았다. 번듯한 허우대와 유창한 언변에 넘어가 외간남자와 단둘이 화투를 치지 않았고, 한일관에서 남자가 사주는 냉면에 코가 꿰이지도 않았다. 낮에 직장에서 돌아와 다시 야간대학 갔다 밤늦게 귀가하는 의붓딸을 서모는 아무것도 안 먹여 재웠다. 하루 두 번 전차비 외엔 비스킷이나 음료수 하나 사먹을 돈이 없어 허기를 참아 신경통을 앓았던 어머니는 요즘도 외출해서 돌아다니다 배가 고파도 그냥 쫄쫄 굶지 당신 손으로 우유 한 곽 사지 못한다.

이진순을 만날 무렵 정일도는 전도양양한 청년 실업가였다. 한국전쟁에서 부상당한 상이군인 모임을 조직해 후생사업으로 용산에서 석탄 하역 사업을 했는데, 친구 부인의 대학 등록금을 대줄 정도로 돈을 잘 벌었다. 신혼 초에 꽤 괜찮게 피었던 그의 운은 불의의 사고로 내리막길을 걷는다. 큰할머니의 생일잔치에 참석하려 그가 자리를 비운 동안 인부들이 석탄을 팔아먹었다. 정부에서 따낸 공사였는데 석탄이 없어졌으니 관리자가 책임을 져야 했다. 인부들과 짜고 부정을 저질렀다는 누명을 쓰고 그는 직위에서 물러났다. 그즈음 이승만이 하야했다. 초대 대통령과 동문이라는 연줄은 정권이 바뀌자 불리하게 작용해 그의 자리를 노리던 경쟁자들이 정일도를 제거하는 구실이 되었다. 광산 일을 때려치운 뒤 그는 이런저런 사업에 손을 댔으나 뜻대로 되지 않았다.

6

윤경은 그들의 첫아이였다.

전쟁의 포화 속에서도 다치지 않은 서로의 속살을 비벼 만든 아이였다.

처음엔 아무도 아이의 몸에 이상이 있는 줄 몰랐다. 아무리 젖을 물려도 살이 붙지 않는 계집애를 어머니는 그냥 좀 부실한 아이려니, 가난처럼 그저 팔자려니 체념했다.

그날은 언니의 돌이었다. 생일상을 차리고 한창 뭐 잡았다 돌잡이를 하며 잔치가 무르익는데, 갑자기 아이의 입술이 보랏빛으로 변하더니 숨을 쉬지 못했다. 당장 아이를 병원에 데려갔다. 심장에 구멍이 뚫렸는데, 열여섯 살이 고비라고 했다. 그때까지 살면 다행이고 아니면…… 수술은 생각할 수 없었다. 1960년대 대한민국의 의학 수준은 매우 낮았고, 국내에서 심장 수술을 할 수 있는 의사는 손에 꼽을 정도였다. 위험부담도 컸고 비용도 엄청났다.

어머니는 당신의 배에서 잘못된 아이가 나왔다는 죄의식을 평생 머리에 이고 살았다.

“그때 우리가 가난했잖니. 한집에 여러 세대가 바글대고, 한 우물에서 밥 해먹고 걸레도 빨고 오줌도 버리고 위생 상태가 말이 아니었지. 게다가 내가 걔를 가졌을 때 입덧을 심하게 했어. 석 달 동안 아무것도 못 먹었어. 물만 마셔도 넘어오고 토하고…… 첫애라 아는 게 없어서. 내 친정엄마만 살아 있었어도 곡기를 끊지는 않았을 텐데. 정 속이 쓰리면—광나루 살 때였어. 주인 없는 밭에 들어가 무를 다 뽑아 먹었지 뭐니. 그냥 그러구 버텼지. 바보같이.”

7

나는 엄마젖을 못 먹고 자랐다. 젖이 나오면 언니에게 먼저 물리고 남은 찌꺼기가 내 차지였다. 그래서 먹을 것만 보면 달려들어 입에 넣고 빨았다. 푸짐한 엉덩이를 흔들며 어찌나 빨리 기어가는지 아무도 잡을 수 없었다는데, 나의 유별난 '빠름'은 생존 본능이었다. 그렇지 않으면 얻어먹을 게 없었으므로. 백일이 지나 내가 살살 기어다니자 아버지는 통통한 내 엉덩이를 쓰다듬으며 입을 맞췄다 한다.

"이게 백만 불짜리 엉덩이야. 여보, 마릴린 먼로도 우리 하경이보단 못하지? 그지?"

나는 두 발로 서기도 전에 걸었고, 걷자마자 뛰었다. 돌이 되기도 전에 혼자 밥을 퍼먹었다. 서툰 숟가락질로 아까운 밥풀을 어찌나 흘리는지 어른들이 나를 '밥나무'라고 놀려대곤 했다. 악마처럼 튼튼한 동생이 있다는 게 언니에게는 위협이며 상처였으리라.

은밀히 오가는 수군거림 속에서 병으로 예민해진 아이는 안다. 집안의 귀여움을 독차지하는 둘째에 가려 자신이 사랑받지 못함을…… 연민과 동정만이 가난한 집에서 태어난 아픈 아이 몫으로 남겨진 최선임을…… 자신의 심장에 구멍이 뚫렸다는 사실만큼이나 분명하게 안다.

내가 두 살 때 어머니는 또 아이를 가졌다. 그나마 얻어먹던 젖을 못 빨게 됐을 때 내가 난리치는 꼴은 눈뜨고 봐줄 수 없었다 한다. 젖꼭지 주위에 빨간 아까징끼를 바르고 반창고를 붙인 뒤에 엄마가 손으로 가리키며 "아야. 엄마, 아야" 하면, 빨간색이 무서워 나는 달아났다. 낮에는 그 원시적인 방법이 통했는데, 밤이 되자 사정없이 달려들어 반창고를 떼내고 어미를 덮쳤다.

"밥만 멕이고 그냥 뭐 음료수 하나, 물 한 모금 누가 안 먹여준 거야. 보리차도 안 줬어. 나는 다 늘어져 드러누웠지. 돌아가신 큰할머니 있지? 윤경이가 그냥 막 맨날 양양대 하루종일 늙은이가 걜 업고 다녔으니까 얼마나 피곤했겠니! 드러눕기만 하면 노인네가 '어휴. 어휴. 나 죽겄네. 나 죽겄네' 그러는 거야. 니 애비가 그날같이 미운 적이 없었어. 세상에 그건 애비도 아니야. 아랫목에 척 드러누워서, 오죽하면 큰할머니가 '얘, 아범아, 저 새끼 불쌍하잖니? 보리차 좀 멕여줘라' 해도 못 들은 척, 귀찮아서 보리차 한 숟가락을 안 멕여줬어 글쎄. 접접접…… 애애애…… 쩝쩝쩝…… 애애애…… 밤새도록 우는데 그냥 들을 수가 없는 거야. 그날을 생각하면 니가 얼마나 가엾은지 모르겠더구나.

애새끼가 막 죽으려구 하는데, 그런데 나는 일어날 수가 없는 거야. 일어나면 토하고 기운이 없어 푹푹 쓰러지는 거야. 일어날 때도 전깃불이 요즘 같지가 않아서 천정에 매달린 다마를 켜야 해. 항상 내가 애를 안고 쓰러지면서 전기 다마를 켰어. 니 애빈 인정머리두 없어. 딴 아버지들은 애 앓으면 뭐 기저귀도 갈아준다는데…… 자식 이쁘긴 저 혼자 이쁘대. 놀면 막 빨구 '우리 하경이' 그러면서 꼭 필요할 땐 나 몰라라야. 지금도 귀찮은 일은 안 하는 거 있지?"

"이번엔 꼭 아들이어야 할 텐데. 에미야, 애비가 장남 아니냐. 어서 제사 지내줄 아들 하나만 낳아주면, 내 죽어도 원이 없겠다."

큰할머니의 소원에도 불구하고 또 딸이었다.

"에이, 또 딸이야."

안방 문 앞에 쪼그리고 앉은 언니가, 네 살밖에 안 된 계집애가 손가락에 침을 묻혀 창호지에 구멍을 내고 엄마가 몸 푸는 광경을 훔쳐보며 칠십 노파처럼 혀를 찼다는데…… 미경이 존재하기도 전에 엄마는 당신의 셋째딸을 이뻐했다.

"글쎄, 꿈에 아주 빛나는 보석을 보았잖니. 그러더니 걔처럼 이쁜 게 나오더라구. 작아서 낳기도 훨씬 수월했어."

언니를 배었을 때 어떤 꿈을 꾸었는지…… 엄마는 우리에게 말하지 않았다.

식구가 하나 늘었고, 밥그릇이 하나 늘었고, 걱정거리가 늘었다. 결혼해 10년 동안 하루도 낮잠을 자본 적이 없는 엄마는 세 년이 한꺼번에 빽빽대고 달려들 때면 밥이 입으로 들어가는지 코로 들어가는지 알 수 없었다. 그래도 아버지가 당신을 사랑한다고 믿었던 그때가 어머니는 행복했다.

언제부턴가 나는 울지 않았고, 원하는 것을 얻기 위해 말을 배웠다. 지구를 통째로 집어삼킬 듯 내 호기심은 끝이 없었다. 이건 뭐야? 저건 뭐야? 알고 싶은 걸 알 때까지 나는 만족하지 않았다.

'왜'를 알고부터 내 인생은 복잡해졌다. 저녁놀은 왜 붉은지. 구름은 왜 천천히 움직이나. 아버지가 없으면 잡아먹을 듯이 욕해대는 엄마가 왜 아버지만 대문간에 들어서면 언제 그랬냐 싶게 얌전해질까? '왜'가 혀끝을 구르는 한, 우리는 늙지 않으리.

빨라. 잘해. 돌덩이라도 씹을 애. 어디 떨어뜨려놔도 살 년.

어려서 부모로부터 내가 노상 듣던 말들이다. 칭찬 듣는 맛을 안 뒤 나는 더욱 빠르고 씩씩한 아이가 되기 위해 안간힘을 썼다. 부모의 관심을 끌고 싶어서. 더 끌고 싶어서. 엄마 아빠의 눈을 아예 내게만 고정시키고 싶어서 더, 더…… 더를 향한 나의 지칠 줄 모르는 질주가 시작되었다.

나는 '전화통'이었다. 동네의 모든 소문을 수집해 식구들에게 전달해 그런 품위 없는 별명이 붙었다. 길 건너 공장에서 불이 난 걸 엄마에게 제일 먼저 알려준 사람도 나다. 크고 빠르게 재잘거려 듣는 사람의 얼을 빼놓는 게 내 특기였다. 내가 떠들면 엄마는 정신이 나가 밥을 태우기 일쑤였다.

"아니, 얘가 기차 화통을 삶아먹었나? 웬 목소리가 이렇게 커?"

부젓가락을 휘저으며 나를 내쫓았다.

어려서부터 나는 부지런했다. 부지런하다못해 바지런했다. 꼭두새

벽에 일어나 더듬어보면 내가 자던 자리가 허전해 어머니의 가슴이 철렁 내려앉은 적이 한두 번이 아니었단다.

"어서 옷을 주워입고 나가보니 부엌문이 열려 있는 거야. 비누곽 대신 쓰던, 구멍이 송송 뚫린 양은 대접과 걸레가 없어졌드라. 얘가 또 빨래터에 갔구나 싶어 개울가에 가보니 하경이 니가 쪼그리고 앉아 걸레를 두드리고 있는데, 어찌나 신이 났는지 초겨울인데도 이마에 땀이 촘촘히 맺혔더라. 겨우 네 살짜리가……" 그때부터 넌 내 속을 썩였다고 어머니는 한탄하곤 했다.

8

갑자기 사라지는 건 우리 집안 내력이다.

어느 날 갑자기 없어져 엄마 속을 새카맣다못해 하얗게 태우기로 아버지만한 사람이 또 있을까? 1965년 5월 5일. 아버지가 사라졌다.

"잠깐 조사할 일이 있어 같이 가야겠습니다."

자정이 넘어 형사들이 들이닥쳐 아버지를 데리고 나가더니, 소식이 없었다. 며칠 뒤 남편의 이름과 사진이 크게 실린 신문을 보고 엄마는 깜짝 놀랐다.

> 陸軍一部將校 反國家 陰謀
>
> 원충연 대령(前 最高議公報室長) 등 主動者 7名을 拘束
>
> 군수사기관은 7일 밤 육군정훈학교 부교장이며, 전 최고회의 공보실장이던 원충연 대령과 육본 인사참모부 제도연구실장 이인수 대령 등 영관급 장교 6명과 민간 1명을 포함한 7명을 反국가음모혐의로 구속했다. 이들은 지난 1월에 있었던 군내 진급심사에서 누락된 것과 현재의 보직에 불만을 품고 음모를 꾸민 것으로 알려졌다.

반국가 음모라니. 남편을 하늘처럼 의지해온 어머니에게는 청천벽력 같은 일이었다. 결혼하기 전에 엄마는 아버지의 과거를 알지 못했다. 왜 서른이 넘도록 장가 안 갔느냐고 물으면 "당신 만나려고"라고 씩 웃던 사람이, '정치'를 하는 줄은 몰랐다.

애들을 친척에게 맡기고 어머니는 아버지의 친구들을 찾아다녔다. 한 달여를 수소문한 끝에 서대문구치소에 수감된 아버지를 면회했는데, 중앙정보부에 끌려가 생손톱이 뽑히는 갖은 고문을 당한 아버지는 그 좋던 몸이 반토막이 되어 있었다. 당시 37세의 사업가였던 아버지는 박 정권에 반대한 최초이자 마지막 쿠데타였던 '5 · 16 반혁명 사건'에 가담해 맨처음 구속된 민간인이었다.

그래서 내 아버지의 인생엔 빨간 줄이 그어졌다. 해가 지나도 빨간 줄은 지워지지 않을 것이다. 반역자의 낙인이 찍힌 그는 박정희가 죽는 날까지 어디 가도 변변한 직장을 못 구할 것이다. 하지만 나는 다섯 살이다. 자신을 둘러싼 세계가 거대한 놀이터로 보이는 아이에게는 집안에 드리운 그늘이 포착되지 않는다.

언니는……?

보이지 않는 흔적을 인쇄하기 위해서, 나는 나의 시간에 틈틈이 언니를 대입해본다. 언니는 아버지가 감옥소에 끌려갔다는 걸 알았을까? 일곱 살이었을 언니는 귀에 익은 구둣발 소리가 다시 들리는 날을 고대했으리라.

나이 어린 제빵 기술자를 데리고 시장에서 빵집을 열 생각을 한 건 엄마가 아니다. 우리 엄마는 간이 작아 혼자서는 일을 못 벌인다. 거사를 앞두고 아버지가 일이 잘못될 경우에 대비해 숭실국민학교 담장 옆의 무허가 건물에 '즉석 빵집'을 차려주었다.

내가 도시락 나르던 얘기만 나오면 엄마의 입가에 미소가 번진다. 주름살이 펴지고 광대뼈가 처녀 때처럼 도톰히 솟는다.

"니가 글쎄 에미 점심을 날랐어. 그때 니가 다섯 살이나 됐나? 쪼그만 게 뒤뚱거리며 바구니를 들고 '영미 다리'를 건넜어. 밥공기 두 개에 반찬 그릇 두 개. 제빵기술자하고 내가 먹을 도시락이었지. 너, 생각나니?"

나는 생각나지 않는다. 80년대에 어느 직업적 혁명가에게 나의 출신성분을 증명하고자 인용한 에피소드이지만—너 같은 부르주아는 고생이라곤 안 해봤을 거라는 그의 섣부른 예단을 꺾기 위해 '일하는 엄마에게 밥을 나르는 다섯 살짜리 계집애'처럼 효과적인 소재는 없었다.

빵장사도 오래 해먹지 못했다. 아버지가 교도소에서 나온 지 보름만에 가게에 불이 났다. 다행히 안에서 자고 있던 기술자는 다치지 않았지만 비싼 기계들이 망가져 빚만 지고 엄마는 가게문을 닫았다. 속히 가게를 정리하느라 물엿을 대주던 박씨 아저씨에게 밀린 물엿값을 주지 못하고 돈이 없어 숨었던 게 두고두고 걸렸던 어머니는, 몇십 년 뒤 이산가족 찾기 캠페인이 한반도를 휩쓸 때 드디어 양심의 가책을 털 기회가 왔다고 기뻐했다. 딸의 방문을 열어젖힌 엄마의 손에는 신문지를 찢어 쓴 작은 쪽지가 들려 있었다.

KBS 가정저널, 황인용 강부자 앞. 사람을 찾습니다.

1965년 서울 동대문 밖 영미 다리 건너 동묘 맞은편, 숭실국민학교 담장 옆 즉석 빵집에 물엿 대준 박씨 아저씨.

한글을 가까스로 깨친 국민학생처럼 엉성한 글씨를 재미있어하는 내게 엄마는 심각한 어조로 당신 일생일대의 커다란 오점을 들려주었다.

"하경아, 너 방송국에 아는 사람 있지?"

"왜?"

"응. 박씨 아저씨 찾을까 해서. 살아 있으면 어디선가 볼 텐데."

"그런데 엄마, 그 아저씨 이름 기억해?"

"아니…… 이름에 빛 광 자가 들어간 건 확실한데. 처남과 매부가 같이 물엿 장사를 했어."

"얼마를 빚졌어?"

"글쎄. 그것도 모르겠다. 물엿 세 초롱인가 다섯 초롱인가."

나는 어머니를 모시고 여의도 방송국에 가지 않았다. 어머니가 정말 그 프로그램에 출연했는지, 박씨 아저씨를 만나 엄마의 소원대로 이자까지 쳐서 빚을 갚았는지, 물어보지도 않았다.

9

군사독재의 서슬이 시퍼렇던 때라 박정희 정권에 반대해 쿠데타를 도모한 사람을 도와줄 친구는 없었다. 괜히 가까이했다 불이익을 당할까봐 친척들도 발길을 끊었다. 자존심이 강해 누구 밑에 들어가 일하지도 못하고, 사회에서 인정하는 전문적인 지식도 기술도 없는 아버지가 어떻게 우리들을 먹여 살렸는지……

어쩌면 우리 가족의 생계를 보장했을 어머니의 교사 자격증도 아버지의 반대로 끝내 햇빛을 보지 못했다. 고졸 가장의 자격지심은, 시장바닥에 무허가 빵집은 차려줄망정 외간남자들과 교단에 서는 부인은 허락하지 않았다.

가끔 아버지의 고등학교 동창들이 소문을 듣고 쌀가마나 돈봉투를 들고 찾아왔지만, 아버지는 받는 법이 없었다. 그런데 한번은 엄마가 급한 나머지 누군가 대문간에 떨어뜨린 쌀 한 가마를 집안에 들여놓았다. 저녁에 귀가한 아버지는 자기를 모욕했다고 펄펄 뛰며 엄마를 심하게 나무랐다. 쌀을 보낸 사람은 아버지의 모교에 새로 부임한 교장 X였다. 동창회에 나가 X의 교장 취임을 반대했던 아버지는 그의 도움이 달갑지 않았을 게다. 야밤에 쌀가마를 머리에 이고 주인에게 돌려주러 나간 아버지는 일주일이 지나서야 집에 들어왔다.

"딱 일주일 되던 날 전화가 걸려왔어. '내가 당신하고 아주 끝내고 일생을 하직하고 절간에 들어갈려는데' 자식들이 보고 싶더래. 자식들 얼굴을 봐야 하니까 애들을 데리고 나오래. 그래서 내가 그러지 말고 집에 들어오라구 그랬지. 들어오세요. 들어오세요……"

'당신하고 끝내려 했다'가 어찌나 야속했던지 내 어머니 이진순은 할머니가 되어서도 당시를 회고하며 눈물을 글썽였다.

10

어느 날 나는 신문사 기자들과 인사동의 카페에 앉아 있었다.

"맨 처음 기억이 뭐예요?"

그의 질문에 나는 말없이 식은 찻잔만 만지작거렸다.

"태어나 최초로 기억하는 게 무엇인지 알면 그 사람을 알 수 있대요."

나는 망설였다. 그의 말이 그럴듯해서 더욱 대답하기가 어려웠다. 별로 친하지도 않은 상대에게 내 속을 들키고 싶지 않아서, 나와 마주 앉은 여기자의 윗도리를 흘깃거렸다. 아이보리색의 고급스러운 천에 젖가슴이 보일락 말락 은근히 야한 블라우스였다.

최초라는 말이 걸린다. 처음이 아닐 수도 있다.

어두웠다. 아무도 없는 방에 홀로 누워 울고 있었다. 세상은 캄캄했고 내 곁엔 아무도 없었다. 우는 내 소리밖에 들리지 않아 외로웠다. 나는 아직 내 이름도 몰랐다. 빛도 소리도 없는 곳에서 울다 지쳐 잠들어…… 나를 에워싼 어둠에 묻혀 내가 없어질지도 모른다, 내가 없어질지도 모른다는 망상과 더불어 나를 가로막는 또하나의 장막이 있다.

옆으로 긴 사각형 모양의 마당에 시커먼 머리들이 우글거렸다. 태어나 그처럼 많은 사람을 한꺼번에 본 적이 없었다. 그러다 어느 겨를에 사람들이 썰물처럼 쑥 빠지고 나만 남겨진 것이다.

나중에 내가 그 이야기를 하자 "그날은 큰할머니의 장례식이었다. 너는 그때 세 살밖에 안 되었을 텐데 어떻게 네가 그걸 기억할 수 있냐"며 어머니는 내 말을 믿으려 하지 않았다.

큰할머니는 원래 내 아버지의 큰어머니였다. 큰어머니가 시집와서 자식을 못 낳자, 내 아버지 정일도는 세 살 때 큰댁에 양자로 들어갔다. 늘그막에 무르팍 재롱을 보게 된 노부부가 아이를 어찌나 애지중지했는지 여름에도 늘 강보에 싸안고 끼니마다 뚝배기에 따로 밥을 해먹였다. 그래서 "느이 애비가 자기밖에 모르는 위인이 되었다"고 어머니는 불평하곤 했다.

"글쎄, 결혼해서도 뚝배기에 자기 밥만 따로 해달라는 거야. 기가 막혀서…… 어려운 살림에 어떻게 그 짓을 하냐구. 내가 못한다고 했다."

어머니의 핀잔을 듣고 아버지는 30년 된 식사 습관을 바꾸어야 했다.

큰할머니는 아버지를 키우고 아버지의 자식인 언니도 도맡아 키웠다. 그러니까 그 불쌍한 양반은 평생 남의 애만 보살피다 돌아가신 셈이다. 큰할머니가 암에 걸려 제명을 못 채우고 일찍 죽은 것도 따지고 보면, 아파서 보채는 윤경을 늘 등에 업고 달래느라 늙은이가 과로한 탓이라고 어머니는 안타까워했다.

11

언제 내 인생이, 나만의 세계가 열렸던가.

차라리 이렇게 시작하자. 어느 날 아이의 창으로 동그라미들이 날아온다. 보랏빛 비눗방울들이 내 눈을 적시고 가슴이 두근거린다. 아름다움에 가슴이 뛴 건 그때가 처음이지 않았나?

양잿물 대신 빨랫비누가 보급될 때다. 고무빨대에 비누거품을 묻혀 입으로 후— 불면 몽글몽글 떠다니는 작은 풍선들. 손을 뻗으면 동그라미들이 도망간다. 보이지만 잡히지 않는 어떤 실체가 존재한다는 사실을 투명한 비눗방울들이 내게 가르쳐주었다. 방바닥에 붙박인 장롱처럼 단단한 물건들보다 빛, 거품, 먼지, 공기처럼 가볍고 덧없는 것들이 이 우주를 꽉 채우고 구성하는 주인이라고.

무지갯빛 신비에 매혹당한 아이는 날기 시작한다. 걱정 근심 없는 곳으로, 엄마의 푸념도 아버지의 꾸지람도 닿지 않는 나라로 멀리 떠난다. 이 집에 들이닥칠 어떤 잔인한 불운도 아이의 날갯짓을 막지 못하리. 내 앞에 살랑대는 찬란한 거품을 잡으려 손을 내밀던 날, 나는 벌써 나를 악마에게 팔아넘겼다. 남루한 가족의 울타리를 넘어 경이와 모험으로 가득찬 미지로의 비상을 꿈꾸었다.

비눗방울과 함께 먼지들이 날아왔다. 누워 있는 아이의 몸에 기다란 빛줄기가 떨어지고 지루하던 방이 깨어난다. 창문에서 내려온 햇살을 타고 먼지 가루들이 번뜩여 눈이 부셨다. 오글오글 춤추는 깨알 같은 알갱이들을 다 셀 수 있을 것 같아 하나 둘 셋…… 백까지 세노라면 어지러웠다.

12

나는 대여섯 살쯤부터 꼼지락대며 부딪히고 넘어지고 찢어진다. 울고 웃고 뛰어논다. 그런데 이 모든 장면들이 뒤섞여 붕붕거린다. 사건 사고는 많은데 '어디서'가 모호하다. 빛과 소리와 냄새와 움직임은 있는데 배경이 흐릿하다. 집을 자주 옮겨서 '어디서'가 고정되지 않으니 '언제'가 갈피를 잡지 못한다. 꽃밭에서 벌에 쏘인 날이 바다를 본 날보다 먼저인지 나중인지? 초점이 맞지 않는 서너 개의 컷이 동시에 잡힌다. 줄넘기를 하다 접시를 깨고, 호떡을 구워 먹다 절벽에서 떨어진다.

어머니의 말에 따르면, 우리는 평균 1년에 두 번꼴로 이사다녔다. 가장인 아버지의 직업이 불안정하고 수입이 일정치 않아서 한군데 오래 머물 수가 없었다. 올망졸망한 애들이 셋이나 딸린 세입자를 반기는 주인은 없었다. 잘 있다가도 다음날 아침에 집을 비워달라는 말에 쫓겨나기 일쑤였다. "왜 이렇게 떠들어? 조용히 좀 못해!" 엄마의 잔소리에 애들은 이골이 났다.

그 잦은 이사를 엄마 혼자 다 했다. 짐을 싸고 풀 때, 아버지는 없었다. 이사 먼지 뒤집어쓰기 싫은 아버지는 다방에 앉아 있다 느지감치

해질녘에 새집을 찾아 들어온다. 도와주는 친척 하나, 힘센 손 하나 없이 엄마 혼자 발이 닳도록 이리 뛰고 저리 뛰었다. 남루한 이불보따리가 뒹구는 방안에서 아이들은 배고프다고 악쓰고, 늦은 저녁을 지어먹고 상을 치우는 어머니의 헝클어진 머리카락과 갈라터진 입술에서 비참이 새어나온다. 자잘한 짐들을 방 한구석에 밀치고 피난민처럼 우리는 어떻게든 자리를 하나씩 만들어 누웠다.

성인이 되어서도 나는 한군데 오래 붙어 있지 못했다. 외국을 여행하면서도 같은 호텔에 이틀 이상 머문 일이 드물다. 역마살이 끼었다고들 했다. 그건 나도 어쩌지 못하는 병이었다. 내가 나 살 곳을 결정하고 작은 아파트 한 채는 장만할 수 있었는데도……

나는 집을 짓지 않았다. 방을 자꾸 바꿨다. 그를 갈아치웠다. 나는 머물지 않았다. 어떤 도시에도 어떤 바다에도 길게 마음을 주지 않았다. 쉽게 외울 수 있는 번호를 만들지 않았다. 언제 허물어도 되는 모래 위에 세워진 인생이었다.

13

언니에 대한 내 최초의 이미지는…… 없다. 나는 당신의 유년을 모른다. 내게 언니는 처음도 중간도 없고 다만 마지막이 있을 뿐이다. 나는 당신의 육체가 나이들면서 어떻게 변해갔는지 모른다. 사진을 보고서야 아, 나는 언니를 알아본다.

내가 소장한 가장 오래된 흑백사진 속의 언니는 웃고 있다.

핸들을 움켜쥔 동생에 밀려 차의 문턱에 엉덩이를 걸친 언니는 행복해 보인다.

(언니도 행복한 때가 있었나?)

"걔가 어릴 때는 살도 통통히 붙고 곧잘 웃었어."

어머니의 말을 증명이라도 하듯이, 예닐곱살쯤 되어 활짝 펴진 뺨과 팔뚝은 내가 생각했던 것처럼 비정상적으로 야위지 않았다. 언니에게도 웃음이, 행복이 있었다니, 다행이다.

덮개 없는 장난감차의 옆구리와 앞뚜껑에 큼지막하게 칠해진 '007'이 영 어색하다. 언니의 열여섯 해는 해피엔딩으로 끝나는 할리우드의 스파이 영화와는 거리가 멀다. 언니를 제치고 운전석을 차지한, 꽁지머리를 고무줄로 묶어올린 젖비린내나는 응석받이는 누구일까? 나? 미경? 언니와의 터울을 고려하면 꽁지머리는 내가 아니라 미경이

어야 한다. 그런데 나는 왜 사진을 보곤 '이건 언니와 나다!'라고 확신했을까? 언니와 함께한 무엇이 그리워서?

미경과 나는 어찌나 닮았던지 혹시 쌍둥이 아니냐는 소리를 심심찮게 들으며 자랐다. 둘 다 키가 크고 머리 모양도 비슷한데다 옷을 내리물림해 우리집 가족 앨범엔 똑같은 물방울무늬 원피스를 입은 계집애들이 몇 해 간격으로 계속 등장한다. 우리들 자신도 '내가 누구인지' 헷갈려, 옛날 사진 한 장을 놓고 서로 자기 거라고 우기며 언니와 동생이 다투다 사진이 찢어지는 촌극이 벌어지기도 했다. 약간 허스키가 들어간 음성도 비슷해 전화기에 대고 "엄마, 나야" "아버지, 저예요" 하면 우리 부모도 순간적으로 두 딸을 분간하지 못해 누구냐, 고 묻곤 했다.

언니는 우리와 닮지 않았다. 언니는 하얗다. 집에만 있어 햇볕을 쬐지 못해 핏기 없는 얼굴에 파리한 입술. 쌍꺼풀 지지 않은 눈은 우물처럼 깊고 맑았다. 병색이 짙어 나이보다 어른스러워 보이는 갸름한 얼굴을 숱이 적고 가는 단발이 감싸고 있다.

언니의 몸이 어떻게 생겼는지…… 나는 언니의 나체를 본 적이 없다. 뼈에다 가죽만 씌운 앙상한 몸통을, 온전히 자라지 못한 몸을 건강한 동생들에게 보여주기 싫어서였나? 언니가 우리에게 자신을 보여주지 않은 게 아니라, 내가 언니의 몸을 보지 않았다. 엄마는 한 달에 한 번 동생과 나를 공중목욕탕에 데리고 갔는데, 언니는 동행하지 않았다.

나의 무의식이 왜곡했을 언니의 참모습을 되찾고 싶어 나는 어머니의 앨범에서 언니의 사진들을 빼내어 내 앨범에 붙였다. 사진은 정직하다. 손으로 인화한 흑백사진은 선부른 기교도 없고 연출도 하지 않아 더욱 정직하다. 외출할 때마다 나는 책상 위의 언니를 종이로 가린다. 집에 손님이 오면, 엄마가 방문하는 날에는 특히 신경써서 사진과 원고뭉치를 감추었다.

사진을 보며 아슴아슴 기억이 돌아왔다.

언니는 숨이 차서 똑바로 앉을 수도 누울 수도 없었다. 우리 세 자매가 공동으로 쓰던 방에는 둘둘 말아 포개어놓은 이불 더미가 밤낮으로 깔려 있었다. 두터운 솜이불 더미들은 언니의 부속품과도 같았다. 가슴 높이까지 쌓아올린 작은 언덕 같은 솜더미 위에 엎드려 옆으로 머리를 돌리고, 숨을 내쉴 때마다 가냘픈 어깨가 파르르 떨렸다. 잘 때도 바닥에 등을 대고 눕지 못하고 언니는 생애의 대부분을 이불 위에서 보냈다. 앉지도 엎드리지도 않은 어정쩡한 자세로, 자신을 누르는 중력과 맞섰다.

언니도 먹고 마시고 문을 열고 문을 닫고 걷고 움직였을 텐데. 다른 모습, 다른 자세, 다른 각도의 언니는 파악되지 않는다. 있는 듯 없는 듯 구석에 웅크린 언니는 투명인간처럼 눈에 보이지 않았다.

언니는 말이 없었다.

기침을 하고 가래를 뱉고 숨을 몰아쉴 뿐. 입안에 음식을 넣고 씹을 때도, 산더미 같은 조제약을 삼킬 때도 언니는 소리를 내지 않았다. 약동하는 나의 육체는 꺼져가는 생명의 탄식을 듣지 못했다. 새벽녘에 오줌이 마려워 깨어나면 옆에 가쁜 숨소리가 있었겠지만, 언니의 허약한 폐와 목구멍에서 새어나오는 불규칙한 소리들을 방구석에 처박힌 고장난 라디오의 소음인 양 나는 무심히 지나쳤다.

언니는 자신의 감정을 표현하지 않았다.

언니는 웃지 않았다. 울지 않았다. 아프다고 투정하지도 않았다. 무얼 사달라고 떼쓴 적도 없다. “너 이거 먹을래?” 엄마가 음식을 코앞에 들이댈 때도 말없이 끄덕이거나, 싫으면 고개를 돌렸다. 인내하며 언니는 그냥 존재했다.

14

나의 유년은 아버지의 섬뜩한 잠꼬대에서 시작되었다.

섬뜩하다고 했지만 사실 내가 그 소리를 섬뜩하다고 생각한 건 나이 서른이 넘어서다.

1990년대가 저물던 어느 날 부모님 집을 방문한 나는 한밤중에 소스라쳐 깨어났다. 나를 깨운 건 마치 옆에서 살인이라도 벌어진 듯 긴박한 "죽여라 죽여!"였다. 도대체 이게 무슨 소리지? 누가 싸우나?

집이 떠나갈 만큼 커다란 부르짖음이 낮은 중얼거림으로, 알아듣기 힘든 혼잣말로 변하고 으으…… 짓눌린 신음이 잦아들더니 마침내 끊겼다. 그리고 고양이가 울었다. 요란한 잠꼬대 뒤에 담을 넘어온 도둑고양이의 가느다란 비명은 차라리 한 편의 시였다.

"죽여라"의 뒤를 이은 고양이 울음을 감상하고서야 나는 내 신경을 갉아먹었던 소음의 정체를 인식했다. 아버지의 잠꼬대였다. 양친의 곁을 떠나 한참 잊고 있었지만 나는, 우리는 그 끔찍한 헛소리를 허구한 밤 들으며 자랐다. 여러 식구가 단칸방에서 어깨 비비고 잘 적에는 말할 것도 없고, 형편이 좋아져 각자 다른 방을 쓸 때도 문풍지를 뚫는 큰 소리였다. 옆집에 세든 도둑고양이도 놀라 까무러칠 정도였는데, 무엇이든 익숙해지면 느끼지 못하는 법이다. 언니의 기침에도 아버지의 잠꼬대에도 내 귀는 반응하지 않았다.

자다가 벌떡 일어나 고함치는 아버지 때문에 어머니는 신혼 초에 제대로 잔 날이 며칠 안 된다고 했다. 그러니까 "죽여라 죽여!"는 엄마의 뱃속에 있을 때부터 내게 침투했던 불협화음이었다. 아버지가 밤마다 기를 쓰며 죽여야 하는 건 전쟁의 기억이다. 최전선에서 육군 소대장으로 전투에 참가한 그는 끔찍한 일을 많이 겪었다. 우리 식구를 괴롭혔던 6·25 전쟁의 악몽은 환갑이 지나 아버지에게 죽고 못 사는 애인이 생긴 뒤 사라졌다. 어머니의 해석에 따르면 '그년하고 달콤한 얘기만 하니까' 고약한 잠버릇이 감쪽같이 없어졌다고 한다.

아버지는 잠꼬대만 요란한 게 아니다. 그는 무엇을 하건 소리가 크게 나는 사람이었다. 이를 닦는 아버지의 모습은 정말 볼 만했다. 그처럼 정열적으로 칫솔질을 하는 사람도 없을 것이다. 솔대를 단단히 쥐고 칫솔모와 이를 마찰시키는 입안의 대장정이 끝난 뒤, 맨손체조 하듯이 목을 한껏 뒤로 젖힌 채 양칫물을 가득 머금고 그르렁대는 소리가 사자의 포효 같았다. 천하를 다 게워낼 듯한 어마어마한 기운이 다른 마땅한 곳에 쓰였더라면……

애들은 멀리서도 아비의 인기척을 느낄 수 있었다. 그는 대문을 두드리는 소리도 남달랐다. 으음. 크게 헛기침을 한 뒤에 "나야. 문 열어"가 나온다. '나야'로부터 3분 안에 사람이 나오지 않으면 대문을 발로 꽝꽝 걷어차고, 우리집에서 제일 행동이 잽싼 내가 숙제하다 말고 슬리퍼 한 짝만 걸치고 뛰어나온다. 녹슨 철제 빗장을 오른쪽으로 젖히면 끼이익, 귀에 거슬리는 소리가 나곤 했다.

"아버지, 안녕히 들어오셨어요."

"오냐."

귀가하는 아버지 손에는 둘둘 접은 석간신문이 들려 있었다. 그는 신문광이었다. 집에 들어오면 우선 씻고 방에 앉아서 신문을 펼쳤다. 오늘의 대한민국에 코를 박고, 행간에 숨은 하찮은 반역의 조짐에도 목말라했던 당신. 이따금 어휴— 쯧쯧. 혀를 차는 소리만 새어나올 뿐, 신문에 가려 아비의 코와 입은 보이지 않았다. 신문은 아버지의 애인이었다.

밥상이 나와야 아버지의 긴 독서가 끝났다. 신문 보거나 밥 먹는 아버지에게 말을 시키는 건, 무언가에 열중한 아버지를 방해하는 건 당신을 화나게 하는 지름길이다. 아버지는 위가 좋지 않아, 식사 도중에 거북한 얘기를 들으면 소화가 되지 않는다고 했다.

감방에서 콩밥을 질리도록 먹은 아버지는 콩을 싫어했다. 밥그릇에서 어쩌다 검정콩이 나오면 에이! 하며 이마를 찌푸리고 숟가락을 놓았다. 큰 잘못을 범한 죄인처럼 오그라든 엄마가 주섬주섬 아버지 밥에서 원수를 골라 자신의 밥공기 위에 얹는다. 아버지가 싫어하는 줄 알면서도 엄마는 값싸고 우수한 식물성 단백질 공급원인 콩을 애들에게 먹이기를 포기하지 않았다.

엄마가 미닫이문을 드르륵 밀고 밥솥을 방으로 들이밀면, 뜸들기를 기다렸다 내가 주걱을 든다.

뚜껑을 열면 앗, 뜨거워! 꼭지가 빠진 솥뚜껑이 방바닥에 나뒹굴고 펄펄 끓는 수증기가 올라와 얼굴을 적신다. 김이 다 빠지면 위에 까맣게 올라온 콩을 나무 주걱으로 실실 걷어내 휘휘 저어 아버지 밥을 먼저 푼다. 그래야 콩이 아버지 밥주발에 들어가지 않으면서도 골고루 섞였다.

식사 시간에 우리는 입도 벙긋하면 안 되었다. 묵묵히 밥만 먹고 일어나야 했다. 물론 그 규칙은 잘 지켜지지 않았고 떠든다고 번번이 엄마에게 야단맞았다. 가족들이 모이는 밥상이 도란도란 다정은커녕 금지와 긴장의 연속이었다. 아이들이 성장하여 이웃집 식탁에 초대받아 가장 부러웠던 건 음식을 두고 나누는 화기애애함이었다. 밥 먹을 때 말을 해도 되다니!

말하지 마. 말하지 마……나는 말해야겠다. 신성해야 할 식사 시간에 어미가 무슨 말로 아비를 자극했는지. 돈 타령, 신세 타령이 고작이었을 게다. 우리 어머니는 아버지에게 바가지를 긁기는커녕 가벼운 말대꾸도 못했다. 아버지 앞에서 눈을 살짝이라도 치켜뜨는 어머니를 나는 본 적이 없다.

아버지가 밥상을 둘러엎는다. 공기가 날아가고 접시가 깨어지고 숟가락이 휘고 상다리가 부서진다. 아이들의 뺨에 된장국물이 튀고 김치와 밥알이 팔뚝에 들러붙는다. 갑작스러운 일이라 모두 숟가락을 놓고 뒤로 물러난다. 고개 숙인 어미 곁에서 애들은 눈만 끔뻑일 뿐, 부스럭거리지도 않는다. 언니의 새가슴이 더 옥죄이고, 아이들은 제 침 넘어가는 소리에도 움찔 놀란다. 공포로 굳은 입술 안에서 우리를 고문하던 끈적한 액체……

침을 뱉고 싶어. 뱉고 싶어.

씹히다 만 음식물이 목에 걸리고 까칠까칠한 밥 알갱이들이 돌처럼 혀를 찌르는 그 와중에도 애들은 식욕이 동했다. 방바닥에 뒹구는 노릇노릇한 계란이 아까웠다. 아침 밥상에 오르는 계란찜은 아버지만 먹는 특별 요리였다. 달걀 위에 얹은 고소한 참기름 냄새만 맡아도 속이 울렁거렸는데……

아비에 대한 원망에 앞서 나는 어머니를 탓했다. 좀 가만히 있지, 왜 쓸데없이 아버지 화를 돋워 이 난리를 피우나. “에이! 이놈의 집구석, 내 다시 들어오나봐라!” 아버지가 자리를 박차고 휭— 바람을 일으키며 나가버리면, 어린것들은 참았던 소리들을 한꺼번에 터뜨렸다. 막혔던 입과 코와 항문이 열린다. 딸꾹질과 기침, 침을 뱉고 코를 풀고 방귀를 뀌었다.

어머니는 방바닥을 무르팍으로 엉금엉금 기어가 난장판을 치운다. 파헤쳐진 생선 내장, 낭자하게 흩어진 음식의 잔해들을 장애물 넘듯 타넘으며, 애들도 어미를 거들어 깨어진 그릇 조각들과 음식 건더기들을 쓰레받기에 모아 버린다. 두어 차례 빗자루질 뒤에도 어딘가 남아 있을 사금파리 조각에 찔리지 않도록 조심하며, 찢어진 내복으로 만든 걸레로 방바닥을 닦는다. 김칫국물로 푹 젖은, 고춧가루와 마늘과 무채들이 지저분하게 엉킨 걸레 더미를 들고 내가 우물가로 간다. 비누로 비비고 빨고 헹궈도 헹궈도 맑아지지 않는 땟국물.

그리고 무수한 날들이 지나갔건만, 침도 삼키지 못했던 입안의 들볶임과 물컹한 걸레의 감촉만은 징그럽게도 생생하다.

밥은 물론 김치와 국도 버리지 않고 남김없이 자기 앞의 밥공기에 쓸어담은 뒤 어미와 딸들은 말없이 식사를 계속한다. 아무 일도 없었다는 듯. 바닥에 굴러 만신창이가 된 오늘의 양식을 한술 두술 숟가락으로 떠넘긴다. 얼마나 자주 상이 날아갔기에. 우리집 밥상은 성한 데가 없었다. 나무의 칠이 벗겨지고 꺾쇠가 망가지고 다리가 휘었다. 밥상을 차리기 전에 뒤뚱거리는 포마이카 상다리 밑에 달력이나 딱지를 접어 받치는 게 아이들의 정해진 일과였다.

한바탕 뒤집어엎고 나간 아버지가 저녁에 귀가하면 어머니는 다소곳하게 죽은듯이 남편의 시중을 들었다. 우리 어머니는 뭐든지 아버지가 시키는 대로 움직이는 로봇이었다. 마루에 앉아 구두를 닦는 하녀에게 주인님이 명령한다.

"주민등록 등본 오늘까지 떼놔. 도장도 새겨. 아무개 전화 오면 나 점심때까지 ××다방에 있겠다고 해."

집안의 대소사는 으레 어머니가 챙겼고, 아버지의 친구의 동생의 결혼식장에 가서 봉투를 내미는 사람도 어머니였다. 어머니는 아버지를 위해 신문 스크랩도 해야 한다. 아버지가 아침에 신문을 보다 볼펜으로 표시한 기사를 어머니는 오후에 가위로 오려 종이에 붙였다.

어머니가 헌신적일수록 아버지는 어머니를 종 부리듯 함부로 대했다. 툭하면 "이 여자가 미쳤나?" "아니, 저게" 소리가 굴러나왔다. 마구 반말을 해대는 아버지에게 어머니는 꼬박꼬박 존댓말을 바쳤다. 어른 못지않게 애들도 권력관계에 민감하다. 아이들은 쉬지 않고 잔소리를 늘어놓는 어머니보다 무뚝뚝한 아버지를 어려워하면서도 따랐다. 아비를 닮아 애들도 어미에게 소리지르고 귀찮은 일을 떠넘겼다. 뜨개질이나 수예처럼 내가 하기 싫은 숙제를 엄마가 대신 해주는 걸 당연하게 여겼다. 딸년들도 아비처럼 대문을 발로 뻥뻥 걷어찼고

양치질하며 이를 빡빡 문질렀다. 그래서 아래께가 헐거워진 우리집 대문은 아귀가 맞지 않았고, 성한 칫솔이 없었다.

그 시절의 우리를 웅변하는 칫솔. 플라스틱 통에 뒤죽박죽 꽂힌, 끝이 실타래처럼 휘고 누렇게 변색된 칫솔들. 닳고 닳아 솔이 다 빠지기 전에는 새것을 사지 않았다. 아침마다 엄마는 딸들에게 치약 아껴 쓰라고, 아무데나 꾹꾹 누르지 말고 밑에서부터 살살 짜라고 군소리하곤 했다.

노골적으로 폭력을 행사하지는 않았지만, 아버지에게는 잠재된 폭력의 가능성이 있었다. 집안에 하나뿐인 남자였던 아버지는 무엇보다도 크기로 우리를 압도했다. 한국 성인 남자의 표준을 훨씬 넘는 키에 한창때 몸무게가 100킬로그램에 육박했던 아버지는 아무도 무시 못할 몸을 갖고 있었다. 당신의 그 좋은 몸을 유지하고자 아침마다 체조를 했다. 간단한 맨손체조가 아니라 한 시간가량 뛰고 흔드는 격렬한 운동이었다. 나이가 들어도, 70세가 넘도록 아버지는 자신을 가꾸기를 포기하지 않았다. 비가 오면 집안이 운동장이 되었다. 마룻바닥이 다 울리도록 깡충깡충 뛰는 당신을 보며 나는 집이 무너지지 않나, 걱정했었다.

아버지는 떡 벌어진 어깨만큼 목소리도 굵고 우렁찼다. 아버지는 엄마와 세 딸을 합한 것보다 힘도 세고 기운도 넘쳤다. 운동을 하지 않을 때에도 아버지의 몸짓엔 어떤 절도가 있었다. 그는 천생 군인이었다. 식사하며 수저를 드는 동작에도, 아무리 흐트러진 순간에라도 아버지의 말과 행동거지엔 오랜 훈련의 잔재가 배어 있었다. 일제의 엄격한 군국주의 교육을 받고 청춘을 전쟁터와 감옥에서 보낸 아버지는 사회에 복귀한 뒤에도 규칙적인 생활습관을 지키며 술 담배를 멀리 했다.

아버지에 대한 나의 무섬증에는 더 뿌리깊은 뭔가가 있었다. 그는 맘만 먹으면 무슨 일이든 저지를 사람이었다. 우리 가족 모두 그 사실을 분명히 알고 있었다. 불같은 성미도 나이들며 수그러들었지만, 옛날에 우리는 아버지라면 벌벌 떨었다. 아버지를 가장 잘 아는 사람은 어머니인데, 반세기를 동고동락한 뒤에도 어머니는 아버지를 두려워했다. "얘, 난 니 애비 무섭다. 그림자도 밟고 싶지 않아."

15

아버지는 말과 행동이 거친 반면 옷차림은 세련되었다. 아버지는 없이 살면서도 멋을 부렸다. 삼십대 때부터 빠지기 시작한 머리카락은 대한민국 최고의 외모를 자랑하는 그로서는 참을 수 없는 '옥에 티'였다. 대머리를 가리려 한여름에도 베레모를 쓴 아버지를 보고 "니네 아부지 영화감독이냐?"고 묻는 친구들에게 아니라고 대답하며, 나는 멋쟁이 아버지가 자랑스러웠나, 부끄러웠나.

거울 앞의 아버지.

집안에 하나밖에 없는, 경대에 딸린 거울은 아침이면 아버지 차지였다. 오른손으로 빗을 잡고 왼손으로 머리를 쓸어넘긴다. 털이 빠진 천장을 살피느라 눈동자는 위로 몰리고 이마엔 굵은 주름이 잡힌다. 정수리에 간신히 붙어 있는 터럭 몇 올에 기름을 바른 뒤 아버지는 모자를 요리조리 돌려 쓰며 모양을 냈다.

거울 앞에 어머니는 없다.

살림독에 빠져 부엌데기 신세를 못 면한 어머니는 거울 볼 짬이 없다. 어머니가 시집올 때 해온 앉은뱅이 경대 위엔 여자 화장품 대신 면도기와 포마드, 남자용 스킨로션만 가지런했다. 옷도 아버지가 엄마보다 구색을 갖춰서 더 잘 입었다.

장면이 바뀌고 아버지가 소리지른다.

"여보! 그거 어딨어?"

'어디 있어'가 아니라 '어딨어'다. 그만큼 급하다. 엄마가 황급히 방으로 뛰어온다.

"네? 뭐요?"

"아— 그거 있잖아, 그거."

손가락으로 '그것'이 있던 장소를 가리키며 아버지가 더듬거린다.

'그거'는 탈모방지약일 수도 있고, 손톱깎이, 손수건, 누런 봉투일 수도 있다. 방 한가운데 서서 엄마가 재빨리 주위를 둘러본다. 엄마가 부엌에서 일하다 나온 물 묻은 손으로 집안을 이 잡듯 뒤져도 찾는 물건이 금방 나타나지 않자, 아버지가 엄마를 채근한다.

"그거 있잖아, 왜…… 그거—"

아버지의 눈이 깜박이며 목이 좌우로 흔들린다.

어머니가 손톱깎이를 찾아 아버지에게 내민다.

"아니, 이거 말구."

답답하다는 듯 아버지가 짜증을 부린다. 왜 '그것'을 모르냐고, 어서 나를 읽으라고 벌컥 화를 낸다. 경대와 서랍 언저리를 구석구석 훑는 어머니의 눈과 손이 바쁘다. 편지봉투를 찾아 아버지 손에 쥐어주어야 집안이 평온해진다. 아버지는 고맙다는 말 한마디 없이 자기 일을 계속하고, 주인에게서 풀려난 하녀는 물건들을 다시 제자리에 놓은 뒤 물러난다.

아버지는 사물의 이름을 몰랐던가. 손톱깎이, 휴지, 신문, 손수건 같은 간단한 일상용품들의 이름을 외우지 못했단 말인가. 당신은 '그것'의 고유한 명칭을 굳이 힘들여 발음하지 않았다. 눈빛만으로도 당신이 뭘 원하는지를 알아 냉큼 앞에 대령할 충실한 비서가 옆에 있었으니까. 아버지의 '그것'을 보통명사로 바꾸는 숙련된 노동에 매일 아침 무보수로 봉사했던 어머니.

내 아버지가 항상 무서운 건 아니었다. 흐린 날보다 맑은 날이 더 많았으리라. 그러나 흐린 날이 더 완강하게 기억의 똬리를 틀고 펜을 움직이게 한다. 모든 걸 지나치게 심각하게 받아들이거나, 아니면 반대로 모든 걸 유희로 환원시키는 아이들의 세계에서는 언제 비구름이 몰려오고 소나기가 칠지 모른다. 햇빛 쨍쨍하던 날이 금세 캄캄해지고 지옥이 천국으로 변한다.

16

어느 갠 날. 아이들이 아버지의 몸에 물건처럼 매달려 있다. 아비의 품은 너른 운동장 같아 애들 서넛이 달려들어도 끄떡없다. 아버지가 웃통을 벗고 방바닥에 길게 엎드리면 애들이 콩콩 뛰며 팔을 걷어붙인다. 푹신하면서도 단단한 살을 동생과 내가 위아래로 나눠서 공격해 들어간다. 나는 어깨부터, 동생은 다리부터, 젖먹이 막내는 발가락 하나를 차지하고…… 애들 셋이 달려들어 아비의 울퉁불퉁한 몸뚱이를 주무르고 두드리고 발로 밟는다. 넓적다리 위에 올라타 쿵쿵 방아를 찧는다.

"아유 시원하다. 응, 거기야. 더 세게. 그렇지."

아버지의 다리와 어깨 이곳저곳에 게릴라처럼 도사린 흉터들을 보고 애들의 눈이 휘둥그레진다.

"아부지, 이게 뭐야?"

"응. 총 맞은 자국이야."

꼬집었다 불로 지진 듯한 피부의 괴이한 함몰이 신기했다. 어머니의 입에서 뜨문뜨문 털려나오는 아비의 지나간 과거 부스러기들이 아비의 흉터에 신비로운 후광을 두른다.

"나도 첫날밤에 그걸 보고 까무러칠 뻔했지. 결혼 전엔 아무 말도 안 했거든. 옷을 입었으니 보일 턱이 없고. 아무튼 나는 그때 니 애비한테 홀딱 빠져 있었으니까. 니 애빈 배재중학 4학년 때 해방을 서울에서 맞았지. 느이 할아버지가 원주에서 역장을 하실 때라 정씨 문중 큰아들을 서울로 유학 보냈어. 홍천서 보통학교 다닐 때부터 기골이 장대하고 영특해 장군감이라 했단다. 서울선 한창 좌우익이 싸울 때라 니 애빈 곧 정치바람에 휩쓸려 친구들과 몰려다녔지. 워낙 허우대 좋고 언변이 좋아 여기저기 쑤시고 다녔어. 글쎄, 혼자 교장을 두 명이나 바꿔치기했대지 뭐니. 이승만이 배재 나왔거든. 원충연씨는 바로 니 애비의 6년 선배였구.

'박헌영이는 내 손에 죽는다'고 만나는 사람마다 호언장담하며 호주머니에 항상 수류탄을 넣고 다녔대. 그 성미에 오죽했겠어? 여운형이 괴한의 총에 맞아 죽었다는 말을 듣고는 자기 손으로 처단하지 못해 분통을 터뜨렸댄다. 겨우 열일곱 살짜리가…… 남로당 간판을 뗀 것도 니 애비였다. 전번에 〈광복 20년〉 들으래서 라디오 켰더니 니 애비 이름 나오더라. 하는 짓이 학교 공부는 안 하고 일본어로 된 사상서적이나 읽고 맨날 으샤으샤만 했어. 대학은 갈 필요가 없다고 생각했대. 역도부 주장에다 해방 후 열린 전국체전에 나가 투포환에서 일등하고 역도에서도 상을 탔으니, 주먹 세계에서 서로 자기편 만들려고 저녁마다 불러냈댄다. 이 뭐시긴가 유명한 주먹이 종로 상권을 나눠먹자며 밥도 사고 술도 멕이고…… 꼬셨대.

그런데 니 애빈 다 마다하고 헌병대에 들어갔댄다, 글쎄. 그게 애국하는 길이라고 고등학교 2학년 때부터 선배가 니 애비를 구워삶아,

말하자면 의식화시킨 거지. 그러다 6·25가 터졌지. 노량진 다리서 한강을 남하하는 걸 지휘했대. 그렇게 전선을 따라 이동하다가 부산에서든가 아예 자원입대했대. 육군종합학교라고, 전시에 급조된 단기코스 장교 양성기관이 있었어. 소령 계급을 달고 백마고지서 싸웠대. 백마고지는 나 어릴 때도 살아오기 힘든 곳이라고 동네 어른들이 수군댔었어. 죽을 고비를 여러 번 넘기고 무수한 사람을 죽였대.

한번은 이런 일도 있었대. 춘천 근처 시골 읍에 들어가 국민학교 교사에 짐을 풀고 부역자 명단을 받았는데, 처녀 선생이 끼어 있더래. 인민군 갈 때 따라가지 않은 걸 보면 골수분자는 아닌 것 같고, 또 만나보니 청초하고 이뻐 죽일 맘이 안 생기더래. 얘길 들어보니 인민군 숙소로 학교를 내준 게 죄의 전부였지. 그래 상부에 탄원했지만 워낙 분위기가 살벌할 때라 소용없었지. 그래서 형을 집행하려는데 내키지 않더래. 마지막으로 할 말은 없냐고 물으니까,

'난 피붙이라곤 늙으신 우리 아버님밖에 없는데, 나 죽었단 얘기 말아주세요.'

서서 흐느끼더란다. 부하들에게 총알을 지급하는데 손이 떨리더래. 요즘도 그 여선생이 꿈에 나타난다더라."

막이 내리고 무대에서 내려온 아버지는 초라하다. 현대사의 주역이자 전쟁 영웅이 당장 내일 아침 차비가 없어 장인의 신세를 져야 한다. 내가 외할아버지 댁에서 꾸어온 천원짜리 지폐를 주머니에 넣고 나간 아버지는 아침부터 다방에 앉아 있다. 그의 화려한(?) 과거에 걸맞지 않은 현재를 아이들은 나름대로 소화하려 애썼다. 만일 내 친구

가 너의 아버지는 어떤 사람이냐고 내게 물었다면, 나는 거리낌없이 이렇게 대답했을 게다. 우리 아버진 타이거마스크처럼 정의를 위해 싸우다 박해받은 사람이야.

나의 유년을 지배한 불안은 아버지로부터 왔지만, 한창 뻗어나는 아이들에게 아비의 잠꼬대는 하룻밤 자고 나면 잊히고, 다리의 흉터는 옷을 입으면 보이지 않는다. 그는 다른 아버지들처럼 아침에 나가 저녁에 들어오는 사람이었다. 밖에서 무얼 하는지는 몰랐지만, 그 덕분에 우리가 먹고사는 건 분명했다. 내가 아비의 흉터에 현미경을 들이대고 눈동자의 깜박임과 잠꼬대를 하나로 꿰어 연결시킨 건 훨씬 뒤의 일이다. 치명적인 건 나중에 밝혀진다. 진실은 여러 겹의 옷을 입고 있다.

17

1960년대 후반에 라면은 귀한 음식이었다. 간만에 친정동생이 왔다고 엄마가 내놓은 꼬불꼬불한 면발에 가려 외삼촌은 보이지도 않는다. 아이들은 뒤로 물러나 젓가락으로 훌훌 말리는 국수를 황홀하게 쳐다본다. 외삼촌도 배가 고팠는지 후룩대고,

'조금만 남겨라. 조금만……'

조금만을 애원하던 애들은 삼촌이 젓가락을 놓자 총알처럼 달려들어 냄비를 긁는다. 만날 똑같은 잡곡밥에 된장국만 먹던 내게 라면의 환장할 맛과 냄새는 하나의 혁명이었다.

밥상머리에 엉긴 초롱초롱한 눈망울들이 총각 삼촌의 측은지심을 자극했는지, 올망졸망한 애들이 셋이나 딸려 고생하는 누이가 딱해 외삼촌은 입 하나라도 덜자며 날 데려다 키우기로 결심한다. 서울에서 약대를 졸업한 삼촌은 속초에서 약국을 차릴 예정이었다.

속초는 내게 비릿한 물내음으로 열리고 닫힌다. 술냄새와 뒤섞여 주위를 맴돌던 비린내. 오징어잡이 배들의 날씬한 타원형 몸체. 부두의 시끌벅적함. 늘 어디선가 싸우는 소리가 들렸다. 배 태워달라며 절망적으로 부르짖는 내 울음이 바다에 빠진다.

삼촌은 술꾼이었다. 군복무를 했다는 것 외엔 아무런 연고도 없는 곳에서 약국을 개업한 것만 봐도 우리 삼촌이 얼마나 끝내주는 한량이었는지 알 게다. 경치 좋은 곳에서 놀며 마시고 싶어서 속초로 내려온 사람이니 약국 일은 뒷전이라, 저녁만 되면 학교에서 돌아온 이모에게 가게를 맡기고 친구들과 술 먹으러 돌아다녔다. 까무잡잡한 피부에 호리호리한 삼촌은 깡다구로 한몫하는 사람이었다. 뱃사람들과 섞여 웃통을 벗고 술판에 있으면 먹물 티가 전혀 나지 않았다. 나는 삼촌 뒤를 졸졸 따라다니며 배도 타고 막걸리도 얻어마셨다. 그러다 하마터면 내 남편이 될 뻔한 총각을 만났다. 날 이뻐한 나머지 뺑튀기해서 자기 각시 삼고 싶다고 말했다는 삼촌의 친구는 어떻게 됐을까?

삼촌을 따라 설악산을 내 집처럼 드나들었다. 비선대에서였다. 자신 있다고 큰소리쳤지만 덜 여문 무릎이 오르기에 벅찬 돌계단을 하나씩 디디며 숫자를 셌다. 백까지 세고 내가 마치 천하장사가 된 양 '야호'를 연발했다.

중앙동. 중앙시장. 중앙약국. 중앙극장…… 거긴 뭐든지 이마빡에 '중앙'이 붙어야 장사가 됐다. 속초에서 삼촌이 붙여준 내 별명도 '중앙동 깡패'였다. 속초 바닥에서 이 이름이면 모르는 사람이 없었다. 내가 사내애들을 대여섯 몰고 다니며 못하는 짓이 없어 그런 망측한 별명이 붙었다 한다. 내가 거칠게 남자애 흉내만 낸 건 아니다. 쌀가겟집 아들이랑 오붓하게 신랑각시 놀이도 했다.

중앙시장 일대는 나의 해방구였다. 삼촌은 술독에 빠져, 고등학생인 이모는 낮에는 학교 가랴 저녁에는 삼촌 대신 약국 보며 살림하랴,

말괄량이 조카를 감시할 틈이 없었다. 서울의 주변만 맴돌던 애가 그야말로 중앙으로 진입해, 속초의 중앙시장 한복판에서 서울에서도 맛보지 못했던 도시의 향락을 만끽했다. 약국 맞은편, 열 걸음도 안 되는 곳에 극장이 있었다. 중앙극장은 나의 아지트였다. 아침 일찍 영화관에 들어가 마지막 회가 끝날 때까지 나오지 않았다.

내 수법은 이랬다. 매표소의 아가씨가 출근하기 전에 청소부 아저씨를 따라 들어가 영화를 공짜로 관람했다. 맨 앞줄에 앉아 대형 스크린에서 뿜어나오는 총천연색을 정면에서 폭격 맞듯 쬐었다. 일찍이 몰입과 도취의 짜릿함을 알았으니, 앞으로 그거 없는 삶은 시시할 터였다.

'뽑기'는 아이들을 상대로 한 신종 도박이었다. 한쪽으로 기운 네모난 나무판에 못이 서너 줄 박혀 있고 꼭대기에는 철사를 휘어 만든 소용돌이가 붙었는데, 거기로 구슬을 굴리면 아래로 떨어진다. 나무판 밑에는 껌, 초콜릿, 사탕, 필통…… 아이들의 구미를 당길 상품들이 놓여 있다. 구슬이 소용돌이를 지나 줄을 바꾼 다음 어디에 닿을지는 아무도 모른다는 게 도박의 묘미였다. 재수가 좋으면 내기 돈보다 비싼 필통도 집을 수 있고, 못 나와도 껌이니 애들의 '짱구'로는 손해 볼 것 없는 게임이었다.

물을 채운 대야에 빙 둘러 상품을 배열하고 물방개를 풀어놓는 행운의 바퀴 같은 뽑기도 있었다. 벌레가 물위를 헤엄쳐 어디서 멈추는가에 따라 희비가 엇갈린다. 근데 그놈이 도무지 움직이지 않았다. 어디 아픈지 대야의 가운데 멈춰 있는 물방개를 목격하곤 나는 수중 뽑기를 신용하지 않았다. 내 귀한 동전을 다 죽어가는 벌레한테 맡길 수는 없었다. 동작이 굼뜬 물방개보다 빠르게 나무판을 구르는 구슬이 내 적성에 맞았다.

일찍이 노름맛을 알면 신세 조진다고 했다. 그날도 나는 삼촌에게 돈을 타려고 뭐라고 재잘거렸을 게다. 동전을 손에 쥐고 나는 뛰었다. 앞도 보지 않고 뛰다가 나무판 앞에 엎어졌다. "아저씨이— 나 뽑기……" 좌판이 보이자 소리부터 지르다 못에 찔려 얼굴이 피투성이가 되었다. 입술이 찢어지고 혀가 뭉텅 잘려나가 한 달 남짓 입에 붕대를 감고 있었다. 쉬지 않고 쫑알대던 애가 한마디도 못하니, 이모는 그때처럼 내가 불쌍해 보인 적도 없었다 한다. 상처는 나았지만 잘린 혀는 붙일 수 없었다.

흥분하면 말을 더듬던 나는 사고 이후 더 심하게 더듬거렸다. 혀가 짧아져 발음도 명확하지 않았고, 윗입술이 위로 들려 입을 다물어도 이가 보였다. 그래서 입은 나의 콤플렉스가 되었다.

아버지가 속초로 나를 찾아왔다. 약국 뒤에 붙은 살림방에서 이모와 삼촌 틈에 끼어 자기가 뭣해 정씨 부녀가 따로 여관에 묵었는데, 아침에 일어나보니 당신이 누웠던 자리만 구겨진 채 몸통이 없어졌다. 휑한 이부자리를 멍하게 노려보던 나는 쏜살같이 뛰어나가 "아부지 어디 갔어. 아부지—" 울면서 속초 시내를 뒤졌다.

"니가 내 품서 떨어진 지 1년쯤 지났을까. 생활이 좀 피었지. 그래니 애비 혼자 일 보러 가는 길에 널 찾아보았지. 얼마 안 있어 우리 식구 모두 설악산 구경도 할 겸, 널 아주 데려오려 속초로 갔었지. 근데 글쎄, 하경이 니가, 노여워 그랬는지 우리를 보자 히비죽 해가지구 슬슬 부모를 피하더라구. 그토록 보고 싶던 아빠를 다시 보았는데도 반가워 않고 담벼락 뒤에 숨곤 했지. 그런 상태가 꽤 오래갔어. 전에는 그렇게 명랑하던 애가……"

어머니의 염려를 뒤로하고 나는 다시 명랑해진다. 비선대의 너럭바위에서 언니 동생과 일렬횡대로 나란히 서서 〈학교 종이 땡땡땡!〉에 맞춰 앙증맞은 율동을 부모에게 선사하고, 해변에서 뒹굴며 동생에게 파도타기 시범도 보이고, 우리는 모처럼 즐거운 한때를 보냈다. 이전에도 이후에도 그런 단란은 없었다.

18

삐걱이는 나무 대문을 열면 좁다란 뜰이 나왔다. 마당의 양쪽에 아무렇게나 방치된 자그만 꽃밭이 있었다. 봉선화와 맨드라미…… 나팔 모양의 주홍빛 꽃잎에 까만 점이 보기 흉하게 박힌 이름 모를 꽃도 있었다. 잡초가 제멋대로 우거졌지만, 오며 가며 눈이라도 마주치면 기분이 좋아졌다.

주인집 딸내미의 이름을 따서 우리가 현순네라 부르던 허름한 한옥은 세입자가 하나둘 늘 때마다 필요에 따라 덧짓고 늘려, 마치 성냥갑을 여럿 포개놓은 듯 어수선한 모양새를 하고 있었다. 방 하나에 툇마루가 딸려 세트를 이뤘는데 부엌이 따로 없어 마루 한켠에 찬장을 놓았다. 그 비좁은 공간에서 엄마는 새우처럼 몸을 구부리고 음식을 만들었다.

대문에서 가까운 문간방엔 시장에서 콩나물 장사를 하는 과부댁이 살았고, 그리고 그 옆이 우리집—집이라기보다 방이다. 마루 건너 안방에 주인네가 기거했다. 나무로 된 마루가 어찌나 깨끗하고 반질반질 윤이 났던지, 가만히 서서 몸을 숙이면 거울처럼 얼굴이 비쳤다. 엄마는 우리가 마루에 뭘 흘리거나 뛰지 않도록 단단히 단도리해, 마루를 횡단할 때면 아이들은 살금살금 발꿈치를 들었다. 주인집 안방에는 군대 간 큰아들의 축음기가 문을 열면 바로 보이는 위치에 놓여 있었다. 마음씨 좋은 주인 아줌마도 그 덩치 큰 서양 기계만은 우리들에게 허락하지 않았다. 지나다닐 때마다 문틈으로 흘금거리며 '저걸 어떻게 건드려볼까' 궁리했지만, 네 세대가 아웅다웅 모여 사는 집은 어른들이 없는 날이 없어 내 꿈을 이루지 못했다.

울리지 않는 악기는 몰락한 부자의 마지막 자존심 같은 물건이었다. 현순네는 원래 부자였는데 쫄딱 망했다고, 그래서 우리 같은 사람들한테 세를 준다고, 가만히 앉아 들어오는 돈으로 먹고사는 편안한 팔자라고 엄마는 부러워했다.

우리 방에서 대각선으로 마주 보이는, 주인집 부엌에 붙은 쪽방의 문은 좀처럼 열리지 않았다. 밤일 나가는 젊은 여자와 기둥서방이라는 사내는 대낮에도 문을 걸어잠그고 잠만 자는지 도무지 인기척이 없었다. 저녁 늦게 나갔다가 아침에 들어오는 여자를 직접 맞대지는 않았지만 빨랫줄에서 그녀가 벗어놓은, 아이들이 파티복이라 부르는 야한 옷들을 보았다.

오후의 빨래 건조대도 아침의 수돗가처럼 붐볐다. 높낮이가 다른 전깃줄들이 거미집처럼 엉킨 뒤뜰은 이미 다른 집 빨래들이 점거해 빈 곳을 찾기가 쉽지 않았다. 밑으로 처지지 말라고 빨랫줄의 한가운데를 나무 장대로 받쳤는데도 젖은 세탁물의 무게로 푹 내려앉아, 바지처럼 기장이 길고 물을 흠뻑 먹은 옷들은 끝단에 흙이 묻었다.

바람에 빨랫줄이 휘청거리고 옷자락들이 펄럭인다. 커튼처럼 늘어진 기저귀들에 가려 엄마의 모습이 보이지 않아, 천 사이를 요리조리

빠져나가며 엄마 주위를 맴돌았다. 밑이 해진 남루한 바지며 올이 풀리고 바랜 속옷 나부랭이들의 틈새에서 쪽방 아줌마의 드레스가 제일로 화사했다. 속옷인지 겉옷인지 아리송한 레이스 달린 망사를 나도 입어봤으면. 입지 못하면 한번 만져보기라도 했으면……

내가 뭐라고 입방아를 찧는다면 모녀간에 이런 대꾸가 오갈 것이다.

"저건 창녀들이나 입는 옷이야."

"창녀가 뭔데?"

"뭐긴 뭐야. 가랭이 벌려 밥 벌어먹고 사는 년들이지."

엄마가 서슴없이 '년'자를 붙이는 걸 보면 천한 직업임이 틀림없겠지만, 내겐 창녀란 '낮에 자고 밤에 일하러 나가는 여자'라는 정의가 더 쉬웠다. 집밖에서 분가루를 뒤집어쓴 가면 같은 얼굴을 마주치면 까닭 모를 슬픔이 밀려들었다. 같은 방에서 매일 보는 언니의 창백한 얼굴엔 무감각하던 내가.

19

아침에 나가보니 그게 우리집 대문 위에 걸려 있었다. 누런 새끼줄에 꼬인 검정 숯이 부적처럼 도드라졌다. 흉물스러운 게 떡하니 앞에 버티고 있어, 평화롭던 대문간이 삽시간에 무당집처럼 괴괴해 보였다. 도대체 저게 뭘까? 대문간을 지나던 어떤 아줌마가 빙그레 웃으며 나의 의문을 풀어주었다.

"저건 딸을 낳았다는 표시다."

딸이라 말하며 동정하는, 가볍게 경멸하는 기색이 어린 마음에도 감지되었다. 아들이면 고추를 매단다고 했다. 왜 하필 숯과 고추를? 그냥 '누구네가 사내애를 낳았음' '여자애를 낳았음'이라고 대문간에 써붙이면 될 것을, 왜 그런 우스꽝스러운 목걸이를 만들어 대문 높이 대롱대롱 매달아야 하는지?

숯은 연탄불 꺼질 때 지피는 것이고, 빨간 고추는 고추밭에 있다 밥상에 올라야 한다. 빨간 고추와 검정 숯처럼 남과 여가 확연히 다른 존재이며, 남녀를 서로 다른 색과 표식으로 구분한다는 발상이 무척 생경했다. 나는 그 인공의 아름답지 못한 상징이 싫었다. 자연스러운 차이를 흉측한 차별로 승격시킨 어른들의 억지가 맘에 들지 않았다.

또 딸을 낳은 사람은 바로 우리 엄마였다. 며칠 보이지 않던 엄마가 갓 낳은 막내를 안고 대문 앞에 나타나던 날. "엄마다!" 줄넘기를 하던 나는 마당에 줄을 내팽개친 채 엄마에게 뛰어갔다.

또 딸을 낳은 자격지심에 팍 숙이고 들어오는 며느리를 원주할머니는(내 아버지의 생모이나 기르지는 않아 왕래가 뜸했던, 원주에 사는 친할머니를 우리는 원주할머니라 했다) 한 달 동안 상대하지 않았다. 점쟁이가 아들이라고 해서 이름까지 남자처럼 지어놓았는데, 딸은 집에서 대충 받아도 아들은 병원에서 낳아야 한다며 돈과 정성을 쏟았는데 또 딸이라니.

아무도 원하지 않던 아이, 숙경은 그렇게 내 삶 속으로 들어왔다. 밥할 시간이 되면 엄마는 아가를 작은 요에 뉘고 나더러 손으로 살살 밀어주라고 시켰다. 그게 우리식의 앉은뱅이 그네였다. 조금씩 위아래로 요를 움직여주면, 보채던 아이가 희한하게 잠들었다.

내 유년의 꽃밭에는 지금도 벌이 윙윙 날아다닌다. 칭얼대는 숙경을 업고 꽃밭을 서성대다 어느 날 그만 벌에 쏘였다. 벌의 습격을 받은 내가 이리 뛰고 저리 나대자 포대기에 업힌 아가도 덩달아 나대며 찍— 오줌을 쌌다. 망할 것이. 등은 축축하지 벌에 쏘인 손은 화끈하게 달아오르지, 엄마가 와서 손에 된장을 발라주어서야 마음이 놓였다.

20

나는 아침밥 뜨기 무섭게, 수저를 놓자마자 쏜살같이 뛰쳐나갔다.

"어디 가니?"

엄마가 물을라치면 이미 내가 없다. 밖에는 놀거리가 널려 있었다. 다방구, 땅따먹기, 딱지, 구슬치기, 널뛰기, 공기놀이, 묵찌빠, 오재미…… 다방구 같은 쉬운 놀이는 진작에 졸업했다. 뛰어야 한 뼘인 작은 골목이지만 희한하게도 여자애들과 남자애들이 노는 곳이 따로 정해져 있었다. 옛날부터, 그 골목이 생긴 첫날부터 여자애들이 찍어 놓고 날만 새면 고무줄을 치는 전봇대 앞에서 사내애들은 감히 구슬을 꺼내지 않았다. 여자 남자 구별 없이 한데 엉켜 시끄럽던 속초의 중앙동과는 딴판으로 서울 변두리 바닥의 남과 여는 서로 넘볼 수 없는 두 개의 성이었다.

나는 남자애들이 노는 구슬판에 끼고 싶어 슬그머니 근처를 기웃거렸다. 내가 인형이나 주무르는 새침데기들과 다르다는 걸 그애들이 알아주기를…… 내가 왕년에 중앙동 깡패였으며 온갖 놀이에 정통하고, 배우기만 한다면 그들만큼 구슬치기를 잘할 수 있음을 과시하고 싶어 안달이 났다. 먼발치로 구경만 하다 큰맘먹고 구슬치기 판에 끼어든 날은 똑, 소리나는 구슬처럼 맑은 겨울 아침이었다. 울퉁불퉁 살

얼음이 붙은 땅 위를 미끄러져 쨍! 콩 볶이듯 사방으로 튕기는 영롱한 구슬들을 보며 내 오랜 갈증도 해소되었다.

"이 기집앤 노는 게 꼭 사내 같애."

말하며 아버지는 기특하다는 듯 웃었다. 사내 같다는 말이 칭찬임을 눈치로 때려잡은 나는 기가 살아 더 사내애처럼 행동했다. 부모님도 은근히 나의 탈脫여성화를 부추겼다. 아들이 없는 우리 부모는 사내애처럼 개구진 둘째딸을 남자로 키우고 싶어하면서도 한편으론 남자를 멀리하라고 가르쳤다. 내 무르팍은 성할 날이 없었다. 넘어지고 까지는 것은 예사고 진흙탕에서 굴러 하루에도 대여섯 번 더러워진 옷을 빠느라, 사내애 다섯보다 키우기 힘든 계집애 하나 때문에 젊은 엄마의 손이 부르텄다.

우리는 몸과 머리를 함께 써서 창조적으로 놀았다. 늘 새로운 '꺼리'를 찾아다녔고 수시로 게임의 규칙을 바꿨다. 돌을 던진 뒤 땅바닥을 손으로 한 번 쳤다 잡는 공기를 개발해 '달걀공기'라 이름 지으며, 때로 우리는 놀이 자체보다 우리가 발명한 놀이에 기발한 제목을 붙이는 데 더 몰두했다.

회색 자갈이 하늘 높이 솟는다. 점점 작아져 까만 점이 된 조약돌을 받기 위해서라면 그 순간만은 목숨을 걸어도 좋았다. 집밖을 나서며 주머니에 손을 찔렀을 때 맨들맨들한 공깃돌이 잡히지 않으면 허전했다. 하도 만져서 돌의 표면이 매끌매끌 닳은 돌들은 나의 분신과도 같았다. 그냥은 시시해 바닥을 한 번이 아니라 두 번 세 번 짚어야 직성이 풀렸고, 실내의 장판 위에서 오물조물 주무르는 것보다 넓은 땅이나 시멘트 바닥에 좌악 깔아놓고 던져야 속이 시원했다. 공기 삼매경에 빠진 뒤 손이 까지고 손톱 밑에 굳은살이 박여 아예 손가락 모양이 변했다.

만성적인 비타민 부족에다 있는 기운 없는 기운 짜내 노느라 입안에 혓바늘이 돋고 얼굴에 버짐이 피고 다래끼가 났다. 누런 고약을 무르팍에 붙이고 피고름을 짤 때가 되면 나는 엄마 눈을 슬슬 피해 다녔다.

놀이를 더 즐기기 위해 아이들은 무슨 일이든 내기를 했다. 누가 숨을 길게 참을 수 있나? 깜박이지 않고 누가 더 오래 째려볼 수 있나? 누구의 방귀 소리가 더 큰가? 오줌 멀리 누기처럼 사내애들끼리만 하는 내기도 있었다. 빨래 던지기처럼 유익한 놀이가 또 있을까. 세탁물에 비누를 묻혀 개울 한복판에 서서 물이 흘러오는 상류를 향해 던지면 빨랫감이 떠내려오며 비눗물이 저절로 헹궈지니, 손으로 비빌 필요도 없는 자연 세탁기였다. 둥둥 떠다니는 옷들을 잡으려 첨벙대느라 아랫도리가 다 젖는다. 야, 이년들아, 어서 냉큼 나오지 못해! 빨랫방망이를 두드리던 엄마들이 합창을 했다.

내가 속했던 서울 변두리의 아이들 세계에서 계급은 빈부의 차이가 아니라 노는 수준에 따라 나뉘었다. 누가 딱지를 딱! 소리나게 잘 뒤집느냐 그리고 누가 줄넘기를 잘하느냐에 따라서. 학교 가기 전까지 나는 우리가 없이 산다고 움츠러들지 않았다. 생활수준이 고만고만한 동네라서 비교할 상대가 없기에 자신에게 뭐가 결핍되어 있는지도 몰랐다.

새까닥질과 줄넘기라면 부근에서 날 대적할 여자애가 없었다. 나는 줄을 밟지 않고 연속해서 줄넘기를 오백 번쯤 할 수 있었다. 마당에서 콩콩 뛰면서 하나, 둘…… 세는 재미가 뛰는 재미 못지않았다. 앞으로 넘는 줄넘기가 너무 쉬워 뒤로도 옆으로도 넘었다. 새까닥질은 줄넘기보다 대담하고 어려운, 혼자가 아니라 여럿이 경쟁하는 놀이 겸 운동이었다. 높이 걸린 줄을 건드리지 않고 넘는 사람이 이긴다는 기본 규칙은 장대높이뛰기와 흡사하다. 술래인 아이들이 검정 고무줄의 양끝을 차츰 높여 잡아 무릎에서 허리로, 가슴으로 어깨로 치켜들면 대부분의 참가자들은 중간에 나가떨어졌지만, 나는 마지막까지 남아 최종 승부를 겨루었다. 나보다 키 큰 아이들이 줄을 잡으면 내가 과연 저걸 넘을 수 있을까 겁났지만, 겁난 만큼 나 자신의 한계에 도전하려는 의욕 또한 무한대로 상승했다. 뒤꿈치를 들고 서서 팔을 한껏 위로 뻗은 술래의 손가락 끝에 걸린 줄을, 나 같은 선수들은 손바닥으로 땅을 짚고 물구나무서서 넘었다. 줄에 몸이 닿지 않는 데만 주의를 집중해 치마가 뒤집히는 꼴불견 따위는 상관하지 않았다.

우리 동네에서만 노는 게 재미없어 이웃동네로 원정을 갔다. 하루하루 더 멀리 진출했는데, 그렇게 잘난 척을 하다가 어느 날 길을 잃을 뻔했다. 어두워 줄이 가물가물 보이지 않을 때까지 새까닥질에 미쳤다가(그날 나는 내 생애 최고의 높이를 넘었다) 남의 동네에서 따낸 쾌거에 심취해 아이들이 하나둘 없어지는 줄도 몰랐다. 정신을 차려보니 완연한 저녁. 술래였던 두 상급생도 가고 없는 낯선 곳에 나 혼자였다. 미로처럼 뻗은 골목들을 쑤시고 헤맨 끝에 밤이 이슥해 집을 찾아 들어왔다. 늦게까지 자지 않고 나를 기다리던 엄마는 "아이구 우리 하숙생 나리, 이제 들어오셨네"라며 핀잔을 쥐어박았다.

달 밝은 밤이면 우리 동네 공터에선 '쇼쇼쇼'가 벌어졌다. 김추자의 〈거짓말이야〉가 한때 대한민국의 모든 골목을 석권하던 때가 있었다. 쉽고 재미있는 노랫말, 반복되는 쫄깃쫄깃한 가락과 도발적인 몸짓에 맛이 간 애들은 노래를 따라 부르며 무대에 선 가수인 양 혜까닥 손바닥을 뒤집었다.

"거짓말이야. 거짓말이야. 거짓말이야—아—"

끝에 '야아'를 은근슬쩍 높였다 낮추며 최대한 질질 끄는 게 우리끼리 통하는 기교의 핵심이었다.

"사랑도 거짓말. 웃음도 거짓말……"

완벽하게 따라 하기 위해선 '거짓말'이 나올 때마다 팔을 옆구리에서 120도쯤 되는 지점까지 들고, 손목을 360도 돌려서(이때 팔꿈치를 쭉 펴야 한다) 자기 키보다 높은 허공에 비스듬히 손가락을 찌른 다음, 잠시 멈춰 그 끝을 사무치게 쳐다보는 고난도의 기술이 필요했다. 우리의 우상인 김추자 언니처럼 상체를 흐느적거리느라 내 몸동작이 야해졌다. 〈거짓말이야〉를 부른 가수가 간첩이라는 헛소문이 돌면서 우리의 '거짓'은 끝났다.

"거짓말이야, 가 암호래. 자기가 가짜란 뜻이래."

엄청난 군사기밀을 전하는 듯 속닥거리며 애들은 몸을 떨었다.

나는 또래들과 잘 어울렸는데, 혼자 보낸 시간들이 되레 선명한 무늬를 아로새겼다. 하루 한시라도 밖에 나가지 않으면 병이 나던 아이가 방에 누워 천장을 바라보았으니, 비 오는 날이었을 게다. 나는 천장과 벽을 도배한 벽지의 기하학적이면서 뭔가를 연상시키는 무늬에 매료되었다. 마름모꼴 안에 올챙이가 들어간 패턴을 위-아래-좌우로 연결시켜, 내가 아는 동식물이나 사물을 눈으로 그려 창조했다. 회전목마처럼 방안을 맴도는 벽지를 누워서 짜깁기하노라면 눈꺼풀이 무거워지며 스르르 눈이 감겼다. 선잠에서 깨어나도 보이는 건 누렇게 변색된 종이. 좀이 슬고 쥐가 파먹고 빗물로 얼룩진, 무늬만 현란한 장식에 대한 염증으로 나는 옷이든 가구에서든 일체의 잔꾸밈을 혐오하는 편협한 미의식의 소유자가 되었다.

언니는 뭘 하고 놀았을까.

환자로 지낸 16년의 하루하루를 무얼로 채웠을까.

어떤 꿈과 좌절을 허공에 수놓았는지.

내가 신나게 바깥을 주름잡고 다닐 때 언니는?

길가의 전봇대에 붙어 떨고 있다. 동네 조무래기들이 길을 막고 서서 언니를 놀린다.

"야, 이 가슴병신아."

스웨터 안에 뼈만 두드러진 가슴이 벌렁거리고, 내 형제에게 가해지는 만행을 그냥 서서 보고만 있는 나.

아니라고, 그런 일은 없었다고, 나의 죄의식이 빚어낸 망상이라고 누가 말해주었으면.

몸이 불편했던 언니는 바깥출입을 삼갔고 학교에서 돌아오면 바로 이불 위에 엎어졌다. 부득이 외출할 때도 길 한가운데를 피해 가장자리로만 다녔다.

21

광희국민학교는 애당초 우리 부모가 원하던 학교가 아니었다. 의무교육도 감당할까 말까 한 우리 부모가 둘째딸의 학교에 욕심을 부린 건 내가 우리집의 희망이었기 때문이다. 장군이 되고 싶었던 남자와 교사가 될 뻔한 여자의 아이들은 '싶었던'과 '될 뻔한'이 아닌 확실한 무엇이 돼야 했다.

나의 취학 적령기였던 1968년에 만 6세가 된 대한민국의 보통 아이들은 가만있으면 자동적으로 거주지의 공립학교에 배정되었다. 자녀를 '똥통'에 넣고 싶지 않은 부모들은 교육 환경이 양호하고 수업료가 비싼 사립학교에 원서를 냈다. 엄마의 바람대로 나는 명문 사립인 서울사대부국에 줄을 섰지만 제비뽑기에서 떨어졌다.

그래서 나는 1968년 서울의 광희국민학교에 입학했다. 나보다 2년 먼저 언니가 다니던 공립학교였다. 동대문시장과 청계천을 끼고 있는 인구 밀집 지역에 위치한 학교는 불어나는 학생들을 수용하느라 저학년은 2부제 수업을 했다. 한 학급이 백 명에 육박하는 콩나물 교실이니 담임선생님은 학생들의 이름도 다 외우지 못했다. 고무줄을 열 개 쳐도 남을 운동장, 수도꼭지가 달린 세면대, 책상이 신기했다. 수시로 손을 책상 밑으로 집어넣다 뺐다. 옥시글옥시글 모여 교실이 떠나가게 떠드는 맛이 그만이었다.

국민학교에 들어가기 전에 내가 한 공부는 구구단과 '기역, 니은'이 다였다. 어깨너머로 한글을 깨쳐 내 이름 석 자와 엄마 아버지 이름을 쓰고 가게 간판쯤은 읽어, 내가 꽤 똑똑한 아이인 줄 알았는데 학교에 가보니 나보다 수준 높은 아이들이 넘쳤다. 학년 초에 좀 고전했지만 몇 달 뒤 나는 진도를 따라잡았다. 나는 놀 땐 놀더라도 수업종이 울리면 한눈팔지 않았다. 교실이 아니면 배울 데가 없으니까. 당시에 서울에서 유치원을 다녔다면 부자 축에 들었는데, 우리집 딸들은 모두 유치원 구경도 못한 서울 촌뜨기들이었다.

학교 갔다 오면 책가방 끌러놓을 새도 없이 들입다 밥만 떠먹고 나갔다. 방문을 제대로 닫지 않고 뛰쳐나간 내 뒤통수에 엄마의 욕이 날아온다.

"야, 왜 이렇게 꼬리가 길어? 방 다 식잖아. 그놈의 손은 어따 써먹는다든?"

아무리 혼나도 내 버릇은 쉬이 고쳐지지 않았다. 지금도 나는 문을 꼭 닫지 않는다.

나는 물건을 잘 떨어뜨렸다. 아예 지들끼리 내 손바닥에서 미끄러지기로 작정한 듯 내 손만 닿으면 그릇이든 라디오든 깨지고 부서지고 망가졌다. 신주머니나 우산을 아무데나 흘렸다. 그래서 어머니는 내겐 일부러 좋은 우산을 주지 않았다. 정식 통계를 내보진 않았지만 신주머니를 안 갖고 학교에 간 날이 갖고 간 날보다 더 많았다. 어머니가 천을 끊어 재봉틀로 박은 신주머니를 국민학교에 입학한 한 해에만 일곱 개나 갖다 버렸단다. 워낙 주의가 산만해 도대체 얘가 학교

수업을 제대로 듣나? 걱정된 엄마는 몰래 학교에 찾아와 복도 창문으로 나를 지켜보았다.

"그런데 웬걸, 집에서 새던 바가지가 밖에선 안 새더구나. 글쎄, 그렇게 정신이 사납던 애가 똑바로 앞만 쳐다보고 선생님 말씀 잘만 듣더구나. 한시름 놓았지 뭐냐."

한 번으로는 안심이 되지 않아, 그뒤 두 번 더 우리 엄마는 교실 밖 복도에 나타나 내 동정을 살폈다.

22

우리집을 나와 왼편으로 돌면 막다른 골목이 나오는데, 그 끝이 부근에서 가장 부자인 당대의 액션스타 독고성의 이층 양옥이었다. 그 집의 둘째인가 세째 아들이 나와 나이가 비슷했다. 그리 친하진 않았지만 그 애의 생일날 동네 꼬마들과 나란히 초대되어 근사한 식사를 대접받은 적이 있다. 영화의 파티 장면에 어울릴, 열 명은 족히 앉을 기다란 식탁이 인상적이었다. 아마도 내가 밥상이 아니라 서양식 식탁에서 밥을 먹은 첫날이었던 것 같다.

딱지를 치고 구슬을 모으는 사내애들에 대해 학교 가기 전까지 나는 별다른 관심이 없었다. 빨간 고추와 검정 숯이 다르듯 쟤네들은 우리와 다른 족속이야, 치마 대신 바지를 입어, 정도로 뜨악하게 대했다.

K는 주인집 현순네의 문간방에 세들어 사는 과부의 좀 모자란 큰아들이었다. 어릴 때 뇌성마비를 앓아 스무 살이 되도록 말도 못하는데다 한쪽 다리를 절었다. 그는 덩치만 컸지 학교도 안 가고 하는 일 없이 아이처럼 침을 흘리며 어슬렁거렸는데, 실실 쪼개는 웃음이 기분 나빠 우리는 그가 나타나면 피했다. 햇볕이 음산하게 깔린 오후, K가 나를 쫓아와 우리집 뒤의 막다른 담에 몰아세웠다. 영화배우 독고성

네 담벼락이었다.

무지막지한 몸뚱이에 가로막힌 나는 앞이 캄캄했다. 한쪽 손으로 담을 짚으며 나를 보고 히죽거리는 바보의 입 언저리에 수도꼭지를 틀어놓은 듯 침이 번졌다. 끈적끈적한 액체를 보자 간담이 서늘해지며 별안간 이마에 열이 쭉 뻗치고 (화창한 날씨인데도) 팔뚝에 소름이 돋았다.

'도망쳐! 어서!'

위급한 상황에 처했음을 본능적으로 알아챈 나는 막대처럼 버티고 선 그의 바짓가랑이 밑으로 빠져나와 집으로 뛰어갔다.

23

국민학교에 들어가면서 나는 이성에 눈을 떴다. 저학년까지는 남녀가 한 반에 편성됐는데, 남자애들과 신체접촉을 삼가는 게 여학생들 사이에서 불문율로 지켜지고 있었다. 오죽하면 운동장에서 율동을 배울 때, 옆에 선 남자애의 손을 잡으라는 선생님의 지시에 계집애들이 하나같이 손수건을 준비했다 내밀었겠는가. 이성과 손가락조차 닿기 싫을 만큼 우리의 결벽증은 극에 달했다. 지나친 결벽증은 관심의 표현이다. '누가 누구를 좋아한대요' 음란한 낙서가 덧칠된 공중화장실의 벽은 설익은 욕망의 배설구였다.

나는 내 또래의 남자애들을 어떻게 대할지 몰라 무턱대고 멀리하는 게 숙녀의 척도인 양 쌀쌀맞게 굴었다. 그런데 어느 날, 운동장에서 뛰노는 한 무리의 남자애들 가운데 한 아이가 카메라의 줌렌즈로 당겨 본 듯 두둥실, 내 눈에 들어왔다. 조그맣던 모습이 점점 커지더니 보름달 비친 듯 주위가 훤했다. 방금 선출된 우리 반 반장이었다.

뻥튀기한 것도 아닌데 사람이 별안간 불어나다니. 이물질이 침입한 것처럼 눈이 뜨끔뜨끔, 맥박이 불규칙하게 뛰었다. 뛰는 박동을 내가 들을 수 있었다. 내 몸에 일어난 변화를 누군가 알아챌까봐 전전긍긍하며 나는 직감했다. 이건 비밀이야. 누가 알면 안 돼. 엄마한테도 말하면 안 돼.

부끄러움을 알고 비밀이 생긴 아이는 시커먼 때를 불리려 뜨거운 대야에 손을 담그고, 이와 서캐를 잡겠다는 엄마 앞에 순순히 머리를 들이민다. 날씨가 추운데도 타이츠와 치마를 입겠다고 엄마를 졸라 기어코 올이 풀린 타이츠를 꺼내 신는다.

"새 양말 없어?"

종아리에 상쾌한 아침 공기가 닿을 때의 짜릿함에 비하면, 그깟 올이 몇 가닥 풀린 양말의 수치는 대수롭지 않았다. 나는 봄이 오기 전에 우리 골목에서 제일 먼저 바지를 벗고 치마를 입은 여자애였다.

국민학교를 뜨자마자 안타깝게도 그 이름을 잊어버린 내 님을 차마 앞에서 못 보고 옆에서도 못 보고, 뒤에서 살뜰한 흠모의 화살만 쏘았다. 천방지축 날뛰던 계집애가 반장만 교실에 들어오면 새댁처럼 얌전해졌다. 산수 문제를 풀려고 칠판 앞에 섰을 때 그 아이가 보는 데서 실수 안 하려고 혀를 깨물었다. 중위권을 맴돌던 내 성적이 오른 건 첫사랑 덕이 크다. 반장은 우리 반에서 제일 공부를 잘했다. 월말고사가 끝나면 일등과 이등에게 상을 주었는데, 반장 옆에 서고 싶어서 나는 착실히 공부했다. 나의 가련한 노고는 결국 보상받는다. 1학년이 끝날 즈음에 학부형들이 교실로 초청돼 수업을 참관하는 프로그램이 있었다. 담임의 지시로 학급을 대표하여 반장과 내가 나란히 교단에 서서 노래를 불렀다. 내 딴엔 우리 사이를(?) 의심받지 않도록 적당한 간격을 유지했다. 행운은 거기서 끝나지 않았다.

"아, 글쎄 선생님이 우리 하경이 목소리가 은쟁반에 구슬이 굴러가듯 맑다고 하더구나."

집에 돌아와 엄마에게 칭찬을 들었으니 내 기분을 여러분은 짐작하고도 남으리라.

플라토닉러브는 미숙해도 아름다울 수 있다. 미숙할수록 오히려…… 육체적 관계는 어떤가? 미숙하면 그만큼 추해지지 않던가. 풋풋한 첫사랑과 겹쳐지는 찜찜한 삽화가 있다.

이웃 동네의 남자애들과 여자애 대여섯이 우르르 작당해 빈집에 몰려갔다. 부모가 시장에서 장사를 하는 남자애의 집이었다. 여관처럼 방이 많았다. 복도를 따라 주욱 들어갔더니 운동장처럼 너른, 한쪽으로 긴 직사각형 모양의 방이 나왔다. 대낮인데도 커튼이 쳐 있고 요와 이불이 방바닥에 발 디딜 틈 없이 깔려 있었다. 부모가 장사하느라 개키지 않고 그냥 놔둔 침구들에 자극받은 누군가가 '우리, 엄마 아빠 놀이 하자'며 모두를 충동질했다.

"그거 어떻게 하는 거야?"

"이불 속으로 남자 여자가 들어가는 거야."

너랑 나랑 신랑, 각시다. 아니야 나는 재랑…… 짝짓기하느라 우리는 한참 법석을 떨었다. 나도 내 짝이 된 '신랑'과 이불 하나를 차지하고 누웠다.

"엄마 아빠가 되려면 옷을 벗어야 돼."

"아니야. 남자는 벗고 여자는 입는 거야."

누가 옳은가 옥신각신.

이불 밑이 요란했다. 내 옆에 누운 남자애가 옷을 벗더니 어떤 동작을 취했다. 그날 우리가 어디까지 갔는지는 하느님만이 아시리라.

철부지들의 불장난을 위한 무대장치치곤 너무나 완벽했던 침침한 조명과 이불 더미만 남기고, 그날의 모든 것은 우리가 흘린 땀과 함께 소멸되었다. 나를 짓누른 이불 더미의 무게는 수치심으로 변해 날 따라다니겠지만.

중학교 2학년 생물시간에 여자의 생식기관을 배우며 어릴 적의 이불이 들춰졌다. '그날 나도 모르게 순결을 잃지 않았나? 내가 처녀가 아니면 어떡하나?' 입방아 찧기 좋아하는 여학생들 사이에 처녀막에 관한 무궁무진한 스토리가 떠돌았기에 더욱 나의 근심이 두터워졌다.

자전거만 타도 그게 찢어진대.

그게 없어서 첫날밤에 신부가 소박맞았대.

어린 날의 철없는 유희보다 십대의 민감한 시기에 왜곡된 형태로 주입된 성도덕이 더 문제였다. 처녀성에 대한 강박은 꿈에도 나타났다. 발가벗은 내가 시내를 돌아다닌다. 어서 옷을 입어야 되는데…… 아무래도 옷이 보이지 않아 가위에 눌렸다 깨어나면, 이불이 땀으로 흠뻑 젖었다.

24

"엄마, 나 왔어."

대문을 들어서자마자 집이 떠나갈 정도로 엄마아—를 외치다 대답이 없으면 풀이 죽었다.

그다음 동작. 앞뜰을 뛰다시피 지나쳐 마루에 책가방을 휙, 소리나게 내던진다. 그건 내가 엄마에게 당신의 왈가닥 둘째딸이 왔음을 알리는 신호다. 신발이 안 벗겨져 애를 태우다 운동화 한 짝은 댓돌 위에, 또 한 짝은 마당으로 벗어던진다. 포물선을 그리며 앞마당에 떨어진 운동화는 일부러 그런 것처럼 열이면 아홉, 위아래가 뒤집혔다. 준비 동작을 마친 나의 오른발이 마루를 딛고 왼발이 따라올라가려는 찰나, 엄마가 방에서 나왔다. 오늘따라 엄마의 어깨가 축 처지고 기운이 없다.

"하경아, 오늘 니 생일인데 뭐 먹고 싶니?"

보통 때 같으면 우리 엄마는 아이들에게 뭐 먹고 싶냐고 묻는 법이 없었다. 근근이 끼니를 때우던 우리에게 '오늘의 메뉴'는 없었다. 주는 대로 먹고 입을 것이지 여럿 중에 하나를 선택하라니. 뭐라고 말할까 고민할 것도 없이 나는 내가 아는 제일 맛있는 음식을 주문했다.

"참기름에 밥 비벼줘."

내 말이 떨어지는 순간 엄마의 얼굴이 일그러졌다. 짧게, 뭔가 당신의 눈 밑을 스쳤다. 아무리 힘들더라도 딸들에게는 늘 빛나는 존재였던 어머니의 안색이 검은 먹을 끼얹은 듯 시커메졌다. 찬밥에 김치를 숭숭 썰어 볶은 밥은 고기 한 조각 섞이지 않았지만 내겐 훌륭한 성찬이었다. 마루 끝에 걸터앉아 프라이팬을 무릎 사이에 끼고 부지런히 숟가락질하는 딸을 어미가 딱하다는 듯이 쳐다보았다. 나는 참기름 하나만으로도 충분한데 엄마는 왜?

그늘이 십 리쯤 들어와 앉았던 어미의 황량한 눈가로부터 스무 해를 훌쩍 넘긴 어느 날, 잠자리에서 나는 깨쳤다. 당신의 딸내미가 생일날 고작 참기름에 비빈 밥을 원한다는 현실이 엄마는 기막혔으리라. 홍시가 마당에 지천으로 나뒹굴던 당신의 어린 시절보다 빈곤해진 처지가 원망스러워, 애 앞에서 울음을 참느라 그런 우거지상을 지은 게 아닌지.

25

내 생애 최초의 좌절은 나의 지나친 성실성에서 비롯됐다. 국민학교 3학년 음악 시간이었다. 우리는 풍금 반주에 맞춰 새로 바뀐 교가를 배우고 있었다. 선생님이 나눠준 악보는 인쇄 상태가 좋지 않았다. 자음과 모음이 반쯤 잘려나간 글씨, 콩나물 대가리가 희미한 음표를 해독하느라 눈이 피곤해졌다. 나른한 오후에 생판 듣도 보도 못한 노래를 한 소절씩 따라 부르려니 아이들이 조는 건 당연했다. 서투르게 삐걱거리는 풍금 반주가 물이라면, 그즈음 선포된 국민교육헌장처럼 '푸른 동산'과 '새싹'이 남발되는 고리타분한 가사는 수면제 가루였다.

나처럼 선생님 말이라면 자다가도 벌떡 일어나는 애나 그 짓을 했지, 다른 애들은 드러내놓고 혹은 숨어서 졸고 있었다. 교실의 뒤편에 앉은 내 눈엔 딴짓하는 애들이 훤했다. 아예 책상에 엎드려 코를 고는 간 큰 애도 있었고, 대개는 악보를 펼쳐들고 따라 부르는 척하다 밑에서 까닥까닥 졸다 깨어나기를 반복했다. 쏟아지는 잠을 물리치며 나 혼자 선생님을 따라 했다. 풍금을 밟는 선생님의 발에 못지않게 정성을 다해 입을 놀렸다. 나태한 교실 분위기에도 아랑곳없이 우리를 가르치려는 선생님의 갸륵한 뜻에 보답하고자 나를 더 채찍질했다. 풍금이 삐걱일 때마다 빨리 가사를 붙여야 할 텐데…… 음표에 붙은 콩나물 대가리 수를 손으로 눈으로 하나하나 짚었다.

그때까지만 해도 나는 말 잘 듣는 착한 아이였다. 천사처럼 착하진 않더라도 보통은 넘게 온순한 학생이었다. 나는 모든 선생님을 선생님이라는 이유만으로 신뢰하고 존경했다. 담임인 젊은 여선생을 향한 나의 신뢰는 거의 절대적이었다.

나는 고지식한 학생이었다. 광희국민학교가 서울시장배 피구 대회에서 우승을 한 해, 대회를 한 달 앞두고 후보 선수를 선발하기 위해 학급마다 두어 명을 차출해 방과 후 훈련을 시킨 적이 있다. 내가 뽑힌 건 몸을 아끼지 않는 투지 덕분이었다. 아버지를 닮아 운동신경은 발달한 편이지만 나는 그다지 뛰어난 선수가 아니었다. 나보다 공을 잘 던지는 애들은 수두룩했다. 나는 공격보다 수비를 잘했다. 허리 밑으로 회전하며 들어오는 공은 가속도가 붙어 잡기 어려웠다. 잡아도 탄력이 세서 금방 밖으로 튕겨나갔고 재수 없이 맞으면 무지 아팠다. 다른 애들은 약아서 힘없이 구르는 땅볼이나 높게 뜨는 놈만 골라서 두 손으로 안전하게 잡았는데, 나는 공이 날아오면 무조건 그 방향으로 가슴팍을 갖다댔다. 손으로 잡으면 놓칠 수도 있으니까 내 딴엔 완전을 기한다고 몸을 던져 공을 감싸안았다. 명치께가 뻐근해도 공을 가로채 우리 편에 패스하는 재미에 웬만해선 아픈 티도 내지 않았다. 어디에 몰두하면 앞뒤 없이 밀어붙이는 과격함이 음악 시간에도 화를 불렀다.

새로 익히는 교가에는 이렇다 할 음정이나 리듬, 감동적인 노랫말이 요만큼도 없었다. 없는 흥이라도 만들어내야 덜 지겨울 것 같아, 느려터진 4분의 3인지 4분의 4인지 박자에 맞춰 고개를 까딱이며 목에 힘을 주었다. 허스키한 내 목소리는 조금 낮은 편이었다. 건성으로 따라 하는 애들의 무미건조한 가성을 제치고 자신 있게 뿜어져나오는 저음이 도드라졌을 법하다. 풍금 소리가 멈췄다. 선생님이 건반을 때려 부수듯이 꽝! 누르더니 일어서 뚜벅뚜벅 걸어와 교단의 중앙에 섰다.

"지금 돼지 멱따는 소리 내는 사람 누구야? 정하경!"

뜻밖에 튕겨져나온 이름이…… 나인가?

다른 애겠지……

그전에 나는 노래를 못한다거나, 목소리가 나쁘다는 말을 들은 적이 없었다. 1학년 담임은 은쟁반에 구슬이 굴러가는 목소리라고 칭찬하지 않았던가. 그런데 이게 웬일인가. 기를 쓰고 따라한 죄밖에 없는데. 지진이 일어났다 해도 그렇게 당황하진 않았을 것이다. 당황이란 말로는 모자라다. 고개를 들지 못하고 책상 밑으로 처진 얼굴이 후끈 달아올랐는데, 그때부터 나는 열이 뻗치면 꼭 한쪽 뺨에만 불이 난다.

돼지 멱따는 소리가 무슨 뜻인지는 몰랐지만, 심한 욕임이 분명했다. 교단에 서서 날 째려보는 선생의 눈은 분노로 훨훨 타오르고 있었다.

선생님이 날 싫어한다.

싫어하는 정도가 아니라 죽이고 싶도록 미워한다.

그런데, 내가 뭘 잘못했나?

선생님의 꾸중이 억울했지만, 뭐라고 변명하거나 대꾸할 엄두가 나지 않았다. 선생님은 하느님인데 그럴 순 없었다. 공개적으로 망신을 당했지만 눈물도 나오지 않았다. 서럽지도 않았다.

서럽다는 건, 서러움을 느낀다는 건 받아줄 품이 있고 비빌 언덕이 있을 때 부리는 앙탈 같은 거다. 추상같은 선생의 어디에도 내 눈물 따위를 받아줄 구석은 없었다. 내가 만일 울었다면, 그 여자는 날 더 매섭게 몰아세웠을 게다.

다 내 잘못이야. 내가 노래를 못해서 그래. 내가 돼지처럼……

나는 나를 탓했고, 어서 여기를 빠져나갔으면, 수업 끝나는 종이 울리기만 간절히 바랐다.

"돼지 멱따는 소리는 돼지가 죽을 때 내는 비명이란다."

집에 와서 엄마의 설명을 들으니 더 절망스러웠다. 내 목소리가 돼지처럼 나쁘단 말인가. 학교에서 무슨 일이 있었는지 내가 고해바쳤다면 엄마는 우리가 돈봉투를 주지 않아서 선생이 나를 밉게 본 거라며 나를 위로했겠지만, 상심할 대로 상심한 어린 마음을 달랠 묘약은 없었다. 아버지의 회초리보다 선생의 말 한마디가 더 아팠다.

그날 이후 나는 노래하지 않았다. 국민학교 3학년부터 중학교—고등학교를 거쳐 대학생이 되기까지 공개적인 자리에서는—하다못해 쉬는 시간에도 친구들과 유행가 한 곡 따라 부르지 않았다. 음악시간에 앵무새처럼 입만 뻥긋했지, 나는 성대를 울리지 않았다. 입마저 다물면 반항한다고 야단칠 테니 입은 열되 절대로 발음하지 말 것. 이러지도 저러지도 못하는 내가 고민 끝에 궁리해낸 해결책이었다. 입이 막히니 귀도 막혔다. 나는 지독한 음치가 되었고 장조와 단조도 구분 못했다. 중고등학교를 통틀어 내 음악 성적은 '양' 아니면 '가'였다.

음악이 싫어지니 다른 예능 과목도 자연히 소홀해져 미술과 체육도 '양'이나 '가'로 깔았다.

우등생이 되기는 글렀다. 나는 이제 고분고분한 학생이 아니었고 선생들을 무턱대고 존경하지도 않았다. 한쪽으로 팽팽히 당겨졌던 고무줄을 놓으면 정반대로 튕겨나간다. 아비의 피를 받아 잠재된 반골 성향에 불을 질렀으니, 나는 삐딱해졌다. 숙제를 안 해갔다. 매 맞기 싫어 억지로 쓴 글씨가 어찌나 개발새발이었는지, 숙제 검사하는 선생에게서 "이게 손으로 쓴 거냐, 발로 쓴 거냐"라며 핀잔을 들었다. 노력하면 악필을 고칠 수 있었으련만.

정하경은 나긋나긋하면서도 고집이 셌다. 나긋나긋하다가도 위에서 누르면 치고 올라갔다. 누가 뭐래도 내가 아니면 그만이었다. 내 가방은 날이 갈수록 가벼워졌다. 무겁다고 교과서를 반으로 찢었고, 나중엔 그것도 귀찮아 교실에 두고 다녔다.

26

나는 환자인 언니를 제치고 알게 모르게 장녀 대접을 받으며 컸다. 밖에 나갔다 들어온 아버지가 제일 먼저 찾는 사람도 나였다.

"우리 하경이 어디 있어?"

'우리'를 내 이름 앞에 붙이면 십중팔구 아버지 기분이 좋다는 징조이다. 아버지가 제일로 기분좋은 날은 밖에서 고등학교 동창들을 만나 술 마신 날이다. 못 마시는 술이라 조금만 들어가도 아버지의 얼굴은 빨갛게 익었다.

"아이, 술냄새."

피하는 내게 당신은 웃으며 뺨을 내밀었다.

"하경아, 아버지한테 뽀뽀. 어서, 여기 뽀뽀."

내 키에 맞추느라 허리를 구부린 당신에게 선심 쓰듯이 내가 입술을 대면 아버지는 나를 안고 얼굴을 비볐다.

"우리 하경이 최고다. 아버진 아무도 부럽지 않아. 우리 하경이 때문에 내가 살지. 그렇지 여보?"

"하여튼. 니 애빈, 기분파야. 알아줘야 해."

부엌에서 일하던 엄마가 꼴사납다고 눈을 흘기고, 아버지와 나의 다정한 포옹을 뒤에서 건듯 보았을…… 언니의 쓸쓸한 시선을 나는 걷어낸다.

동창들과 회포를 풀고 들어온 밤이면 아버지는 술자리에서 못다한 회포를 마루에 풀어헤쳤다. 귀가하면 옷부터 벗고 씻던 아버지가, 양복에 넥타이도 끄르지 않고 노래하고 춤춘다.

"우리 배재학당, 배재학당 춤을 춥시다."

양팔을 벌리고 상반신을 좌우로 흔드는 당신은 영락없는 청년학도. 춤사위에 맞춰 어깨 걸 동무가 없는 아버지에게 나는 내 작은 어깨를 빌려주었다. 즐거워하는 아버지를 본 동생들도 신이 나서 홍얼홍얼 흔들거렸다. 당신의 청춘은 교가를 배우던 열여섯의 봄날에 멎어 있었다.

일본 선생들이 쫓겨가고 천황 만세가 아니라 우리말로 차렷 경례하고, 울 밑에 선 봉선화가 처량을 벗고 붉게 타오를 때, 광복의 기쁨이 가시기도 전에 나라는 깃발과 플래카드로 뒤덮인 싸움판이 되었다. 독립운동가들이 앞다투어 귀국하고, 비슷하나 다른 이름의 정당과 사회단체들이 하룻밤새 간판을 올리고 애국을 외칠 때, 모든 것이 가능해 보였지만 아무것도 실현되지 않았을 때, 그리하여 학교도 학교 밖도 무정부 상태에 빠져들었을 때, 그는 어디로 튈지 모르는 공이었다. 열여섯의 건장한 육체는 뻗치는 기운을 주체하지 못했다. 자신의 동문이자 민족의 지도자인 이승만 박사의 연설을 듣기 위해 책가방을 던진 그는 동무들과 교가를 합창하며 거리로 뛰쳐나갔다.

이승만이 아니라 박헌영이 학교 선배였다면 그는 좌익의 맹렬분자가 되었을 텐데. 청년 정일도는 의협심이 강해 누가 자신을 칭찬하면 그를 위해 유황불에라도 뛰어들었으리라.

27

얘.

오늘은 동쪽으로 가지 마라. 꼼짝 말고 집에 있어라.

새벽부터 전화해 다짜고짜로 나를 '얘'라고 부를 사람은 엄마밖에 없다. 기름기 하나 없이 건조한 목소리로 오늘도 어머니가 내 잠을 깨웠다. 꿈. 오늘의 운세. 아니면 돈 문제. 동생과 사는 어머니가 날 찾는 용건이다. 불면으로 밤새 뒤척이다가 새벽녘에 가까이 잠 비스름한 걸 청했는데, 느닷없이 동쪽 아니면 서쪽이다. 잘 지냈니, 라든가 응— 난데, 하는 의례적인 인사말은 우리 어머니 사전에 없다. 의식과 무의식의 접경지대에서 곤하게 놀다가 그런 센 전화를 받으면 나는 짜증부터 났다.

"아유, 어머니. 또 그 얘기야."

"신문에 그렇게 나왔다. 동쪽으로 가지 말래. 그러니 꼼짝 말고……"

다 듣기도 전에 나는 "알았어요" 수화기를 내려놓는다. 요즘은 손자들한테 시달리느라 꿈을 꾸거나 신문을 볼 시간도 없어서인지 어머니의 전화가 뜸해졌다.

나는 점 따위는 신용하지 않는다. 살면서 내 돈 만원 이상 내고 점을 본 적이 없다. 나는 점을 믿지 않고 미래를 믿지 않는다. 내가 믿는 건 차라리 과거이다. 오랫동안 과거는 나의 덫이었다. 그러나 딱 한 번 나의 미래와 마주친 적이 있다.

내가 아주 어릴 적, 길을 가던 노파가 우리집에 들어왔다. 목이 마르다고 해 물을 주었는데, 목을 축인 노파는 고맙다며 어머니에게 점을 봐주겠다고 했다.

“어떤 여자가 들어와서 그렇게 얘기하더라구. 윤경이가 열여섯에 먼 나라 가서 죽는대. 너는 학교 다니다 친구를 잘못 사귀어 집을 나갈 것이고, 마흔을 못 넘긴댔어. 미경이가 아주 그냥 모든 식구 다 잡아놓구 저 혼자 잘난 척할 거래. 이다음에 크면 다른 엄마들이 모두 나를 부러워한대. 걔가 태어난 시가 좋아가지구 글쎄. 그런데 지금 그 격이 됐지 뭐니? 그땐 걔가 바보 같았잖니. 바보 같은 걸 갖고 지껄이더라구. 응. 앞에 있지도 않았어. 너희들 다 나가 놀구. 그 여잔 보지도 않았어. 느이들 이름만 보고 그러더니 글쎄 외갓집 식구도 다 맞혀. 외할아버지도 넣어봤거든. 늙은이 산 걸 맞히면 맞는 것 아니냐. 니 애비는 마흔이 넘어야 팔자가 필 거래. 그때까지만 고생하라구. 선생삼촌은 늦장가를 들 거구 군인삼촌은 젊은 나이에 급사할 거래. 기가 막히지 않니, 글쎄. 큰 느티나무 뒤에 사니까 자기한테 오래. 아마 자기 안 찾아오고 못 살 거래. 자기가 너무 맞혔기 때문에.”

우리집에 온 점쟁이를 나는—이런 종류의 기담에 등장하는 주인공답게—노파라고 단정했는데, 근자에 어머니와의 대화에서 나의 착각을 바로잡았다. 노파가 아니라 마흔 살쯤 된 여자란다. 내가 안다고, 사실이라고 붙잡은 것들이 사실이 아닐지도 모른다.

점쟁이의 말은 전부 맞았다. 언니는 열여섯에 미국에서 죽었다. 미경은 변호사가 되었고, 나는 대학 2학년에 집을 나왔다. 아버지는 마흔이 넘어 직장다운 직장을 가졌고, 선생삼촌은 늦장가를 들었고, 군인삼촌은 80년대 중반에 과로로 사망했다. 그 여자의 예언에서 실현되지 않은 건 나의 죽음이다. 나는 현재 서른아홉 해와 다섯 개월을 살았다. 노파의 예언이 효력을 발휘하기 전에, 늦기 전에 말해야겠다.

28

우풍이 심해 문풍지를 붙이고 수건으로 창틀을 틀어막았지만 그래도 바람은 들어온다. 눈보라가 치고 창문이 덜컹거리고 창호지가 떨린다. 미지근한 이불 밑에 발을 묻고 그만그만한 계집애들 서넛이 군고구마를 먹는다. 짧은 스웨터 밖으로 삐져나온 빨간 내복의 소매 끝이 닳아 올이 몇 가닥 풀려 있다. 더러운 손톱으로 고구마 껍질을 벗기며, 흐르는 콧물을 손으로 찍어 옷소매에 문지른다. 재수가 없으면 짭짤한 콧물과 고구마 조각이 한 입으로 들어가 섞인다.

입에 뭘 넣고 있지 않으면 심심해 코를 후볐다. 엄마한테 꾸중 들을 때, 책을 읽거나 오줌을 누면서도 잠자리에 누워서도 검지손가락을 콧구멍에 집어넣고 빙빙 돌렸다. 톱날처럼 끝이 뾰족한 손톱이 무기인 양 마치 원수를 쳐부수듯이, 코안에 걸리적거리는 게 없을 때까지 코딱지에 피가 묻어 나오도록 말랑말랑한 속살을 후벼팠다. 갖고 놀 인형도 만화책도 없는 애들에게는 자신들의 몸이 하나의 편리한 장난감이었다. 추운 겨울이면 갈 데 없는 아이들의 손은 더 극성을 부리고 코는 수난을 당한다. 벌겋게 코끝이 짓무른 아이들은 알레르기 비염에 걸릴 것이다. 애들 손이 닿는 사방에 도배하듯이 누런 딱지가 말라붙어 있다. 땟국물에 전 벽지에도 이모가 짜준 털스웨터에도 우등상으로 받은 공책에도.

창밖엔 눈이 내리고, 배가 고프고 오줌이 마렵다. 오줌이 마려워 배고픈 것도 잊는다. 아랫배가 조여 더는 참을 재간이 없다. 요강은 이미 꽉 찼다. 푸른빛이 도는 난초 무늬가 투박한 사기그릇 안에 누런 물이 넘칠 듯. 다시 맡고 싶지 않은 오줌 지린내. 니가 나갈래, 내가 나갈까……

아이들이 제일 싫어하는 일이 요강 부시기다. 뜨뜻한 아랫목을 박차고 캄캄한 밖으로 나가는 데는 용기가 필요하다. 동생들과 가위바위보를 해서 이긴 사람이 빗자루로 방을 쓸고, 진 사람이 걸레를 빨고, 꼴찌가 요강을 부셨다.

요강을 두 팔로 안고 내용물을 쏟지 않게 가만가만 마루를 지나 부엌으로 내려온다. 신발을 신고 뒤란 우물가 하수구에 오물을 쏟고 하늘을 보면, 검푸른 창공을 뒤흔드는 하얀 눈송이들. 아, 하늘이 움직이네. 보드랍고 깨끗한 덩어리들이 추한 것들을 끌어안고 땅에 떨어진다. 우리집 장독대에도 옆집의 선숙이네 지붕 위에도 흰 눈이 펑펑. 더이상 누추는 없다. 아침에 일어나 밖을 내다보면 마당의 복숭아나무 위에도 소복하게 눈꽃이 피어 있다. 겨울나무 가지 위에 얹힌 눈은 희고 깨끗해 먹어도 될 것 같았다.

그리고 눈과 함께 박제된 그림.

언니가 창가에 앉아 있다. 차가운 유리에 얼굴을 바짝 대고 후— 더운 입김을 불어 손으로 문지르면, 앞을 가리던 뿌연 얼음이 걷히고 바깥이 보인다. 자매가 나눈 사소한 말 한마디라도 잠깐의 눈빛이라도 퍼올리려고, 헛되이 그 부우연 배후를 탐색한다.

언니는 하얀 동화의 나라에 초대받지 못했다. 동생들처럼 밖에 나가 눈싸움도 못하고, 할 수 있는 건 물끄러미 쳐다보고 하염없이 동경하고 그리고 한숨짓는 일뿐이다.

눈을 좋아하고 이야기를 좋아하던 아이가, 마흔 살의 여자가 아파트의 따뜻한 거실에 앉아 창밖을 내다본다. 그때처럼 푸지게 눈이 내리고 나는 혼자다. 기침을 하던 언니도, 머리 끄덩이를 잡아 뜯던 동생도 곁에 없다. 흩날리는 눈송이들 사이로 언뜻, 당신의 짧은 생애가 내 몸에 긴 터널을 뚫고 지나간다. 달리는 기차를 타고 나 혼자 과거에서 탈출하려는데, 나는 아직도 눈 오는 밤을 견딜 수 없어 담배를 문다.

과거에서 빠져나온 나는 배가 고파, 코트를 걸치고 밖으로 나왔다. 빙판에 넘어지지 않으려 손발을 허우적거리며 나는 다시 아이가 되었다. 눈 위에서는 아이들이 어른보다 더 능숙하게 길을 만든다. 기꺼이 미끄러지고 나뒹굴면서 앞으로 나아가는 것. 회한으로 다져진 눈을 으깨며 나는 스스로에게 묻고 답한다.

오래된 고통을 다루는 법을 아는가?

침묵할 힘이 없으면 잘게 부수어 발설해야 한다.

집으로 돌아와 형광등 불빛 아래 샌드위치와 케이크 봉지를 풀어놓았다. 며칠 굶은 사람처럼 나는 물도 마시지 않고 싸늘한 밤의 노획물들을 목구멍으로 집어넣었다.

29

소설을 쓰는 동안 내가 거주하는 아파트의 1층 현관에 '심장병 어린이 무료 순회 진료'라는 공고문이 붙어 있었다. 아침 산책을 나가며 습관적으로 게시판을 훑다 심장에 기습을 당한 뒤 나는 아예 그쪽으로 눈을 돌리지 않았다. 방송에서 '심장' '고아' '해외 입양아' 소리가 나오면 대뜸 신경이 곤두섰고 '엄마, 아파서 미안해요'를 제목으로 뽑은 신문을 사지 않았다.

언니가 거기 묻혀 있기에, 나의 유년은 지구가 억만년을 자전해도 멸종되지 않을 것이다.

30

내가 국민학교 4학년 때 우리는 세검정으로 이사했다. 늦은 저녁에 우리는 트럭에서 내렸다. 새집을 본 아이들이 탄성을 지른다.

"이야— 무지 넓다. 엄마, 이게 다 우리 거야?"

"그래. 그렇게 깡충거리지만 말고, 이리 와 짐 옮기는 것 도와줘."

동생들과 내가 낑낑대며 작은 보따리들을 날라 마루에 올려놓는다. 몸만 들어가 살던 예전의 집들과는 차원이 다른, 앞뜰에 꽃밭과 양계장 그리고 뒤란엔 채마밭이 딸린 집이었다. 건물과 대지 합쳐서 50평이라는데, 50평이 얼마나 넓은지 어림짐작조차 할 수 없는 애들이 엄마에게 "그래? 50평이나?" 맞장구치며 입을 딱 벌린다. 다닥다닥 붙은 단칸 셋방에 익숙했던 터라, 방 세 칸짜리 독채 전세만으로도 졸지에 부자가 된 기분이었다.

'방이 세 개'보다 애들의 흥을 돋운 건 꽃밭이었다. 사루비아, 맨드라미, 금잔화, 해바라기, 옥수수…… 세상의 꽃들을 다 모아놓은 전시장 같았다. 담장 밑의 마른 연못가에 복숭아나무 한 그루가 집의 수호신인 양 우뚝하다. 마당을 물들인 빨강과 노랑에 설렌 아이들이 팔짝팔짝 뛰어다닌다. 꽃밭에 혹해 헐어빠진 벽돌도 보이지 않고 뒤뜰의 닭똥 냄새도 맡지 못한다.

해질녘의 어스름 속으로 뉘엿뉘엿 묻히는 사루비아를 아쉬워하며, 배고픈 것도 잊을 만큼 아쉬워하며 나는 전에 내가 본 모든 꽃밭을 잊는다. 그 집을 알고부터 과거의 집들이 시시해진다. 미래의 집들도 시시해진다. 새집에서의 첫날밤. 개울물 소리를 들었다.

다음날 새벽같이 일어난 나는 집 안팎을 둘러본다. 북한산 산자락 언덕 밑에 혼자 뚝 떨어진 빨간 기와지붕의 1층 가옥. 허름한 담벼락만 아니라면 꽤 괜찮은 집이었다. 시멘트 벽돌이 군데군데 헐어 이가 빠진 틈으로 밖에서 마당이 들여다보였는데, 살면서 한 번도 수리를 하지 않아 균열이 심해져 성한 벽돌을 찾기 힘들었다.

집 앞에, 내가 자는 방에서 10미터도 떨어지지 않은 밑창에 개울이 흐르고 뒤는 산이었다. 앞에도 옆에도 북한산 자락이 낮게 내려앉았다. 개울의 양쪽에 길게 두 줄의 띠를 이루며 인가가 형성되었다. 중간에 한두 집이 비어 불완전한 띠의 오른쪽은 구기동 계곡으로 빠지고 왼쪽 끝은 신영동 삼거리다. 물이 깊지는 않아도 맑았다. 물고기는 드나들지 않지만 미꾸라지 나부랭이는 제법 꾀고 풀섶에 정신 나간 개구리가 뛰는, 어중간한 개천이었다. 돌로 된 징검다리를 하루에도 여러 번 건너다녔다. 학교도 외할아버지 댁도 방앗간도 구멍가게도…… 인구가 조밀한 개울 건너에 있었다. 북한산 계곡에서 뻗어나온 동네라 도처에 물이 흔했다. 길을 걷다 아래를 보면 발밑에 다리가 있고, 다리 밑에 물이 콸콸 달음질쳤다.

앞뜰에 뒤뜰에 어디를 가든 이름 모를 열매와 푸성귀들이 깔렸다. 까마중과 석류와 돌나물을 보고, 이건 뭐야? 저건 뭐야? 이사한 뒤 분주한 엄마에게 내가 따발총처럼 질문 공세를 편친다. 앞뜰의 반을 차지한 슬래브 지붕의 창고 같은 건물이 양계장이다. 쇠로 된 자물쇠는 사용하지 않아 녹이 슬었고, 천장까지 올라간 닭장에 닭은커녕 깨진 달걀 한 알도 없이 더러운 깃털만 난무했다. 닭똥으로 만든 비료 더미가 국방색 비닐 부대에 담겨 뒤뜰의 쪽문 입구에 쌓여 있었다. 양계를 치던 주인이 버리고 간 닭똥은 할머니와 엄마가 채소밭을 일구는 좋은 거름이 되었다.

장독대와 우물을 지나려다, 멈춘다. 깨알 같은 일상이 그곳에 묻혀 있다. 수도가 없어 지하수를 퍼올려 밥도 짓고 세수하고 목욕하고 걸레도 빨고 요강도 부셨으니, 우물가를 중심으로 하루가 돌았다고 해도 과언이 아니다. 여름날, 웃통을 벗고 엎드려 등목을 하던 아버지와 옆에서 물을 끼얹던 어머니는 영원히 젊다.

우물의 둥근 외벽에 팔을 두르고 깨금발로 서서 들여다보면 빨려들 것만 같은 심연을, 내 키의 두 배도 넘는 어둠을 바닥까지 탐색하고픈 욕구와 경계심이 엇갈렸다. 요강을 부시려 밤에 우물가에 나오면 물 긷는 일이 전투를 치르듯 비장했다. 오대양 육대주에서 몰려든 유령들을 쫓느라 손을 들어 십자가를 긋고 주기도문을 외웠다. 요괴인간, 드라큘라, 마귀할멈, 달걀귀신, 애기귀신, 머리를 풀어헤친 처녀귀신…… 상상력이 풍부한 나는 남들보다 곱빼기로 무서웠다.

외부와 차단된 우물 속의 어둠은 더 무서웠다. 필요는 발명을 낳는다고, 나는 곧 우물 안을 보지 않고 물을 긷는 방법을 개발했다. 동서양의 귀신들이 달려들어 나를 결딴내기 전에 딴 데를 보는 척, 우물 왼편의 장독대로 머리를 틀며 두레박을 던졌다. 첨벙거리는 소리만 들어도, 손끝에 감기는 밧줄의 감각만으로도 내가 던진 두레박이 어디에 닿았는지, 두레박에 담긴 물의 양도 가늠할 수 있었다. 도르래를 당기면, 묵직한 물의 무게를 이기지 못해 가벼운 내 몸이 공중으로 반쯤 들려 올라갔다. 팽팽해진 줄에 딸려가지 않으려 나는 손바닥에 벌건 자국이 파이도록 밧줄을 여러 바퀴 감아 필사적으로 두레박을 들어올렸다.

1970년대 초의 세검정은 시골이었다. 자하문 밖, 사대문四大門 밖이라고 서울로 치지도 않았다. 오래전부터 세검정에 뿌리를 박은 토박이들과 우리처럼 전셋값이 싼 맛에 이주해온 도시의 영세민들이 신영동과 구기동의 개천가에 정착한 반면, 평창동 산비탈에 하나둘 고급 주택들이 들어섰다. 마치 체세포 분열하듯이 네모난 시멘트 덩이들이 산을 야금야금 잠식했는데, 위로 올라갈수록 담이 높고 거창했다.

작은 틈 하나 없이, 어디 깨진 구석도 없이 꽉 맞물린 거대한 석조 구조물을 올려다보며 좌절감을 씹던 오후에 나를 비껴갔던 햇살. 잠긴 것은 무엇이든 열고 싶은 아이의 자연스러운 욕구를 원천봉쇄하는, 밖에서 들여다볼 수 없는 벽은 내게 막연한 반감을 일으켰다. 나도 그런 멋진 집에 살고 싶다는 동경보다 반감이 컸다. 앞을 가로막는 벽돌 덩이들에 대한 미묘한 감각의 저항이었다.

부자와 가난뱅이가 길을 마주보는 동네라 계층 간의 위화감이 심했다. 이웃한 집의 아이들이 다니는 학교도 공립과 사립으로 나뉘었다. 토박이들은 과수원을 경영하거나 양계를 치거나 채소밭을 일궜다. 개발 바람에 생활 터전을 잃고 몰락한 이들은 산에서 내려와 담장 높은 저택의 파출부나 운전사로 고용되거나 종이 공장에서 일용직 노동자로 일했다. 세검정은 예로부터 종이로 유명한 고장이었다. 장판지를 만드는 가내수공업이 발달했는데, 서양 장판에 밀려 1970년대 중반엔 대다수가 문을 닫은 상태였다. 우리집 앞의 개울가 둔덕 위에 세워진 하나밖에 남지 않은 종이 공장의 주인은 내 친구 주선숙의 외할아버지였다.

종이 장판 냄새가 코를 찌른다. 가까이 맡으면 머리가 지근거렸다. 인근 5백 미터 이내의 모든 냄새를 죽이는, 70년대 세검정을 대표하는 악취였다. 닭똥 썩는 냄새도 종이 기름내에 비하면 향기로울 정도다. 봄이 되면 뒷산은 누런 종이에 점령당했다. 경사가 완만한 언덕이 기름을 말리기에 안성맞춤이었다. 방금 칠해 기름이 번지르한 장판지를 손으로 일일이 펴서 너는 아낙네들. 바람이 불면 덜 마른 장판지들이 우리집 마당에 내려왔다. 꽃밭에도 대문 앞에도 길가에도…… 하굣길의 구두에 채여 사각거리다 개울에 펄럭펄럭 떠내려간다. 바람에 날리는 기름종이들이 산을 덮고 뜰을 덮고 내 얼굴을 덮는다.

31

2학기 개학에 맞춰 우리 세 자매는 세검정국민학교로 전학했다. 신영동 삼거리에 세워진 아담한 2층 건물. 집에선 학교가 보이고, 학교에선 집이 보였다. 2층 복도에서 창밖으로 몸을 기울이면 퇴색한 기와들을 지나 마당에서 빨래를 너는 엄마의 실루엣이 스틸 사진처럼 눈에 들어왔다.

선생님과 내가 나란히 교단에 서 있다. 잔뜩 쫄아든 내 어깨에 손을 얹고 선생님이 나를 소개한다.

"오늘부터 여러분과 함께 공부하게 된 정하경이야."

내 자리를 찾아 앉기도 전에 누군가 외쳤다.

"야— 새까맣다. 꼭 아프리카 깜둥이 같애."

히히히 깔깔깔…… 애들이 옆의 짝을 쿡쿡 찌르며 웃어젖혔다. 깜둥이라고 날 놀려댄 아이는 탄산음료의 거품처럼 멀건 빰에 국민학교 4학년 치고는 수염이 거뭇한 귀공자 타입의 잘생긴 미남이었다. 모두 그를 이름 대신 (탄산음료의 거품처럼 얼굴이 하얗다고) '환타'라 했다. 환타는 대학생이 되기 전에 내가 알던, 자신의 이름은 아니나 별명이라도 남긴 오직 하나뿐인 남학생이다.

날 놀렸겠다.

수치심과 분에 받쳤지만, 이게 웬일인가. 나에게 모욕을 준 악동이 빛나 보였으니. 방과 후 나는 비틀거리며 집을 찾아갔다. 이사한 직후라 길눈도 어두운데다 속에 한을 품어 앞이 보이지 않았다. 길가의 돌들도 나를 골려먹으려는 듯 발부리에 차였다.

내가 새까맣대. 아프리카 흑인처럼 못생겼대.

'까맣다'는 '못생겼다'와 동일시되던 70년대. 자신의 외모에 대해 또래의 이성으로부터 들은 최초의 부정적인 언급은 감수성이 예민한 소녀에겐 상처였다. 그날 밤 우리집 거울은 나의 탄식을 들었으리라. 까만 내 얼굴을 확인하니 그렇게 비참할 수가 없었다. 우리는 타인의 기대에 자신을 맞춘다. 이쁘다고 하면 더 이뻐지려, 똑똑하다는 칭찬을 들으면 더 똑똑해지려 애쓴다. 못생긴 자신을 자각하고 나는 내 진로를 정했다. 못생긴 여자애는 공부라도 잘해야 한다. '까맣대'는 말더듬이와 쌍벽을 이루는, 열등한 나의 표식이었다.

동생 미경과 비교되지 않았다면 그깟 말 한마디에 발밑의 땅이 꺼지는 충격을 받지는 않았으리라. 우리집에서 제일 이쁜 애는 미경이었다. 할머니로부터 고모로부터 이모로부터 외숙모로부터 친구들로부터 나는 들었다. "어쩜, 얘는 꼭 그림 같구나. 딸 부잣집에서는 셋째가 제일 이쁘대."

32

첫날부터 왕따를 당해서였나. 새 학교에서의 시작은 순조롭지 않았다. 바뀐 환경에 적응하지 못한 나는 몇 달간 물과 기름처럼 겉돌았다. 학교가 파하면 복도에서 신발을 바꿔 신으며 혼자 집에 가기 싫어 미적거렸지만, 같이 놀자고 부르는 동무가 없었다. 세검정 애들은 텃세가 강해 끼리끼리 어울렸다. 학비가 비싼 사립학교에 들어가지 못했으니 대단히 부유한 것도 아니면서, 좀 산다는 집의 애들은 콧대가 셌다. 현관 앞에서 신주머니를 털며 평소보다 시간을 끌던 어느 날, 나는 버스를 타고 정든 학교를 찾아갔다. 세검정으로 전학 오기 전에 다니던 광희국민학교의 운동장에 서서 창문으로 교실 안을, 나를 알아보며 손을 흔드는 정다운 얼굴들을 들여다보았다.

1970년대에 세검정에서 신당동 광희국민학교까지는 먼 거리인데다 한 번에 연결되는 버스 노선도 없었다. 버스삯은 어찌 구했으며 국민학교 4학년짜리 여자애가 어떻게 물어물어 목적지에 닿았는지. 엄마에게 늦은 하교에 대한 변명을 어찌 둘러댔는지. 내가 다시는 그런 청승을 부리지 않은 사실로 짐작건대, 무모했던 열정의 끝이 소득 없이 꽤나 피로했던 것 같다.

나는 구름이 좋았다. 하늘을 쳐다보며 걷다가 돌에 채여 넘어지기도 여러 번. 드높은 창공의 무늬를 보노라면 외로움도 잊고, 땅 위의 소소한 걱정들이 날아갔다. 날마다 응결된 모양이 달랐다. 뭉게구름, 양떼구름, 새털구름…… 아무 모양도 만들지 못하고 찢어지는 조각들을 엮어 형상을 빚고 이름을 붙이는 게 내 취미였다. 흰 돛단배, 절구를 찧는 토끼, 사람의 옆모습을 닮은 놈도 있었다. 하늘은 그 속에 무엇이든 그려넣을 수 있는 드넓은 캔버스였다. 도화지와 비싼 물감을 사지 않아도 어디서든 그림을 그리고 지울 수 있으니 나처럼 싫증을 잘 내는 아이에겐 매력적이었다. 같이 놀아달라고 우정을 구걸하지 않아도 되니 얼마나 편리한가.

구름이 움직이고 있었다. 비계 낀 듯 새하얗게 엉기더니 서로 겹쳐졌다 풀어지며 검푸른 숲으로 변했다. 유년의 구름은 찬란했다. 나의 일상은 누추했지만 구름만은 비할 데 없이 찬란했다. 색과 형태가 내 맘에 드는 하나를 찍어 계속 관찰했다. 내가 걸음을 움직일 때마다 나를 따라오는, 구름은 내 친구였다. 내 키가 조금만 컸으면 손을 뻗어 만질 수도 있었으련만.

하늘이 온통 빨갰다. 빨강이 금빛으로 물들었다가 노리끼리한 빛이 사그라지며 연한 분홍에 자리를 내주더니 다시 붉게 타올랐다. 해 넘어갈 적엔 색조의 변화가 무궁무진해 심지어 보랏빛을 띠기도 했다. 하늘에 불이 난 듯…… 가슴에 불이 붙은 듯 저릿저릿하다가 뭉클, 풀어졌다.

저녁놀. 멋있게 황혼이라고 부르는, 신이 인간에게 준 최고의 선물. 아무리 보아도 싫증나지 않는 장엄한 드라마. 흉내낼 수 없는 예술 작품. 지상의 그 무엇도, 어떤 사람도 꽃도 책도 농염한 노을처럼 나를 감동시키지 못했다. 어딘가에 그 저녁의 야만적인 황혼이 남아 있다면 지구의 끝이라도 찾아가리라.

33

세검정에선 구름도 더 빠르게 흘렀고 땅도 푹신하고 보드라웠다. 문밖을 나서면 꽃가루와 꽃씨가 달려들어 눈을 못 뜰 지경이었다. 온갖 꽃과 과실나무에서 뿜어져나오는 향기가 뒤얽혀 대기는 터질 듯했다. 경치에 빨려들어 쏘다녔지만 승가사를 지나 멀리 간 적은 없다. 비구니들만 수도하는 적막한 도량이 나의 한계이자 탐사의 끝이었다.

세검정에 살면서 흑백에서 컬러로 풍경이 바뀌고, 내 기억에 계절이 들어간다. 전에는 계절이 없고 '어느 날'이 있을 뿐이었다. 어느 날 내가 벌에 쏘이고 어느 날 큐피드의 화살을 맞고 어느 날 음악 시간에 선생이 교탁을 내려치고……

개천의 얼음이 풀리면 겨울이 끝났다. 앞들의 나뭇가지가 도톰해지며 푸릇한 물기가 흐르면 봄이었다. 봄이 되면 아버지가 산에서 꺾어오는 회초리도 싸리나무에서 개나리로 바뀌었다. 개나리가 앞산을 노랗게 물들이면 화답하듯 뒷산에 진달래가 만발하고, 진달래가 시들해지면 철쭉이 망울을 벌렸다. 나는 개나리의 노골적인 노랑보다 진달래의 은은한 분홍이 좋았다. 같은 빨강이라도 사루비아와 맨드라미는 격이 달랐다. 순색의 고고한 사루비아에 비해 맨드라미의 자줏빛은 천박했고, 봉선화는 노래처럼 처량했다.

울 밑에 선 봉선화야.
네 모양이 처량하다.
길고 긴 날 여름날에
아름답게 꽃필 적에
어여쁘신 아가씨들
너를 반겨 놀았도다.
어언간에 여름 가고
가을바람 솔솔 불어
낙화로다. 늙어졌다.
네 모양이 처량하다.

우리집은 흥겨운 노랫소리가 담을 넘는 집이 아니었다. 가족 구성원 가운데 어느 누구도 노래를 즐기지 않았지만 구슬픈 음색의 〈울 밑에 선 봉선화〉는 왠지 혀끝에 맴돌았다. 울 밑에 선 봉선화가 왜 처량한지도 모른 채 '처량하다'를 끌며 꽃밭을 태평스레 산보하는 계집애가 나인가? 학교에서는 음을 모르는 반벙어리로 살았지만, 내가 완전히 음악을 잊어버린 건 아니었다.

집 뒤를 돌아 아무도 없는 뒷산에 올라가 나는 아무렇게나 불러댔다. 악보며 가사도 무시하고 제멋대로. 더 부를 노래가 없으면 즉흥적으로 작곡한 멜로디를 큰 소리로 흥얼거렸다. 그러면 막힌 속이 좀 풀렸다. 리듬에 맞춰 나풀나풀 춤도 추고, 그 푸른 언덕에서 나는 모범생 딱지를 떼는 대신 자유를 얻었다.

언니는 노래하지 않았다.

어물쩍 하루해가 넘어가고, 그늘진 처마 밑에서 뭔가 꿈틀댄다. 키가 작아 눈에 들어오지 않았던 겸손한 색점들. 채송화의 꽃망울이 벌어지는 신비를 목격한 아이는 외롭지 않다. 슬픔이 쌓이지 않는다.

꽃밭은 우리의 눈만 아니라 입도 즐겁게 해줬다. 배고프면 꽃밭을 휘젓고 먹을 것을 사냥했다. 달착지근한 꿀이 든 사루비아와 까만 까마중이 우리의 주요 표적이었다.

가엾은 사루비아. 동생과 내가 경쟁적으로 꽃대궁을 훑어 여름이 끝날 즈음엔 우리의 게걸스러운 식욕에 남아나는 줄기가 없었다. 가을엔 해바라기씨가 우리의 채워도 채워도 채워지지 않는 허기를 채워주었다.

34

주선숙은 세검정에 이사와 내가 처음 사귄 친구다. 전학의 서먹함이 채 가시기 전, 왁자지껄한 쉬는 시간이었다. 앉아서 칠판만 쳐다보면 되는 수업 시간이 오히려 편하지, 낯선 교실에서의 휴식이 뜨악해 두리번거리던 나의 레이더망에 어느 날 그녀가 들어왔다. 남자애의 등에 올라타 사정없이 두드려패는 여자애의 푸짐한 몸뚱이로 교실의 좁은 통로가 꽉 찼다. 밑에 깔린 남자애가 빠져나오려 바둥대고 선숙의 통통한 콧등에 걸친 안경이 벗겨지려는데, 그녀는 장난스레 웃고 있었다. 자신을 괴롭힌 상대를 응징하는 태연자약함이라니. 나는 단박 그녀가 좋아졌다.

남녀칠세부동석이 부동의 효력을 발휘하던 1970년대 초. 남학생의 등에 올라타서 때린다는 건 나로선 상상도 못할 일이었다. 개구진 남학생들이 고무줄을 끊거나 치마를 들춰도 여자애들은 빽빽 소리나 지를 뿐 선숙이처럼 쫓아가서 혼내주지는 못했다. 숙맥인 엄마를 본받아 나도 숫기가 없었다. 우리끼리 있을 때는 웬만한 사내애들 못지않게 드세게 치고받았지만, 대문 밖만 나가면 꾸어다놓은 보릿자루처럼 뻣뻣하게 굳는 게 우리집 여자들의 공통된 한심함이었다.

선숙과 나는 집이 이웃해 등하교를 같이하며 친해졌다. 우리집에서 열 발짝쯤 더 가면, 우리집과 대각선 방향으로 5미터쯤 떨어져 마주 보는 집이 선숙이네다.

대문간에서 개가 짖고 허리가 굽은 노파가 문을 열어준다. 뻔질나게 드나들어 내 집처럼 훤한 실내—책상 하나 없이 휑한 내 방보다 가구들이 오밀조밀한 이웃집의 네 귀퉁이가 더 훤하다. 하드커버에 금박 테두리를 두른 전집류의 책들이 빼곡한 책장, 검정 피아노, 선숙 엄마의 밀랍처럼 싸늘한 얼굴, 새로 나온 가정용 제빵기의 병아리색 몸체가 보인다. 선숙의 집에서 즉석빵을 한 조각 얻어먹고 감격한 나는 집에 돌아와 밀가루 반죽이 30분 뒤에 따끈따끈한 빵이 되어 나온 기적을 떠벌려 기어코 우리 엄마로 하여금 똑같은 제빵기를 사게 만들었다.

선숙은 그 푸짐한 몸집처럼 씀씀이가 너그러웠다. 자신이 가진 건 무엇이든 내게 보여주고 빌려주었다. 그녀는 끝까지 문제도 풀지 않은 수련장도 빌려주었는데, 내 성적이 더 좋게 나와도 질투하지 않았다. 선숙의 책장은 나의 사설 도서관이나 마찬가지였다.

총천연색 화보에 호화로운 장정을 두른 미지의 시간으로 여행을 떠난 나는 육체를 소홀히 하게 된다. 몸을 움직이는 놀이에 흥미를 잃어 고무줄을 팽개치고 공깃돌을 버린다. 나를 거기로 이끈 건 책이라고 강조하려 했지만…… 그네가 매달린 마당, 서가가 천장까지 올라간 문간방을 지나 그랜드피아노가 있는 응접실, 연필 깎는 기계와 고소한 원기소가 책상 위에 놓인 공부방에 이르도록 내가 맡은 건 부와 사치의 냄새가 아니었던가.

홈웨어를 우아하게 끌며 나타난 선숙 엄마가 피아노 위 둥근 통을 열고 우황청심환을 입에 넣는다. 겉보기에 멀쩡하나 신경 계통의 질환을 앓던 선숙 엄마는 집안에서도 옷을 잘 차려입고 이래라저래라 지시만 내릴 뿐, 손에 물을 묻히지 않았다. 카스텔라나 과일 같은 간식도 선숙의 할머니가 내왔다. 골목길에서도 뾰족구두를 신고 빳빳이 고개를 쳐들고 걷는 선숙 엄마를 우리 엄마는 못마땅해했다. 되게 잘난 척한다고, 명문 여대를 나온 부잣집 외동딸에다 착실한 직장인을 남편으로 둔 그네의 높은 콧대를 아니꼬워했다. 선숙네도 우리처럼 딸만 넷이었고 공교롭게도 애들 터울까지 비슷했다. 애들끼리는 친하게 지냈지만 엄마들은 길에서 마주쳐도 인사하지 않았다. 사실 그건 일방적인 왕래였다. 우리가 앞다투어 그 집에 갔지, 선숙네 애들은 놀 것도 먹을 것도 변변찮은 우리집에 놀러오지 않았다.

선숙과 나는 죽이 잘 맞았다. 우리는 둘 다 순진했고, 집에 환자가 있었고, 그래서 현실도피적 성향이 강했으며 문학과 예술에 대해 낭만적 동경을 품고 있었다. 뒤마의 『삼총사』, 발자크의 『올빼미당』, 『고구려 건국 설화』 등 역사소설에 대한 공통된 열광이 우리를 더욱 결속시켰다. 너는 달타냥, 나는 어쩌구 하면서—선숙은 내가 달타냥이며 자기와 동생들은 삼총사라고 주장했다.

『십오 소년 표류기』를 흉내낸답시고 뒷산을 기어올라 비를 피할 동굴을 찾던 오후로 돌아갈 수 있다면…… 우리가 동굴을 발견하고 잠시 뒤에 우리의 모험을 축복이라도 하듯 주룩주룩 비가 내렸지. 아지트가 생겼다고 좋아하는 선숙을 따라 '아지트'를 발음하며 주문을 외듯 감격에 떨었다. 우리 두 소녀에게 삶은 연극과 구분되지 않았다.

피아노 건반 위를 달음질치던 두툼하면서도 섬세한 손.

손은 선숙의 신체에서 가장 두드러진 부위였다. 내게는 곡명도 생소한 쇼팽의 에튀드를 그녀는 악보도 보지 않고 연주했다. 그녀가 피아노에 앉으면 나는 옆에 서서, 건반 위를 썰매 타듯 미끄러지는 손에 매혹되어 정작 음악은 뒷전이었다. 피아노 소나타를 치다가 재미없으면 악보를 무시하고 장조를 단조로 바꾸어도, 한 옥타브 올려 편곡해도 귀가 둔한 나는—그녀가 말해주기 전에는—알아채지 못했다. 선숙은 기분이 내키면 즉흥적으로 자장가나 동요를 작곡해 내게 들려주었다.

선숙은 그림도 잘 그렸다. 움직이는 인체를 표현하는 천부적인 소질이 있었다. 여학생들 사이에 『베르사이유의 장미』나 『유리의 성』 같은 순정만화의 주인공을 베끼는 게 유행할 때다. 내가 그린 여자들은 사지가 인형처럼 뻣뻣했는데, 선숙의 연습장에 그려진 귀부인들은 살아 있는 인간처럼 팔과 다리가 자유로워 금방이라도 도화지 밖으로 걸어나올 것 같았다. 선숙이 그린 드레스들은 무척 정교해, 그녀의 디자인대로 옷을 만들었다면 패션쇼에 출품해도 손색없었을 게다. 예술적 재능이 풍부했지만 선숙은 뭐든 악착같이 매달리지 않았다. 공부든 놀이든 피아노든 그림이든 즐기되 탐닉하지 않고, 탐닉하되 추구하지 않는 진정한 아마추어였다.

나는 선숙의 집에 미쳐 있었다. 잠만 우리집에서 잤지, 학교 갔다 오면 내 마음과 몸은 친구 집에 가 있었다. 개 꼬리만 봐도 멀찌감치 피하는 내가 선숙네 마당을 지키는 똥개에게 "메리야! 착하지?" 갖은 아첨을 다 떨며 현관으로 내달렸다. 선숙의 동생 선미가 세종문화회관에서 토슈즈를 신고 〈백조의 호수〉를 발표한 날도 나는 그 집 식구들과 함께 있었다.

구경을 마치고 돌아오는 택시 안. 선숙과 선미와 내가 뒷좌석에 끼여 앉고, 앞에 선숙 엄마가 탔다. 나만 없었으면 선숙네 식구끼리 편히 갔을 텐데. 화목한 가족적 분위기에 속없이 끼어든 나는 창밖만 내다본다. 세종문화회관도 처음이고 발레 공연도 처음이고 택시를 타고 광화문 네거리를 달리는 것도 처음이다. 그 모든 처음들을 하나도 놓치지 않으려 내 눈은 열심히 바깥을 훑는다.

나는 가만히 안에 있는데 건물들이 유리문 안의 내게 충돌하듯 달려들고 휙, 휙, 눈을 찌를 듯 스치는 가로수에 어리둥절, 택시 문이 열린 줄도 몰랐다. 창가에 앉은 게 화의 근원이었다. 저절로 열리고 닫히는 버스와 기차에만 익숙했던 나는 택시의 문을 여닫는 법을 몰랐다. 택시라는 놈은 맨 뒤에 탄 사람이 손으로 잡아당겨, 딱! 소리가 나도록 닫아야 한다는 상식을 아무도 내게 일러주지 않았다.

차가 이순신 장군 동상 앞을 회전할 때였다. 덜컥, 택시의 문이 열리며 내 몸이 붕— 뜨더니 밖으로 튕겨나갔다. 몇 바퀴 구른 뒤에 광화문의 광막한 아스팔트 평야 위에 떨어졌다. 아얏! 옆으로 쓰러졌다가 정신을 차려 자세를 바로 고쳐 앉았는데, 달려오던 차들이 나를 보자 급정거했다. 승용차와 버스 안에서 빤히 나를 쳐다보는 사람들. 군중의 구경거리로 전락한 자신이 창피해서, 피를 봤는데도 아프지 않았다. 다쳤다고 수선을 떨지도 않았다. 운전사가 달려와 나를 일으켜 세웠다. 무르팍이 조금 깨졌을 뿐 겉으로 드러난 이렇다 할 외상은 없었다.

"괜찮니?"

"네."

선숙네 일행을 내려놓은 뒤, 택시 기사는 나를 태우고 병원을 찾아 도시의 뒷골목을 헤맸다. 의사와 기사 아저씨가 잘 아는 사이인 듯 긴밀한 밀담을 나누는 동안, 나는 진료실 밖의 벤치에 홀로 앉아 있었다. 검사 결과 아무 이상이 없다며 그는 나를 집에 데려다주었다. 우리집 대문 앞에서 엄마에게 죄송하다며 연신 허리를 굽히던 그는 시골에서 상경해 그날 처음 운전대를 잡은 왕초보였다. 그래서 광화문 네거리를 유턴하며 속도를 줄이지 않았고, 그래서 내가 짐짝처럼 내팽개쳐진 거였다. 승객을 태우며 택시 문이 닫혔는지 확인하지도 않은 운전사의 과실을 따지지도 않고, 착해빠진 우리 엄마는 당신 앞에서 머리를 90도로 꺾고 굽실대는 운전사가 딱해 그냥 돌려보냈다. 사고 뒤에 나는 길을 걷다 조금만 헛디뎌도 다리를 삐었다. 자갈만 밟아도 넘어졌다. 신영상가의 한의원에서 대놓고 침을 맞아 학창시절 내내 발등에 바늘 자국이 사라질 새가 없었다.

20여 년이 지나 대학병원 정형외과에서 엑스레이를 찍고서야 비로소, 내가 어릴 적의 교통사고로 무릎뼈가 탈골되고 발목의 인대가 늘어나는 부상을 당했음을 알았다. 무릎뼈가 어긋나게 붙어 흔들거린다는 의사의 설명을 듣고 그날이 원망스러웠다. 내 옆에 보호자가 있었다면 더 나은 치료를 받지 않았을까. 사고 직후 깁스나 압박붕대라도 감았다면 탈골된 부위가 튼튼하게 원상회복되었을 텐데.

"글쎄, 선숙 아버지가 밖에서 사내애를 낳았대. 돈 줘서 여자를 떼고 애만 데려다 키운대. 근데 그애가 언청이래. 벌받은 거지 뭐니. 선숙 엄마가 바람피웠다고 글쎄, 회사에 찾아가 난리를 피워 남편 직장을 짤랐댄다. 여자가 한을 품으면 오뉴월에도 서리가 내린다는 말이 딱 맞구나. 그래도 그렇지. 여자가 어쩜 고렇게 독할 수 있니?"

엄마로부터 이웃집의 스캔들을 전해 듣고 괴물을 상상했는데, 선숙이 보여준 포대기에 싸인 갓난애의 몸은 언뜻 보기에 이상한 데가 없었다. 사람들이 손가락질하는 불륜의 열매가 시시해 오히려 속은 기분이었다.

중학교에 입학한 뒤로 선숙과 나는 서먹서먹해졌다. 새로 사귄 친구들과 어울리느라, 소설독에 빠져 지내느라 나는 차차 선숙을 멀리했다. 같은 여학교에 배정됐지만 등하굣길에도 따로따로 갈 때가 잦았다.

1980년 어느 날 우리는 버스에서 마주쳤다. 대학 신입생인 두 사람은 상대의 전공을 물어보며 재회의 어색함을 감추었다. K음대 작곡과에 들어간 선숙에게 나는 과연 너다운 선택이라고, 어려서의 소원대로 예술가의 길을 걷는 친구를 격려했다. 짧은 인사를 나누고 우리는 각각 다른 정류장에서 내렸다. 서로의 연락처도 주고받지 않은 채. 가장의 밥줄이 끊어진 선숙네는 해가 갈수록 가세가 기울었다. 종이공장이 문을 닫고 길가의 단칸 셋방으로 주저앉은 처지를 비관한 선숙 엄마가 연탄불을 피워놓고 집단 자살을 시도해 선숙과 선미만 겨우 목숨을 건졌다는 소문을 엄마로부터 듣고도, 연탄가스에 중독되어 식물인간이 됐다는 죽마고우를 나는 찾아가보지 않았다.

1990년 평창동에 위치한 재야 단체의 연구소에서 마주친 선미는 재난을 당한 티 없이 명랑했다. 어떻게 지냈느냐고 안부를 묻는 내게 그녀는 자신의 집에 닥친 불행을 남 말 하듯 아무렇지도 않게 서술했다. 선미의 태연자약은 나름대로 상황을 이겨내려는 노력이었다. 사고 당일 대학 동아리 수련회에 참석하느라 화를 면했다는 그녀에게 나는 섣부른 위로의 말을 건네지 않았다. 1년 넘게 병원에 있었던 선숙은 끝내 제정신이 돌아오지 않았다. 몸은 회복됐지만 지력은 국민학생 수준이라 자신에게 일어난 일을 모른다. 몰라서 오히려 잘 지낸다는 선숙의 근황을 전하며 선미가 끄트막에 덧붙였다.

"그런데 언니는 피아노 앞에 앉지 않으려 해요. 앉혀도 건반을 두드리지 않고 그냥 멍하니 있어요."

선숙이 제 몸처럼 사랑했던 피아노였는데, 친구에게 닥친 비극이 뒤늦게 나를 두드렸다. 선미를 만나고 얼마 안 되어서 신영상가의 화장품가게를 지나다 선숙을 보았다. 그녀가 먼저 나를 알아보고 불러세웠다.

"야, 정하경. 이 꺽다리야. 너 왜 기분 나쁘게 나보다 키가 크니?"

그애의 손에 들린 목욕가방에선 뚝, 뚝, 물이 떨어지고 마땅한 대꾸를 찾지 못한 나는, 같은 말만 되풀이하는 옛 동무 앞에 5분 이상 서 있을 수 없었다.

35

그해 가을 우리 골목에서 바람난 사람은 선숙의 아버지만이 아니었다.

내가 아는 아버지의 첫 여자는 미스 정이었다.

'내가 아는'이라고 토를 달았지만 우리가 모르는 아버지의 여자는 없었다. 자신을 감추는 재주라곤 요만큼도 없는 아버지는 바람피우는 족족 우리에게 들켰다. 미스 정에게 대문을 열어준 사람은 나였다. 곱게 차려입은 여자를 보고 어리둥절 서 있는 내 뒤에서 엄마가 "누가 왔냐?"고 소리지른다.

"응. 어떤 아줌마가 아버지 찾아."

놀라 뛰어나온 엄마가 미스 정을 알아보고 쩔쩔맨다.

"사장님, 한 번만 뵙고 갈게요."

울먹이는 여자에게 엄마가 통사정한다.

"지금 없어."

우리 엄마는 이런 경우를 당한 대한민국의 여느 부인네들처럼 호통도 치지 않고 '없어'만 가련할 정도로 되풀이했다.

없다고?

마침 휴일이라 아버지는 집에 있었다.

있는데…… 왜 거짓말을 하지?

불쑥 찾아와 아버지를 내놓으라고 떼쓰는 여자보다, 뭘 잘못했다고 거짓말까지 하며 사색이 된 엄마가 내겐 더 이상했다.

할아버지를 모셔오라는 엄마의 명에 따라 내가 외할아버지와 함께 개울을 건널 즈음, 뒷산 언덕을 올라가는 아버지의 뒷모습이 멀리서 희미하게 잡혔다. 허둥지둥 오르는 폼이 영락없는 도망자였다. 아버지가 도망가다니! 낯익은 체크무늬 남방이 비겁해 보였다. 미스 정은 다행스럽게도(?) 도망가는 애인을 보지 못했다.

"아가씨, 나랑 어디 가서 얘기 좀 합시다."

안 가겠다고 버티는 여자를 다독거리며 노인네가 앞장서고, 미스 정을 데리고 외할아버지가 골목을 빠져나가며 사태는 일단락되었다.

그날의 등장인물 가운데 미스 정이 가장 의연했다. 엄마와 그 여자가 머리 끄덩이를 잡고 한판 붙었다면 외려 덜 부끄러웠을 게다. 여자의 출현에 혼비백산한 부모의 모습은 날 실망시키기에 충분했다. 엄마의 거짓말보다 나쁜 건 아버지의 비겁함이었다. 포탄이 빗발치는 전쟁터에서 용감히 적에 맞섰던 군인이, 집안에선 작은 영웅이었던 아버지가 가녀린 처녀 하나를 감당하지 못해 애들 보는 앞에서 줄행랑을 친다? 그래도 자기를 찾아온 손님인데, 한마디로 스타일 구기는 일이었다. 바람피운 아버지보다 도망친 아버지를 용서하기가 더 힘들었다.

용서, 라고 나는 썼다.

그 일이 없었다면 나, 정하경은 내 아버지에게 그런 불손한 용어를 들이밀지 않았으리라. 그날 이후 내가 아버지를 드러내놓고 경멸하지는 않았다. 달라진 건 아무것도 없었다. 아버지는 여느 때보다 일찍 귀가했고 '불량한 아버지'의 딱지를 떼려고 한동안 우리들과 다정한 저녁시간을 보냈다. 집안에서 당신은 여전히 절대자로 군림했지만 가장의 막강한 권위를 장식하던 거품은 서서히 걷혔다. 아이들이 크면 당신의 명예는 휴지조각처럼 구겨질 것이다.

복덕방을 운영하던 아버지의 비서 겸 경리였던 미스 정은 그후 일본으로 건너가 다시는 우리 앞에 나타나지 않았다. 엄마는 치정 사건을 돈 문제로 환원시키며 애써 사건의 의미를 축소하려 했다.

"그렇게 안 떨어지려고 하더라. 하긴 걔도 불쌍해. 처녀 하나 잡아놨으니 니 애비가 죽일 놈이지. 니 애비 허우대 멀쩡하니 부자인 줄 알고 호렸다가 집에 와 사는 꼴 보고 그냥 돌아섰지. 니 애빈 뒷문으로 달아나고 아무 죄 없는 우리 아버지가 그년 데리고 팔각정 가서 타일렀댄다. 내 니들 때문에 붙어살았지 그만 정내미가 뚝 떨어지더라."

나는 엄마 말을 신용하지 않는다. 아버지에 대한 엄마의 정은 워낙 끈끈해 그런 일이 열 번쯤 반복돼도 식지 않았다.

36

가난한 집에선 뭘 감추기가 어려운 법이다. 한 방에서 부대끼니 사랑도 증오도 숨을 구석이 없다. 병적으로 정직했던 엄마는 자식들에 대한 애증을 감추지 않았다. 이쁜 미경은 엄마의 보물이었고, 공부 잘하는 나는 아버지의 자랑이었다. "미경이는 미스코리아 내보내고 하경이는 외교관 만들어야지." 부모의 관심을 끌려는 치열한 경쟁에서 언니와 막내는 뒷전으로 밀려났다. 아이들은 우애를 배우기 전에 질투와 경쟁부터 배운다.

우리집은 한시도 조용할 날이 없었다. 아이들끼리, 어른들끼리, 아이들과 어른들 간에 크고 작은 다툼으로 날이 샜다. 비 오는 날이면 우산살이 덜 부러진 우산을 차지하려 신경전을 벌였고, 아침밥을 먹고 먼저 성한 우산을 집고 나가는 사람이 임자였다. 구멍이 뚫리지 않은 양말을 서로 자기 것이라 우기며 잡아당겼다. 우리는 싸울 거리가 없으면 일부러 만들어서라도 싸웠다.

"왜 째려봐?"

"내 맘이지. 째려보는 것도 허가받아야 하니?"

"아쭈, 이게?"

눈싸움이 말다툼으로, 말다툼이 몸싸움으로 번지는 건 순식간이다.

나와 미경은 한번 붙으면 끝까지 갔다. 머리카락을 쥐어뜯고 손을 할퀴고 몸통을 떠다밀었다. 머리통이 벽에 부딪히고 팔뚝의 살점이 뜯기어 피가 나도록, 엄마가 부젓가락을 들고 마루로 뛰어오를 때까지 사생결단의 혈투가 계속된다. 어느 쪽이든 울면 패배를 자인하는 꼴이므로 우리는 절대 울지 않았다. 침착한 미경은 나처럼 더듬지 않고 태연하게 사람 골 지르는 말을 잘도 내뱉는다.

"야, 이 말더듬이야!"

동생의 욕 한마디에 싸움이 시작되고 끝났다.

날 놀렸겠다……

열을 받은 얼굴이 빨개지며 으다다다 더 걷잡을 수 없이 더듬었다.

"네 이년들! 해주는 밥이나 처먹고 똥이나 싸지 왜들 지랄이야! 니에미 죽는 꼴 볼래?"

악쓰는 엄마의 기세에 눌려 집안에 짧은 고요가 깃들었으나, 우리는 방으로 들어가 다시 엉겨붙었다. 어른들이 개입하기 전에는 끝나지 않을 난장판을 평정하는 건 아버지의 회초리다.

우리집엔 비상용 회초리가 늘 준비되어 있었다. 안방의 장롱과 벽 사이의 좁은 틈에 아버지가 산에서 꺾어온 싸리나무 다발이 빗자루처럼 묶여 있어, 매를 들 때마다 한두 개비씩 빼내어 썼다.

"하경이 어딨어?"

아버지가 야단칠 일이 있어서 날 찾을 경우엔 내 이름 앞에 '우리'가 붙지 않는다. '우리 하경이'가 아닌 그냥 하경이. 아버지가 눈을 부릅뜨고 회초리를 들라치면 나는 후다닥 신발을 꿰신고 집밖으로 내뺐다. 내가 어디로 갔는지는 아무도 모른다. 아버지의 사정거리 밖으로 완전히 벗어났다 싶을 때까지 나는 안심하지 않았다. 아버지 손에 잡혔다 하면 그날은 죽는 날이다. 엄마처럼 헤프게 욕을 해대거나 아이들을 쥐어박지는 않았지만, 한번 화났다 하면 인정사정없다. 회초리를 들면 싸리가 부러질 때까지, 아이들의 여린 살이 부르터 피가 맺힐 때까지 매를 멈추지 않았다.

아버지 앞에 무릎 꿇고 앉은 동생과 나.

"어서 종아리 걷어!"

"아부지 잘못했어요. 한번만 용서해주세요."

손에서 불이 날 정도로 싹싹 비는 건 나다. 동생은 잘못했다는 말 한마디 없이 닭똥 같은 눈물만 뚝뚝 떨어뜨린다. 아버지의 채찍질이 얼마나 매서웠는지 보다못해 엄마가 아버지를 뜯어말린다.

"여보, 그만하세요. 그러다 애 잡겠어요."

"아니, 이 여편네가 미쳤나? 저리 비켜! 이 손 놓지 못해! 당신도 한통속이야!"

엄마의 애원이 불에 기름을 부은 격이 되어 아버지의 매질이 더 거세졌다.

도시의 가난과 시골의 가난은 다르다. 농촌에서는 하다못해 풀뿌리라도 캐지만, 도시에서는 돈이 없으면 하루도 생존할 수가 없다. 어떤 말로도 결핍을 다 표현할 수 없다. 돈이 없고 쌀이 없고 대화가 없고, 애정은 입 밖으로 나오지 않는다. 창자가 말라붙어 엄마는 악쓸 기운도 없다.

밥상에 둘러앉아 여럿이 점심을 먹는다. 가운데 국자가 꽂힌 냄비, 그 옆에 스테인리스 대접들이 식구 수대로 포개져 있다. 반찬은 고춧가루가 엉성하게 버무려진 시어터진 깍두기뿐. 엄마는 비싼 고춧가루를 아껴야 했다.

"또 강냉이죽이야?"

애들은 걸쭉한 강냉이죽이 싫었다. 노란 옥수숫가루에 물만 부어 끓인 죽은 그냥은 밍밍해 못 먹는다. 설탕을 치면 넘길 만한데, 설탕이 없어 소금을 친다. 느글거리는 속을 가라앉히려면 빨리 대접을 비우는 수밖에 없다. 억지로 그릇을 비우고 일어서면 어지럼이 핑그르르 돌았다. 노란 죽의 공포로부터 나는 얼마나 멀어졌나.

서기 2002년, 휘황한 백화점 7층 레스토랑의 푹신한 의자에 기댄 나는 감자 수프가 식기를 기다린다. 감자 수프는 강냉이죽을 부르고, 강냉이죽은 찌그러진 냄비와 어미의 퀭한 눈동자를 부른다.

이웃에서 꾸어온 쌀로 간만에 하얀 쌀밥을 구경한 저녁. 눈이 시리도록 흰빛이 아이들의 입으로 순식간에 빨려들어가는데, 우리에겐 쌀밥을 주고 당신은 누룽지에 물을 말아 넘기던 어머니. 당신의 퀭한 눈동자가 오늘도 감자 수프 위에 떠 있다.

나의 과거는 밥상 위에 있다. 어제의 밥상을 기억하는 오늘의 식탁이 기름지고, 어제의 남루를 보상하려는 옷장에 옷이 넘친다. 백화점에서 바바리를 사고 부츠를 사고 모직 머플러를 사고 나서 하루 만에 나는 후회한다. 끝이 닳은 빨간 내복과 올 풀린 스웨터의 성근 실오라기 틈으로 매서운 겨울바람이 들어와 나를 꾸짖는다. 그때는 철마다 옷이 한 벌씩밖에 없었는데 뭘 입을까 고민하는 현재를……

우리는 미애 이모가 떠준 스웨터와 목도리로 겨울을 났다. 부쩍부쩍 자라는 애들이라 옷이 작아지면 엄마는 헌 실을 풀어서 새 옷을 만들었다. 마치 요술 부리듯 줄무늬 스웨터가 조끼로 바뀌고 조끼가 머플러로 둔갑했다.

히말라야 산양의 부드러운 털로 짰다는 백 퍼센트 파시미나 울에 스친 목이 가려워, 어제 산 머플러를 도로 물리려 영수증을 찾는데, 경대 위에 마이너스 금액이 찍힌 환불 영수증이 수북하다. 정하경은 물건을 구입하고 취소하는 일이 잦아 백화점 직원들의 얼굴 보기가 민망할 정도다. 나의 옷장은 과거로부터 자유롭지 못하다.

굶주림에서 벗어나자 우리는 살찌기를 걱정해 다이어트를 했지. 내게 70년대와 80년대의 삶은 너무도 이질적이어서, 두 개의 연대가 하나로 연결된 시기를 우리가 통과했다는 사실이 새삼스럽다. 80년대와 90년대는 또 얼마나 천양지차인가. 나는 나를 두 개, 세 개로 쪼개지 않고는 그 아찔한 간극을 메울 수 없다.

37

밤이면 뒷간에 가는 게 큰일이었다. 요강으로는 해결할 수 없는 용무를 보려면 신을 신고 밖으로 나와 마당을 가로질러 본채와 떨어진 재래식 변소로 가야 했다. 동생과 나는 뒷간에 갈 때 서로 따라가주기로 신사협정을 맺었는데 짓궂은 미경은 종종 계약을 악용했다. 두 살 아래의 미경은 나보다 겁이 없고 어둠을 무서워하지 않았다. 무서워도 나처럼 티를 내지 않았다. 밤에 뒤가 마려우면 나는 이 핑계 저 핑계 튕기며 늑장 피우는 동생을 꼬시느라 여러 가지 옵션을 걸었다. 동생 몫의 요강 부시기나 청소 따위를 내가 대신해주겠다는 선심성 공약을 남발했다.

플래시를 든 미경과 내가 마루를 내려와 꽃밭을 지나 뒷간에 이르는 10미터도 안 되는 길이 달 없는 밤이면 어찌나 멀고 막막한지. 울성리의 10리나 되는 논두렁길을 야밤에 헤쳐나갈 때도 그렇게 두 근 반 세 근 반 간이 짜부라들지 않았다.

캄캄한 뒷간에 두 다리를 오므리고 앉으면 나는 대한민국에서 가장 약한 아이가 됐다. 낮에는 말이 없던 미련 곰탱이가 밤만 되면 여우로 돌변해, 문밖에서 망을 보며 언니를 지켜줘야 할 미경이 되레 나를 공격한다.

"언니, 흰 손이야? 빨간 손이야?"

으으…… 아아……

시멘트 바닥의 종이상자에 수북한 신문지들이 귀신으로 보여 이가 달달 부딪치고 소름이 돋는다. 만화영화에 나오는 요괴인간처럼 송곳 모양으로 긴 손톱들이 똥통에서 올라와 날 잡아끌 것 같아 주기도문을 외운다. 왼손으로 뒤를 닦으며 오른손은 '성부와 성자와 성신의 이름으로'를 바친다. 빨간 장갑에게 발목을 붙들릴까봐 신문지로 밑을 닦는 둥 마는 둥 후딱 허리를 펴고 일어나 내달았는데……

불편한 몸으로 언니는 어떻게 뒷간 출입을 했을까. 머리카락 한 올 떨어져 있지 않은 환하고 깨끗한 수세식 변기에 앉아 나는 십자가를 긋는다.

38

무의식의 숲에 매장된 어떤 기억들은 어느 날 우리를 찾아와, 아침 식탁에서 숟가락을 놓고 컴퓨터 앞으로 달려가게 한다.

엄마는 어떻게든 우리를 먹이려 했다. 삽상한 가을날 오후, 엄마와 나는 과수원에 갔다. 백수제약을 지나 산을 올라가면 도처에 앵두밭과 능금 동산이 있었다. 과수원에 딸린 가정집 마당에서 능금을 팔았다. 크고 예쁜 것들은 없고 작고 못난 치들만 상자에 담겨 있었다. 썩고 멍들어 제값을 못 받는 천덕꾸러기들을 엄마는 주인과 흥정해서 값을 깎았다.

"이래 봬도 이게 맛있단다. 원래 과일은 썩어야 제맛이란다."

"와. 엄마, 이거 전부 몇 개야?"

"한 접."

"한 접이 얼만데?"

"백 개."

우리는 능금 궤짝을 양쪽에 들고 걸었다. 한 접은 꽤 무거웠다. 나무상자의 밑을 손으로 받치고 과일이 쏟아지지 않게 조심하며 발을 떼는데 몇 발짝 못 가서 팔이 저렸다. 짐을 든 내 손의 높이가 엄마보다 낮아서 하중이 내게 쏠렸다. 집에 도착할 때까지 서너 차례 길가에 상자를 내려놓고 모녀는 왼팔과 오른팔을 바꾸어 들었다. 쉬는 동안 내가 조금이라도 딴짓을 하거나 쓸데없이 떠들며 지체할 것 같으면 엄마는 "저녁밥 늦겠다"며 걸음을 재촉했다.

과일 궤짝을 들고 귀환한 날은 집안이 온통 축제 분위기였다. 능금철이 끝나면 우리는 설익어 푸르스름한 땡감의 껍질을 벗겨 햇볕과 바람에 말려 겨우내 두고 먹었다.

썩은 능금 한 상자를 어머니와 나눠 들고 버스비를 아끼려고 걸었던 길을 10년, 20년 뒤에 나는 짐 하나 없이 혼자 택시를 타고 지나갔다. 나는 이제 능금을 먹지 않는다. 내가 장을 보는 백화점의 식품매장엔 능금이 없다. 어쩌다 비닐봉지에 담긴 능금을 사먹어도 옛날의 새콤달콤함은 느낄 수 없었다. 내 작은 어깨에 지워졌던 과일 궤짝을 잊으며 썩은 능금의 맛도 잊었고, 상한 부위를 식칼로 도려내고 성한 곳을 돌려가며 사근사근 씹는 재미도 잊었다.

39

엄마는 욕을 잘했다. 시장통에서 빵장사 하다 배운 욕이라 쌍스러운 말이 많았다. 쌍년 씨팔년은 기본이고, 우라질 년, 염병 따무랄 년 같으니, 개가 뜯어먹다 말 년……

아픈 애 하나만으로도 벅찬데 억센 계집애 셋을 끼고 씨름하느라 욕이 늘 수밖에 없었다. 애들은 웬만한 욕 갖고는 꿈쩍도 하지 않아 엄마는 나날이 강도 높은 욕을 개발해야 했다. 듣는 우리도, 말하는 엄마도 무슨 뜻인지 모르고 쓰는 희한한 욕도 많았다. 나처럼 욕쟁이 엄마를 둔 친구와 내기 삼아 서로 아는 욕을 종이에 적어본 적이 있는데, 나의 레퍼토리가 훨씬 창조적이고 풍부했다.

"그렇게 멀거니 서 있지 말고 어서 가서 니 언니 먹을 우유나 사와. 지 언니 하나 거둬 먹이기도 손발이 모자랄 지경인데, 작은 년까지 설쳐대니 아이고 내 신세야. 이게 다 그 지랄 같은 인간 만나 눈 뒤집혀 겁도 없이 시집온 내 잘못이지. 그 위인만 아니었어도 내가 저 웬수들을 안 낳는 건데……"

욕하기를 멈추고 어머니가 한숨을 토한다. 넋두리에서 욕으로, 욕에서 한숨으로 끝나는 어머니의 욕은 고단한 삶을 건너가는 다리였다. 유사시에는 대단한 욕쟁이였지만, 어머니는 당신의 애새끼들한테만 소리를 내지르지 다른 사람들에게는—동네의 똥개한테도 마당의 풀에게도 함부로 침을 뱉거나 고함치지 않았다. 하다못해 침묵으로라도 남을 불편하게 하지 않았다. 그런 소심한 양반이 어떻게 내 아버지 같은 무뢰한에게 정붙이고 살았을까. 어머니는 당신의 뱃속에서 나온 자식들에게 뻔하면서도 풀리지 않는 수수께끼였다.

내 나이 마흔이 넘어서도 어머니가 어떤 사람이냐고 누가 물으면 나는 우물쭈물 말을 찾지 못한다. 모순투성이 당신. 어쩜 그렇게 순진무구할 수 있었는지. 갖은 풍파와 엎치락뒤치락을 여러 번 겪고 딸자식들을 시집보내고 손자들을 돌보는 노년에 이르러서도 어머니는 그대로였다. 때가 묻지 않았다. 지독한 순수는 상식에 충실한 생활을 방해하는 암초이며, 거친 세파로부터 당신을 지켜주는 등불이었다. 어머니의 모순을 자식인 내가 어미와 비슷하게, 행태는 다르지만 본질은 똑같은 방식으로 되풀이해왔음을 깨치기까지, 당신은 내게 버거운 존재였다.

단순하면서 복잡하고, 합리적인가 하면 비합리적이고, 소탈하면서도 까다롭고, 지극히 선량하면서도 바로 그 선한 의지로 가까운 사람들을 무진장 피곤하게 만드는…… 자신을 바치는 상대로부터 무시당하는 어머니가 되고 싶지 않아,

오늘도 나는 옷을 갈아입다 멈칫 동작을 그만둔다. 셔츠를 벗어 문짝에 걸치려다 옷걸이를 찾아 두리번거린다. 아무데나 옷가지가 널브러진 어머니의 방을 닮고 싶지 않아서, 습관을 따라가려는 내 손을 거둔다. 우리집의 문고리마다, 방문에도 장롱에도 서랍 고달이에도 뭔

가를 걸칠 수 있는 삐죽한 곳이면 양말짝이나 속옷들이 대롱대롱 널려 있었다.

겨울이면 빨래를 말리는 게 큰일이었다. 마당의 빨랫줄에서 얼어붙은 옷가지를 집안으로 들여오면, 옷에 들러붙은 얼음이 녹아 물이 떨어지기 전에 마른 걸레를 밑에 받치느라 아이들 손이 분주했다. 세탁기를 산 뒤에도 베란다에 건조대가 있는데도 어머니는 젖은 빨래를 실내에 널었다. 장롱 문짝에 걸린 어머니의 구멍 뚫린 내의가 보기 싫어 새것을 사드려도, 요즘 것은 고무줄이 조인다며 마다하시는 당신의 고집을 누가 꺾으랴.

생존에 관계되는 일이 아니면 어머니는 무엇이든 아무렇게나 했다. 아무렇게나 입고 아무렇게나 말했다. 정신적으로든 물질적으로든 당신은 화장을 하지 않았다. 아이들의 입학식이나 졸업식 날이 아니면 분을 바르지 않았다. 아이들 넷을 거두느라 손이 열 개라도 모자랐던 우리 엄마가 거울을 보고 머리를 빗은 날이 도대체 며칠이나 될는지. 아버지가 멋을 부릴수록 어머니는 촌스러워졌다.

어릴 적 외할아버지로부터 전수받은 '착하게 살아야 한다' '정직해야 한다'를 십계명처럼 가슴에 품었던 어머니는 모든 종류의 인공과 가식을 병적으로 혐오했다. 어머니에게 자신을 꾸미는 건 사치이며, 사치는 곧 죄악이었다. 자신을 보호하려는 의지가 선천적으로 결핍된 당신은 인간관계의 기술이나 사교의 허식을 걸치지 않고 맨몸으로 사람들을 대했다. 현실이라는 냉혹한 파도를 헤쳐나갈 뾰족한 물갈퀴도 없으면서, 어머니는 끝내 헤엄치는 법을 배우지 않았다. 정수리가 희끗희끗해지도록 속수무책이 당신의 오롯한 방책이었다.

당신의 인생이 개입된 문제에선 더없이 감정적이고 비현실적인 어머니도, 나날의 의식주에 관해선 누구보다 실리를 추구하는 합리파였다. 적은 돈으로 아이들에게 필요한 영양분을 골고루 섭취시킬 식단을 짜느라 엄마의 골머리가 터졌다. 비싼 김 대신 김가루를 기름에 볶고, 수박 껍질을 깎아 무치고, 밀가루를 볶아 즉석 카레를 만들었다. 음식을 조리할 때도 맛이나 모양보다 실속이 우선이었다. 대학 교육을 받은 신여성답게 어머니는 각종 영양소에 정통했다. 지용성 비타민과 수용성 비타민의 차이를 우리는 학교 가기 전부터 귀가 따갑도록 들었다.

오이와 날당근은 같이 먹지 마라. 오이의 비타민 C가 파괴된다.

지용성 비타민이 풍부한 당근은 생으로 먹지 말고 기름에 살짝 볶아야 해.

얇게 채를 썬 당근볶음은 우리집의 단골 메뉴였다. 아, 어머니는 당신 평생 당근 껍질을 얼마나 벗겼던가. 그런데, 아무리 몸에 좋아도 날마다 먹는 건 고역이었다. 아이들은 당근을 싫어했다. 내 도시락엔 1년 365일(과장이 아니다!) 당근볶음이 들어 있었다. 소풍 갈 때도 재료가 비싼 김밥 대신, 흰밥에 당근과 달걀부침을 싸갔다.

어머니의 식단은 나름대로 매우 과학적이었다. 일주일에 한 번 정도 동태나 꽁치 같은 값싼 생선이—엄마식으로 따지자면 '동물성 단백질'이 밥상에 올랐다. 동태 한 마리를 식구 수대로 토막을 내 끓였다. 살이 많은 가운데 토막은 아버지 몫이고, 나머지 토막은 애들에게 하나씩 돌아갔다. 우리가 싫다고 골라내는 창자와 대가리, 지느러미와 꼬리가 어머니 차지였다. 우리 어머니가 못 먹는 부위는 없었다. 애들이 발라놓은 가시를 손에 붙들고 뼈에 묻은 기름까지 쪽쪽 소리 나게 입으로 빨았다. 밥상에 남은 음식을 한데 쓸어 담아 비빈 건지 말은 건지 알 수 없는 잡탕을 만들어 드시던 당신. 부잣집 개밥도 우리 어머니의 냄비보단 나았으리.

전쟁 같은 식사가 끝난 뒤의 고요를 담은 빈 공기와 수저들. 뼈와 가시를 제외하고는 아무것도 남은 게 없다. 우리를 처량히 쳐다보던 동태 눈깔도 상을 치우기 전에 누군가의 입속에서 아작아작 고소하게 바스라졌다.

40

아버지에겐 남동생이 둘 있었다. 큰삼촌은 국민학교 선생님이었고 작은삼촌은 직업군인이었는데, 간단히 선생삼촌 군인삼촌이라 불렀다. 아이들은 삼촌들을 좋아했다. 키가 장대처럼 크고 영화배우처럼 잘생긴 군인삼촌의 국방색 군복 바지가 대문간에 나타나면 우리는 하던 일을 때려치우고 어? 삼촌이닷! 맨발로 뛰어나가 삼촌의 등과 어깨에 주렁주렁 매달렸다. 삼촌의 어깨에 붙은 밥풀때기(무궁화)가 몇 개로 늘어났는지 세며 애들은 뿌듯했다. "한 개면 소령이고 두 개면 중령이래." 삼촌보다 좋은 건 사탕이었다.

삼촌 손에는 늘 케이크나 센베이 과자, 아니면 적어도 사탕 봉지가 들려 있었다. 은박지에 날개로 포장된 땅콩 캔디를 먼저 깨물기 위해 아이들이 달려든다. 힘에선 동생에게 밀리지만 행동은 빠른 내가 봉지를 빼앗아 이로 물어뜯는다. 방바닥에 사탕알이 쏟아진다. 혹시 잘못 나누지 않나? 동생이 나를 감시하며, 다 셀 때까지 눈 한번 깜짝하지 않고 하나, 둘, 셋…… 세 아이가 합창을 한다. 외짝으로 남은 한 알을 누가 차지할 것인가를 놓고 동생과 내가 가위바위보를 한다.

사탕 백 알을 일일이 세는 지루함을 내가 어떻게 참았는지. 내 유년기를 가득 채웠던 그악스러운 음식 다툼.

엄마가 케이크를 자른다. 삼촌이 사온 케이크는 사탕처럼 수학적으로 분배하기가 어려워 플라스틱 빵칼을 든 엄마의 손이 떨린다. 8등분, 아니 9등분을 해야 하나? 선이 조금만 삐뚤어져도 애들이 눈을 부라릴 텐데.

"언니 게 더 커."

"아니야. 자 똑똑히 봐. 니 게 더 크지?"

"아니야. 언니 게 더 커."

아픈 언니는 제 몫의 음식을 비우지 않았다. 우리는 호시탐탐 언니의 접시를 넘보며 언제 접시를 내미나 곁눈질했다.

우리에게 걸린 케이크는 자신을 완전하게 실현했다. 엄마는 하나도 버리는 게 없었다. 케이크 위에 얹힌 딱딱한 버터도 버리지 않고 모아놨다가, 설탕과 같이 녹여 과자를 만들었다. 빵집을 했던 엄마는 베이킹파우더와 밀가루만 있으면 무엇이든, 빵이든 도넛이든 뚝딱 구워냈다. 달걀이 없으면 없는 대로, 설탕이 모자라면 사카린을 넣고 오븐이나 다른 제빵기구 없이 연탄불과 전기 프라이팬만으로 기적을 창조했다.

41

방학 때면 아이들은 시골로 보내졌다. 국민학교 고학년부터는 외할아버지나 고모의 손을 잡지 않고, 어른들 없이 나 혼자서 기차를 탔다. 여름에 내가 원주의 할머니에게 가면 미경은 평택의 외삼촌 집으로, 그리고 겨울방학에는 장소를 바꾸어 내가 평택에 동생은 원주에 가는 식이었다. 여름과 겨울을 같은 곳에서 지내는 지루함을 못 참는 나를 배려해서가 아니라, 한집에 애들을 둘씩이나 떠맡기는 실례를 범하고 싶지 않아서였다. 엄마의 고육지책은 소정의 효과를 보았다. 세검정에서는 눈만 마주쳐도 으르렁대던 동생과 나는 일 년 중 두 달만이라도 한반도의 동과 서로 떨어져 평화를 누릴 수 있었다. 어쨌든 둘이 같은 시간에 같은 장소에 있지 않았으니 싸울 일도 없었다.

전주 이씨. 성종의 셋째인가 넷째 아들인 무슨 대군의 후손이라고, 뻐대 있는 가문 출신임을 부적처럼 몸에 지니고 살았지만 어머니의 현재는 몰락해도 한참을 몰락한 처지였다. 1970년대만 해도 평택은 시골이었다. 기차에서 내려 논두렁길을 십 리쯤 걸으면 외갓집이 보였다. 계단 위에 솟은 대문이 인상적일 뿐, 사방 십 리에서 제일로 번듯한 집이라는 어머니의 자긍심이 무색하게 퇴락한 모습이었다. 문간방에 버려진 베틀이 하나 있었는데, 폐물로 전락한 돌아가지 않는 기계가 을 씨년스러웠다. 울성리 외삼촌 집에 가면 중학생인 사촌오빠, 그리고 내 또래의 사촌누이 둘이 서울에서 온 나를 반겨 데리고 놀았다.

지도에서 보면 내륙이지만, 옛날엔 서해 바닷물이 아산만을 통해 울성리까지 들어왔다. 개울에 파도도 치고 물고기도 잡혀, 외사촌들이 물에 들어가 그물을 던지면 미꾸라지들이 와글와글 꾀었다. 나도 그네들처럼 신발을 벗고, 젖지 않게 바지를 무릎 위로 돌돌 말며 한 걸음 또 한 걸음 물속으로 들어갔다. 겉보기보다 물이 빠르고 차가웠다. 떠내려가지 않으려 다리에 힘을 주다 "여기 좀 봐!" 사촌오빠의 외침에 돌아보면 덩치 큰 물고기들이 거짓말처럼 수면 위로 떠올랐다.

그 치렁치렁한 물살에 누워 나는 본다. 눈이 크고 겁 많던 소녀, 내 어머니의 잃어버린 꿈, 논두렁에 무성했던 개구리 울음, 다리가 여럿 달린 풀벌레들, 우들우들한 옻나무 잎, 오금이 저리도록 스릴 있던 야밤의 수박 서리……

그러나 그 청정한 물과 흙에 푹 잠겨 있었을 때, 오염되지 않은 순수에 나는 매혹되지 않았다. 울성리처럼 폭이 넓지는 않았지만 개울은 세검정에서도 지천으로 흘렀다. 그것들이 거기 있는 건 사촌오빠가 낚은 미꾸라지로 매운탕을 끓여먹는 것처럼 자연스러웠다. 그것들이 미래에 자취도 없이 사라져, 이렇게 책상에 앉아 정신을 집중해서 물빛을 음미할 줄이야. 자연은 위대하다. 미꾸라지처럼 빠져나갔던 빛과 소리가 어느새 눈으로 귀로 코로 들어와 나의 일부가 되었으니.

짧은 방학이 아쉬웠다. 부모와 떨어져 사는 생활이 싫지 않았던 나는, 떠나고 돌아오는 데 길든 아이였다. 예나 지금이나 터미널에 나와

길을 막고 서서 똑같은 인사말을 되풀이하는 사람들을 보면 나도 모르게 피식 웃음이 난다.

한번은 기차역에 내려 혼난 적이 있다. 원주에서 기차를 타고 청량리역에 도착해 개찰구를 빠져나가려는데 역무원 아저씨가 나를 붙잡았다.

"너 몇 살이야?"

"열 살이요."

그는 나를 위아래로 훑어보았다.

"무슨 열 살이 이렇게 커? 이리 따라와봐."

그들은 나를 역무실에 데려가 세워놓고 이 사람 저 사람 돌아가며 "너 진짜 나이를 대라"며 윽박질렀다. 어디서 기차를 탔으며, 어디 사는 누구이며, 왜 혼자서 여행하는지 따위를 캐물었다. 나는 엄마가 일러준 대로 나의 실제 나이에서 둘을 뺀, 만 나이를 말했다. 소아표는 어른표에 비해 삯이 절반이었고 기차표 색깔도 달랐다. 역무실에 끌려간 해에 나는 소아표로 승차해도 아무 문제 없는 국민학생이었다. 엄마는 나이에 비해 몸이 숙성한 딸에게 생길 만일의 사태에 대비해, 누가 물으면 만 나이를 대라고 당부했다. 제복의 아저씨들에게 둘러싸여 아주 똑 부러지는 서울 말씨로—그들이 나를 감옥에 처넣을까봐 걱정되어 지나치게 또랑또랑한 목소리로—주소를 대고 나는 풀려났다.

42

언니의 모습은 희미한데, 언니가 입던 옷과 먹던 음식은 분명하게 자신을 보여준다. 흰 우유와 포도깡통과 스팸 햄. 하루종일 누워만 있으니 입맛이 좋을 리 없다. 입이 짧은 언니를 위해 엄마는 집집마다 돌며 미제 물건을 팔던 아줌마에게서 포도깡통과 스팸 햄을 샀다. 돈이 없을 땐 외상으로도 샀다. 아이들은 '미제 아줌마'가 오는 날을 학수고대했다.

엄마가 깡통에 든 포도알을 숟갈로 떠서 언니 입에 넣어준다.

싫다고 고개를 젓는, 안 먹겠다는 언니를 야단치며 어머니는 강제로 입을 벌리게 했다.

네모난 깡통을 동생과 내가 서로 따겠다고 덤비다 손을 벴다. 잘게 썰어 프라이팬에 볶은 햄은 톡 쏘는 맛과 향이 요사스러웠다. 짝꿍의 도시락 반찬에 들어간 어묵을 한 조각 얻어먹으려 점심시간만 되면 비굴해지던, 나는 식욕의 노예였다.

43

우리 여섯 식구가 쓰기엔 집이 넓어 아버지는 원주에서 할머니와 막내고모를, 그리고 서울에서 자취하던 선생삼촌을 불러들였다. 남자 둘과 여자 일곱을 세 방에 나누어 배치하느라 엄마는 골치깨나 썩었으리라. 안방에서 아버지와 엄마가 막내 숙경을 데리고 자고, 건넌방에 우리 세 자매와 할머니 그리고 고모가 새끼줄에 엮인 굴비처럼 상체를 맞대고 누웠다. 건넌방에 붙은 작은방은 노총각인 선생삼촌이 독차지했다.

기역자로 꺾인 안방과 건넌방 사이에 마루가 있고, 마루는 부엌으로 통했다. 흙으로 된 부엌바닥은 마루보다 낮아 부엌에 가려면 돌층계를 내려와야 했다. 삼시 세끼 밥하고 연탄 가느라 어머니의 발은 층계의 섬돌이 닳도록 하루에도 수십 번을 오르내렸다.

건넌방과 작은방 사이엔 얇은 창호지로 된 미닫이가 있을 뿐인데, 함부로 그 문을 열지 않았다. 우리 방에서 뒤란으로 나가려면 삼촌 방을 질러가는 게 제일 빠른데도 마루에서 신을 신고 집을 한 바퀴 돌거나, 부엌으로 드나드는 번거로움을 감수했다. 요컨대 우리에게 삼촌 방은 금지된 구역이었다. 그 방에 자유로이 출입하는 사람은 할머니밖에 없었다. 모락모락 피어나는 호기심을 주체할 수 없던 어느 날,

몰래 삼촌 방에 잠입했다.

벽에 요상한 달력이 걸려 있었다. 하얀 블라우스 안에 훤히 비치는 솥뚜껑 같은 유방에서 나는 눈을 떼지 못한다. 그처럼 큰 가슴을 나는 본 적이 없었다. 그녀가 아무것도 걸치지 않고, 얇은 망사도 걸치지 않고 완전히 벌거벗었다면 덜 야했을 텐데. 옷은 몸을 가리기 위해 입는 거라는 상식을 뒤집은, 외설보다 외설을 표현하는 방식이 더 자극적이었다. 최초의 충격이 가신 다음에 나는 대담하게도 내 손으로 달력을 넘겼다. 다리를 꼬고 입술을 벌린 풍만한 몸뚱어리들. 가린 듯만 듯한 노출이 더욱 감질났다.

삼촌의 책상 위엔 달력보다 적나라한 도색잡지가 서너 권 있었다. 원색의 종이를 넘기며, 순수했던 동심은 다시 돌아올 수 없는 언덕을 넘어갔다. 징그러운 살덩이들의 향연, 벗은 나체들 틈에 홀로 몸을 가린 야회복 차림의 금발 여인이 눈길을 끌었다. 포르노에 등장하는 여체답지 않게 우아한, 삼십대 여인의 축 처진 젖가슴에 엎어져 살포시 선잠이 들었다. 깨어나보니 얼굴 밑에 침이 흥건했다. 뺨에 엉겨붙은 검은 터럭들이 간음의 증거인 양 화끈거려 누가 보기 전에 어서 제거하고 싶었다. 침에 젖은 머리칼을 한 올 한 올 뺨에서 떼어내면 생살이 찢어지듯이, 반창고를 뗄 때처럼 쓰라렸다. 쾌락은 내게 처음부터 아픔을 동반했다.

나는 장판 위에 엎드려 있다. 아랫배를 바닥에 대고 엎드려 누가 가르쳐준 것도 아닌데 스스로를 위로하는, 인류의 역사만큼이나 낡고 음습한 쾌락에 입문했다. 나를 천국으로 모셔갈 달력은 삼촌 방에 있다. 삼촌 방에 있는 달력을 훔쳐와 우리 방에 걸 수는 없었다. 모가 아니면 도라고, 아쉬운 대로 나는 집안에 굴러다니는 성경책을 포르노 대용으로 애용했다. 구약의 어느 구절들, 예를 들어 다윗이 밧세바를 범하는 장면은 『플레이보이』 못지않게 자극적이었다.

사진이 없으니 머리를 써야지. 눈꺼풀 밑에서 하늘거리는 블라우스에 붙들린 열두 살, 여자애의 머리에 피가 몰린다. 잡힐 듯 말 듯 감질나는 흥분을 더 확고하게 몸안에 잡아두기 위해 어느 날부터인가 손을 사용했다. 어쩌다 거기에 닿은 손은 훌륭한 도구임이 입증된 뒤에 천국으로 가는 파트너가 되었다. 금단의 열매를 따먹은 뒤 엎드려 자는 습관이 생겼다. 한 이불을 덮는 동생과 할머니에게 들키지 않으려 이불을 뒤집어쓰고, 뭔가 나쁜 일을 하고 있다는 자각이 번개처럼 스치면 내 동작은 더욱 열렬해졌다. 팔이 저릴 때까지, 낮에 쓰고 남은 기운을 모두 쏟은 뒤에야 잠이 들었다. 잡지 속의 요염한 여인을 그리며 뒤척이는 이불 밑에, 언니의 기침소리는 닿지 않았다.

나는 나를 탐닉했던가. 그녀를 탐닉했던가. 나는 나를 움직이는 힘이 욕망이란 것도 몰랐다. 나는 어렸고 성에 대한 지식이 없었으므로, 내 꿈에 남자는 등장하지 않았다. 키스도 포옹도 없었다.

밤이면 이불 밑에서 성숙한 여인을 탐했다가 아침이면 성모마리아의 순결한 딸로 되돌아가는 연기가 내겐 그리 어렵지 않았다. 나를 파괴하며 재창조하는 예술가로 다시 태어난 뒤에야, 포르노와 성경을 오간 나를 있는 그대로 껴안을 수 있었다.

44

할머니가 머리를 빗는다.

쪽비녀를 풀면, 태어나 한 번도 자른 적 없는 치렁치렁한 머리칼이 엉덩이까지 내려왔다. 촘촘한 참빗에 물을 적셔 그 희끗희끗한 무슨 왕조의 유물과도 같은 긴 머리를 빗으시면 나는 옆에 쪼그리고 앉아 신나는 구경거리를 만난 양 즐거워했다.

"할머닌 왜 파마 안 해?"

"응. 할민 구식이니까."

구식, 이라며 수줍게 웃으시는 당신의 입안이 헐렁하다. 이가 다 빠지고 없다.

언제 내가 할머니의 이가 가짜라는 걸 알았나? 아침마다 거울도 보지 않고 입안에 손가락을 집어넣어 틀니를 끼우는 동작이 어찌나 능숙한지. 마술 같은 솜씨에 아이들이 입을 딱 벌린다. 틀니를 뺀 당신은 다른 사람 같았다. 입술에서부터 목젖까지 한 쾌에 뚫려 늙어빠진 노파처럼, 또는 이가 나기 전의 갓난아이처럼 보였다. 엄마보다 기운이 세고 일도 더 잘하던 양반이 머리카락이 잘린 삼손처럼 무기력해졌고, 잇몸만 있고 이가 없는 구강에서 새어나오는 낱말들은 바람이 들어 쉬쉬거렸다.

할머니가 물이 찰랑대는 대접을 들고 방으로 들어온다. 자기 전에 할머니는 의치를 빼서 진짜 이처럼 정성껏 닦았다. 굵은 소금을 묻혀 칫솔로 문지른 뒤에 깨끗한 물에 담가두었다. 저녁마다 되풀이되는 일과라서 우리는 곧 그 괴상한 물건에 익숙해졌다. 밤에 오줌 누러 일어나 할미의 머리맡에 놓인 물대접을 엎지르지 않으려 조심했다. 물에 잠긴 틀니에 문득 눈이 멎으면, 달빛에 빛나는 하얀 이가 해골처럼 섬찟했다.

할머니와 고모까지 합세해 여자 여섯이 요강 하나로 용무를 해결하다보니 밤새 오줌이 넘쳤다. 자다 깨 손으로 요강을 더듬어 앉으면, 몸안에 고인 물을 다 내보내기도 전에 엉덩이가 젖었다. 어두우니 순전히 감각에 의지해야 하는데 몽롱한 상태에서 실수를 하곤 했다. 발밑이 흥건해서야 사태의 심각함을 파악하고 부리나케 걸레로 훔쳤다. 나중엔 꾀가 생겨 요강에 앉기 전에 손으로 살짝 대봐서 물이 묻지 않으면 안심하고 아랫배에 힘을 줬다. 오줌 싸는 꿈을 꾼 적도 있다. 볼일을 보고 바지를 추키려는데, 께름칙한 물기가 몸에 닿아 놀라 깨어나면 이미 요가 축축했다.

엄마의 눈을 속이려 젖은 요 위에 마른 수건을 대고 누우면 등에 닿는 축축한 감촉이 싫었지만, 아침에 엄마한테 들켜 "큰년은 오줌을 못 누어 걱정, 작은년들은 오줌보가 터졌는지 교대로 싸질러 걱정. 아이고— 내 팔자야. 내가 왜 새끼를 낳았던고" 욕을 바가지로 먹는 것보다는 낫다.

파란 미니스커트의 단을 자르려는 고모와 '숭업다'고 뜯어말리는 할머니. 치마 길이 때문에 아침마다 실랑이가 벌어졌다. 원주에서 여상을 졸업하고 서울의 은행에 취직한 고모는 한 달도 못 되어 서울내기 못지않은 멋쟁이로 변신했는데, 할머니는 돌아가실 때까지 한복과 버선을 벗지 않았다.

연한 옥빛 저고리와 긴 치마. 빳빳이 풀을 먹인 치맛자락이 경쾌하게 사각거리는 소리가 들린다. 한쪽이 트여 움직일 때마다 속바지가 비쳤는데, 일할 때 거치적거리지 않게 허리께를 끈으로 동여맸다. 엄마처럼 잔소리하지 않고 뭐든 오냐오냐 하는 당신을 나는 내 큰 빽인 양 만만히 대했다. 어머니와 다르게 우리를 보살피던 튼튼한 손이 있어서, 남루한 풍경이라도 활짝 열어젖히고 싶다.

수제비에 질린 내게 할머니가 손수 빚으신 칼국수는 별미였다. 마루에 앉아 넓적한 다듬잇돌 위에 밀가루 반죽을 펼쳐놓고 다듬이방망이로 쓱쓱 미는 모습이 눈에 선하다.

두 개의 방망이가 교대로 공중에 치솟았다 내려오고 다듬이 소리에 집이 들썩거린다. 다듬이질은 일상을 뒤흔든 우리식의 콘서트였다. 쿵당쿵당 타악기 연주하듯이 장단에 맞추어 이불 홑청을 두드리던 주름진 손. 열넷에 시집와 열여섯에 큰아들을 낳은 뒤 줄줄이 열댓 명쯤 생산하고 일곱을 살려 기른 손. 억척스러운 노동으로 단련된 할머니의 마디 굵은 손을 다시 잡을 수 있다면, 흔들리지 않고 이 생을 지나갈 수 있을 텐데.

수건을 쓴 할머니가 뙤약볕 아래서 허리를 구부려 고랑을 판다. 할미를 따라서 나도 잡초를 뽑고 가지에 벙거지를 씌우고 감자를 캔다.

"할머니, 왜 종이를 씌워? 숨도 못 쉬게?"

"그래야 벌레가 안 먹어."

할머닌 모든 질문에 답을 갖고 계신 분이었다.

고약한 거름 냄새만 없다면 나는 밭일이 재미있었다. 엊그제 씨를 뿌린 것 같은데 벌써 푸른 게 올라와 줄기가 되고 잎이 되고 열매가 주렁주렁 매달렸다. 아무것도 없던 흙 속에서 감자알이 기어나왔다.

푸성귀들 속에서 가지의 자주빛은 외계인처럼 튀었다. 나는 그 되바라진 보랏빛이 징그러웠다. 여자 기숙사에서 가지가 나왔다는 황당한 이야기를 어머니로부터 들은 뒤엔 더욱. 여자와 가지가 무슨 상관이 있는지? 감이 잡히지 않았지만, 가지의 야한 빛에서 퇴폐의 기미를 넘겨짚었다.

할머니가 엄마에게 농사일을 가르쳤고, 엄마는 우리를 가르쳤다. 물뿌리개로 밭에 물을 뿌리거나 고추를 따고 벙거지 씌우는 일쯤은 나도 잘할 수 있었다. 처음엔 재미 삼아 시작했지만 일이 고됐다. 꼼짝 않고 앉아 호미질을 하다 일어서면 다리에 쥐가 올랐다. 우리는 웬만한 채소는 사지 않고 직접 심어서 밥상에 올렸다. 근대와 고추, 들깨, 오이, 파…… 밭에서 금방 캔 무는 꿀맛이었다. 살기가 팍팍해지자 앞뜰의 꽃밭도 갈아엎어 채소밭으로 만들었다. 사루비아가 뽑히고 꽃밭이 작아지는 게 섭섭한 애들은 괜스레 집 안팎을 빙빙 돌았다.

할머니가 내게 편지를 내민다. 미국으로 이민 간 큰고모한테서 온 편지는 노인네가 읽기에는 글씨가 작았다. 까막눈이던 당신은 자식들 다 키워놓은 뒤 성당에서 언문을 깨쳤다. 그만큼 의지가 굳은 분이라고, 엄마는 할머니를 어려워했다.

"느이 할머니야 여장부였지. 요새 태어나셨다면 한 가닥 하실 양반이지."

원주 교구의 지학순 주교가 구속되자 "우리 지주교 내놓아라!"라고 외치며 가두시위에 앞장섰다는 할머니의 용감무쌍함은 우리 가문의 전설이 되었다. 남자처럼 다부진 체격에 화통한 성격이지만 한번 화나면 무서웠다는데, 손녀들에게는 큰소리 한번 치지 않았다.

고모가 시집가고 노총각이던 삼촌도 장가간 뒤에 할머니는 다시 원주로 가셨다. 아이들을 봐서라도 제발 가지 마시라는 며느리의 만류를 뿌리치고 혼자 사는 게 마음 편하다며.

45

미경과 나는 구기동 계곡에서 발가벗고 물장구를 칠 나이가 지났다. 수영복이 없어 물에 들어가지 못한 나는 여름내 몸이 근질근질하다. 평창동에 새로 개장한 호텔 수영장에 진출하고픈 욕망이 부글부글 끓어올라 잠을 이루지 못한다.

드디어 엄마가 우리의 소원을 들어준 날. 원피스 수영복으로 갈아입은 미경과 내가 거울 앞에서 몸을 뒤튼다. 누가 더 날씬한가 뽐내며 앞만 아니라 뒷모습에도 신경을 썼지만, 둘 다 아직 여자의 특징이 뚜렷하지는 않았다. 내놓고 말하지는 않았지만, 두 살 터울의 미경과 나는 자나깨나 서로를 의식하며 정신과 육체를 겨루었다.

갈색으로 그을린 피부, 새끼 표범처럼 유연한 팔다리. 자신의 몸을 거울에 비추며 나는 내가 마음에 들었던가. 흡족함이 유리에 반사되고, 비스듬히 우리를 선망하는 야윈 몸의 일부가 거울의 틀에 잘린다. 엄마는 언니의 수영복을 사오지 않았다. 언니는 헤엄을 칠 수 없다.

북악 스카이 수영장에서의 첫날. 나는 물장구만 쳤다. 물에 뜨기만 할 뿐 개구리헤엄도 못하는 애가 다이빙대를 넘보다 팔을 쭉 펴고 물살을 가르는 폼이 멋있어 보여 에라 모르겠다, 물에 뛰어들었다. 하마터면 창자가 터질 뻔했다. 몸이 산산조각나는 듯한 아픔을 겪고, 해가 지도록 허우적댄 끝에 머리를 먼저 물에 박는 다이빙의 기본을 터득했다.

46

수영복보다 먼저 내가 갖고 싶었던 건 스케이트였다. 밑창에 쇠날을 댄 구두를 신고 얼음 위를 미끄러지고 싶어서, 스케이트를 둘러메고 거리를 활보하기 위해서, 나는 수영복을 쟁취할 때보다 더 막무가내로 부모를 졸랐다.

"스케이트 사주세요."

"안 돼. 돈 없어."

비싸다고 반대하는 엄마를 제치고, 기분파인 아버지에게 매달렸다. 조르다 안 되면 갖은 아양을 다 떨어 아버지의 마음을 움직였다. 원하는 물건을 따내기 위해 수단 방법을 가리지 않던, 나는 영악한 아이였다. 1970년에 아동용 피겨 스케이트 가격은 우리집 여섯 식구의 한 달 쌀값과 비슷했다. 언니의 석 달 우윳값과 맞먹는 큰돈을 덜커덕 저 혼자 삼켰던, 나는 이기적인 아이였다.

아버지를 따라 촐랑대며 동대문운동장의 운동기구 상점에 갔다. 하얀색 스케이트가 빨간색보다 비쌌다. 눈처럼 하얀색을 원했으나, 아버지는 내 발보다 두어 치수 큰 빨간 피겨 스케이트를 내게 신겼다. 내후년에도 신으려면 조금 넉넉한 게 좋다면서.

무더운 여름날 오후, 실내 아이스링크를 향한 역사적인 출발은 순조로웠다. 소매 없는 원피스의 좁은 어깨에 반질반질 윤나는 스케이트를 척 걸치고 공주가 된 양 우쭐거리며 햇빛 찬란한 거리를 활보하는 나. 그날 그 시간에 내가 가는 길에 나온 사람들이 모두 나를 쳐다본다는 착각에 도취해 여봐란듯이 보무도 당당하게 행진하며, 내 팔과 다리는 그보다 더 자유로울 수 없었다. 둔탁한 쇠의 모서리가 홑겹의 민소매 원피스를 뚫고 어깻죽지를 찔러도 아프지 않았다.

가방이 있었지만 일부러 집에 두고 휴대하지 않았다. 스케이트의 날을 보호하는 하얀 플라스틱에 끼워 전용가방에 넣지 않고, 끈으로 엮어 하나는 앞섶에, 또하나는 등뒤로 머플러처럼 늘어뜨렸다. 내가 '한여름의 스케이트'를 욕망하게 만든 여자애의 상체에서처럼 스케이트는 내게 장신구였다. 귀고리나 목걸이처럼 그것의 소유자가 움직일 때마다 건들거리며 공간을 지배해야 제격이었다. 바람처럼 은밀하면서도 노골적으로 창공에 나부껴야 했다.

너무도 갖고 싶었던 물건이 내 것이 되었건만, 애통하게도 나는 즐길 수 없었다. 대기실에 앉아 실내 링크의 거대함에 압도당해 어리벙벙 남들 따라 스케이트 끈을 쓱쓱 구멍에 꿰어 잡아당길 때만 해도 나는 나의 실수를 깨닫지 못했다.

밖은 여름인데도 안은 추웠다. 스케이트를 신고 몇 걸음 걷기도 전에 나는 미끄러졌다. 씽씽 트랙을 돌며 내 옆을 스치는 스피드 스케이트의 살을 자를 듯 날렵한 칼날에 치일까봐 발을 뻗지도 못했다. 피겨를 신은 여자애들이 따로 모여 천천히 원을 그리는 가운데에 진입하기는커녕, 제자리에 서지도 앞으로 나아가지도 못하고 벽만 짚으며 넘어졌다 일어났다 다시 미끄러졌다. 발에 맞지 않아 겉도는 신발. 동상에 걸린 듯 얼얼한 발가락의 통증. 미니스커트 아래의 무릎이 시렸다. 영하의 빙판에 대비한 털장갑도 두툼한 오버도 없이, 넘어지지 않게 두 발의 균형을 잡는 요령도 모르고, 정말 아무것도 모른 채 보호자 없이 어린 초보자가 혼자 입장을 강행한 것부터가 잘못이었다.

길을 나서며 하늘 끝까지 도약했던 공주의 기쁨은 실종되고, 추위와 속도에 포위된 나를 구해주는 왕자님이 나타날 때까지 나는 얼음 지옥을 헤매었다. 구석에서 발발 기는 꼬마 숙녀를 불쌍히 여긴 어떤 대학생 오빠가 친절하게도 나를 두 팔로 번쩍 들어 안아, 따뜻하고 안전한 밖으로 탈출시킨 뒤에야 안도의 숨을 쉴 수 있었다.

예전에 나를 미치게 했던 식탐과는 차원이 다른 고급한 허영. 여름에 겨울을 누리는 사치는 단 하루면 족했다. 나는 두 번 다시 실내 스케이트장을 찾지 않았다.

47

서울 경복궁 뒤 창의문 밖에 있는 정자. 인조반정 때 이귀, 김유 그 밖의 지사들이 이곳에 모여 광해군을 폐위할 것을 의논하고 칼을 씻어 이 이름이 생겼다 함.

문학박사 이희승이 편찬한 『국어대사전』을 찾아보지 않아도 '洗劍亭'을 직역하면 칼을 씻은 정자인데, 친구에게 세검정을 말하며 내가 왜 피를 씻은 정자, 라고 왜곡했는지.

학교에 가니 애들 사이에 세검정의 유래에 관한 설이 분분했다. 드라마 〈전설의 고향〉처럼 무시무시하게 각색한 판본이 인기를 끌었다.

임금을 죽이고 칼을 씻은 곳이래.

그냥 칼이 아니라 피 묻은 칼이야.

밤에 상투를 쓴 귀신이 나온대. 억울하게 죽었다며 끄윽끄윽 운대.

학교 정문에서 걸어서 5분도 안 되는, 물위에 서 있는 나무 정자가 세검정이었다. 급류가 굽이치는 다리 위에 서서 우리의 발밑 30센티미터까지 접근한 두려움을 이겨내며, 선숙과 나는 역사적 상상력을 시험해보았다. 누각 주위에 한데 엉겨붙은 돌덩이들을 휘감고 도는 물이 너무 맑아, 5백년 전의 피가 떠오르지 않았다.

여름날, 우리는 반란을 일으킨 무사들이 피 묻은 칼을 씻었다는 너럭바위에 앉아 동화책을 읽으며 더위를 물리쳤다. 겨울이면 산에서 흘러내린 물이 그대로 얼어 빙판이 된 세검정의 계곡에서 동네 개구쟁이들이 너나없이 출동해 미끄럼을 탔다. 막내 숙경도 즐기는 얼음 곡예를 나는 한 번도 시도하지 않았다. 물구나무와 새까닥질처럼 위로 솟는 비상은 겁나지 않았지만, 밑으로 굴러떨어지는 낙하는 두려웠다.

48

1970년대를 세검정에서 보낸 아이들에게 백사실은 서로를 알아보는 징표나 마찬가지다. 어디서 세검정 출신을 만나면 반가워 묻는 게 '백사실 알아요?'다. 세검정에 오래 산 애들만이 그곳을 알았다.

신영상가를 지나 부암동 방향으로 내려가다 길이 휘어지며 바위 덩어리 야산이 나타나는데 거기를 지나, 또는 못미처 백사실로 트인 길목이 있다. 길목이 아니라 골목이라 해야 옳지 않나? 서울에서 내가 아는 가장 환상적인 장소를 만인에게 보여주고픈 의욕이 앞서 말이 헛나온다.

백사실은 길을 가다 어쩌다 발견하는 곳이 아니었다. 안내자가 없이는 접근이 불가능해, 나도 전학 와서 한 학기쯤 지나 인솔교사를 따라 스케치북을 메고 말로만 듣던 별천지를 밟았다. 직접 가지 않고는 그곳의 특이한 지형을 설명하기 힘들다. 대로변의 상점들에 가려서 모르고 지나치기 십상인 좁은 골목으로 들어서면, 앞이 탁 트여 시원했다.

세검정을 이마에 앉힌 계곡이 구불구불 휘돌아 부암동까지 뻗어나가 개울을 끼고 인가가 제법 조밀했다. 산밑에 새로 지은 양옥집들이 담을 맞대고 엎어져 층층이 포개진 벽돌들이 앞을 가려서인가. 거기

서부터 나는 길을 잃었다. 산을 올라가야 하는데 산이 보이지 않았다. 돌계단을 끝까지 올라가 시멘트 담장을 돌면 산으로 통하는 오솔길이 나오는데, 이 근처일 것 같은데, 며칠 전에 왔는데도 나는 입구를 못 찾고 우왕좌왕했다. 이쯤에서 돌아갈까? 포기하기 전에 어찌어찌 걷다보면, 숲속에 예쁜 연못이 있었다.

둥그런 못에 작은 돌조각들이 레이스처럼 둘러져 있었다. 연꽃도 없고 물도 맑지 않았지만 겨울이면 스케이트 타기 좋았다. 날씨가 풀리면 단체로 소풍 와서 그림도 그리고 검푸른 물에 조약돌도 던졌지만, 아무도 연못에 들어가 헤엄치지는 않았다. 속이 보이지 않아 더 깊어 보였다. 빠지면 죽는다고 했다. 물속에 사는 구렁이가 사람을 칭칭 감고 하늘로 올라간다며, 구렁이를 봤다는 애도 있었다.

—물속에 뱀이 백 마리나 살아서 백사百蛇실이래.

—아니야. 흰 백에 백사白蛇실이야.

연못 뒤에 임진왜란인가 병자호란인가 난리를 피해 어느 공주가 숨어 지냈다는 집터가 남아 있었다. 궁궐의 대문 같지는 않으나 단청과 철로 장식된 이음새가 예사롭지 않은 문. 반쯤 내려앉은 돌담이 산허리를 돌고…… 백사실에는 뭔가 비의적인 요소가 있었다. 깨어진 기왓장이 물위에 비치고, 무심한 조약돌을 잔잔한 물결로 받아주었던 내 마음의 호수.

산길을 걷다가 문득 위를 올려다보면 하늘이 보이지 않았다. 내 얼굴만한 잎사귀들이 해를 가려 대낮에도 어두웠다. 앞에도 옆에도 위에도 빽빽이 에워싼 푸른 장벽이 무서워, 내 발걸음이 빨라진다. 백사실은 일찍 캄캄해진다. 어스름이 깔리는 저녁인가, 싶으면 밤이다.

어서 여기를 빠져나가야 해.

숲이 끝나고 인가가 보일 때까지 뜀박질을 했다. 눈썹 끝까지 올랐던 무섬증도 다음날 아침이면 깨끗이 잊어버리고 나는 다시 집을 나와 미로에 섰다. 한번 떠나면 다시 들어가기 힘든 낙원의 입구에서 여러 번 발길을 돌렸는데…… 마지막으로 백사실을 찾은 게 언제였나. 비밀의 화원이 지금도 남아 있을까?

49

노끈으로 묶은 책 보따리를 양손에 나눠 든 아버지가 대문을 들어선다. 낮은 출입문을 통과하느라 활처럼 휘어진 아비의 넓은 등에 업혀 나의 상상력이 자랐다, 는 사실을 외면하면 안 되리.

"아버지, 이거 뭐야?"

"먹는 거야?"

우리는 포장지에 싼 건 뭐든지 먹을거리로 착각했다.

"너희들 읽을 책이다. 우리 하경이 우등상 타와 내 기분좋아 월부로 샀지."

세계명작동화집과 위인전을 합쳐 백 권짜리 전집이었다. 백 권이라니! 교과서가 아닌 책을, 한꺼번에 백 권을 소유한다는 감격에 애들이 펄쩍펄쩍 뛰었다. 선숙네 책들처럼 총천연색 화보는 없었지만, 각 권마다 딸린 딱딱한 종이 케이스가 고급스러워 보였다. 느긋한 포식을 앞에 두고 자매들 사이에 치열한 쟁탈전이 벌어졌다. 우리에게 인기 있는 책은 『빨강머리 앤』과 『작은 아씨들』이었다.

"왜 내가 만진 걸 뺏어?"

먼저 보겠다고 서로 다투다 우리는 언니 다음엔 내 차례야, 하는 식으로 순서를 정했다. 책과 음식에서만은 네 딸 가운데 내가 제일 탐욕스러웠다. 방학이 끝나기 전에 백 권을 다 떼자 나는 재미있었던 책만 골라서 다시 읽었다. 『빨강머리 앤』과 『작은 아씨들』은 열 번은 더 보았을 게다. 앤처럼 요런조런 공상의 집을 짓느라 내 눈빛이 묘연해진다. 앤처럼 주근깨가 없는데다 빨간 머리가 아닌 게 서운해, 나는 날마다 거울을 보며 골똘히 내 머리카락 색을 예의주시했다. 조금씩 노래지다 빨개지는 게 아닌가 해서.

『작은 아씨들』처럼 우리도 네 자매였다. 우연의 일치에 고무받은 동생들과 나는 자신이 누구와 비슷한가에 대해 일대 격론을 벌였다. 나는 조Jo가 되고 싶었다. 말괄량이 둘째딸인 조를 흉내내 남자처럼 큰 걸음으로 쿵쾅거리며 옷차림에 무심한 척했다. 나 아닌 다른 사람이 되고자 하는 어설픈 시도는 보잘것없는 현재를 벗어나고픈 갈망의 다른 표현이었다.

동화를 읽느라 겨울밤이 짧아진다. 겨울도 오기 전에 기름이 칠해져 얼음 얼 날만 고대하던 스케이트가 무관심 속에 방치되고, 나는 종일 방안에 틀어박혀 시간 가는 줄 모른다. 언니를 위해 기도한 적이 한 번도 없는 내가, 성홍열에 걸린 베스가 제발 죽지 않게 해달라고, 베스처럼 몸이 불덩이가 되어 책장을 넘기며 하느님에게 빌고 또 빌었다. 빨강머리 앤과 길버트가 맺어지지 못하는 게 서운해 눈물을 글썽였다.

동화를 섭렵한 뒤에는 위인전에 손댔다. 세계사에 족적을 남긴 인물들을 역사, 문화, 탐험 등 분야별로 묶은 시리즈 중에 '마음을 그린 화가, 렘브란트'라는 제목이 아리송했다. 보이지 않는 마음을 어떻게 그리지? 며칠 고민을 모으다 제풀에 지쳐 해석을 포기했다. 남극을 탐험하다 죽은 스콧 대장, 평민으로 가장해 서유럽에서 선박 제조술을 배웠다는 러시아의 표트르 대제도 긴 여운을 남겼다.

내가 선택했던 고독한 책읽기를 통해 결국은 사람 사는 곳으로 돌아올 테지만, 언어의 마술에 걸린 나는 식구들과 대화하지 않았다. 책은 내 삶을 바꿔놓은 유혹이자 재앙이었다.

수업받기 싫어 몸이 비비 꼬이는 아이들은 해결사를 부른다.

"선생니임— 정하경이 나와서 옛날이야기 한대요."

기다렸다는 듯이 나는 의기양양하게 교단에 나가 책에서 읽은 이야기를 들려준다. 나를 향한 백이십 개의 눈알을 지나 내 눈은 저멀리 난쟁이와 공주가 뛰어노는 이국의 숲과 연못을 떠다닌다. 중간에 막히면 즉흥적으로 지어냈고, 원작에 없는 곁다리 소품을 얹어 갈등의 수위를 높였다.

그러나 아무리 기억력이 탁월해도 '그래서 왕자님과 공주님은 오래오래 행복하게 살았더래요'로 끝나는 동화들에 등장하는 공주들을 구별하기란 쉬운 일이 아니다. 자는 공주를 깨운다는 플롯이 흡사한 『백설공주』와 『잠자는 숲속의 미녀』가 자주 헷갈려, 이 책 저 책에서 긁어모은 삽화들을 재빨리 짜깁기해도 아무도 눈치채지 못했다.

교내 학예회에서 내가 연기한 마녀는 압권이었다. 우리 반의 레퍼토리로 『백설공주』가 결정되었을 때 나는 당연히 내가 주인공이 되리라 자신했는데, 내게 돌아온 역은 의붓딸을 미워하는 사악한 왕비였다.

아니, 백설공주를 나처럼 속속들이 꿰고 있는 애가 우리 반에 있단 말인가. 나, 정하경보다 실감나게 동화를 재생시킬 엔터테이너가?

그러나 실망은 잠깐. 나 대신 공주가 된 애를 누르기 위해서라도 나는 유사 이래 국민학교 학예회에 등장한 가장 리얼한 마녀가 되어야 했다. 강당이 따로 없어 교실 하나를 비워 발표회장으로 썼는데, 나는 무대장치와 의상도 내 식대로 즉석에서 연출했다. 교실 한쪽에 층층이 쌓아놓은 탁자 위에 올라간 나는 커튼을 휘감고 밑으로 떨어지며 공주를 향해, 아—하하하하! 세검정국민학교 동창들에게 정하경을 길이 세뇌시킬 저주를 퍼부었다. 질투와 복수심으로 고양된 내 목소리가 어찌나 소름 끼쳤는지. 밑에서 구경하던 아이들이 무섭다고 자지러지며 아수라장이 되었다.

길에서 마주친 국민학교 동창들에게 정하경이 영원한 '교실의 마녀'로 남아 있음을 확인할 때마다, 가지 않은 길이 못내 아쉽다. 나는 배우가 되었어야 하는 게 아닌가.

나는 현실도 내 멋대로 각색했다. 사람들의 관심을 끌기 위해 나는 내가 직접 겪었거나 A에게 들은 사건을 B에게 전달하며 살짝 말을 바꿨다. 내가 중요하다고 판단한 대목은 늘리고 나머지는 생략해 전체적으로 새롭게 편집했다. 왜 지각했느냐는 선생님의 추궁에 나는 그럴듯한 이유를 서너 개는 댈 수 있었다. 엄마의 말인즉, 나처럼 잘 둘러대는 애도 없었다. 하지만 나는 분홍을 빨갛다고 과장할망정 순전히 시뻘건 거짓말을 한 적은 없다. 나는 말을 약간 다듬었을 뿐이다. 나는 나의 거짓말이 용납되는 거짓임을, 진실만큼 진실한 거짓임을 의심하지 않았다.

가벼운 거짓말은 나를 타락시키지 않았다. 그건 나의 양심과는 별 상관없는 기술적인 문제였다. 사실이 아닌 내용을 양념으로 첨가할 때 아주 잠깐 양심의 가책이 얼씬거렸지만, 급체를 맹장염으로 과장한다고 타인에게 해를 끼치는 건 아니다. 나는 다른 사람은 속일지언정 나 자신을 속이지는 않았다.

50

"니들 중 하경이만 돈 훔치지 않았다."

어머니가 동생들 앞에서 나를 치켜세우면 내심 뜨끔했다. 엄마는 내가 제일 정직한 아이인 줄 아는데, 당신이 그걸 모르셨다니! 내 수법이 그토록 교묘했나.

아버지가 감옥에 들어갔다 나온 뒤에 얻은 가장 성공적인 직업이 복덕방 사장님이었다. 놀고 있는 당신이 딱해 엄마의 당숙이 차려준 사무실에 경리를 둔 사장이었지만, 그때가 아버지의 전성기였다. 길 가다가 "사장님!" 하고 부르면 열 명 중 아홉이 뒤돌아본다는 우스개가 나올 만큼 사장이 흔했던 1970년대. 아침마다 우리집 앞에 검정 승용차가 서 있다. 아버지가 나타나면 운전사 아저씨가 허리를 90도로 꺾어 인사한 뒤 문을 연다.

"아버지 안녕히 다녀오세요!"

"오냐."

대문간에 나온 딸들의 인사 합창을 받으며 차에 타는 아버지는 근사해 보였다. 남들처럼 출퇴근하는 아버지는 멋있었다. 빌린 차에 임시로 딸린 운전사는 당신의 청춘을 보상받기 위해 동원된 소도구였다. 검정 세단을 타는 사장님답게 아버지는 양복을 새로 맞추었고 지갑에 돈도 넉넉히 넣고 다녔다. 퇴근해 들어온 아버지의 양복을 받아 옷걸이에 걸겠다고 동생과 나는 경쟁을 벌였다. 부드러운 천 속에 잡히는 묵직한 동전의 촉감이 우리를 자극했다. 내가 노린 건 지갑에 든 지폐가 아니라 바깥 주머니에서 짤랑이는 동전이었다. 소심한 나는 안주머니의 단추를 따고 지갑을 열어 돈을 꺼내고 다시 지갑을 닫고 단추를 잠가야 하는, 길고도 복잡한 작업 과정에 따르는 고도의 스트레스를 견딜 자신이 없었다.

식구들이 모두 잠들 때까지 나는 자지 않았다. 돈은 벽에 걸린 회색 모직 양복 호주머니 안에 있었다. 옷걸이에 걸린 모자와 양복이 내가 자는 방의 한갓진 벽에 있었는데, 어둠 속에 모로 누워 쳐다보면 검정 베레모 밑에 긴팔 윗도리, 그 밑에 바지까지 한 줄로 세워져—구두만 없을 뿐 출근하는 아버지의 모습과 똑같았다. 성공적인 작전 수행을 위해 나는 식구들과 떨어져 문 쪽에 가까이 누웠는데, 코를 골며 자고 있는 아버지보다 맞은편 벽에서 날 노려보는 아버지의 양복이 더 무서웠다.

조그만 창문으로 불빛이 새어들고 벽에 비친 옷 그림자가, 양복의 소맷자락이 바람에 펄럭였다. 옷걸이에 얌전히 걸려 있어야 할 옷이 움직인다! 다시 보기 겁나 눈을 감았다 다시 떴다. 이번엔 마치 그 안에 살아 있는 다리가 들어 있는 듯 바짓가랑이가 부풀어오르는데 영락없이 사람이었다. 사람이 아니면 귀신인가? 밤은 깊어가고, 이불 속에서 꼼짝 않고 양복과 대치하던 나는 이윽고 용기를 내어 일어났다. 동생들이 잠든 걸 확인한 뒤 잽싸게 아버지의 호주머니에 손을 넣었다. 동전 속에 지폐가 여러 장 섞여 있었다. 하나 없어져도 모르리라.

이튿날 아침. 나는 구멍가게로 뛰어갔다. 천원짜리 지폐였다. 내가 좋아하는 삼립빵을 스무 개를 사도 남을 큰돈이었다. 돈을 쓰는 데도 훔치는 일 못지않게 고생했다. 엄마한테 자금의 출처를 추궁당할까 봐 책가방이나 노란 우비처럼 단가가 세고 폼나는 물건을 사서 집안에 들여놓지도 못하고, 한꺼번에 빵 스무 개를 먹어치울 수도 없으니. 보드라운 빵 위에 얹힌 크림도 내 입맛을 당기지 않았다. 다디단 크림과 함께 쓰디쓴 양심도 씹어야 했으므로. 고민 끝에 나는 삼립빵과 몇 가지 주전부리를 시식한 뒤에 남은, 열 살짜리 계집애가 처리 곤란한 돈을 길가에 흘렸다. 어른들한테 들킬까봐 우리집에서 멀찍이 떨어진 으슥한 장소를 골라서.

그래서 다음부터는 동전만 표나지 않게 찔끔찔끔 축냈다. 옷 그림자에 혼난 뒤로 나는 아버지의 양복에 손대지 않았고, 그 대신 낮에 어머니의 푼돈을 훔쳤다. 어머니는 우리가 망태라고 부르던 옥색 천으로 된 작은 헝겊 가방에 돈을 보관했다. 망태 안에는 돈 말고도 세금고지서나 종이 나부랭이들이 수북했는데, 아이들 손이 닿지 않게 안방의 벽에 높이 매달아두었다. 그렇다고 포기할 애들이 아니다. 우리는 엄마가 없는 방에 들어가 깨금발을 하고 젓가락으로 망태를 떨어뜨렸다. 나는 나대로 동생들은 동생들대로 서로가 모르게 안방에 잠입했다.

장시간의 고군분투 끝에 10원짜리와 5원짜리 동전 하나를 손에 넣은 날. 어렵사리 훔친 돈을 나는 한 푼도 쓰지 않고 우리집 돌담이 끝나는 모퉁이의 부서진 벽돌 밑에 숨겨두었다. 누가 가져가지 못하게 동전 위에 시멘트 가루와 흙을 뿌려놨는데, 솜씨가 완벽한 게 탈이었다. 범인인 나도 은닉처를 지나치면서 범행 사실을 깜빡했다. 15원이면 부라보콘 하나는 사먹을 수 있었는데.

30년쯤 뒤에 바바리 코트를 입은 서른 살의 여자가 길모퉁이에 서 있다.

이쯤이었을 텐데…… 없다. 동전도, 동전을 숨긴 담벼락도, 슬래브를 덧댄 빨간 기와집도, 푸른 언덕도 사라졌다. 개천은 복개되었고 골목들은 막히고 집들은 헐렸다. 먹고 마시는 간판들이 즐비한 왕복 8차선 대로에 불빛들이 넘쳤다. 여기 흐르는 것은 휘황한 네온사인. 꼬리를 물고 달려드는 자동차의 전조등만 명멸할 뿐. 우리집이 있던 자리는 두붓집으로 변해 있었다. 서로 원조라고 주장하는 간판 중 하나에 들어가 감자전과 두부찌개를 주문했다. 나의 동전들은 어떻게 됐을까? 누군가에게 발견되어 요긴하게 쓰였을까? 그냥 돌덩이들에 묻혀 버렸나.

51

아버지의 머리맡에 쌓인 도장 찍힌 서류 더미들은 일이 잘 안 풀린다는 신호였다. 서해의 갯벌을 메워 농토를 만든다는 김포 간척 사업은 허무맹랑한 계획이 아니었지만, 소유권 분쟁에 휘말려 소송 비용만 물고 아버지는 다시 실업자가 되었다. 1년 넘게 주민들의 도장을 받으러 돌아다닌 보람도 없이.

아버지가 신문을 보며 이따금 토해내는 시국 비판은 딸들에게 스며들었다. 우리는 하루하루 공기를 마시듯 아비의 불편한 심기를 빨아들이고 불온한 기운을 나눠 가졌다.

"나는 목숨 걸고 빨갱이들과 싸웠어. 이 나라 지키려고 몸을 던져 애국했어. 그런데 겁나서 총도 못 들던 놈들이 지금 장관이다 뭐다 설쳐대니. 무슨 놈의 세상이……"

격노한 아버지의 이마에 골이 굵게 파인다. 그 분노와 억울의 골짜기에 묻힌 사연을 어찌 다 알겠냐마는, 나도 아버지를 따라 눈을 치켜뜨고 이맛살을 찌푸린다. 무언가 대단히 '잘못되었다'. 아버지처럼 훌륭한 일을 한 사람이 부당한 대접을 받는, 위인을 몰라보는 사회에 대한 불만이 쌓여 훗날 발효하리라.

6·25 기념 반공 웅변대회에 지원한 딸을 위해 아버지가 친히 연설문을 작성한다. 천둥 번개를 거느린 소낙비가 사납게 으르덩대던 6월의 밤. 방바닥에 앉아 신들린 듯 펜을 움직이는 손에 힘이 들어가고 시험지에 속속 정렬한 검정 글씨들이 일렬횡대로 술렁인다. 잘못된 역사를 바로잡기 위해서 아버지는 잠을 설친다.

그건 아버지의, 아버지를 위한 웅변대회였다. 당신이 며칠 밤을 바쳐 완성한 한자투성이 연설문은 국민학교 4학년에게는 너무 어려웠다. 엿가락처럼 늘어졌던 감탄문들 가운데 '勝共 승공' 두 글자만 확실하게 기억난다. 반공反共 대신 승공이란 말을 제일 처음 쓴 사람은 나야, 라고 아버지는 기회만 있으면 강조했다. 반공 도덕 교과서를 갖고 다닐 무렵부터 우리는 '정치인 ×가 나의 아이디어를 표절했다'를 귀에 때가 묻도록 들었다.

아버지가 내게 웅변술을 가르친다.

"자, 아버지 따라 외워봐. 으음. 자유와 민주주의를 위하여 산화하신 영령들…… 아니, 그게 아니구. '위하여' 할 땐 이렇게 배에 힘을 주고 한 손을 쭉 내미는 거야. 옳지. 잘했다. 다시 해봐."

식구들이 내게 날달걀을 먹이려고 야단이다. 엄마가 젓가락으로 뚫은 구멍이 작아 노른자가 빨리지 않았다. 두 번 세 번 톡톡 두드려 넓어진 입구에 입을 맞추고 단숨에 쭉 들이켜야 효과가 있다는 말에 목을 한껏 젖혔다. 천장의 벽지 무늬들이 내 머리 위에서 프로펠러처럼 어지러이 돌아가고, 미끈미끈한 액체가 뱀처럼 목을 타넘는다. 병아리가 되려다 실패한 비릿한 원형질을 단숨에 들이켜라니. 먹는 거라면 사족을 못 쓰는 내게도 그건 악몽이었다.

온 식구가 달려들어 열과 성을 쏟은 보람도 없이 나는 예선에서 탈락했다. 아침에 목이 트이라고 연거푸 두 개나 삼킨 누런 달걀도 물거품이 되고 말았다. 우리 반의 대표로 선발된 효선이 교내 웅변대회에서 일등을 했는데, 나를 누른 아이가 최고였다는 게 그나마 약간의 위로가 되었다.

효선의 웅변은 독특했다. 단상에 오르면 원고에 코를 처박고 줄줄이 읽기 바쁜 다른 후보들과 달리, 그녀는 원고지에 쓰인 글이 아니라 자신의 마음을 사람들에게 전달하는 듯, 천연스러우면서도 연극적인 발성법으로 청중을 휘어잡았다. 말의 강약을 빨래 짜듯이 자유자재로 조절했고 높였다 싶으면 낮추었다. 거침없이 물 흐르듯 연설을 쏟아낸 뒤엔 말없이 좌중을 쓰윽 돌아보기도 했다. (아, 그 여유!)

두 팔을 앞으로 하나씩 내밀며 "이 연사, 여러분께 간절히 호소합니다!" 그야말로 간절히 피를 토하듯 외치던 카랑카랑한 절규를 내가 어찌 잊겠는가. '이 연사'에 왼팔이, '여러분께 간절히'에 오른팔이 자동적으로 딸려나왔다. 그러곤 멈추어 뜸을 들인 다음 상체를 뒤로 약간 당겼는데—다음에 나올 동사의 효과를 배가하기 위한 연출이었다. 마침내 대단원. 청중들을 쏘아보며 마지막을 위해 아껴두었던 '호소합니다'를 부르짖는다. '합니다'가 채 끝나기도 전에 박수가 터지고 드넓은 강당이 감동의 물결에 휩싸였다. 효선의 침착한 태도와 비극 배우 같은 몸짓엔 흉내낼 수 없는 그녀만의 카리스마가 있었다.

무대 밖의 그녀는 여위고 각진 몸매에 긴 머리를 하나로 묶어 전체적으로 청결한 느낌을 주는 평범한 아이였다. 교실에선 말이 없던 애가 강단에만 서면 딴사람처럼 변했는데, 삐쩍 마른 몸의 어디에서 그런 힘이 나오는지. 질투가 가신 뒤에 나는 그녀에게 매료되었다. 점심시간이면 우리는 효선의 주위에 몰려들었다. 그녀의 도시락은 그녀의 웅변처럼 독특했다. 코팅이 벗겨진 낡은 알루미늄 찬합에 밥과 반찬은 없고, 초승달처럼 생긴 밀가루 덩어리가 두 줄로 가지런히 들어 있었다. 빵처럼 부풀지도 않고 떡처럼 차지지도 않은, 아무것도 첨가되지 않은 누런 밀떡이 맛있어서라기보다 뭔가 색다른 것이므로 우리는 너도나도 손을 벌렸다.

"나도 하나 줘."

"나도."

그러면 그애는 입가에 엷은 미소를 띠고 아낌없이 자신의 식량을 급우에게 나눠주었다. 젓가락으로 하나둘 집어주다보면 효선의 도시락은 곧 바닥이 드러났다. 가엾은 것. 효선의 집에 가본 뒤부터 나는 효선이 가엾어졌다.

산꼭대기에 있는 그애네 집을 올라가는 길에 맞닥뜨린 살풍경.

새끼줄에 꼬인 시커먼 연탄들이 인부들의 어깨에 매달려 흔들린다. 산동네에서는 연탄을 한꺼번에 몇십 장씩 들여놓을 만큼 여유 있는 집이 드문데다, 리어카가 지나갈 수 없게 길이 좁고 험해, 리어카가 아니라 새끼줄에 엮어 서너 장씩 물통 지듯 어깨에 메고 날랐다. 그래서 연탄값이 평지보다 비싸다는 효선의 설명이 쉬이 납득되지 않았다. 못사는 동네니 물건값이 더 싸야 할 텐데? 사회의 부조리와 실물경제에 대한 의문이, 새끼줄에 꼬인 검은 구멍탄들이 일기장의 한쪽에 대롱대롱 매달려 있다.

장롱은커녕 가구는커녕 변변한 가재도구도 없는 흙방의 바닥과 벽이 먼지 없이 깨끗했다. 공간을 차지하는 가구가 없으니 방의 네 귀퉁이가 그대로 휑하니 드러나 더 깨끗해 보였을 게다. 효선의 집에 가기 전까지 나는 그애가 엄마 없이 늙고 병든 아버지와 단둘이 사는 소녀 가장인 줄 몰랐다. 알았다면 나는 친구네를 방문하지 않았을 것이다. 내가 우리집에 친구를 데리고 오기를 꺼렸듯이, 방바닥에 요를 깔고 누운 환자인 아버지를 남들에게 보여주기 싫었을 텐데. 도배하지 않은 흙방의 냄새만 맡아도 숨이 꽉 막히는 그곳에는 우리집보다 시간을 보낼 거리가 더 없었다. 숨만 붙어 있지 사람이라고 할 수 없는 형체에게 꾸벅 인사한 뒤, 짓무른 양파의 표피처럼 썩어들어가는 피부를 보기 민망해 총총 방을 나와 부엌으로 갔다.

살벌한 부엌이었다.

쌀 한 톨 떨어지지 않은 흙바닥. 냉기만 겨우 가신 아궁이의 가마솥에 담긴 밀떡. 점심 도시락으로 만든 빵을 왜 미지근한 아궁이에 넣어두었을까? 저녁에 또 먹으려? 병정의 구두처럼 질서정연한, 그녀에게 속한 모든 것들처럼 정갈한 지상의 양식이 눈물겨웠다.

"이거 니가 만든 거니?"

"응."

더 물어볼 것도 없이 찌르르 전해지는 게 있었다.

쌀이 없어서 하루 두 끼를 밀가루로 때우며, 아버지는 하루종일 누워 있고, 집안일은 그애가 도맡아서 다하는 눈치였다.

우리도 어려웠지만 그 정도는 아니었다. 보리가 섞인 정부미지만 나는 엄마가 싸준 도시락밥을 먹었다. 설거지와 청소를 거들 뿐, 내가 가사를 혼자 떠맡지는 않았다. 우리는 연탄을 30장, 50장, 더러는 100장씩 리어카로 실어날랐다. 자신의 누추를 내색하지 않던 미소 속에 감춰진 고단한 삶. 간식인 줄 알고 뺏어먹었던 밀떡은 호사가 아닌 빈곤의 산물이었다. 가진 건 목소리밖에 없는 열두 살 소녀의 처절한 허기. 허기와 독기는 같은 부엌에서 나왔음을…… 나 또한 나의 허기를 키워온 뒤에야 깨달았다.

반공 웅변대회에서 일등을 거머쥔 원고는 누가 썼을까? 효선도 나처럼 아버지를 대신해 애국을 외친 걸까. 그애의 아버지는 어떤 생을 살았을까? 병든 노인이 거하는 방의 한쪽 벽, 초라한 집 꼴에 어울리지 않게 제법 책이 즐비한 책장이 있었다. 칸칸이 책의 높이가 엇비슷하게 체계적으로 정리된 책장은 집주인의 화려했을 과거를 웅변하는 하나뿐인 가구요 사치였다. 무슨 경제사라든가 역사가 끝머리에 붙은 제목이 내 눈높이에 꽂혀 있어 나를 교란시켰다. 지금 다시 보면 사회과학 서적이 분명한, 어려운 한자와 일본어로 된 낡은 책 껍데기에서 어딘지 모르게 불우한 인텔리 냄새가 났다. 내 아버지에게선 맡은 적 없는 골방의 복잡한 먹물 냄새였다. 나는 아버지를 대신해 지식인 일반에게 모종의 콤플렉스를 느꼈다.

52

아버지가 저녁상을 물린 뒤 종이와 연필을 들고 옆에 앉은 나.

학교에서 나눠준 가정통지문의 빈칸을 채우기 위해서 부모의 학력과 직업을 묻는다.

아버지는 고졸, 어머니는 대졸.

'대졸'이라고 쓰며 내 허파가 풍선처럼 부푼다.

어머니는 주부. 아버지는?

내가 묻자 아버지가 무뚝뚝하게 내뱉는다.

"그냥 사업이라고 써."

"무슨 사업인데?"

"그런 걸 네가 알아 뭐해?"

'그냥'이 아버지의 약점이며 내가 당신의 아픈 곳을 건드렸음을 직감한 나는, 다음 학기부터 가정통지문을 받아오면 부모님에게 묻지 않고 내가 알아서 사업이라고 써넣었다.

53

세검정에 없는 것들을 맛보러 나는 마포에 갔다.

공덕 시장 한복판에 위치한 중앙약국은 언제나 사람들로 붐볐다. 아무리 바빠도 가게문을 들어서는 조카딸이 보이면 외삼촌은 조제실에서 나와 '중앙동 깡패' 왔냐며 반겼다. 속초에서 날 키운 외삼촌은 서울로 돌아와 가정을 꾸린 뒤에도 자식이라곤 머쓱머쓱한 사내애 둘뿐이라고 투덜대며 계집애인 조카딸을 예나 다름없이 이뻐했다.

외삼촌 부부가 일하는 약국에서 조금 떨어진 살림집에는 가정부가 있어 언제 가든 푸짐한 식사가 준비되어 있었다. 진주햄이나 곰탕을 실컷 포식하고 용돈도 챙길 수 있으니, 엄마의 심부름이 없어도 편도 버스삯만 있으면 나는 522번 버스에 올라탔다. 때때로 미경과 함께 갔는데, 동생과 내가 말없이 같이 사라지면 엄마에게 들킬 확률이 그만큼 커졌다. 돌아올 차비는 외숙모가 알아서 줄 테니 뒷일은 걱정하지 않았다. 나는 가까운 미래든 먼 미래든 닥칠 일을 미리 걱정하지 않았다. 등록금을 제때 못 내 담임선생에게 매를 맞는 조카딸을 구해줄 큰돈은 못 주더라도, 외숙모는 나를 빈손으로 보내지 않았다. 저녁을 먹은 뒤에 약국에 가서 "외숙모님 안녕히 계세요." 내가 꾸벅 인사하고 돌아서자마자 등뒤에서 외숙모가 날 불러 세운다.

"얘, 하경아 잠깐만. 이리 와봐."

뿌리치는 척하는 내 주머니에 동전들을 한 움큼 찔러주었다. 부자 친척에게 예의를 다해 동정을 유도해 용돈을 긁어낸다는 나의 책략이 늘 들어맞는 건 아니어서, 그날은 어쩐 일인지 호주머니가 썰렁했다. 약국에 동전이 바닥났는지, 아무튼 내겐 딱 한 번 시내버스에 승차할 수 있는 학생 요금밖에 없었다. 동전 두 닢을 잃어버릴까봐 겁나 호주머니에 넣고 만지작거리며 정류장으로 걸어갔다. 소득이 없어 더 고단한 귀가였다. 심야의 좌석에서 나는 곯아떨어졌다. 차는 덜컹덜컹 북악터널을 지나 미아삼거리를 지나 어디론가 가고, 나는 까딱까딱 앞좌석의 등판에 코를 찧으며 졸고 있다.

잠이 깨어 얼떨결에 버스에서 내리긴 내렸는데, 컴컴한 여기가 어디인지? 어떻게 집에 갈지 대책이 서지 않았다. 수중의 동전 두 닢을 버스삯으로 지불한 뒤라 집에 갈 차비도 없었다. 행인조차 끊긴 적막한 밤. 육교 밑에 불빛이 보였다. 망망대해를 표류하다 등대를 발견한 선원처럼 나는 빛을 향해, 리어카 위에 남포등을 켜고 군밤을 파는 아저씨에게 다가갔다.

"저…… 버스를 잘못 내렸어요."

내 딱한 사정을 듣더니 그는 접시에서 동전을 집어주며 길을 건너 반대 방향으로 가는 버스를 타라는 당부를 잊지 않았다. 군밤장수 아저씨에게 약속한 대로 다음날 그곳에 다시 와 빌린 돈을 갚으려 522번 버스를 탔지만, 어디서 내려야 할지 몰라 정류장도 찾지 못하고 그냥 돌아왔다.

내겐 목숨과도 같은 푼돈이었다. 억만금을 주어도 살 수 없는 친절이 한밤의 어둠으로부터 나를 구했다. 어린 시절로 돌아가면 쓰라린 일들도 많았지만, 리어카 위에 타오르는 파란 남폿불이 보이면 나는 훈훈해진다. 우리는 서로 도울 수 있다. 동전 몇 푼으로도.

54

아침에 일어나보니 우리집 부엌이 물에 잠겼다. 우리는 손에 잡히는 대로 바께쓰와 플라스틱 바가지, 양은 대접 따위를 들고 필사적으로 물을 퍼냈다. 엄마는 부엌 한켠에 쌓아놓은 연탄이 젖는다고 울상인데, 아이들은 물장난하듯 신났다.

산사태와 물난리가 겹친 세검정은 서울에서도 피해가 막심한 대표적인 지역이었다. 텔레비전에서 생중계한 평창동 산사태의 사망자 명단에는 태풍이 몰아치던 저녁에 연속극을 보러 친구 집에 놀러갔다 변을 당한 우리 학교 아이도 있었다. 슬퍼하기에 앞서, 3층집의 지붕 위로 내려앉은 집채만한 돌덩이가 나를 압도한다. 1층집에 사는 내가 부러워하던 2층보다 높은 3층집이었다. 결코 무너지지 않을 것 같던 견고한 성채가 와르르 형편없이 짜부라진 현장을 보며 예전에는 몰랐던 허탈감이 나를 급습했다. 있던 것이 저렇게 사라지다니. 하늘 아래 영원한 것은 없구나. 존재가 무로 변하는 허무를 알아버린 뒤 내 인생은 탁해졌다.

동생들과 나는 우리집 앞 개울의 기슭에 서서 황톳빛으로 출렁이는 물을 넋을 잃고 바라보았다. 어저께만 해도 멀쩡히 우리를 건네주던 징검다리는 물에 잠겨 보이지도 않았다. 범람한 개울은 강물처럼 폭이 넓어지고 물의 흐름도 빨라졌다. 물가의 부초들을 쓰러뜨리며 노도처럼 밀려드는 탁한 급류가 겁났지만, 다시없을 볼거리를 놓칠 내가 아니다. 상류인 구기동 계곡에서부터 솥, 냄비, 이불, 가구…… 잡다한 가재도구에 소와 닭, 영문도 모르고 헤엄치는 개, 자그마한 집 한 칸이 통째로 떠내려왔다. 덜렁거리는 문짝을 부여잡고 망연자실 물위에 서 있던 남자는 어떻게 됐을까.

나는 하루종일 동서남북을 참견하고 돌아다녔다. 백수제약 쪽으로 올라가다 다리 주위에 웅성대는 사람들 무리에 나도 끼었다. 개천 다리에 걸린 젊은 여자의 몸이 퉁퉁 부어 있었다. 이스트를 넣은 밀가루 반죽처럼 부풀어오른 살덩이. 젖은 몸에 착 달라붙은 옷이 묘하게도 관능적이어서, 마치 내가 물에 빠져 군중의 눈요깃감이 된 양 껄끄러운 수치심이 나를 휘감았다. 어떤 상황에서도 태연히 작동하는 나의 왕성한 탐구심이 아니라면 그 자리를 떴으리라.

"시체야."

사람들이 수군댔다.

시체, 라는 말에 감전된 듯 내 몸이 떨렸다. 내 발 밑에서, 다리 밑에서 하늘을 향해 눈을 치뜨고 있는 사람이 죽었어? 다리에 걸린 허벅지를 목도하기까지 나는 죽음을 고민하지 않았다. 동화 속의 선한 주인공들을 괴롭히는 마귀할멈의 최후는 통쾌했고, 인어공주의 마지막조차 슬픈 여운이 깃들어 아름다웠다. 내가 처음 본 시체는 퉁퉁 불어 있었고 아주 구체적인 그림으로 내게 엉겨붙었다. 그러나 그 여자는 내가 모르는 사람이었다. 그녀의 소멸은 그녀의 이름조차 몰랐던 나에게 성가심 이상의 아무것도 아니었다. 죽음은 여전히 내게 미지의 추상으로 남아 있었다.

며칠 뒤 방학이 끝나 학교에 갔다. 교실에 빈자리가 더러 있었다. 태풍에 희생된 급우의 책상에 꽃을 놓고 전교생이 운동장에 모여 합동 위령제를 지냈다. 언제 비가 왔나 싶게 해가 쨍쨍한 산에 올라가 단체로 추모 글짓기를 하며, 내 머리에 껌처럼 달라붙은 시체를 떼어 놓을 수 있었다.

55

우리는 어떻게 다른 사람과 구별되나. 현재의 나를 만든 건 무엇일까? 어린 날의 사건들을 이러쿵저러쿵 길게 끌고 다니며 내가 간과한 진실이 있다. 나를 만든 건 바로 나다. 소나기를 맞은 낮이 없었다면, 나는 내가 아닐 것이다.

다른 동네에 사는 친구네 놀러갔다 나 혼자 돌아오는 길. 행인이 끊긴 주택가를 내려오다 비를 만났다. 빗방울이 후드득 얼굴을 간질거리더니, 점점 세게 간질거리더니 빗줄기로 변했다. 회초리처럼 내리꽂히는 따가운 비를 피하려고 나는 뛰었다. 조금이라도 덜 젖으려 몸을 움츠리고 가방을 머리에 얹었다. 사정없이 대지를 때리던 굵은 물줄기가 우박으로 변했다. 어찌나 퍼붓던지 앞이 안 보였다. 여태껏 맞지 못한 소나기였다. 물보라가 일고, 비의 장막에 갇힌 나는 바들바들 떨면서도 비바람에 맞서 헤엄치듯 팔과 다리를 휘저어 앞으로 몸을 밀었다. 겉옷은 물론 속옷까지 흠뻑 젖을 무렵, 내 속에서 반란이 일어났다. 비를 맞지 않으려 호들갑을 떠는 몸이 거추장스러워, 나는 극적인 반전을 꾀했다.

왜 내가 비를 피해야 하지?

하늘에서 물이 떨어지면 왜 우산을 써야 하지?

방울방울 의문이 굴렀다. 우산을 쓰는 것도 하나의 강요된 습관이라는 어렴풋한 성찰에 도달했다. 피할 수 없는 것을 굳이 피하려 구차하게 애쓸 필요가 있을까?

나는 더 뛰지 않았다. 뛰기를 멈추었다. 움츠렸던 몸을 쫙 펴고 고개를 탁, 쳐들었다.

그래, 좋아.

천천히 걸으며 나는 적극적으로 비를 맞았다. 차가운 비에 내 몸을 갖다댔다. 얼굴에 닿는 물방울의 감촉이 상쾌했다. 빗물을 입술로 핥고 들이켰다. 나는 비를, 비라고 하는 자연현상을 나의 모든 감각으로 체험했다. 보고 만지고 들었다.

주룩주룩, 부슬부슬, 스멀스멀, 우르르 쾅쾅 쏴아쏴아……

오, 비의 축제여. 하늘에서 내려와 내 몸을 애무하는, 투명한 물은 재앙이 아니라 축복이었다. 축축한 불쾌감이 환희로 바뀌고 온몸에 산뜻한 희열이 번졌다. 빗속의 산책을 즐기며 나는 춤추듯 비탈길을 내려왔다. 내가 비를 이겼다!

비에 나를 바치는 숭고한 의식을 통해 해방감을 만끽했다. 나를 뒤집는 짜릿함. 인습을 깨는 통쾌함이여. 나는 우산살이 하나도 부러지지 않은 우산에 노란 비옷까지 걸친 애들이 부럽지 않았고, 일부러 고생을 사서 한다는 허영도 양념으로 곁들여 쾌감을 배가했다.

그날의 경험은 고스란히 내게 각인되었다. 비가 오면 피해야 한다는 상식을 무시한 나는 머지않아 다른 종류의 형식들, 사회의 통념과 관습을 무시할 준비가 되어 있었다. 나는 내가 좋아하는 물건이나 사람을 쉽게 포기하는 아이가 아니었지만, 우산 없는 날의 소나기처럼 불가항력을 인지하는 속도 또한 남달랐다. 아니다 싶으면 미련 없이 방향을 틀었다. 생의 어느 길목에서 재수 없이 소나기를 맞으면 이미 젖은 몸이라 체념하고, 폭풍우 속을 우산도 없이 혼자 가며 나는 나를 버렸다.

56

그날따라 밤공기가 유난히 부드러웠다. 바위라도 녹일 듯 훈훈한 대기, 팔뚝을 스치는 달콤쌉싸름한 바람과 요사스러운 불빛들에 홀려 나는 걸었다.

난 어둠에 지쳐 있었다. 집을 나와 캄캄한 골목길을 십자가를 그으며 내달려 큰길가에 선 나는, 인적이 끊긴 골목골목에 도사린 어둠과 시커먼 담벼락에 붙은 귀신들을 물리친 뒤 만난 대로변의 휘황한 조명이 정겨웠다. 부근에 하나밖에 없는 공동주택인 신영아파트의 1층 상가들은 1970년대 세검정에서 도시적 활력의 진원지였다. 함석조각에 글씨를 새긴 구식 간판들이 하나둘 형광등을 내장한 플라스틱으로 바뀌었고, 새로 개업한 약국은 이발소처럼 네온사인도 달았다.

세검정으로 이사와 변화무쌍한 자연에 흠뻑 젖었던 나는 신영삼거리의 현대식 상점들에 현혹되지 않았지만, 네온사인만은 예외였다. 앞에는 개울이 있고 뒤에는 산으로 둘러싸인, 수려하나 단조로운 공간을 부수고 무슨 신흥종교의 심벌인 양 사방으로 뻗어나가는 색채의 파노라마가 신기했다. 밤에만 아니라 낮에도 돌아가는 마법의 색등色燈이 내뿜는 날생선처럼 비릿한 인공의 휘까번쩍이 거슬리지 않았다. 상가가 끝나는 육교 앞에서 방향을 돌려, 왔던 길을 되돌아갔다. 신영삼거리를 지나며 고만 집으로 돌아갈까 망설였지만 내친 김에 모험을 계속했다. 사람도 없고 집도 없고 가로수만 띄엄띄엄 호젓한 평창동의 개천변을 걸으며 살아 있음의 환희가 출렁였다.

플라타너스인지 포플러인지? 나뭇잎들이 우우 바람에 흔들리고 사위가 고요해진다. 가늘게 몸을 떠는 그림자들. 가로등 불빛 아래 춤추는 여린 이파리들이 대낮의 꽃 못지않게 고혹적이었다. 뒷산의 진달래, 앞산의 개나리 못지않게 아름다웠다.

나뭇잎이 아닌 나무 그림자였다.

저 까마득한 유년의 비눗방울 이후 나는 또다시 손으로 잡을 수 없는 헛것에, 실재의 환영에 반한 것이다.

몸무게가 육체를 빠져나가고 감각만이 살아, 머리부터 발끝까지 비상한 열기에 감염되어 나는 걸었다. 발길 닿는 대로—걷는 게 아니라 숫제 둥둥 떠다녔다. 나는 우주의 무게도 느끼지 못했고, 달과 지구 사이에 끌어당기는 인력도 내게 손가락 하나 닿지 못했다. 밤이 깊은 줄도 모르고, 내가 왜 집을 나왔는지 내가 누구인지조차 잊고 바람에 쓸리는 가랑잎처럼 배회했다. 도시의 불빛과 그림자들을 따라 마냥 흘러가고픈…… 나를 막는 건 아무것도 없었다.

여름밤을 발견한 날. 나는 성인이 되는 문턱을 넘었다.

밤이 부르면 신발 꿰어 신고 뛰쳐나가리라.

57

미애 이모가 우리를 어린이대공원에 데려갔다. 어린이대공원의 분수대 앞에서 포즈를 취한 세 자매의 사진을 보며 나는 가슴을 쓸어내린다. 우리는 1973년 5월 5일, 어린이대공원에 가보지 못한 아이들의 대열에 끼지 않았다! 대한민국 서울을 대표하는 놀이공원에 개장 첫날 놀러갔으니, 우리의 상황이 최악은 아니었던 것 같다.

우리는 찢어지게 궁핍하지는 않았다. 국민학생이던 나와 미경은 각자의 몸에 맞는 수영복과 스케이트가 있었고, 과외는 하지 못했으나 학교생활에 필요한 책이며 공책이며 도화지와 그림물감을 빠지지 않고 조달했다. 등록금도 몇 학기를 제외하고는 건너뛰지 않고 제때에 불입했다.

그러나 스케이트와 수영복이 자신을 주장할 수 없는 5월. 어느 화창한 봄날에 우리가 어린이대공원에 있었다는 사실만으로는 우리의 상대적 궁핍을 부정하기에 부족하다. 박정희 대통령 내외를 모시고 준공 행사를 치른 첫날엔 입장료를 받지 않는다는 대국민 홍보에 혹해 미애 이모가 조카 셋을 데리고 소풍 갈 결심을 했으리. 사진 속에서 우리가 앉은 계단 뒤로 바글바글 몰린, 상체가 잘린 바지들이 무료

입장을 뒷받침한다.

휴일날 이모가 사준 아이스크림 하나만으로도 남부럽지 않게 행복했던 공원에서 우리의 시간이 멈추었다면 얼마나 좋았을까. 짧은 치마 밑으로 삐져나온 아이들의 맨살이 5월의 햇살처럼 싱그럽고, 그날만은 아프지 않았는지 계단 위에 얌전히 다리를 모으고 아이스케키를 입에 문 언니의 볼에 아스라이 엷은 미소가 떠 있다.

어린이대공원을 나온 뒤, 또다른 사진에서 언니는 어둡다.

우리 셋을 모아 집 앞의 빈터에 세운 사람은 미애 이모가 아니라 삼촌이었다. 카메라를 둘러멘 선생삼촌이 언니가 고아원으로 가기 전에 세 자매를 모아놓고 사진을 찍었다. 오래 못 볼 수도 있으니 기념으로 간직하라고.

의식적이든 무의식적이든 세 자매의 신체상의 하극상이 사진으로 확연해질 것을 염려해, 오른쪽으로 갈수록 낮아지는 지형을 이용해 절묘한 구도를 연출했다. 가지가 잘린 못생긴 소나무를 배경으로 지면이 고르지 않은 흙 비탈에 나-언니-미경의 순서로(키가 큰 순서로) 피사체를 배열해, 결과적으로 셋의 신장 차이를 은폐했다. 우리 세 자매의 신장은 나이에 비례하지 않는다. 멜빵 치마가 껑충한 국민학교 6학년인 내가 중학생 교복을 입은 언니보다 크고, 조금 있으면 동생 미경이 나를 추월할 것이다.

그게 벌써 언제 적 일인데. 청명한 가을 햇살 아래 30년 전의 5월로 돌아가 동생과의 신체적 우열을 시시콜콜 따지는 내가 가엾다. 우리는 결코 유년을 극복하지 못한다.

58

자라면서 언니의 병세는 악화되었다. 심장이 부실하니 각종 호흡기 질환에 취약해 기침과 감기를 달고 살았다. 나중엔 신장까지 나빠져 언니가 오줌을 눈 요강은 핏빛에 가깝게 붉었다. 치료비가 겁나서 우리는 아주 다급한 상황이 아니면 환자를 병원에 데려가지 않았다.

외할아버지가 아니었다면 우린 어떻게 됐을까?

숨이 넘어갈 듯한 언니를 들쳐업고 병원으로 달려가고, 미스 정의 어깨를 토닥여 팔각정에서 커피를 마시며 처녀의 마음을 돌린 사람도 아버지가 아니라 외할아버지였다. 아쉬우면 우리 엄마가 제일 먼저 쳐다보는 데가 개울 건너 외할아버지 댁이다. 쌀이 떨어지면 엄마는 내 손에 바가지를 들려주었다.

"중간에 딴 데로 새지 말고 곧장 와야 해."

귀한 쌀을 버리지 않으려 사뿐사뿐 살얼음판을 걷듯 조심했건만 나는 늘 길가에 질질 오줌 싸듯 쌀톨을 흘렸다. "아이구 이 덜렁아." 엄마에게 백번 야단맞아도 싼 나는, 둘째가라면 서러운 덜렁이였다.

오줌을 싼 아침에도 나는 소쿠리를 뒤집어쓰고 징검다리를 건넜다.

"엄마가 소금 받아 오래요."

그러면 미자 엄마는 웃으며 내 머리 위에 굵은 소금을 뿌렸다. 귀신을 좇는다며.

미자 엄마는 외할아버지의 새 부인, 나의 법적인 외할머니다. 엄마는 당신과 나이 차이가 얼마 나지 않은 서모를 배다른 여동생의 이름을 따서 '미자 엄마'라 했고, 우리도 엄마를 따라서 우리끼리 있을 때는 외할머니 대신에 미자 엄마라고 불렀다.

내 기억 속의 외할아버지는 가방을 들고 있다. 가운데에 지퍼가 달린 할아버지의 가죽 가방에는 세상의 모든 눈알들이 총집합해 있었다. 뿔테, 금속테, 사각형 타원형의 렌즈들…… 그는 일찍이 서양의 발달된 광학기술을 배우러 일본행 배를 탔던 다섯 명의 조선 젊은이 가운데 하나였다. 함께 유학했던 동료들은 모두 돌아와 종로통에 조선 최초의 안경점을 차렸는데, 일본 기생과 연애하느라 공부를 게을리해 자격증을 따지 못한 그는 고국에 돌아와 안경 부품을 공급하는 중개인이 되어 전국을 돌아다녔다.

작고 왜소한 몸집에 말을 해도 조용조용 여자처럼 행동거지가 얌전했던 외할아버지는 어디에 있든 눈에 띄지 않았다. 우리 아버지처럼 화를 내거나 소리지르는 외할아버지를 나는 한 번도 본 적이 없다.

59

앞뜰에 낙화한 꽃잎들이 잔치 뒤끝처럼 어수선한 저녁.

동생과 내가 봉숭아 잎을 모아 돌로 빻고 있다. 손톱을 물들이는 데는 꽃잎보다 이파리가 좋다고 엄마가 아무리 말해도 나는 귀에 담지 않았다. 초록에서 빨간 물이 들 것 같지 않아, 백반을 넣고 으깬 꽃잎을 손톱 위에 얹고 비닐로 싸서 무명실로 묶은 뒤 하룻밤을 잤다. 비닐이 벗겨질까봐 양손을 받들고 누웠는데, 조금 있으려니 콕콕 쑤시는 게 손가락에 불이 난 것 같았다. 엄마 말을 안 듣고 백반을 많이 넣은 게 탈이었다. 이렇게 화끈거릴 줄 알았다면…… 후회막심이었지만 비닐을 떼지 않았다. 이뻐진다는데 그 정도의 진통은 참아야 하리라. 다음날 아침에 비닐을 풀어보니 엄마 말대로 봉숭아 이파리만 넣어 얹은 동생의 손톱이 훨씬 붉었다.

"그래 내가 뭐랬니. 엄마 말 들으면 자다가도 떡을 먹는댔지."

고것 참. 푸른 이파리 속에 붉은색이 숨어 있었단 말인가. 울긋불긋한 꽃잎에 가려 천대했던 녹색이 다시 보였다. 빨강을 품은 초록이 있다는 자연의 섭리를 배웠을 뿐. 겉과 속이 다르며, 다를 수밖에 없으며, 같으면 오히려 수상하다는 세상의 이치를 터득하기까지는 생살에 봉숭아물을 들이는 것보다 매서운 시행착오를 수십 번 겪어야 했다.

아버지가 미경과 나의 손가락을 대견스럽게 쳐다보며 엄마에게 벙글거린다.

"아니, 요것들이 벌써 손톱에 물들일 나이가 됐네그려, 여보!"

"그럼요. 이제 처녀티가 나는데. 하경이는 벌써 앞가슴이 봉긋해요. 언제 시장에 나가 조그만 브래지어 사다줘야겠어요."

"그래? 어디 우리 하경이 가슴 좀 만져볼까?"

"싫어!"

나는 외마디소리를 지르며 방으로 뛰어들어가 문을 잠갔다. 씩씩거리며 방으로 들어와, 언니를 보았던가. 성장이 정지된 밋밋한 가슴. 피어보지도 못한 사춘기가 구석에 웅크려 팔딱거린다.

밤에 자다가 눈을 떴는데 어둠 속에서 뭔가 번쩍! 빛났다. 이불 더미에 기대어 허공을 노려보던 축축한 섬광이 정녕 언니의 눈이었을까. 창문을 통해 들어온 어스름 달빛은 아니었나.

60

내 가슴에 살이 모일 무렵, 브래지어를 두르고 등뒤로 손을 뻗어 호크를 채우는 법을 가르쳐주며 엄마는 내게 경고했다.

"하경아, 너 이제부터 아무데서나 옷 갈아입지 마!"

'아무데서나'가 '남자 앞에서'임을 넘겨짚을 만치 나는 의뭉스러워졌다.

학교가 파한 뒤 내가 징검다리를 건너고 있다. 이모가 떠준 주홍빛 원피스는 내 몸에 딱 맞았다. 헌 실을 재활용한 게 아니라 새 실로 짠, 가운데가 파인 카디건 모양의 원피스였다. 그 옷을 입으면 무릎 위 10센티미터쯤 올라간 긴 다리가 더 길어 보이고 나이보다 조숙해 보였다. 새옷을 입은데다 풍만한 봄 햇살에 들떠 깡충거리며 징검다리를 거의 건널 즈음, 개울가에서 일하던 종이 공장 아줌마들이 뒤에서 수군대는 소리가 들렸다.

"거참, 날씬하다."

"얼굴도 이쁜데……"

누굴까? 개울을 건너는 사람은 나밖에 없었다.

나를 두고 하는 찬사임을 알아차리고 내 몸이 개구리처럼 뛰어오른다.

내가 이쁘대! 이쁘대!

뒤를 돌아보지는 않았지만 내 등에 꽂힌 감탄을 느낄 수 있었다. 막 망울이 벌어지는 꽃봉오리를 향한 철 지난 꽃들의 걸쭉한 탄식을 들으며, 타인의 시선을 의식해 내 등이 따뜻해졌다.

사는 게 지옥이었던 엄마는 딸들에게 이쁘다는 말을 아꼈다. 아이들을 안아주지도 않았다. 안 한 게 아니라 못했다. 삼시 세끼 거두기도 벅찬데 예쁘다고 물고 빨 시간이 있겠는가. 당신의 애새끼들에게 하루도 거르지 않고 욕을 퍼붓는 게 내 어머니의 애정 표현이었다.

전학 초기에 반에서 십등 안팎이던 내 성적은 학기가 거듭될수록 향상되었다. 6학년 월말고사에서 당신의 둘째딸이 일등을 했다는 기쁨도 잠깐. 어머니는 담임선생에게 갖다 바칠 돈을 융통할 궁리를 하느라 잠을 이루지 못했다. 전교 일등이 나온 반의 담임선생이 다른 교사들에게 한턱을 내는 세검정국민학교의 관행이 아무리 버거워도 엄마는 내게 일등하지 말라고 하지는 않았다. 반장 하지 말라는 말은 했어도.

"하경아, 너 절대로 반장 하지 마. 선생님이 시켜도 안 한다고 그래. 반장 되면 괜히 돈만 들고 이래저래 시간 뺏겨 너한테 오히려 손해야. 알겠니, 엄마 말?"

새 학기가 시작될 때마다 어머니는 내게 입이 부르트도록 당부했다. 그래서 나는 한 번도 반장을 '하지' 않았다. 국민학교 6학년 2학기에 맡아본 부반장이 학창 시절을 통틀어 최고의 감투이다. 반이 갈리는 학년 초에는 성적이 우수한 학생이 임시로 반장을 맡는 관습에 반발하며 개학 첫날부터 반장 안 하겠다고 선언하는 아이를, 시키기도 전에 거절하는 아이를 누가 어느 선생이 좋아하겠는가.

열네 살 소녀의 꿈은 얼마큼 커질 수 있나. 백사실에서 피겨 스케이트를 신고 뒤로 8자를 그리거나 짜장면을 실컷 먹는 것보다 거창한 소원을 내가 품은 적이 있던가. 김치볶음밥이 아니라 짜장면이었다. 국민학교 졸업식을 마치고, 뭐 먹고 싶냐는 어머니에게 나는 '짜장면'을 노래했다. 엄마가 비벼주는 볶음밥만으로는 만족하지 못할 만큼 내 간뎅이도 커졌다. 학교 앞의 중국집에서 나를 삼켜버린 검은 면발로부터 나의 외식 시대가 열린다. 집 밖의 음식에 대한 기호는 미각뿐 아니라 다른 것도 부모로부터 독립하고픈 욕구를 자극했다.

61

겨울날 점심에 우리집 여자들이 작은방에 모여 호떡을 굽고 있다. 전기 프라이팬에서 뿜어내는 열과 수증기, 기름내가 방안 가득 푸짐하다. 밀가루 반죽을 손으로 떼어 모양을 만들고 흑설탕을 소로 넣는다. 엄마가 빚은 호떡은 두텁고, 내가 빚은 호떡은 얇다. 호떡살이 얇아야 기름을 잘 먹어 바삭바삭 감칠맛이 났다. 기름 한 방울이라도 아끼려는 엄마에게 속이 비치는 호떡살 때문에 꾸지람을 들어도 그때뿐, 나는 듣는 척 마는 척 내 식대로 밀가루 반죽을 얇게 펴서 프라이팬에 얹었다. 말을 배울 때부터 호떡장수한테 시집가겠다고 벼를 만큼 호떡을 좋아했던 나는 맛있는 호떡의 비결에 대해서 나름대로 일가견이 있어, 반죽의 되기와 두께에 대해서라면 엄마에게도 양보하지 않았다.

중학생이 되면서 나는 건방져졌다.

"여보, 앞으로 하경이 일 시키지 마. 공부해 대학 보내야 해."

아버지의 명령이 떨어진 날부터 나는 손에 물을 묻히지 않았다. 설거지와 청소를 하지 않았다. 나를 대학에 보내기 위해, 책만 끼고 사는 귀족으로 만들기 위해 막내가 아침마다 무거운 요강을 들고 나갔다. 누런 오줌이 손에 닿는 게 끔찍해 일곱 살 된 숙경은 벌써 인생이 싫어진다. 가사노동에서 멀어지면서 나는 가족들로부터 분리되었다.

중학생이 되기 전처럼 내가 동생들과 팔을 걷어붙이고 호떡 굽기에 한몫했다면, 어머니에게 그날처럼 버릇없는 행동은 하지 않았다. 일용할 양식을 생산하는 집단 노동에 참여했다면 우리 가족의 단조로운 식생활을 풍요롭게 해주는 전기 프라이팬을, 엄마가 애지중지하던 새 물건을 함부로 망가뜨리지는 못했으리라.

나는 서 있고, 엄마는 앉아서 나무 주걱으로 점심을 뒤집는다. 다 된 음식을 잡수러 간 내가 호떡살이 두껍다고 먼저 엄마에게 시비를 걸었다. 내가 듣기 싫어하는 대꾸를 엄마가 내 면전에 뿌렸고, 순간적으로 타오르는 불을 끄지 못한 나는 두 손으로 프라이팬을 들어올려 아래로 메쳤다. 선 채로 아래를 향해 던졌기 때문에 프라이팬의 낙하 속도가 질량에 곱해져 방바닥과 부딪치는 마찰음이 더 컸다. 탕! 소리에 정신이 번쩍 들었다. 내가 무슨 짓을 한 거지?

엄마는 아무 말도 하지 않았다. 한바탕 욕이 날아올 줄 알았는데. 할머니도 동생들도 언니도 이렇다 저렇다 언급을 자제했다. 바닥에 내동댕이쳐진 전기 프라이팬을 물끄러미 바라보던 엄마는 깨진 플라스틱 손잡이를 주워 몸체에 다시 붙였다. 어디 고장난 데는 없나, 살피며 아버지가 밥상을 엎었을 때처럼 묵묵히 뒷수습만 했다. 그 침묵의 의미를 헤아리지 못한 채, 승리감에 끼어든 이물질 같은 묘한 낭패감을 어떻게 처치할지 몰라 나는 애꿎은 손톱만 깨물었다.

그날 깨진 건 프라이팬의 손잡이만이 아니었다. 어떤 값비싼 접착

제로도 다시 붙이기 어렵게 엄마와 딸의 거리가 벌어지고 관계에 금이 갔다.

62

중학교 교복을 입은 나는 얼마나 촌스러운지.

1974년 상명여대부속여자중학교 신입생 가운데 나보다 짧은 단발머리는 없었다. 대한민국의 중학생을 모두 일렬로 세워놓아도 나보다 짧은 머리는 없었으리라. 학교에 가서야 알았지만, 교칙은 귀밑 2센티미터였는데, 내 머리는 귀 위로 2센티미터나 올라가 있다. 자주 가위질하는 수고를 더느라 엄마가 당신 딸의 1년치 머리를 미리 자른 것이다. 자르기만 했지 다듬지 않아 끝이 대팻날처럼 들쭉날쭉했다.

상명부중을 졸업한 이웃집 언니에게서 엄마가 얻어온 치마는 기장은 짧고 품은 컸다. 서너 걸음만 떼어도 치마가 흘러내려 허리에 핀을 꽂았다. 윗도리는 시장에서 산 폴리에스테르 백 퍼센트 기성복인데, 몸통이 두 개는 들어갈 헐렁한 품과 인공적인 광택에서 싸구려 티가 물씬 났다. 웬만한 집의 애들은 학교 앞도 후지다며 종로통으로 진출해 미치엘 같은 유명 양장점에서 교복을 맞추는데 나는 왜? 내가 불평을 할라치면 엄마는 나일론 기성복의 장점을 침을 튀기며 늘어놓았다. 면이 아니라 때도 덜 묻고 구김살도 생기지 않는다. 삶거나 다리지 않아도 되니 얼마나 편리하냐. 엄마의 세뇌를 받아 나도 급우들에게 "어서 만져봐, 어서" 하고 내 손으로 블라우스의 끝을 잡고서 손가락으로 돌돌 말아 시범을 보이며, 구겨도 구겨지지 않는다고 너스레를 떨었다.

지금 내게 상명부중을 다니라면 하루도 못 가서 뻗을 것이다. 우리 집 마당에서 빤히 보이는 북한산 자락의 정상에 우뚝한 건물인데, 막상 가려면 가깝지 않았다. 집을 나와 두 정거장쯤 걸어 세검정삼거리에서 오른쪽으로 꺾어 산을 올라가 학교 정문에 도착하기까지, 십대의 활기찬 걸음으로도 30분은 족히 걸렸다. "언덕을 오르느라 알통이 박여 상명부중을 나온 여자들의 다리는 전부 무다리래." 눈이 오면 전교생이 새끼줄을 잡고 등교한다는 헛소문이 나돌 정도로 경사가 급했다. 추첨으로 배정받지 않았다면 엄마는 언니를 상명부중에 보내지 않았을 텐데. 언니 같은 중환자를 산꼭대기 학교로 배치했던 야만의 70년대였다.

상명여대와 상명여대에 부속된 하급 교육기관들이 밑에서부터 유치원, 국민학교, 고등학교, 그리고 제일 꼭대기에 중학교가 층층이 들어서 산 전체가 하나의 거대한 학원이었다. 등하교 시간이면 시멘트 바닥에 개미처럼 들러붙은 까만 교복들로 장관을 이루었다. 주위에 볼 거라고는 높은 돌담과 깎아지른 아스팔트밖에 없는 길을 앞사람 뒤통수만 보며 왕창 몰려서 올라가는 건 따분한 일이라, 중학교 3년을 나는 주로 뒷길로 통학했다. 산 하나를 넘으면 학교의 뒷문이 나온다고 '뒷길'이었다. 신영동에 사는 애들한텐 정문으로 통하는 찻길보다 빠르고 버스비도 절약되는 지름길이었다. 산 중턱에서부터 인가가 끊기어 저녁 늦게 내려오면 아무도 마주치지 않았다.

뒷길로 통학하는 아이들끼리는 만나면 자연스레 말동무가 되었다. 그즈음 우리의 최대 관심사는 앵두 서리였다. 하굣길에 몰래 앵두밭에 들어갔는데, 혼자보다 여럿일 때 행동이 대담해졌다. 과수원 아저씨가 저기 보이는데도 우리는 여봐란듯이 앵두를 훑어 빈 도시락통에 담았다. 가지를 몽땅 꺾지는 않고 제법 붉은빛이 도는 통통한 알만 골라서 이 나무 저 나무에서 조금씩 훑으며, 한 그루만 표나게 작살내지는 않을 만치 예의는 지켰다. 과수원 주인에게 들킨 뒤에도 대낮의 도적질은 계속되었다.

간덩이가 커진 다음엔 점심시간에 내가 나서서 급우들을 꼬드겨 교실을 빠져나와 그 짓을 했다. 풀밭에 삼삼오오 모여 씹고 떠들다 멀리서 수업종이 울리면 교복 치마를 들고 뛰었다. 주머니에 있는 대로 쑤셔넣고도 모자라 치마폭에 앵두를 털어넣고 흘러내리지 않게 두 손으로 치맛자락을 잡았다.

뜀박질하는 동안 앵두가 줄줄 샌다. 말 같은 처녀애들이 지나간 오솔길이 점, 점, 빨개지고 우리들의 입가도 루주를 바른 듯 벌겋게 물든다. 손에도 검정 스커트에도 하얀 칼라에도…… 앵둣물은 빨아도 지워지지 않아 내 교복은 1년 내내 얼룩투성이였다.

나와 구별되지 않던 너,

앵두를 들고 뛰던 검정 스커트들은 다들 어디 있는지.

63

문득 다람쥐가 뛰고 독을 품은 산딸기가 요염한 자태로 우리를 유혹하는 길. 여름이면 골짜기에 아카시아가 울창했다. 우리들 머리 위로 억척스레 뻗어내려온 아카시아 잔가지를 툭툭 건드려 꺾은 보들보들한 잎을 손가락으로 훑으며 산길을 내려왔다. 누구 게 잎이 많이 달렸나? 친구와 내기를 하며 매일 반복되는 등하교의 지루함을 잊었다. 아카시아에 포위된 채 숨을 깊이 들이쉬면 향기인지 독인지 꽃내음이 온몸의 표피로 스며들었다. 어지러웠다.

향기로운 오후를 지우는 아침이 있다.

지각하지 않으려 헐레벌떡 뛰다 산마루의 중간에 가방을 내려놓고 쉬며, 앞서거니 뒤서거니 꽁지를 보이는 애들을 불러 함께 가는 게 뒷길의 관례였다. 중간에 멈추어 아래를 내려다보던 친구가 내게 물었다.

"저거 너희 언니 아니니?"

저 아래에서 누군가, 내 언니임이 분명한 검정 교복이 무리들과 떨어져 혼자 가방을 들고 천천히 올라오고 있었다. 기다시피 힘겹게 몸을 끄는 모습을 보았는데도 얼떨결에

"아니."

나는 언니를 모른 척했다.

나는 친구 앞에서 핏줄을 부정했다.

왜 거짓말을 했을까?

과거의 나를 변명하려 현재의 나는 핑곗거리들을 긁어모은다.

걸음이 느린 언니를 기다리기 싫어서?

가방을 들어주기 싫어서?

친구와 있는데 방해받지 않으려?

내가 가장 인정하기 두려운 배반의 이유는 '언니가 창피해서'이다.

나는 언니의 가방을 들어주지 않았다.

언니와 도란도란 걸으며 등교했던 어느 날의 기억도 없다.

친구들과 앵두 서리하며 내려온 길은 구불구불 하염없는데, 언니가 들어가면 길이 끊긴다. 새도 날지 않고 아카시아 향기도 없고 바람에 실려온 풀벌레 울음도 들리지 않는다.

64

상명부중은 학생들의 성적을 향상시키기 위해 열과 성을 다하는 학교였다. 한 달에 한 번 치르는 월말고사가 끝나면 학급 전체가 자리를 바꿨다. 일등이 3분단의 맨 앞줄에 앉고 그 옆에 꼴등이 앉는다. 일등 바로 뒷줄엔 이등, 이등 옆에는 꼴찌에서 두번째가 앉고, 이등 뒤에는 삼등…… 이런 식으로 공부 잘하는 아이와 못하는 아이를 짝지어 교실을 성적순으로 재편했다. 한 학급만 아니라 학교 전체의 석차를 매겨, 전교 일등부터 십등을 차지한 우등생들의 이름을 교무실 맞은편 복도 벽에 큼지막하게 써붙였다. 이렇게 노골적으로 경쟁을 부추기는 환경에서는 공부를 못하면 굉장한 스트레스를 받는다.

학기 초에 영어선생이 세검정 출신을 손들게 해 똥통(공립학교)을 졸업한 나의 비위를 긁었던 터라 나는 더욱 전교 석차에 매달렸다. 나는 명문사립을 나왔다고 거들먹거리는 우리 반 반장 같은 상류층의 엘리트들에게 지고 싶지 않았다. 우스꽝스러운 교복을 입고도 창피해하지 않던 내가 입만 새쭉 움직일락 말락 하는 반장의 얄팍한 미소와 높이 쳐든 턱에 기가 팍 꺾였으니, 야릇한 일이었다.

상명부중에는 부유한 애들이 많았다. 미용실을 경영하는 과부의 딸이 행세하던 세검정국민학교와는 수준이 다른 진짜 부르주아들이었다. 우리 반 반장은 철강 재벌의 딸이었고, 매달 전교 십등 안에 이름을 내미는 A의 아버지는 유명한 국회의원, 전교회장인 B의 아버지는 부산의 백화점 사장이었다. 언론사 사장의 손녀인 K는 뛰어난 미모와 막강한 배경으로 가히 우리 학교의 스타였다. 하교 때면 문방구 앞에 그녀를 태울 검정 리무진이 대기하고 있었는데, 신분 노출을 꺼려 정문에서 내려와 주차한다고 선생들 사이에 칭송이 자자했다.

낮에 자신이 가르친 학생들을 방과 후에 돈을 받고 또 가르치는 학교 과외라는 게 성행했다. 학교 안이 아니라 밖에서 행해지는 수업인데도 교사들이 학교에 적을 두었다고 이름하여 '학교 과외'였다. 국어·영어·수학을 전담하는 선생들끼리 팀을 짜서 학생들을 받았는데 부수입이 봉급보다 많았으니, 실은 과외가 본업이었다. 공부 못하는 애들이 아니라 공부 잘하고 부유한 아이들이, 실력 없는 선생들이 아니라 실력이 빵빵하기로 소문난 선생들이 고급 과외의 수요와 공급을 책임졌다. 시험문제를 그대로는 아니더라도 비슷하게 귀띔해주니 학교 과외를 하는 아이들의 성적이 좋을 수밖에. 매달 집계되는 상명부중의 전교 석차 10위권은 상명부중 교사들에게 개인 지도를 받는 학생들이 독점하다시피 했다.

드디어 복도 게시판에 내 이름이 붙은 날, 집에 오자마자 나는 엄마 앞에 성적표를 던졌다.

"엄마. 나, 전교 십등 안에 들었어."

옆에서 가만히 듣던 언니가 내 말이 끝나자 대화에 끼어들었다.

"난 국사 만점 받았어."

자신을 내세우는, 무언가를 자랑하는 언니를 본 건 그때가 처음이었다. 언니의 성적표는 국사만 백 점이고 나머지는 바닥이었다. 시험을 치지 않아 아예 성적이 나오지 않은 과목도 있었다. 기복이 심한 성적표를 보고 어처구니가 없어서 "국사만 백 점이면 뭐해. 다른 과목은 빵점이면서" 목구멍까지 올라온 말을 내가 쏘아붙였던가.

아침마다 엄마는 언니에게 물어보았다.

"오늘 학교 갈래?"

"응."

"어젯밤에 기침 많이 하던데 괜찮겠니? 일찍 조퇴해라."

결석을 밥 먹듯 하던 언니는 국사 수업이 있는 날만은 아무리 아파도 학교에 갔다. 다음날 앓아누울지언정 지각도 조퇴도 하지 않았다. 한 칸만 꽉 차고 나머지는 비어 있던 성적표. 선생님 말을 하나도 놓치지 않으려 수업시간에 반짝였을 눈동자에 담긴 순정을 추적해봐야 무슨 소용이 있겠냐마는……

65

국사를 가르치던 정의찬 선생님은 작고 깡마른 체격에 안경을 쓴 이십대 후반의 노총각이었다. 명문 사립대 출신의 정의파로 바른말을 잘해 아이들에게 인기가 있었다. 교과과정만 가르치는 선생님들과 달리 그는 우리에게 잡담 삼아 사회 비판의식을 심어주었다. 대낮인데도 골목길에 환하게 불을 켜놓는 건 괜한 전력 낭비라고, 생활 주변의 예를 들며 목청을 높였다. 그닥 반사회적인 발언도 아닌데 듣는 우리는 마음을 졸였다. 조금이라도 사회에 대한 불만을 토로하면 수상한 사람으로 간주되어 파출소로 끌려가던 시국이라서 우리의 감동은 증폭되었다. 어마어마한 말을 서슴지 않던 그도 실은 무척 수줍은 사람이라, 걸핏하면 얼굴이 빨개지는 총각 선생님을 짓궂은 애들은 '복숭아'라고 놀려먹었다.

선생님의 작은 코에 걸친 안경의 금속테가 유난히 몽롱하게 반짝이던 오후였다. 고대 한반도의 지도가 그려진 칠판에 서서 고조선과 발해의 역사를 열띠게 강의하던 그가 돌연 말을 멈추고 나를 뚫어지게 쳐다보았다. 어떤 남자로부터, 여자로부터도 받지 못한 따가운 집중이 불편해 나는 눈을 내리깔았다. 칠판을 보는 척했다. 수업중에 선생과 눈이 마주치면 학생이 피하는 게 일반적인 예의였다.

그런데…… 보통 1, 2초 지나면 딴 데로, 다른 학생에게로 옮겨가야 할 눈이 어쩐 일인지 꼼짝하지 않았다. 교실의 상식을 어기고 정통으로 나를 쏘아보는 강렬함이 조금도 식지 않더니, 멋쩍은 미소를 머금은 얇은 입술이 열리고 화살이 날아왔다.

"정하경은 탤런트 김윤경처럼 생겼어."

김윤경은 1970년대를 풍미했던 개성적인 미모의 연기자였다. 무심코 내뱉은 말이 무얼 뜻하는지 자신의 속을 학생들에게, 교실 전체에, 칠판에 그리고 자기 자신에게도 들켜버린 복숭아가 빨갛게 익었다. 그의 느닷없는 고백에 내 얼굴도 장밋빛으로 물들었다.

남자 선생과 눈을 마주친 거북한 사건이 있은 뒤에도 국사선생을 포함한 남성 일반을 대하는 나의 태도가 변하지는 않았다. 국사 시간을 손꼽아 기다리지도 않았고, 복도에서 선생님을 마주치더라도 싱숭생숭하지 않았다. 나는 어렸다. 덩치만 컸지 자다가도 가끔 오줌을 싸고, 코딱지를 교복 주머니에 쓰윽 문지르고, 점심 도시락에 밥 대신 홍시를 싸와 여자친구의 환심을 사기에 더 바빴다. 우리 반 부반장인 김영미와 나란히 운동장 계단에 앉아 터진 감을 입에 쑤셔넣는 선머슴애 같은 계집애의 뱃속엔 남자가 들어올 틈이 없었다. 그러나 자연의 섭리를 뉘라고 거부하랴. 어느 날 나는 여자가 되었다.

66

교복을 입은 몸이 출렁이고, 책가방이 손아귀에서 튕겨나갈 듯 앞뒤로 크게 건들거린다. 흔들리는 책가방의 각진 모서리가 허벅지를 찔러도 나는 걸음을 늦추지 않았다.

피가 나왔어!

피. 피. 피……

학교의 화장실에서 피가 비쳤다. 팬티에 묻은 붉은 얼룩에 떠밀려 뒷길을 내려가는 발걸음이 날아갈 듯 뛴다. 어디 다치지 않았는데도 피를 본 게 불길했다. 다른 날이었으면 15분 걸리는 산길을 10분 만에 내달아 대문을 두드렸다.

"엄마— 큰일났어!"

초경이 시작된 날, 엄마와 내가 안방에 단둘이 앉았다.

"여자는 모두 도마 위에 오른 생선이다."

여자가 어떻게 생선일 수 있지?

여자와 생선의 공통점이 대체 뭐길래?

엄마의 비유가 아리송해 도무지 알아먹을 수가 없었다. 처녀의 정조는 갓 잡은 생선처럼 아무리 싱싱해도 한번 칼을 대면 부패하기 쉽다는 은유를 풀지 못한 나의 이맛살에 물음표가 자글자글 돋았다. 근질근질한 혀를 입안에 잠그지 못한 내가 기어이 엄마에게 왜?를 들이밀었다.

"왜 생선이야?"

"글쎄, 그렇게 알고 이제부터 엄마가 하는 말 명심해라, 하경아."

우리 엄마는 평소 당신의 애새끼들 앞에서 무슨 말을 꺼내기 전에 '이제부터…… 명심해라' 따위의 엄포성 서두를 길게 붙이지 않았다. 공허한 형식으로 자신에게 권위를 부여하는 양반이 아니었다. 어미의 말투와 표정에서 뭔가 비상한 기미를 간파한 나는 어미가 해산하듯 쥐어짜는 말을 하나라도 놓칠세라 귀를 쫑긋 세웠다.

"남자는 모두 도둑놈이다. 가까이하면 안 돼."

삼촌도?

아버지도?

외할아버지도?

딸의 치켜올라간 눈썹에 적힌 의문을 읽었는지, 엄마는 무슨 말을 할 듯 말 듯 머뭇거렸다.

"그래, 모두 의심해야 돼. 이제부터 니 애비 빼고는 모든 남자를 조심해. 남자 선생도 선생이기 전에 남자야. 남자면 모두 똑같아. 교장선생님도, 다 늙어 꼬부라진 할아버지도 조심해야 돼! 누가 따라오래도 따라가지 말고, 밤늦게 다니면 안 돼. 알았니? 길을 걸을 때도 거리에서 남자하고 눈 마주치면 그 순간 넌 끝이야! 고개 함부로 돌리지마! 몸 잘못 놀리면 신세 망쳐! 이것아, 알았지? 내 말 무슨 뜻인지?"

무슨 뜻인지 나는 알 수 없었다. 도대체 내 몸에서 무슨 일이 일어났기에, 우리 모녀 외에는 아무도 없는 방안에 엄마가 나를 앉혀놓고 '안 돼'와 '조심해야 돼'를 폭포처럼 내 머리 위에 퍼붓는담? 세상에 조심할 남자들이 뭐 그렇게 많단 말인가?

30분 남짓 계속된 엄마의 설교에는 당신이 알고 있는 비밀을 나한테만 일러준다는, 당신만의 비법으로 단련한 정숙을 딸에게 주입시키려는 내밀한 격정이 스며 있었다. 밑에 피가 비치는 계집아이라면 반드시 숙지해야 할 금기를 전수해주는 모든 어머니들이 우리 엄마처럼 평상심을 잃고 흥분하지는 않았으리라.

내가 해선 안 될 일들을 열거하며 엄마의 자세가 흐트러졌다. 의미심장함을 발산하느라 상반신이 그네 타듯 휘청이고, 끝이 갈라져 푸석푸석한 머리카락들이 뭉텅이로 흘러내려 광대뼈를 덮었다. 세게 속삭인다고 할까. 유대 백성들에게 십계명을 전하는 모세가 우리 엄마처럼 엄했을까. 천금의 무게가 실린 가성이 겁나게도 낯설어, 내게 압핀 찍듯 고정된 그날의 말씀은 결정적인 순간에 나를 방해했다. 처녀성의 신화는 오래도록 나를 지배한 고정관념이었다.

그날 엄마는 내게 기저귀 접는 법은 가르쳤지만, 왜 생리를 하면 남자를 조심해야 되는지 구체적인 남녀관계에 대해선 일언반구도 없었다. 그게 내가 받은 성교육의 전부였다. 여자는 도마 위에 오른 생선이라는 비유만 알쏭달쏭했지 아이가 어떻게 만들어지는지도 몰랐다. 대학생이 되어서도 아이가 어디로 나오는지 깜깜했다면 사람들이 믿어줄까.

나는 순진했다. 지나치게. 언젠가 그 대가를 치를 것이지만 당분간은 순진의 완강한 방패 뒤에 숨어서, 밖은 단단하나 속은 물러터진 껍데기 안에 안주하며 나름대로 평온을 유지할 수 있었다.

67

언니는 생리를 하지 않았다.

가슴도 부풀지 않았다.

나보다 두 살 위인 언니의 몸은 때가 되었는데도 여자의 상징이 나타나지 않았다.

어느덧 언니는 의사가 생사의 고비라고 말한 열여섯이 되었다.

그 시간 속으로 들어가기 싫어 나는 떠난다. 핸드백 하나만 달랑 맨 중년의 여자가 인천국제공항을 배회한다. 공항은 내가 제일 좋아하는 공공장소이다. 하룻밤에 지구 반대편으로 날아가려 바삐 움직이는 여행 가방들 사이로 아무것도 안 하며 어슬렁거리는 재미. 숨통이 트인다.

떠나고 싶은데 떠날 수 없을 때, 나는 공항버스에 오른다. 왕복 두 시간, 1만 1천 원의 버스삯만 있으면 싸게 바다를 구경할 수 있다. 넘실대는 파도, 나무 한 그루 자라지 않는 삭막한 진흙의 땅이 나를 맞는다. 갯벌의 갈라진 틈으로 과거를 조금씩 흘려보낸다. 가을, 겨울이었나.

가을바람이 불면서 군인삼촌이 우리집에 자주 드나들었다는 것만 어렴풋할 뿐. 성적 올리기에 급급했던 나는 언니의 부재를 알아채지 못했다. 잠자리에 누워서 나는 바람의 음악을 들었다.

한번 휘몰아칠 때마다 앞뜰과 뒷산의 마른 나뭇가지들이 휘어지며 딱, 딱, 부러지는 소리가 흐르는 개울물과 뒤섞여 귀신이 우는 듯했다.

내가 바람의 음악을 들었을 때, 언니는 이미 집에 없었다. 만날 듣던 기침이 끊기어 적막하지 않았다면, 가을바람과 개울물은 내 베개 밑에서 뒤섞이지 못했으리. 출렁이는 물굽이들이 솜이불을 적시고 콧물을 닦으며 이불자락을 끌어당겼던 손이, 컴퓨터 자판을 두드린다.

68

내가 가진 언니의 마지막 사진. 그래서 내게 언제까지나 그 모습으로 재현될…… 언니는 초록색 바지이다.

중학교를 휴학한 뒤부터 통바지와 티셔츠가 언니의 평상복이자 외출복이었다. 초록색 나팔바지는 군인삼촌네 처가가 경영하는 고아원에서 얻어온 구호품이다. 반팔 줄무늬 티셔츠도 작은엄마가 주었다. 헐렁한 상의와 통 넓은 바지로도 바싹 마른 몸을 감출 수 없어, 뼈만 남은 팔이 소매 밖으로 삐죽 나왔다. 치마를 입었다면 젓가락처럼 가는 다리가 드러나 더 여위어 보였을 게다.

추석날 차례를 지낸 삼대가 세검정 집 마당에 모여 사진을 찍었다. 고모부의 무인 카메라를 향해 모두 반듯이 섰는데 언니만 고개를 숙였다. 미경과 나 사이에 끼여서 몸을 틀고 자신의 손톱을 내려다보며(손톱 거스러미를 긁는지, 카메라를 피하려는 시늉인지 모호한 자세로) 즐거운 명절에서 소외된 자신을 표현한다. 사진을 찍는 현실에서 한 발짝 물러난 듯한 모습에서 언니의 출발이 임박했음을 읽을 수 있다.

엄마에게도 추석은 즐겁지가 않다. 부잣집 식모도 우리 엄마보다는 팔자가 편했을 게다. 기름기 흐르는 뽀얀 얼굴들 속에서 마치 다른 인종, 다른 대륙에서 팔려온 노예인 양 까맣게 그을린 얼굴에 피로가 몰려 있다. 집안의 맏며느리인 어머니는 차례상을 혼자 준비했다. 다들 시집 장가 간 뒤 식구가 불어 다 모이면 애 어른 합쳐 서른 개가 넘는 입에 들어갈 음식을 장만하느라, 소쿠리에 수북하도록 송편 빚으랴 전 부치랴 밤늦도록 손에 불이 나도록 일했다. 밀가루와 식용유가 벗겨지면 본색이 드러나는, 우리집 마당의 병든 복숭아 나무껍질처럼 부르튼 어머니의 야윈 손등은 다이아가 빛나는 통통하고 매끈한 손들과 대비되었다.

어머니의 손아래 동서들인 작은엄마들은, 장가든 군인삼촌과 선생삼촌의 세련된 도회풍의 젊은 부인들은, 차례상 차리라고 돈만 냈지 일은 하지 않았다. 추석날 아침에 도착해 제사 시간에 가까스로 턱걸이해 들어와, 아들이 없는 우리집에 시위하듯 줄줄이 멜빵 바지들을 풀어놓아 우리 엄마의 기를 죽이고 음식만 축냈지, 부엌에 내려와 팔 걷어붙이고 설거지 한 번 거들지 않았다. 동서들에게 엄마는 이래라 저래라 말은커녕 싫은 내색도 하지 않았다.

차례가 끝난 뒤 식사 시간에도 식구들 음식 수발 드느라 제대로 펴지 못했던 허리가 카메라 앞에서야 꺅듯이 펴진다. 고지식한 당신처럼 정면을 향해 뻣뻣이 굳은 몸. 옆으로 1도도 틀지 않은 어머니의 곧추선 차려 자세가 강제로 끌려나온 사람처럼 어색하기 짝이 없다.

"모두 김치 하세요."

김치와 치즈에 맞춰 할머니와 막내 고모, 고모부, 작은아버지와 작은엄마 그리고 사촌들 모두 하나같이 카메라용 미소를 짓는데, 어머니는 웃지 않는다. 체육복 차림의 미경과 색동 한복에 꽁지머리를 올린 막내도 뚱하니 입을 다물고, 나는 학교 가는 날이 아닌데도 교복을 입고 미경의 어깨에 팔을 두른 채 뭐가 그리 좋은지 입이 귀까지 찢어졌다. 언니와 찍은 마지막 사진인 줄 알았다면 태연히 카메라 앞에서 웃을 수 없었을 텐데. 걱정거리라곤 없다는 듯 활짝 벌어진 통통한 볼따귀는 아버지와 닮았다. 우리 식구 중 나와 아버지만 밝다. 우리 아버지는 카메라만 들이대면 세상 무슨 일이 있어도 폼을 잡는 사람이었다.

마당에 서서 가족사진을 한 장 박으면 추석이 끝났다. 우리 엄마의 땀과 푸념이 밴 명절 음식을 싸든 그네들이 약속이 있다며 하나둘 자리를 뜨면 산더미처럼 쌓인 그릇들이 치워달라고 발을 굴렀다. 일하기 싫은 아이들은 엄마가 시키는 대로 접시를 비우고 상다리를 접으며 다디단 약과와 과일 그릇만 서로 치우려 덤볐지, 금방 도망갈 구멍을 찾아 달아났다.

69

나는 쓰고 싶지 않다. 쓰고 싶지 않아 병원에 간다.

왼쪽 눈 밑에 생긴 검은 반점을 없애려고 나는 환자가 되었다.

"눈을 감으세요."

꼭 감은 눈 위에 빨간 불이 켜지고, 그게 무슨 신호인 양 낡은 사진첩에 불이 들어온다.

언니가 나를 내려다본다.

레이저로 기미를 태우려 피부과 침대에 누워, 나는 수술대 위의 언니를 보았다.

치질 수술을 받으려 척추에 마취 바늘을 꽂고 엎드렸을 때도, 나는 언니를 생각했다. 목숨이 걸린 대수술을 앞두고 열여섯 살의 소녀를 엄습했을 두려움을 감히 나의 그것과 비교하며, 나는 나의 벌거벗은 몸을 의식하지 못했다. 뭇 남자들 앞에서 나의 치부를 드러낸 흉측한 자세가 부끄럽지 않았다. 어제도 오늘도 그리고 내일도. 가족 밖에서 나를 부끄럽게 하는 건 아무것도 없다.

10여 분의 간단한 수술이 끝난 뒤 내가 옮겨진 곳은 추웠다. 마취가 덜 풀린 환자들을 실은 침대들. 맥박이나 호흡 같은 신체의 지수를 재는 기기들의 틈을 비집고 초록색 터번을 머리에 두른 의료진이 종이 파일을 들고 왔다갔다하는 종합병원의 회복실은 냉장고처럼 서늘했다. 가운을 걸치고 담요를 덮었는데도 담요 밖으로 삐져나온 손가락이 시렸다. 그 으스스한 한기 속에서 나는 내가 생전에 한 번도 가보지 못했던 혈육의 병상을 찾아갔다.

미국의 어느 병원. 검은 단발머리의 한국 고아가 들것에 실려 수술실로 들어간다. 외국어에 둘러싸인 채, 떨리는 손을 잡아주는 친근한 손은 없다. 삶과 죽음을 하느님에게 맡긴 뒤…… 마취에서 깨어난 육체는 춥다. 춥다고 말해도 알아들을 사람이 없어 목에 고인 모국어를 삼킨다.

피부과에서 내 분수에 맞지 않는 사치를 누리고 돌아온 밤에 잠이 오지 않았다. 생살을 벗겨낸 부위가 참을 수 없이 가려웠다. 아프지 않은데, 구체적인 통증이 없는데도 병원에 간 나를 언니는 용서할까.

위가 조금만 쓰려도 유언을 한다 어쩐다 가족들을 들들 볶다 응급실에 제 발로 걸어가는 아버지와 대조적으로 어머니는 웬만하면 병원 문턱을 넘지 않는다. 잇몸이 붓고 피가 나서 음식을 씹을 수 없을 때만 치과를 찾을 뿐.

"니들, 나 암 걸려도 병원 데려가지 마라. 죽지 못해 사는 목숨이다."

선전포고하듯 못박는 말은 괜한 시위가 아니라 당신의 진심이다. 남편에게 버림받고 딸에게 의지해 사는 신세를 빗댄 타령이 아니라,

무심한 자식들 들으라는 위세가 아니라, 자식을 먼저 보낸 어미의 무의식적인 자기 체벌이다.

70

수도경비사령부에서 통역 장교로 일하던 군인삼촌은 미군들과 접촉이 잦았고, 미국과 관련한 이런저런 정보들을 주워들을 기회가 많았다. 난치병을 앓는 고아들을 미국에 입양시킨다는 한미재단의 소식을 듣고 삼촌은 언니를 떠올렸으리라.

어느 날 삼촌이 우리집을 방문해 언니를 고아로 만들어 미국으로 입양시키자고 제안했다. 삼촌의 계산으로는 수술만 성공한다면 언니를 끝없는 고통에서 해방시킬 수 있고, 들키지 않고 신분을 위장할 수 있는 처가 소유의 고아원도 있겠다, 부모만 동의한다면 문제될 것이 없었다. 삼촌의 적극적인 중재에도 불구하고 아버지는 삼촌의 계획에 반대했다. 병원에 있는 후배로부터 그냥 수술 않고 내버려두는 게 더 낫다는 소견을 들은데다, 멀쩡하게 부모가 살아 있는 큰애를 고아로 위장하는 일도 마뜩잖았다.

엄마도 아버지와 같은 생각이었다. 저러다 나을 수 있지 않을까? 희망을 버리지 않은 엄마는 당장 숨넘어가는 것도 아닌데, 어미의 눈이 미치지 않는 먼 곳으로 자식을 보내기가 선뜻 내키지 않았다. 안 된다는 아버지를 설득하려 삼촌은 그뒤에도 여러 차례 우리집에 찾아왔다.

“나중에 형이 돈 벌어 윤경이를 찾아오면 되지 않습니까?”

“그런 말 하려면 내 집에 오지 마라.”

가만있는 애한테 바람 넣지 말라고 아버지는 호통쳤다지만, 언니의 머리에는 이미 미국 바람이 들어와 뒤숭숭했다. 언니는 미국에 가고 싶어했다.

미국에 갈 테야. 미국 가서 수술받을래.

안 보내주면 자살하겠다고…… 그토록 얌전하던 언니가 필사적으로 대들며 부모를 위협했다.

71

어느 날 언니가 사라졌다.

언니는 인덕원에 있다.

나는 언니를 만나러 인덕원에 간다.

언니를 만나기 위해서가 아니라, 이것저것 얻어오는 재미에 나는 인덕원에 갔다.

아침 일찍 출발해 서울역에서 기차를 갈아타고 비포장도로를 한참 걸어들어가는 먼길이 내게는 멀지 않았다. 그 길의 끝에 삶은 옥수수와 하늘거리는 레이스가 매달려 있어, 하루에 왕복하기 빠듯한 여정이 힘들지 않았다. 비닐하우스, 배나무 과수원, 저수지를 지나면 고아원이 보였다. 체육관처럼 생긴 가건물을 지나쳐 계단을 올라가면, 고아들을 수용한 막사에서 조금 떨어진 둔덕에 원장 사택이 있었다. 겉은 호화롭지 않으나 신발을 벗고 안에 들어가면 침대나 가습기처럼 내가 한 번도 구경하지 못한 서양 물건들과 자잘한 장식품들이 진열된 '백화점'이었다. 미국에서 보내온 옷이든 식료품이든 제일 좋은 것은 원장 사택으로 들어갔다. 고아들 가운데 몸이 튼튼하고 성품이 온화하며 나이가 지긋한 모범생들은(그래봤자 나보다 두어 살 위의 십대 소녀들이었다) 사택에서 하녀로 봉사했다.

나는 한 인간이 다른 인간에게 그처럼 철저히 예속된 경우를 일찍이 보지 못했다. 고아원 원장의 맏딸인 작은엄마의 한마디면 밥상이 나오고 밥상이 치워졌다. 그네들은 같은 담장 안에서 생활하지만 자는 곳이 다르며 식사하는 때와 장소도 따로따로였다. 그럼에도 고아들은 원장을 아버지, 원장의 딸인 작은엄마를 언니라 불렀다.

누가 자기 동생을 저렇게 수족처럼 부리나? 어느 동생이 눈꺼풀이 떠 있는 아침부터 저녁까지 분부만 바라며 앉았다 일어났다 언니 뒤를 그림자처럼 따르나? 어쩌다 일요일에만 방문하는 내게는 그네들끼리의 호칭과 의사 전달 방식이 사리에 어긋나 보였다. 사택에서 일하는 고아들은 미성년자였고 급료가 지급되지 않았다. 고아들과 이들을 부리는 원장네 식구들 사이에는 주인마님과 식모의 관계와는 질적으로 다른, 고용주와 노동자의 계약관계와도 다른, 인간적이면서 포괄적인 지배—종속관계가 형성되어 있었다.

고아원의 담장 안에선 보이지 않는 핏줄의 장벽이 위아래를 갈라놓았다. 작은엄마에겐 피를 나눈 여동생들이 여럿 있었는데, 대학생인 바로 밑 동생들도 작은엄마의 말에 순순히 따랐다. 사택의 여자들은 고아들과 똑같은 구호품을 입었으나, 같은 진바지라도 몸에 더 잘 맞고 고급스러웠다. 그네들의 얼굴에는 그들에게 봉사하는 동생들에게 결여된 자신감이 닦지 않아도 돋보이는 보석처럼 박혀 있었다. 축복받은 자들만이 누리는 자연스러운 광택이 저수지처럼 고여 흘렀다. 그 넉넉한 저수지에서 이방인인 나도 얼마간 헤엄치는 행운을 누렸다.

어른들 틈에서 얌전히 있느라 좀이 쑤셨던 나는 작은엄마의 막내

여동생이 과외에서 돌아오기를 기다렸다. 내성적인 성격에다 나보다 학년이 높아 놀이 상대로 잘 맞지는 않았지만, 저수지가 보이는 창가에 예쁜 침대가 놓인 그녀의 방은 내게 천국이었다. 그녀의 수영복을 빌려 입고 저수지에서 함께 헤엄친 뒤에 그녀의 방문 앞에 매달린 색색의 발을 손으로 훑으며…… 내가 왜 거기 갔는지 잊곤 했다. 언니가 보고 싶어서가 아니라, 다른 세상을 구경하는 재미에 나는 인덕원에 갔다.

충직한 동생들에 에워싸인 작은 왕국에서 작은엄마는 여왕처럼 군림했다. 고아들을 때리거나 큰 소리로 야단치지는 않았으나, 날 때부터 몸에 밴 의젓한 위엄으로 그들을 제압했다. 작은엄마의 정돈된 말투에는 뉘라도 거스를 수 없는 카리스마가 있었다. 말 안 들으면 새끼들을 거칠게 윽박지르는 우리 엄마와는 하늘과 땅처럼 다른, 부드럽게 명령할 줄 아는 여자였다. 작은엄마는 뽀얗고 보드라운 살에 육감적인 매력이 넘치는, 아담하고 풍만한 몸매의 젊은 신부였다. 작은엄마는 내게 잘해주었다. 내가 고아원에 도착하면 먼저 우리 부모의 안부를 묻고 자상하게 조카딸을 보살폈다. 나는 인덕원에서 배불리 먹고 여가를 즐겼다. 야외의 테라스에서 뜯어먹던 삶은 옥수수의 야들야들한 알갱이는 세검정의 텃밭에서 자란 딱딱한 옥수수와는 비교할 수 없이 뒷맛이 들큰했다.

내가 집으로 돌아갈 때가 되면 작은엄마는 이 방 저 방을 뒤져 헌 옷가지들을 한 보따리 싸주었다. 어딘가에 처박혔다 나온 곰팡내 나는 원피스와 오버들을 내게 입히며 "어쩜, 맞춘 것처럼 딱 맞구나. 이건 하경이 너 입어라. 이건 미경이 주고" 했다.

미경에게 갈 오버가 내 것보다 더 근사해 보이면 때때로 나는 작은 엄마의 명을 어기고 옷을 뒤바꾸곤 했다. 내가 속임수를 준비하고 귀환한 저녁이면 어떻게 눈치챘는지 미경이 "이거 언니 거 맞냐"며 몇 번씩 다짐을 받아냈다. 미국의 자선가들이 제3세계의 고아들에게 보낸 구호품을 우리는 대단한 보배인 양 애지중지했다. 색은 바랬지만 동화 속의 소공녀가 입었음직한 레이스 달린 체크무늬 드레스를 입고 내가 얼마나 의기양양했는지. 한동안 나는 어디를 가든지 누런 레이스 자락을 끌고 다녔다. 우리는 맛있는 것 못지않게 아름다운 것들에 굶주려 있었다.

72

언니가 잘 있나 염려되어 엄마는 나를 인덕원에 보냈다. 엄마는 그럴 필요가 없는데도 계절이 바뀌어 찬바람이 불자 언니가 입던 겨울 내의와 스웨터를 내 손에 들려 고아원에 싸보냈다. 거기는 미국에서 공수된 구호품들이 남아돌 지경인데.

세검정에서는 볼 수 없는 논과 밭. 바깥 풍경에 자칫 방심하면 정류장을 건너뛰었다. 차창 밖으로 비닐하우스와 배나무 과수원이 보이면 일어섰다 앉았다 안절부절못하던 여러 날 중에 최고로 재수없었던 어느 날. 더 추워지기 전에 언니 갖다주라고 엄마가 건네준 손뜨개 스웨터를 차에 두고 내렸다. 스웨터를 잃어버리는 잘못을 범한 딸은 나였는데, 그날 저녁 아버지에게 작살난 건 내가 아니라 동생이었다.

어쩌다 미경이 표적이 됐는지? 나한테 "이 덜렁아" 어쩌고 하면서 입을 잘못 놀리다 불똥이 엉뚱하게 거기로 튀었던가? 아버지가 미경을 발가벗겨 수돗가의 시멘트 물통에 집어넣고, 얼음이 둥둥 떠 있는 찬물 속에 무려 한 시간이나 서 있게 했다.

"어서. 이것아, 잘못했다고 빌어."

엄마가 애원해도 독한 미경은 말없이 영하의 물속에서 이를 달달 떨며 버텼다.

그건 어린 딸에게 아버지가 해선 안 되는 가혹 행위였다. 아버지가 진정 때리고 싶었던 사람은 누구였나? 엄마? 나? 아니면 당신? 이치에 닿지 않는 분노의 폭발이 자식을 고아원에 보낸 가장의 자격지심이었다면, 빗나간 자기 처벌이었다면, 나는 내 아버지를 사람들에게 납득시킬 수 있으련만.

73

고아원의 별채에 머물며 국립의료원과 주한미군 병원의 의료진에게 검진을 받고, 미국에 갈 날짜를 꼽으며 달력을 보고 짐을 싸고, 토끼에게 먹일 싱싱한 풀을 고르다 망연히 하늘을 쳐다보고, 성경을 읽는 게 언니의 하루 일과였으리라. 미국으로 출발할 날이 가까워 언니는 고아원에서 돌아와 며칠 우리와 세검정에서 지냈다. 가족과 마지막 시간을 보내라는 삼촌의 배려였다.

마지막……

수술이 성공해도 우리는 언니를 보지 못할 것이다.

입양아는 현지의 양부모 밑에서 살아야 한다.

수술이 실패하면?

그럴 리가 없다. 수술이 실패할 리가 없다. 미국이 어떤 나라인가. 모든 것이 가능한 지상천국. 6·25 때 비행기도 보내준 고마운 나라가 아니던가. 아버지의 영향으로 우리는 미국에 대해 환상을 품고 있었다.

여느 날과 똑같이 분주한 아침. 어머니는 부엌에서 일하고 애들은 책가방을 싸느라, 아버지는 거울 앞에서 외출 준비에 바쁘고 나는 돈이 필요했다. 수업 준비물을 사기 위한 푼돈을 타려고 아버지가 계신 안방을 기웃거리다 나는 목격했다. 방의 한가운데 서서 언니가 아버지를 똑바로 올려다보며 말했다.

"아버지, 저 우유 사먹을 돈 주세요."

주세요, 라며 뭔가를 따지는 듯한 말투가 쌀쌀맞았다. 아버지를 올려다보는 언니의 눈은 차갑게 빛났고, 입가가 시위하는 듯 굳어 있었다. 내가 일찍이 언니에게서 본 적이 없는 강경하면서도 완곡한 표정이었다. 아버지는 언니에게 눈도 돌리지 않은 채 아무 말도 하지 않고 방을 나갔다. 심상찮은 분위기에 전염된 나도 살며시 자리를 떴다.

그것이 우리의 마지막이었다. 잘 있어. 잘 가. 한마디 인사도 없이.

그리고 그 방은 내 앞에서 굳게 잠겼다. 20여 년 뒤, 기억의 빗장이 열리며 나는 다시 그 문 앞을 서성댄다. 아버지는 왜 쫓기듯 방을 나갔을까? 우윳값 정도는 양복 주머니에 들어 있었을 텐데.

74

언니가 집에 없을 때, 나는 속리산으로 수학여행을 갔다. 모닥불을 피워놓고 춤추며 거리낌없이 젊음을 발산했다. 꽃그늘 아래 친구들과 다리를 쭉 뻗고 앉아 누구 종아리가 더 날씬한가 토론을 벌이고, 여관 방 문을 걸어 잠근 채 맥주를 병째로 들이켜며 술냄새를 없애려고 초콜릿을 깨물며 시시덕대고, 방마다 돌아다니며 자는 애들 얼굴에 치약을 묻히고…… 나는 상명부중 2학년 6반 오락부장이었다.

특별활동 시간에 하필이면 돈이 드는 고적 답사반을 택했는지. 강화도에서 챙 넓은 모자를 위로 꺾어 쓴 채 전등사의 경내를 휘젓고(고적 답사에 참가한 다른 학생이 엄숙한 절간에 대한 예의로 손에 들고 있던 베트남 모자를 내가 뺏어 썼다) 산봉우리에 올라 야호를 합창하고, 산속에서 오줌 누다 도마뱀을 보고 기겁을 해 옷을 추스르고…… 방과 후 교실에 남아 급우들이 지켜보는 교단 위에 올라가 쿵쾅거리며 스페인 춤을 연습하던, 나는 광대였다.

김영미가 허리를 접으며 킥킥 자지러지고, 그녀보다 수다스러운 다른 치들은 내게 요구했다.

"하경아, 치마를 좀더 들어올려."

"아니야. 지금이 딱 좋아."

"어쩜. 너무 똑같다, 얘."

나는 우리 반을 대표해 '미스 유니버스 대회'의 사회자 겸 미스 스페인이 되어 원맨쇼를 연출할 예정이었다. 학교에서 단체로 관람한 영화 〈마리솔〉의 주인공처럼 교복 치맛자락을 들추며 발을 구르는 엉터리 스페인 춤으로 전교 오락대회를 석권한 뒤, 체육선생이 내게 붙여준 별명이 '깐돌이'였다. 까분다고 깐돌이였다.

5교시 수업종이 울리고 선생님이 교실에 들어와 출석부를 쾅! 교탁 위에 내려놓는다. 반장의 "전체 차렷! 경례"가 끝나면, 1초의 오차도 없이 내가 웃음을 터뜨린다. 선생의 꾀죄죄한 양복 어깨에 비듬만 떨어져도 나는 자지러졌다. 난폭하게 으하하하! 개처럼 짖어대다 흐물흐물 잦아들듯 하다가 다시 포문을 열어 리듬을 타고 힘차게 뻗어나갔다. 폭소의 급류에 떠밀려 한번 발동이 걸리면 멈출 수가 없었다. 멈추고 싶어도 브레이크가 걸리지 않았다. 성대를 혹사해 목이 칼칼해지고 눈물이 맺히도록. 보다 못한 선생이 좋은 말로 그만하라고 명령할 때까지 광기의 발작은 멈추지 않았다. 에너지를 다 모아, 내 몸의 모든 근육을 움직여 공연한 퍼포먼스였다.

뉴스가 끝나면 내일의 날씨를 예보해주는 기상 통보관처럼 매일 똑같은 시간에, 5교시가 시작되는 오후 1시면 어김없이 폭소를 선사하는 내게 급우들은 '김동완 통보관'이라는 애칭을 붙여주었다. 자기네들도 덩달아 흐트러질 수 있는 기회이므로 애들은 나의 일기예보를 은근히 바랐다.

나는 지나치게 명랑했다. 가만있으면 누가 날 때리거나 잡아가기라도 하듯 미친 듯이 들까불었다. 나는 나를 웃음거리로 만들지 않고는 견딜 수 없었다. 나는 작정하면 언제든 사람들의 배꼽을 잡고, 내키면 어릿광대든 공부벌레든 무엇이든 될 수 있는 나 자신이 만족스러웠다.

그해 봄, 나의 비정상적 쾌활은 어떤 정점을 향해 치닫고 있었다.

4월, 5월, 6월, 7월…… 7월 1일에, 1975년 7월 1일에 언니는 수술을 받았다. 언니로부터 편지가 왔다. 고아원의 원장 앞으로 부친 엽서를 삼촌이 전해주었다.

수술은 성공했다. 미국의 양부모는 훌륭한 분들이며 언니에게 잘해준다. 인덕원의 아버지와 어머니 그리고 동생들은 안녕하냐고……

가족의 안부를 상세히 묻는 언니의 편지를 돌려 읽으며, 편지에 적힌 '어머니, 아버지, 동생들'이 인덕원이 아니라 세검정의 우리들을 가리키는 표현임을 우리는 감지했다.

'Air mail'이라는 글자 밑에 두 줄이 그어진 파르스름한 항공엽서는 우표와 직인이 찍힌, (성탄절에 친구에게서 받은 주소도 적히지 않은 카드가 아니라) 내가 받은 최초의 진짜 편지였다.

수술하고 열흘쯤 뒤였다. 몸도 성치 않았을 텐데 동생들은 잘 있는지?라고 묻는 어투가 애틋했다. 언니는 우리를, 나를 걱정했다. 나는 언니를 걱정하지 않았는데. 머나먼 이국 땅에서 언니는 서울의 가족을 생각하고 있었다.

좁아터진 항공엽서의 끄트머리 구석까지 여백 없이 번진 깨알 같은 글씨들에 나는 답장하지 않았다. 발신자가 고아원의 한 식구인 양 위장해 인덕원을 통해 전달할 수도 있었지만…… 언니의 편지가 바다 건너 우리 손에 넘겨질 즈음, 이미 상황은 끝나 있었다.

75

언니가 없는 동안 우리는 신영동의 정든 안식처를 떠나, 개울 건너 산을 깎아 조성된 신흥 주택가의 1층 양옥으로 이사했다. 실속이 없더라도 번듯한 외관을 선호하는 아버지가 주인이 외국에 나가 빈집을 싼값에 빌렸다. 마당에 잔디가 깔린 집이었다. 깔끔하게 손질된 잔디를 망가뜨리면 안 된다. 엄마는 우리에게 대문을 따줄 때마다 주의를 주곤 했다. 녹색 물결 위에 놓인 돌을 징검다리인 양 훌쩍 건너 현관으로 들어섰다. 우리의 형편에 맞지 않게 사치스러운 저택에서.

푸른 잔디를 밟으며 검은 상자가 들어왔다.

해가 쨍쨍했던가. 구름이 꾸물댔던가.

맑은 날이든 흐린 날이든 곧 암흑 천지로 둔갑하리라.

여름방학이 시작되어 나는 집에 있었다. 벨이 울려 나갔는데 시커먼 덩어리가 대문간에 서 있다. 여름인데도 장갑을 끼고 검정 천을 상체에 휘감은 군인삼촌을 보자 숨이 막혔다. 압박붕대를 매듯이 어깨와 팔뚝을 대각선으로 가로지른 검정 보자기의 끝에는 작은 나무상자가 들려 있었다. 삼촌처럼 크고 건장한 삼십대의 남자가 한 뼘도 안 되는 작은 물건을 마치 지구를 떠받치듯 무겁게 두 손으로 받들고 있는 모양이 범상치 않았다. 흰 장갑과 검정 천. 흑백의 대비가 처참해 눈이 부셨다.

다른 때 같으면 대문을 따주는 조카 앞에서 뻣뻣하게 굳어 있을 삼촌이 아닌데, 문턱을 넘지 못하고 대문간에 버티고 선 팽팽한 긴장감에 눌려 나는 아무 말도 하지 않았다. 이윽고 삼촌이 올 것이 왔다는 듯 결연하게 입을 열었다

"아버지 집에 계시냐?"

"아뇨."

"엄마는?"

삼촌이 갖고 들어온 건 언니의 유해였다.

검은 보자기에 싸인 작은 상자에는 언니를 태운 재가 들어 있었다.

삼촌이 엄마에게 언니의 부음을 전하는 현장에 나도 있었겠지만, 합병증과 류머틱 피버만 메아리치고 검은 상자에서 필름이 끊긴다. 삼촌이 건네준 쪽지에는 언니의 사망 일자와 사인이—수술받은 뒤 15일이 지나 합병증으로 '류머틱 피버'가 와서 사망했다고 적혀 있었다.

류머틱 피버Rheumatic fever.

멀쩡히 살아서 편지까지 썼던 사람을 앗아간 외국어가 어떤 질병인지? 나는 어른들에게 물어보지 않았다. 왠지 그러면 안 될 것 같았다. 내가 언니보다 갑절의 나이를 산 뒤에야 의사인 친구로부터 오랜 의문을 해소할 수 있었다.

"그건 후진국형 병이야."

위생 상태가 좋지 않은 동남아시아에서 번창했지만 이제는 드문, 백만 명에 하나 있을까 말까 한 희귀한 질환이라고, 그런데 그건 왜 묻냐고 친구는 내게 되물었다.

76

천주여, 우리 죄를 용서하시고
우리를 지옥불에서 구하시고
연옥 영혼을 돌보시되 가장 버림받은 영혼을 돌보소서
—구원의 기도

언니는 죽었다.

언니는 네모난 상자에 들어 있다.

얼마 전까지 시퍼렇게 우리 곁에서 숨쉬던 사람이 재로 변한, 움직일 수 없는 사실을 우리는 받아들일 준비가 되어 있지 않았다. 마당에 잔디가 깔린 집에 살던 우리에게 언니를 매장할 장례비가 없었다는 사실도 나는 납득할 수 없다.

비탄에 잠길 겨를도 없이 엄마는 돈 걱정을 해야 했다. 산소 자리를 구하지 못해 애태우다 고모의 주선으로 서울의 혜화동 성당 교우들이 묻히는 천주교 묘지에 자투리 땅을 얻어, 세검정인 교적을 혜화동으로 허위 신고해 장례를 치렀다. 육체가 떠난 뒤에도 거짓말을 해야 했으니. 죽어서도 떳떳할 수 없었던 불쌍한 영혼이었다.

77

거실로 베란다로 밖으로 뛰쳐나가고 싶지만, 비가 오고 있다.

그날도 오늘처럼 비가 내렸다. 젖을 듯 말 듯 가는 비를 맞으며 아버지와 삼촌이 신영동 길을 걷는다. 아버지는 딸의 유해가 담긴 상자를 손에 들고, 삼촌은 조카의 사진을 비에 젖지 않게 양복의 품속에 안았다. 묘지로 가는 아버지도 삼촌도 상복을 입지 않았다. 아버지의 팔뚝에만 삼베 완장이 둘러졌다.

참으로 기이한 운구 행렬이었다. 관도 없고 영구차도 없고, 소복을 두르고 울면서 따라가는 가족도 없다. 거리의 행인들 속에 섞인 검정 양복을 전봇대 뒤에서 지켜보다 운구 행렬이 내 앞을 지나갈 때 내가 따라나서려 하자, 아버지가 나를 가로막는다.

"하경이, 넌 동생들과 집에 있어. 엄마 모시고 집에 있어."

부슬부슬 비가 내리고, 지나는 사람들은 종종걸음치고, 검은 상자가 비에 젖는다. 아침에 내가 동네 사진관에 가서 확대해 온 언니의 영정 사진도 비에 젖는다. 나는 울지 않는다. 아버지도 삼촌도 울지 않는다.

엄마는 당신의 남은 세 딸들을 방안에 모아놓고 당부했다.

"니들, 오늘 있었던 일. 남한테 말하면 안 돼. 밖에서 언니 얘기하면 큰일나. 그러면 니 애비, 삼촌 줄줄이 쇠고랑 차. 감옥 간단 말이야. 알겠니?"

슬픔으로 기진맥진한 어미를 호위하듯 에워싼 아이들은 고개를 끄덕인다.

엄마, 걱정 마.

이야기하지 않겠다고 맹세한다. 절대로.

작은 상자를 들고 나간 아버지가 왜 경찰서에 잡혀가야 하는지. 그게 왜 법에 어긋난 일인지. 언니의 사망신고를 할 수 없는 까닭을, 자식을 잃고 남편이 감옥 갈까봐 걱정하는 어미의 타는 속을 아이들은 가늠하지 못한다.

78

시디플레이어의 단추를 누르고 음악에 맞춰 몸을 흔든다. 내 속의 우울을 털어버리고 리듬에 따라 손발을 놀린다.

어머니도 춤을 추었다. 나의 첫 장편 다큐멘터리가 언론의 주목을 받던 봄, 나는 병원의 응급실에 누워 있었다. 당신의 딸이 위세척을 한 뒤 고비를 넘긴 병실에서 어머니는 머리를 젖히고 팔을 휘둘렀다. 좁은 병실이 갑갑하셨는지 위아래 좌우로 팔다리를 뻗으며 체조에 몰두한 엄마. 때와 장소에 어울리지 않는 행동을 하는 당신을 보며 막내와 나는 어이없어했지만, 나는 곧 그 어이없음을 납득했다. 자신의 고통조차도 아무렇지도 않게 취급하는 당신을 내가 아니면 누가 이해하랴.

나도 그날 오후 병원을 나와 아무 일도 없었다는 듯 카메라 앞에 나를 대령했다. 서울 도심의 스카이라운지에서 사진기자와 웃고 떠들며 인터뷰를 즐기지 않았던가.

정열은 고통에 비례한다.

79

미국에서 고인의 유품이 든 가방을 보내왔다. 여행용이라 하기엔 작고 초라한 비닐 가방에 초록색 바지와 줄무늬 티셔츠, 휴대용 신약성서, 그리고 일기장이 들어 있었다.

옛날에 무심코 열었던 가방을 나는 지금 선뜻 열지 못한다. 미국으로 떠날 때의 간절한 소망을 담은 가방 앞에서, 거의 신성 모독에 가까운 두려움이 머뭇거린다. 살아서는 한 번도 살갑게 어루만지지 않았던 피붙이의 육신이 들어 있던 헌옷 한 벌을 나는 오래 바라보지 못한다. 언니의 체취가 밴 물건들을 엄마는 차마 버리지 못하고 골방에 잠가두었다.

주인을 잃고 곱게 개켜진 줄무늬 티셔츠와 초록 바지. 언니의 손때 묻은 물건들을 다시 보았을 때 나는 섬찟, 뒤로 물러났다. 나는 오열하지 않았다. 소리 죽여 흐느끼거나 눈물이 고이지도 않았다.

내가 나를 풀어놓고 편안히…… 울 수 있기 위해 내게는 시간이, 10여 년의 세월이 필요했다. 그리고 내가 그것을, 그것이라고밖에 이름할 수 없는 고통을 문자로 다루는 데는 더 지난한 시간이 흘러야 했다. 그것들은 아직도 뜨겁다. 살아서 그것을 만지고 걸쳤던 사람의 체온이 남아 있는 것 같아, 건드릴 수 없다.

아무리 치밀한 언어의 그물을 입히더라도 온전히 잡이지 않는 경험들이 있다. 내게는 언니와 관계된 모든 일들이 그러했다. 당신을 글로 되살리기로 결심한 뒤 기억을 모으고 다듬고 편집했건만, 정리되지 않는 의식의 타래들이 책상 위에 얽혀 있다.

우리가 잡동사니들을 쑤셔넣던, 해가 들지 않아 낮에도 컴컴한 골방에서 비닐 가방의 지퍼를 밀어젖히기 전까지 나는 보지 못했다. 듣지 못했다. 자나깨나 이불 위에 웅크려 있던 환자가 일기를? 앉아서 펜을 쥐고 글쓰는 노동을 하는 언니를 나는 상상할 수 없었다.

학생노트 반 크기의 얇은 공책에 미국행을 결심하기까지의 착잡한 심정과 세검정 성당에서 영세를 받고 최신부님을 찾아간 사연이 날짜순으로 적혀 있었다. 생사의 갈림길에 선, 열여섯 살 답지 않은 담담한 문체가 가슴을 파고들었다. 고독한 마음의 행로가 절제된 문장들. 단정한 필체를 보고 만지며 뒤늦게 나는 언니를 느꼈다. 하나의 인격체로 언니가 내게 자리잡았다.

같이 살면서 한 방에 자면서도 나는 언니와 살을 맞대지 않았다. 나는 환자와 접촉하기를 꺼렸고, 내 형제의 아픈 속을 한 번도 들여다보지 않았다. 미국에서 온 편지와 일기장이 없었다면, 친언니의 고유한 필적조차 알아보지 못했으리라. 중간에 지운 자국 없이 한 번에 써내려간, 흐트러짐 없이 또박또박한 글자들을 발굴한 그날까지 당신은 내게 하나의 기호, 다시는 소리내어 부를 수 없는 대명사였다.

일기의 주인은 작은 공책 한 권을 채울 천수를 누리지 못했다. 앞의 몇 쪽만 빼곡하고 뒤는 비어 있던 종이 위에 아로새겨진 글자들의 대부분은 지워졌지만, 시간의 먼지가 묻지 않은 문장 하나만은 망각되지 않았다. 최신부를 만나고 돌아와 언니는 이렇게 썼다.

"모든 것을 하느님의 뜻에 맡기겠다."

모든 건 주님이 주관하시니 우리 인간은 그분의 뜻에 복종해야 한다는 신부님의 말씀에 언니는 용기를 얻었던 것 같다. 하느님의 뜻에 맡기겠다, 를 끝으로 언니의 일기는 영원한 침묵에 빠졌다.

그 일기장은 지금 없다.

골방의 문을 열어젖히고 엄마가 언니의 유품을 모아 불을 지른다.

그건 엄마가 당신의 큰딸을 보내는 의식이었다.

대학생인 내가 불에 그을린 일기장과 초록 바지를 발견했던 그날까지, 엄마는 언니의 죽음을 인정하지 않았다. 어딘가에 살아 있다 반드시 당신 앞에 나타나리라는 기대를 접지 않고 고이 보관해왔던 언니의 물건들을 태우며, 엄마는 자식의 죽음을 기정사실로 받아들였다.

80

검은 상자를 빗속에 떠나보내며 나의 방학이 끝났고, 철없던 유년도 종말을 고했다.

여름방학이 끝나고 나는 다시 학교에 갔다. 그날 나는 주번이었다. 청소를 마친 뒤 꽃병의 물을 갈고 뒷정리를 하는데 복도 쪽의 창문에 국사 선생님의 머리가 3분의 1쯤 걸렸다. 제자와 눈이 마주친 선생님이 반갑다는 듯 벙글거리며 교실로 들어왔다. 그도 당직이라 늦게까지 학교에 남아 있었다. 다가오던 그가 1미터 앞에서 멈추었다. 또래에 비해 키가 큰 여제자는 키 작은 선생님 옆에 서면 막상막하이거나, 오히려 선생을 추월했다. 나를 올려다보며

"정하경! 여태 가지 않고 뭐해?"

"네…… 저, 주번이어서."

"언니 잘 있냐?"

그가 지나가는 바람처럼 흘린, 예전 같으면 아무렇지도 않았을 평범한 인사말에 내 머리가 아래로 처지고 말문이 막혔다. 엄마는 우리에게 언니의 죽음을 발설하지 말라고 훈련시켰지, 언니의 안부를 묻는 선생에게 어떻게 대답할지는 연습시키지 않았다. 어미를 본받

아 거짓이 몸에 배지 않은 나는, 이윽고 조그맣게 한 음절씩 끊어서 "죽—었—어—요"를 밖으로 내놓았다. '죽었어요'를 말하며 언니의 죽음이 비로소 실감되었다.

일단 언어로 전환되면 사실은 더 확고부동한 사실이 되고, 감정도 더 격렬하게 체감된다. 내 눈꺼풀에 미세한 양의 물기가 고였지만 본격적으로 울음을 터뜨리지는 않았다. 슬퍼서라기보다 '죽었어요'라는 말이 가진 환기력으로, 그처럼 엄청난 단어를 발음해야 되는 자신에 대한 연민에 휩싸여 나는 휘청거렸다. 선생이 내게 물었다.

"언제?"

"이번…… 방학 때요."

"어떻게?"

"수, 수술하다가요."

물으면 곧이곧대로 대답하는 습관이 엄마의 신신당부를 어기고 하마터면 미국에서, 라고 덧붙일 뻔했다. 수술하다가요, 를 내보낸 뒤 나는 말없이 서 있다. 그도 말없이 서 있다. 나의 대답을 들으며 선생의 얼굴이 화로처럼 달아오르고 안경알이 흐려졌다. 그도 나처럼 떨고 있었다. 교실에 그와 나 둘뿐이었다.

금지된 교감의 문이 막 열리려는데, 안간힘으로 버티는 내게는 꽤 긴 몇 분이었다. 아니 몇 초였나? 위로받지 못한 나를 위로하고자, 따뜻하지는 않더라도 싱거운 위로라도 갈망하는 마음이 그와의 짧은 대치를 고무줄처럼 늘였으리라. 내가 남학생이었다면 그의 손은 자연스레 내 어깨를 감쌌을 텐데. 치유의 기회를 놓친 나는 지옥보다 못한 연옥에 갇혀 떠돌 것이다. 그가 먼저 교실을 나갔다. 휑하니 멀어지는 발소리가 아쉬웠다.

언제, 어떻게……

그는 궁금해했다. 언니가 국사 수업에 기울인 비상한 관심을 그는 짐작이나 했을까? 언니의 일기장에는 국사 선생의 이름 석 자가 반듯했다. 그는 자신이 열여섯에 생을 마감한 소녀의 처음이자 마지막 사랑이었음을…… 알았을까?

그해가 가기 전에 한번 더 나는 가족의 비밀을 발설했다. 출석부에 도장을 찍기 위해 교무실에 들어간 나를 가정 선생이 불러세웠다. 의생활과 식생활을 가르치던 미모의 여선생은 둥그런 수틀을 무릎 위에 놓고 동양자수를 뜨고 있었다. 같은 색조로 농담을 달리해 염색된 진하고 연한 실 가닥들. 대각선 방향으로 촘촘한 땀. 날개를 펴는 학이 비단 모시 위를 날아갈 듯 누비던 반지르르한 녹색과 연분홍의 수예는 그 여름의 끝을 장식하는 그림이 될 것이다.

"언니, 잘 있니?"

국사 선생보다 가벼운 인사치레로 내 가족의 안녕을 물었던 그녀는, 서류상으로는 휴학중이던 언니의 1학년 담임이었다. 자신이 가르치던 학생의 돌연한 사망 소식을 듣고도 가정 선생은 담담했다. 국사 선생처럼 '언제'와 '어떻게'를 캐묻지 않았다. 매니큐어가 칠해진 고운 손을 수틀에서 떼지 않은 채, 나를 한번 흘낏 쳐다보지도 않고 그녀는 말했다.

"그러니? 우리 하경이 기특하구나. 그래서 더 열심히 공부했나보구나."

그즈음 급상승한 나의 성적을 형제의 죽음과 연관시키는 선생에게 꾸벅 목례를 올리고 나는 교무실을 빠져나왔다.

그뒤 내게 언니의 안부를 묻는 사람은 없었다.

학교에서 집에서 아무도 언니를 들추지 않았다.

나는 '언니'를 발음하지 않았다. 말하지 않으며 생각하지 않았고, 생각하지 않으며 이름을 잃고 한 해 두 해 지나 언니는 과거가 되었다.

81

몇 번인가 아이들 입학식과 졸업식을 치르며 엄마의 눈가는 오그라들었다. 하루가 다르게 자라는 아이들의 무릎 위로 치마가 껑충 올라갔고, 귀밑머리를 깎으려 엄마가 가위를 들 때마다 우리는 고만 자르라고 아우성쳤다. 부모의 돈을 훔치는 대신 총각 선생님의 마음을 훔치고 이유 없는 반항이 시작된 애들을 다루느라 엄마의 목이 쉰다. 아버지는 그대로였다. 대문을 쿵쿵 발로 걷어차고 들어와 저녁밥을 비우고 상을 물리라는 표시로 으음— 목청을 다듬는 아버지의 헛기침에는 여전히 위엄이 배어 있었다. 그러나 당신은 변할 것이다. 언니의 죽음은 우리의 삶을 다른 기슭으로 이끌었다.

언니를 잃은 뒤, 어머니는 웃음을 잃었다.

마당에 화덕을 피워놓고 밥을 짓는 어머니는 위험하다.

꺼져가는 불씨를 살리려 부채질을 하고 왼손으로 땀을 훔치는, 아침저녁으로 반복되는 동작을 그만두는 순간에 위기가 찾아온다. 불구덩이에 뛰어들지 않기 위해 엄마는 성당에 나갔다.

아버지와 결혼하기 전에 서울의 어느 유명한 장로교회의 주일학교 교사였던 어머니는, 언니의 뒤를 따라서 가톨릭으로 개종했다. 일요일이면 어머니는 미사포와 묵주를 들고 대문을 나섰다. 일요일이 아니면 꺼낼 일이 없는 낡은 외출복의 먼지를 털고 거울을 보는 둥 마는 둥 집을 나와, 입당 송가가 당신을 반기는 성당의 벤치에 일주일간 가사노동에 시달렸던 고된 삭신을 내려놓았다. 파마값이 무서워 미장원에 가지 않고 야미로 볶은 머리 위에 얹은 누런 미사포가, 자식을 먼저 보낸 어미가 걸치는 장식의 전부였다.

동생 미경과 숙경은 엄마를 따라 영세도 받고 견진성사도 받았지만 나는 성당에 가지 않았다. 타고난 천성이 교회나 성당 같은 엄숙한 공공장소에서 30분 이상 엉덩이를 붙이지 못하는데다, 공부하랴 소설책 읽으랴 하루가 너무 짧았다. 고등학교 3학년이 돼서야 대입을 코앞에 두고 엄마의 간청에 못 이겨 나는 영세를 받았다. 그래야 대학에 붙는다고 벼락치기로 성경을 공부해 주님의 보호를 받는 어린양이 되었지만, 미사통상문을 외는 것보다 어여쁜 세례명 짓기에 열중했던, 나는 날라리 신자였다.

82

우리 식구들 사이엔 집안에서 언니를, 언니의 이름을 거론해선 안 된다는 암묵적인 동의가 이뤄졌다. 우리는 서로에게 언니를 상기시키는 사소한 암시도 피했다. 어린 동생들에게 그건 쉬운 일이 아니었다. 위로 언니가 여럿이라 이름으로 구분하는 게 습관이 된 동생들은 나를 여전히 '하경 언니' 혹은 '작은언니'라고 불렀다. 어느 날 대문을 들어서며 '작은언니'를 들은 아버지는 조용히 미경을 나무랐다.

"작은언니가 뭐야? 넌 이제 언니가 하나밖에 없어. 그냥 언니라 그래."

아버지의 따끔한 지적이 있은 뒤부터 미경에게 나는 그냥 언니가 되었다. 막내인 숙경에게 나는 이제 큰언니였고, 미경은 작은언니가 되었다.

우리가 새로운 호칭에 적응하는 데는 시간이 걸려, 수십 년이 지나서도 급하면 동생들에게서 '하경 언니'가 곧잘 튀어나온다. 자매들 간에 호칭이 한 계단씩 인플레되었지만, 형제간 서열의 꼭대기에 위치한 나는 동생들처럼 혼란스럽지 않았다. 언니라고 부를 대상이 없어졌지만, 특별한 자극이 없으면 나는 식구가 하나 줄었다는 것조차 의식하지 못했다.

83

여느 때보다 언니라는 의지처가 절실했을 시기에 나는 동생들을 외면했다. 누구보다 충격이 컸을 코흘리개 막내에게 나는 정다운 눈길 한번 보내지 않았다. 내게는 책이 있었다.

어머니가 불구덩이에 뛰어들고 싶었던 저녁에도 나는 책을 붙잡고 있었다. 타임머신을 타고 과거로 돌아갈 수 있다면 나는 우선 언니를 살리고, 외삼촌 집에서 『수레바퀴 아래서』를 빌려 옆구리에 끼고 나오던 오후를 고치겠다.

바퀴 아래서? 뭔가 있어 보이는 제목에 이끌려 기존 체제에 대한 나의 염증은 논리를 획득했다. 헤르만 헤세를 구세주처럼 섬기며 이 세계의 내막을 알아버린 내게, 개인의 자발적인 사고와 행동을 제약하는 학교생활은 참을 수 없는 무엇이었다.

그렇게 까불던 아이가 조용해지고 골똘히 자신 속에 침잠하는 시간이 늘어났다. 누가 시키지 않아도 폭소를 남발하던 어릿광대가 수업시간에 속된 말로 학생들을 웃기려는 선생들을 대놓고 경멸했다. 애국가만 나와도 글썽이던 감수성이 "빛나는 졸업장을 타신 언니께"를 열창하는 후배들의 꽃다발을 받으며 찔찔 짜는 손수건들로 눈물바다가 된 중학교 졸업식장에서 꿋꿋하게 울지 않고 버티었다.

수레바퀴 아래에 포섭된 뒤 동화를 때려치우고 나는 좀더 심오한 읽을거리를 찾았다. 1975년 여름부터 1979년 봄까지 나를 탕진한 광기의 물질적 증거는 왕자표 공책이다. 몇십 년 묵은 코딱지가 앞뒤에 지저분하게 엉겨붙었고 뒤표지와 속지의 일부는 떨어져 나갔지만, 앞표지는 아직 멀쩡하다. 칠칠치 못한 여학생의 꼬리표를 면도칼로 제거했지만, 그럼에도 불구하고 인간의 코에서 나온 점액질의 일부가 불안으로 얼룩진 자아의 환유로서 살아남았다.

賞, 이라고 보랏빛 잉크 도장이 찍힌 주식회사 왕자문구에서 시판한 최적의 필기용구는 나의 재산목록 1호이다. 매끈한 종이의 고급스러운 질감에 반해, 학교에서 우등상으로 받은 필기장에 영어 숙어나 수학공식 대신에 독후감을 적었다. 왼편에 날짜를, 오른편에는 작가와 도서 제목과 책을 구한 경로를 밝혔다. 그리고 그 밑에다 주인공의 이름과 나를 사로잡았던 구절들을 짧게 한두 줄, 때로는 두 쪽이 넘도록 베꼈다.

1976년 10월 9일, 10월 20일. 존 스타인벡의 『분노의 포도』(종로도서관): 주인공—톰 조드

10월 12~13일. 이광수의 『사랑』(친구에게 빌림)

10월 23일. 알렉산드르 솔제니친의 『수용소 군도』(친구에게 빌림)

10월 24~30일. 스탕달의 『적과 흑』(종로도서관): 주인공—쥘리앵 소렐

스탕달의 본명은 앙리 벨. 죽기 전에 그가 남긴 묘비명 '앙리 벨. 밀라노 사람. 살았다, 썼다, 사랑했다.'

10월 31일. 미우라 아야코의 『길은 여기에』(외할아버지 댁에서 빌림)

어떻게 내가 한 칸도 빼놓지 않고 연도와 달과 날을 일일이 적는 번거로움을 마다하지 않았는지. 날짜가 작가의 이름 뒤에 오거나 작가의 이름이 도서명 뒤에 온 적은 한 번도 없었다. 나는 가로세로 30센티미터가 못 되는 종이에서 발생할지도 모를 조그만 실수조차 용납하지 않았다. 사물을 분류하고 조직하는 습관 덕분에 1976년 10월 9일부터 1979년 4월 7일까지 내가 평균 사흘에 하나꼴로 새책을 독파했다는 계산이 나왔다.

만년필에서 볼펜으로, 연필로, 필기도구를 바꾸며 독서 대장정의 중간에 끼워넣은 "이걸 읽으려고 몇 년을 별러왔던고!" 따위의 감격에 겨워 휘날린 필체들을 어른이 되어 어긋난 생의 뒤안길에서 가끔가끔 들여다본다.

내 책이 아니기에 금방 돌려줘야 할 보물을 감동의 잉크가 마르기 전에 활자로 고정시켜 내 것으로 만들어야 했다. 시험 기간을 빼고는 책을 안 든 날이 없다시피 자신을 헌납했던 남독의 후유증으로 지금 나는 책이라면 지긋지긋하다. 누가 내게 신간 서적을 보내면 보통 포장도 뜯지 않고 버린다.

키케로와 플라톤을 베꼈던 밤들, 프로이트와 스탕달에 밑줄을 긋던 날들이 내게 무슨 의미가 있을까? 한국처럼 격식과 체면을 따지는 획일적인 사회에서는 받아들일 수 없는 분방한 입. 유행을 추종하지 않는 고집 센 이마. 표정이 풍부한 눈썹을 만들어준 서책들이 지금 내 앞에 있다면 갈기갈기 찢고 싶다.

고전에 탐닉하지 않았다면, 일찍이 풍파를 겪은 변방의 사춘기가 서른 살이 넘도록 순진을 유지하지 못했을 텐데. 남들처럼 시험공부만 하고 대학에 들어갔다면, 교과서와 참고서가 빈약한 정신의 전부였다면, 나를 아는 사람마다 나에 대한 평가가 엇갈리는 종잡을 수 없는 자아가 형성되지 않았을 텐데.

친구들과 이웃의 소장본들을 훑고 청소년 전용인 사직도서관의 장서들을 졸업한 뒤엔 삼청동에 새로 개관한 정독도서관이 나의 사냥터가 되었다. 독후감 공책과 필통만 들어 있는 보조가방과 보온도시락통을 들고 집을 나와 어슴푸레 새벽빛을 헤치고 마음의 양식을 찾아가던 길. 행인은 없고 우람한 가로수만 널찍한 대로를 지키는 광화문 앞을 터벅터벅 걸어 경복궁 돌담 밑에 수북한 은행잎을 밟았다. 하얀 눈길을 미끄러지며 진리의 횃불을 향해 한 발짝 두 발짝 나아갔던, 굳세고 여렸던 열여섯의 초상을 헛되다고 허공으로 날려보낼 수는 없다.

도서관에 도착하면 벌써 길게 줄이 늘어섰다. 입시 공부와 취업 준비를 위해 열람을 신청한 입장객의 대열 속에서 나는 건물이 세워진 취지에 부합하는 순수한 열람객이었다.

『적과 흑』처럼 극적인 결말이 또 있을까.

사형당한 쥘리앵 소렐의 목에 입맞추는 마틸드는 세례 요한의 목을 요구하는 살로메의 복사판이다. 자신의 것이 될 수 없는 남자는 죽여서라도 소유하겠다는 마틸드의 무서운 집념에 몸서리치며 책을 덮었다.

장시간의 열독으로 혹사당한 머리를 들면, 창밖엔 어느새 어둠이 몰리고 저녁에 잠긴 겨울나무의 정취가 애잔했다. 치명적 열애의 최후처럼 회색으로 탈진하여 석양을 등진 느티나무의 부러진 가지에서 나는 보았다. 딱딱한 글자들에서 벗어나 자연을 마주하던 순간의 어질어질 속에서 나는 예감했다. 사랑하리라. 마틸드처럼. 쥘리앵 소렐처럼. 뜨겁게. 차갑게. 유혹하고 유혹받으리라. 나의 다급한 갈증을 채워주는 책처럼 연애 또한 마약이니…… 자기 파괴의 저주를 나는 피할 수 없을 것이다.

휴일이나 방학이면 매일같이 출퇴근하다시피 들락거리니 사직도서관의 직원들은 단골손님의 낯이 익었다. 그날도 나는 퇴출 시간이 다 되어 도서를 반납한 뒤, 다시 관외 대출을 신청하려 색인함에서 흥미를 당기는 제목을 골라 뽑은 카드를 대출계의 창구에 제출했다.

"아니, 학생이 아직도 안 읽은 책이 있어?"

왜 또 왔냐며 의아해하던 수위 아저씨를 뒤에 남겨두고 인적이 끊긴 도서관을 나오며 만끽했던 뿌듯함. 며칠간 내 것이 될 책의 맨 뒷장에 붙은 대출자 명단 첫 줄에 내 이름을 올리고 아무도 손대지 않은 종이를 넘겼다. 사각거리는 마찰음과 함께 손가락 끝에서 우주가 열리는 희열을, 실속이 없다는 이유로 풍덩 시궁창에 빠뜨릴 수는 없다.

시립도서관에서는 상중하로 묶인 『삼국지』나 『플루타크 영웅전』 같은 시리즈물은 단행본이 아닌 전집류라는 이유로 관외 대출을 금지시켰으므로 나는 부모님의 도움을 받았다. 언니를 잃고 아버지와 어머니는 남은 자식들에게 더욱 지극정성을 쏟았다.

"엄마, 나 그 책 읽고 싶어."

나의 주문이 떨어지면 엄마는 바쁘다. 딸의 말 한마디면 엄마는 그날 저녁에 동네방네 수소문해 남의 집 서가를 통째로 빌렸다. 내게 필요한 책이라면 우리 아버지는 대한민국의 모든 도서관을 뒤져서라도, 훔쳐서라도 갖다주었을 것이다.

그렇게 나는 다섯 권짜리 『플루타크 영웅전』을 아버지의 모교인 배재중학의 도서관에서 교장의 '빽'으로 특별 대출하는 특혜를 누렸다. 서대문구 상명부중의 3학년 학생이 중구에 위치한 남학교의 도서관이 소장한 귀중본을 집에서 편안히 탐식했다. 엄마가 만들어준 도넛을 야금야금 부숴뜨리며, 튀김가루가 묻은 손으로 유유자적 그리스와 로마의 국경을 한가로이 넘나들었다.

언니가 미국으로 떠난 봄에 정상에 도달했던 내 성적은 가을바람이 불며 추락했다. 미경이 엄마에게 하경 언니가 도서관에서 공부는 안 하고 소설책만 빌려본다고 고자질한 뒤였다. 내 성적이 자꾸 떨어지자 엄마는 나를 수상한 눈으로 보기 시작했고, 아버지는 내게서 책을 빼앗았다. 학교 공부나 입시와 관계없는 소설 나부랭이를 집어치우라는 부모의 엄중한 금지에도 불구하고 나는 책을 접지 않았다.

"고전을 알아야 본고사에서 국어 점수가 잘 나온대."

나는 아버지보다 속이기 쉬운 엄마를 꼬드겼다. 언제나 자식 편인 엄마는 아버지가 없는 데서 나의 문학 외도를 묵인했다. 부피가 큰 『전쟁과 평화』 같은 대작은 교과서 밑에 숨겨두고 신문지를 표지에 덮어씌웠다. 집보다 학교에서 감시의 눈을 피하기가 어려웠다. 신문지로 가린 금서를 무릎 위에 펴놓고 살금살금 들추다 선생에게 걸릴 것 같으면 얼른 자세를 바로 하고 두 손을 뻗어 교과서를 반듯하게 세워 수업에 몰입하는 척했다.

꼼짝 않고 앉아서 독서 삼매경에 빠진 엉덩이는 여름이면 짓무르고 종기가 났다. 몸에 꽉 끼는 거들을 착용하지 않았다면 수시로 피고름을 짤 만큼 종기가 악화되지 않았으리라. 당시에는 여학생들 사이에 자기가 무슨 〈바람과 함께 사라지다〉의 스칼렛 오하라인 양 허벅지 밑으로 한 뼘쯤 내려오는 코르셋을 교복 치마 밑에 받쳐입는 게 거스를 수 없는 대세였다. 살이 붙지 않는 체질이라 철심이 들어간 나일론 천으로 조일 건덕지가 없는데도, 남이 하는 대로 무턱대고 따라 하지 않는 나도, 안 하면 아랫배가 나온다는 협박에는 약해 거들을 착용했다. 고약을 붙인 뒤 고름을 짜고 보름쯤 지나면 또 뾰루지가 돋았다. 다 나은 것 같으면 덧나는 엉덩이의 통증을 완화시키려 방석을 깔았는데, 솜으로 누빈 방석은 통풍이 안 되어 사태를 더 악화시켰다.

84

집과 학교를 오가는 똑딱이 같은 일상은 시계 없이도 잘 굴러갔다. 내겐 오로지 두 개의 단절된 시간이 있을 뿐이었다. 나의 하루는 낮과 밤이 아니라, 책을 읽는 시간과 그렇지 않은 시간으로 나뉘었다. 독서록에 기록된 어느 하루도 다른 하루와 닮았다. 『삼국지』처럼 다음 줄거리를 알고 싶어 내일까지 기다릴 수 없는 책은 그날 밤을 새워 끝을 보았다. 나는 어림잡아 일주일에 두어 번은 한숨도 자지 않았다. 아침이면 과도한 독서로 말미암아 붉게 충혈된 눈으로 정신은 빼놓고 몸만 챙겨 학교에 갔다.

"엄마, 지금 몇시야?"

현재 시각을 서너 번쯤 물은 뒤 스쿨버스가 떠나기 10분 전에 엄마의 "너, 또 지각하겠다"에 맞춰 책을 접고 부리나케 버스정류장으로 뛰어갔다. 오죽 잠이 없었으면 동생들이 나를 두고 '저것도 인간이냐'며 귀신 보듯 했을까.

학원과 학교와 집의 세 꼭짓점을 왕복하며, 나는 만원버스에서 영어 단어를 외우고 쉬는 시간에 교실에서 보들레르를 베꼈다. 나는 내게 주어진 시간을 단 1초도 낭비하지 않고 완벽하게 채웠다.

검은 활자의 숲을 산책하느라 식구들과 떨어져 허구의 세계에 웅크린 자아는, 자기 속에 웅크린 자아는 외부의 영향에 흔들리지 않았다. 앉은뱅이책상과 네모난 방석에 붙박인 사방 한 평도 안 되는 공간은 어떤 충격에도 무너지지 않을 안전지대였다.

모든 독서는 현실의 유보이며 동시에 현실의 확대이다. 나는 빨강머리 앤이었다가, 싱클레어였다가, 『베토벤의 생애』에 몰두한 며칠은 베토벤이 되어 소설 속의 주인공처럼 생각하고 느끼고 말하고 행동했다. 저주받은 시인으로부터 금욕적인 이상주의자로 변신하며 나는 이중적인 의미에서 시간을 초월했다.

1. 만일 B라는 작가가 A의 일생을 한 권에 수록한 소설을 내가 이틀 만에 읽었다면, 나는 B가 작품을 집필하기까지 소설가가 아닌 한 사람의 개인으로서 영위했던 삶의 핵심을(글 속에 녹아든 작가의 삶을) 48시간 안에 섭취하고,

2. A가 나서 죽을 때까지 생로병사의 궤적을 따라가며 소설 속에서 나는 한 인간의 삶을 48시간으로 농축해 살았다.

100년을 열 시간으로 압축시키고 광대한 우주를 5백 쪽으로 요약하는 상상력의 밀도에 필적하는 강렬한 체험에 대한, 로맨스에 대한 나의 기대는 책 밖에서 번번이 좌절되었다.

85

식구들이 모두 잠든 새벽에 나는 살금살금 다락방에 올라갔다. 안방에 딸린 다락은 밑에서 곤히 자는 식구들을 깨우지 않고 책장을 넘길 수 있는, 오롯이 나에게만 귀속된 최초의 내 공간이었다. 부엌 위의 공중에 떠 있는 방이라 난방이 안 되어 바닥 전체에 솜이불을 층층이 카펫처럼 깔아 추위를 막았다. 앉았다 일어서며 낮은 천장에 머리를 부딪치곤 했지만 밖으로 뚫린 손바닥만한 창이 있어서 답답하지 않았다. 추위로 곱은 손을 비비다 세계를 향한 유일한 출구인 창문으로 별빛이 들어오면, 나는 알프스의 소녀 하이디가 되었다. 하이디처럼 다락방에서 별을 보았다고 흥분에 떨었다. 억겁의 광년을 건너 내게 날아든 '별이 빛나는 밤'은 한 폭의 서늘한 추상화였다. 네모난 창틀에 편집되지 않았다면, 처마의 전깃줄과 마당의 아수라가 생략되지 않았다면, 별과 하늘만으로 그처럼 인상적인 추상이 완성되지는 못했을 게다.

낭만과 공상으로 색칠된 유리가 깨지고, 다락방에서 내려오며 어느 날 갑자기 나는 늙을 것이다.

86

다락방에서 별을 보던 새벽은 따뜻한 아랫목에서 인절미를 젓가락질하는 오후로 이어진다.

학교에서 돌아와 학원에 가기 전, 오후 서너시쯤에 출출한 배를 달래라고 엄마는 인절미나 김치부침개를 간식으로 내놓았다. 방앗간에 가는 공돈을 아끼느라 집에서 손수 찰밥을 지어 마늘 빻는 절구에 넣고 방망이로 착착 으깨어 콩가루에 묻힌 즉석 떡을 만든 창의적인 요리사에게 "무슨 인절미가 이래? 밥알이 씹히잖아." 나는 불평했다. 자식을 잃은 어미의 통한이 수천의 밥알에 짓이겨진 속도 모르고.

인절미가 뱃속에서 두 시간의 학원 수업을 소화할 에너지로 바뀌는 동안 내가 착실하게 학과 공부만 한 건 아니다. 늦은 시각 시내의 학원에서, 남학생과 같은 교실에서 숨쉬며 부쩍 나는 외모에 관심을 기울였다. 쌍꺼풀이 생기다 만 오른쪽 눈두덩을 볼펜으로 꼬집어 뒤집느라 공부를 소홀히 하는 내게 엄마는 5분 이상 거울을 보지 말라고 경고했다.

5분 이상 거울을 보면 천한 여자가 된다는 도덕적 편견은 집안에서는 유효했지만, 자신을 하염없이 응시하는 성장기의 나르시시즘을 막지는 못했다. 학원에서 돌아오는 버스의 창가에서 나는 나에게 반했다. 유리창에 비친 아름다운 옆얼굴. 나를 매혹시킨 윤곽선의 실체가 다른 사람 아닌 나라는 사실에 놀라 눈을 깜박이며, 나는 나의 영상을 열렬히 탐미했다.

87

나를 담는 자루가 검정에서 회색으로 바뀌었을 뿐. 중학교에서 고등학교로의 진학은 국민학교에서 중학교로의 수직 상승처럼 극적이지 않았다. 교복과 명찰이 바뀌고 중3에서 고1로 회전목마를 갈아탔을 뿐. 달라진 아무것도 없었다고 말하려 했는데, 솔직해지자.

뺑뺑이로 배당될 학교로 어디가 좋은가에 대해 급우들과 자못 진지한 의견을 교환하다가, 선일여고 교복이 제일 예쁘다는 말에 나도 내심 선일여고에 배정되기를 바랐다. 명문 대학 합격률이 높기로 유명한 예일여고가 아니라, 내가 한 번도 걸친 적이 없는 세련된 회색을 꿈꾸며 추첨일 전야에 잠을 이루지 못했다.

긴 단발머리를 두 갈래로 땋으며 잔머리를 늘어뜨리는 멋을 알 만큼 나는 성숙했고, 걸어서 15분이면 너끈히 닿았던 배움의 문턱을, 버스를 두 번 갈아타고 한 시간을 통학하며 세계도 넓어졌다. 공간과 자아는 확대되었지만, 별 특색 없는 우중충한 여군 훈련소 같은 4층 건물의 안팎에서 나의 반항은 기껏해야 지각과 결석을 밥먹듯이 해치우고, 움직이는 로봇이 되는 체육 시간이 싫어 생리를 핑계로 운동장에 나가지 않고, 교장 선생이 애지중지하는 교복 모자를 가방에 우겨 넣고 등교하다 교문에서 혼쭐나는 수준에서 벗어나지 않았다.

88

우리집에서 언제든 무엇을 결정하는 사람은 아버지였다. 내가 고등학생이 되자 아버지는 딸의 장래를 위해 모교를 방문해 고참 선생들로부터 바람직한 교육방법을 전수받았다. 내게 영어 참고서 『삼위일체』를 사주고, 영어와 수학의 기초를 다지는 종로의 단과학원에 등록시키고, 태화관으로 나를 인도한 사람도 아버지였다.

일요일이면 나는 태화관에 갔다. 1978년에 서울의 미국인을 위한 교회로 사용되었던 태화관은 원래 유명한 요릿집이었다. 회색 교복의 여고생은 삼일운동의 온상이었던 인사동의 고풍스러운 2층 건물에서 울려퍼지는 영어 찬송가를 들으며 어떤 심적 갈등도 겪지 않았다. 1919년 3월 1일 33인의 민족 대표가 모여 독립선언문을 낭독한 요릿집에서, 예배가 끝난 뒤 2층에 올라가 우리는 미국인 교사의 지도에 따라 신약성서를 낭독했다. 'Bible Class'를 문에 매단 구석진 방에서 영어로 진행되는 성경 수업에 참여했던 스무 명 남짓한 내외국인들 가운데 고교생은 나 하나였다. 나를 제외하고는 대부분 대학생이거나 직장인이었고, 개중에는 늙수그레한 엉터리 회화 선생도 끼어 있었다.

태화관에 모인 사람들을 엮어서 과외지도를 하겠다는 그의 허풍을

액면 그대로 받아들인 한국인은, 내가 아는 한, 나밖에 없었다. 앞이 까진 이마에 싸구려 포마드를 바른 그의 감언이설에 솔깃해 용산의 미팔군 숙소까지 따라갔다가 아무 일 없이 되돌아온 일요일을 나는 하느님께 감사해야 할 것이다. 그 아저씨가 무슨 이유를 대고 나를 거기 데려갔는지? (영어회화에 열심인 여고생을 유인하기에 부족하지 않은 이유였다.) 다리의 무게중심을 수십 번 바꾸며 짜증을 삭였던 40여 분이 지나도록 우리 근처에 아무도 얼씬거리지 않았다. 미리 약속된 사람은 없었던 것 같다. 그런데 그 아저씨가 나를 왜 거기로 데려갔는지? 닫힌 철문의 바깥에서 가을바람을 온몸으로 맞으며 불 켜진 실내를 향해 멍청히 서 있던 저녁의 어처구니없는 자화상을 천만다행으로 쓸어내리는 수밖에.

그럼에도 불구하고 나를 태화관으로 이끈 아버지의 선견지명에 감사드린다. 바이블 클래스에서 본토박이 영어를 (공짜로!) 배운 덕분에 거리에서 외국인을 만나도 나는 주눅들지 않았다. 수업이 끝나면 중국집에서 더치페이로 점심을 먹은 뒤 대학생 언니, 오빠들과 탁구도 치고, 성탄절 전야에 신체 장애아를 위한 어린이집을 방문했다.

은평구에 위치한, 수녀들이 운영하던 재활원이었다. 손과 발을 제대로 못 가누고 말도 삐뚜로밖에 나오지 못하지만 우리를 반기던 기색이 역력하던 아이들에게 크리스마스 선물을 안기고 율동을 따라 하며, 그들처럼 장애를 숙명으로 살다 저승으로 가버린 언니를 내가 한 번이라도……? 부끄럽다.

89

줄이 쳐지지 않은 공책에 명시들을 베끼고 그림을 그려넣은 시화집을 교실에서 돌려가며 읽는 풍습이 70년대 여학교에서 유행했다. 선생의 말을 수동적으로 받아 적는 필기장이 아니라 자신의 취향에 따라 꾸며진 시화집은 검정과 회색에 묶인 십대들에게 총천연색으로 개성을 살릴 수 있는 해방의 공간이었다. 들불처럼 교실에 번졌던 유행에 편승해 내가 만든 지적인 낙서장에는 코딱지가 묻어 있지 않다. 시내의 문구점에서 적어도 30분은 고심하며 골랐을, 겨울나무와 그리스식 기둥과 분수대가 있는 겉표지에 분비물을 묻히면 스타일을 구길뿐더러 숙녀의 에티켓에도 어긋난다는 것쯤은 숙지할 만큼 나도 철이 들었다. 『아낌없이 주는 나무』의 삽화가 인쇄된 작은 공책에, 바이런과 김소월의 틈새에, 나는 언니를 글로 피올렸다.

망혼

빗소리가 나를 때리는 임의 소리 같다.
임이 그렇게 된 것은
내가 꽃이 되어 옆에 피어날 때까지 못 잊겠다.

하마, 이제 임이여!
임은 까닭을 묻겠다.
나는 그날부터 임을 한 번도 안 보았겠다.
나는 대답하겠다.
나의 무정無情에
묘지에 부는 바람 소리가 무서웠다고.

'묘지' '망혼'은 예전의 내 사전에는 없던 표현들이다. 언니의 무덤에 절한 뒤였으리. 교외의 팍팍한 황톳길을 두 발로 행군해 마을 어귀의 샘터에 다다랐던 때의 타는 목마름이 나의 첫 성묘였다. 부모님이 떠준 표주박으로 마른 목을 축이던 나는 중학 3년. 죽은 이의 넋을 달래는 제의보다 여름 저녁의 더위를 식히는 샘물이 절실했다. 무덤에서부터 줄곧 나를 따라오는 바람의 망령에 쫓기어 산을 내려온 다음 해부터 나는 산소에 가지 않았다. 그리고 어느 비 오는 밤. 우리집 처마밑에 떨어지는 빗소리를 들으며 나는 언니를 돌아보지 않은 나를 참회했다. 1977년 12월. 고인의 일기장을 손에 들고 몇 분 뒤에 나는 펜을 잡았다.

망각

나는 이제 너를
영영 잊을 건가부다.
너의 얼굴을

—너의 괴로움, 너의 고독이 쓰여 있는—
난 오늘 가슴에 안았다.
아아, 망각이란 무서운 거구나.
다시금 뼈를 깎는 현자의 말
"아무것도 영속은 않는 거다. 괴로움까지도."

두 편의 시. 두 개의 탄식.

언니를 '임'으로 바꾸고 '다'로 끝나는 각운을 시도했던, 슬픔조차 낭만적으로 포장하고 '망혼' '망각'의 제목을 붙였던 70년대의 소녀 취향이 2천년대의 나는 소름이 끼친다. 비 오는 밤에 망자와 대화한 다음 페이지에 『호밀밭의 파수꾼』을 인용해 나는 나를 추슬렀다.

저는 괜찮을 겁니다. 저는 하나의 시기를 지나가고 있을 따름입니다. 누구든지 여러 가지 시기를 통과하는 것이 아니겠습니까?

소녀와 죽음을 저장한 알록달록한 속지들. 초록과 보라의 띠를 두른 어둠 속을 걸으며, 유럽 어느 도시의 쓸쓸한 겨울밤에 비닐을 입힌 사진을 들추며 나는 읊조린다.

겉과 속이 따로 노는, 화사와 우울의 변증법으로 나는 언니를 오늘날까지 내 속에 보존할 수 있었다.

90

독서록과 시화집과 더불어 일기장은 출구를 찾지 못했던 자아를 집어넣은 '백지 칠판'이었다. 그 안에 무엇을 끄적여도, 무슨 짓을 해도 되는 자기방임의 수단이 하나 더 늘어났다. 루이제 린저의 소설 속 주인공인 에리나Erina에게 보내는 편지 형식의 유치한 독백들을 여기 방출할 가치가 있을까.

이를테면 1978년 1월 22일.

성경 공부반에 참석한 미스 리사Miss Lisa에게 "어떻게 하면 영어 회화를 배우지요?" 바보 같은 질문을 하고 커피를 엎지르고 수업이 끝난 뒤 어울려 탁구 치고 점심을 얻어먹은 하루를, 돈이 없는데도 적당히 빠져나오지 못한 몰염치를 무려 열세 줄에 걸쳐 반성했다.

자신의 유언이 될 글자들을 한 획 한 획 채워넣은 언니의 일기장 옆에 세워두면 나의 일기는 너절한 감상에 불과하다. 나의 일기에 언니는 등장하지 않지만, 밤색 인조가죽에 'Record'라고 영문자만으로 된 간소한 표지는 언젠가 내가 보았던 언니의 일기장을 닮았다. 전에는 하지 않던 짓—흩어지는 시간들을 하루의 단위로 묶어내는 습관도 골방에서 고인의 비망록을 손에 들던 날 비롯되었으리라.

속물이 뭔지도 모르면서 속물을 경멸하고 베토벤을 숭배하며 전혜

린을 닮고자 부풀어올랐던 삐뚤체는 1979년 4월 7일로 막을 내린다. 고3이 된 나는 입시에 전념하기 위해 일기장을 닫았다. 일기장을 덮으며…… 언니도 덮였다.

91

언니를 묻으며 당신의 허황된 꿈을 땅에 묻고, 아버지는 생활인이 되었다.

배를 곯는 자식들과 부인보다 당신의 자존심이 소중해 쌀가마를 팽개쳤던 내 아버지가 처자식을 먹여 살리기 위해 그때만큼 처절하게 노력한 적은 없었다. 돈을 벌기 위해서 아버지는 넥타이와 와이셔츠를 벗었다. 가뜩이나 말이 없던 아버지는 부쩍 말수가 적어졌고 며칠씩 집을 비우는 일이 잦았다. 주머니가 많이 달린 조끼에 등산복 차림으로 집을 나간 아버지가 돌아오면, 화학약품 냄새가 집안에 진동했다. 아버지의 배낭엔 '물건'들이 들어 있다. 신문지에 싸인 이 빠진 항아리와 접시에 묻은 흙을 털고 때를 빼느라 안방과 부엌이 작업실이 되었다. 아버지가 안방에서 과산화수소를 적신 솜으로 조심조심 항아리를 싸매고 무명실로 꽁꽁 묶는 동안 엄마는 부엌의 부뚜막에 커다란 양은솥을 걸고 물을 끓였다. 펄펄 끓는 물에 솜덩이들을 집어넣고 소뼈다귀 고듯이 한참을 우렸다 꺼내면, 5백 년 천 년의 때를 벗고 이조백자와 고려청자가 탄생했다. 당신의 보물들이 깨질까봐 아버지는 우리를 근처에 얼씬거리지도 못하게 했다.

"여보, 이게 얼마짜린지 알아?"

이거 팔면 애들 등록금은 문제없어. 풍족한 미래를 꿈꾸며 밝게 펴지던 얼굴은, 아버지의 말은 허풍이 아니었다. 주둥이가 깨지고 금이 쩍쩍 갈라진 항아리가 돈이 되는 믿을 수 없는 일이 곧 실제로 실현되었으니. 수리가 완료된 그릇들을 솜과 종이와 스티로폼으로 겹겹이 정성스레 포장해 오동나무 상자에 넣고 나가는 횟수가 늘어나며 우리집 살림살이가 윤택해졌다. 문이 두 개인 냉장고와 일제 파나소닉 전축에 이어 수동식 세탁기가 집안에 들어왔고, 엄마의 손이 덜 부르텄다.

장군의 꿈을 접고, 정치에의 미련을 버리고, 바다를 메워 육지를 만들겠다는 원대한 야망을 포기하고, 아버지는 고미술품 중개상인으로 변신했다. 돋보기와 줄자를 들고 주전자의 둘레를 재고, 옛날 옛적 어느 고관대작이 술을 부어 마셨던 술잔의 연대를 측정하는 전문가가 되었다. 아무짝에도 쓸모없을 것 같던 이 빠진 그릇들의 변모 못지않게 눈부신 변신이었다.

김씨 아저씨의 소개로 골동품을 만지며 때 빼고 광내는 수리만 맡던 아버지는 업계에 입문한 뒤 얼마 되지 않아 친구와 동업해 서울의 한복판에 버젓이 가게를 차렸다. 1970년대 서울에서 가장 고급스러운 상점가인 반도아케이드 3층에 위치한 아버지의 화랑 개업식 날, 동생들과 나는 에스컬레이터를 처음 타보았다. 엘리베이터가 아니라 에스컬레이터야. 아버지의 설명에도 불구하고 우리는 엘리베이터와 에스컬레이터를 구분하지 못했다.

나는 곧 움직이는 계단에 몸을 싣고 문명의 이기를 내 신체의 일부처럼 유유자적 부리는 요령을 터득했다. 에스컬레이터가 설치된 현대식 빌딩에 쇼윈도와 유리문이 달린 번지르르한 상점의 주인이 내 아버지라니. 나는 난간의 손잡이를 잡지 않고 번개처럼 타고 내리는 내가 자랑스러웠고 에스컬레이터처럼 밑바닥에서 꼭대기로, 서울 변두리의 개천가에서 시내 중심의 3층으로 고속 상승한 우리의 현재가 자랑스러웠다. 아버지의 상점이 세든 소공동의 땅값이 얼마나 비싼지 알았다면 나는 더 나폴댔으리.

사회의 변방을 떠돌던 아버지는 마침내 당신에게 맞는 직업을 찾은 것이다. 아버지처럼 밑천 없이 뭘 해보려는 사람에게는 그보다 좋은 사업이 없었다. 접시 두어 개만 팔아도 한 달 생활비가 나오는 수지맞는 장사인데다, 윗사람 없이 동업자인 친구와 단둘이 하는 일이라 아버지의 적성에도 맞았다. 운이 좋아 괜찮은 물건을 만지면 돈벼락이 쏟아지니 한탕을 꿈꾸던 아버지에게는 구미가 당기는 장사였다. 골동품 수집은 당신의 여생을 지배하는 정열이 되었다.

해가 갈수록 아버지의 손을 거쳐가는 고미술품들이 많아지고 종류도 다양해졌다. 도자기뿐만 아니라 그림과 서예, 고가구 들로 분야를 넓혔다. 진짜 귀하고 비싼 물건들은 가게에 진열되지 않았다. 호랑이와 까치가 그려진 민화나 때깔 좋은 분청사기들은 우리집의 벽장을 장식하다 팔려나갔다. 사업이 번창하자 엄마도 아버지의 일을 거들었다. 때 빼고 물건을 나르는 허드렛일을 엄마가 도맡아 하며, 성당에서 사귄 평창동의 부자들을 예비 고객으로 아버지에게 소개시켰다. 산업자본주의가 본 궤도에 오른 1970년대 후반부터 한국 사회에서는 부동산뿐만 아니라 골동품도 투기의 대상이 되어 자고 나면 값이 뛰었다. 일본인들이 사족을 못 쓰는 분청사기는 부르는 게 값이었다. 내 아버지 정일도는 배짱이 두둑했고, 대학 졸업장은 없지만 고미술품의 감정과 거래에 필요한 전문 지식을 공부할 머리와 의지는 당신의 경쟁자들보다 비상했다. 남들이 대충 어깨너머 익히는 지식과 기술도 고시 공부하듯 관련 서적을 연구해 곧 당신이 속한 업계의 실력자가 되었다.

내 아버지가 이왕이면 더 품위 있고 안정된 직업을 가졌었다면 좋았겠지만, 당신으로선 선택의 여지가 없었다. 내세울 학벌도 배경도 없는 전과자가 한국처럼 꽉 짜인 사회에 편입되어 처자식 굶기지 않고 아이들을 교육시킨 것만 해도 대단하지 않은가. 모험을 마다하지 않은 아버지 덕분에 우리 세 자매는 줄줄이 고등학교를 졸업하고 대학에 진학할 수 있었다.

92

대학 입시가 다가올수록 나는 신경이 날카로워져 작은 일에도 발끈 성질을 돋웠다. 모녀가 서로 잡아먹을 듯이 노려보다 어머니가 나를 때리려 손을 드는 찰나, 내가 평생을 두고 후회할 말이 밖으로 굴러떨어졌다. "아니, 이 여자가……"와 동시에 나는 어머니를 떼다 밀었다. 나보다 가벼운 몸이 중심을 잃고 기우뚱, 종이처럼 기우는 어미를 보고도, 내 잘못을 알지 못했다.

몸은 바닥에 쓰러지지 않았지만 그보다 더 나쁠 수 없는 방법으로 나는 당신을 쓰러뜨렸다. '아니, 이 여자가'는 아버지가 어머니에게 하대하듯이 기분 내키는 대로 내지르는 반말이었다. 딸이 어미를 밀쳤다는 배은망덕보다도 고등학생인 나의 버르장머리 없는 말씨에, 기세등등한 눈빛에 질려 어머니는 더 큰 내상을 입었다.

93

아버지와 나는 라디오를 청취하고 있다.

방바닥에 책상다리를 틀고 앉아 라디오 수신기에 귀기울이느라 상체를 구부린 아버지. 긴장한 아비 옆에서 나도 이유를 모른 채 칼칼한 침을 삼켰다. 잡음을 없애려 공중에 뽑아올린 안테나의 뾰족한 끝으로, 내 아버지와 대한민국의 역사를 바꾸는 중대한 뉴스가 몇 분 뒤에 전파를 타고 흘러나왔다. 정규 방송이 중단되고 장엄한 관현악이 들렸다. 남자 아나운서의 긴박한 음성에 실린 '박 대통령 유고有故'를 듣자 아버지는 주먹을 불끈 쥐었다.

"이제 나는 살았다."

한줄기 폭풍 같은 독백을 토하며 주먹을 쥔 손등으로 방바닥을 짚던 아버지. 회한으로 지그시 감긴 눈. 꽉 다문 입술에서 터져나온 그것을 폭풍에 비유하며 나는 언어의 모순을 어쩔 수 없다. 소리가 크지는 않았다. 내 방의 미닫이문 밖으로는 퍼지지 않을 혼잣말이었지만, 억눌린 설움이 화산 폭발하듯 한꺼번에 분출되었다.

아버지를 만감이 몰아치는 격앙 상태로 내몬 두 글자로 된 한자어의 뜻이 갑갑해 "아버지, 유고가 뭐야?" 묻는 딸에게 아비는 시원한 대답을 주지 않았다. 박정희에 대한 아비의 비판적인 언질이 있었기에, 우리의 대통령께서 서거하셨다는 비보를 전하는 교실에서 유독 나만 냉소의 콧방귀를 뀌었다.

박정희가 살해되고 며칠 뒤 전교생이 서대문구청에 설치된 임시 분향소로 단체 조문을 갔다. 대통령에게 조의를 표하라는 명령에 끌려 나와 쭈뼛쭈뼛 줄을 섰지만, 나는 독재자의 사진 앞에 절하지 않았다. '친애하는 국민 여러분'을 내려다보는 근엄한 액자 밑에 고개를 숙이지 않는 것으로 나의 거부감과 사회의 요구를 타협할 수 있었다.

대통령은 죽었고, 아버지는 살았다.

'서울의 봄'이 계속되는 동안 선후배들로부터 여러 제의가 있었지만 아버지는 정치판을 넘보지 않았다. 이제 형님 세상이니 국회의원에 출마하라는 유혹을 물리치고 사십 줄에 접어든 혁명가는 실속을 택했다. 고졸의 학력에도 불구하고 동문의 추천으로 주인 없는 어느 사설 미술관에 취직한 아버지는 점쟁이의 예언대로 운이 곱빼기로 피었다. 낮엔 유물관리사무실에 출퇴근하며 밤에는 뒤로 골동품을 거래해 아버지는 반평생 만져보지 못했던 돈을 벌었다.

94

따르릉. 전화벨이 두 번 울리기도 전에 엄마는 수화기를 들고, 옆에서 아버지는 안절부절 "붙었어? 떨어졌어?"를 반복했다.

"합격했대."

소리지르며 우리는 한데 엉켜 엉엉 울었다. 펄쩍펄쩍 뛰며 방안을 몇 바퀴 돌았다. 엊그제 나와 티격태격 시비가 붙었던 미경과 숙경도 소리를 듣고 안방으로 건너와 같이 손잡고 환호했다.

그날부터 어머니의 얼굴에 생기가 돌았다. 시집올 때 장만했던 비단두루마기를 옷장에서 꺼내고 미장원에서 머리를 지진 뒤 안산 아래에서 기념사진을 찍으며—언니의 상실 이후 5년 만에 모여 찍은 가족사진이었다—어머니는 잃었던 웃음을 되찾았다.

95

끼니를 걱정하던 날로부터 5년도 되지 않아, 학교 뒷문에서 양복을 입은 운전수가 앞좌석을 뒤로 젖히고 정하경 학생을 기다리며 하품을 한다. 고등학교 3학년부터 대학교 1학년 1학기 초까지 나는 아버지의 승용차로 통학했다.

고도성장기인 80년대의 문턱에서 우리는 집을 샀다. 내 집이 생겼다는 기쁨도 잠깐. 아버지의 명패가 붙은 대문을 보았던 날의 감격도 한 달 두 달이 지나 시들해져, 평창동의 2층 양옥에 사는 나를 당연시했다. 날 때부터 손에 물도 안 묻히는 공주로 키워진 딸들처럼 우리는 파출부와 운전사에 익숙해졌다.

방이 남아돌았다. 공동 공간인 거실과 식당을 벗어나면 우리는 각자 자기 방으로 돌아갔다. 아버지와 어머니, 자매끼리 대화가 단절되었다. 대화가 끊긴 자리를 돈이 메워주었다.

96

마당의 꽃나무가 대문 위로 흐드러진 아담한 2층집 앞의 좁은 골목에 소나타 한 대가 주차해 있다. 철제 대문이 열리고 음식 보따리를 손에 든 엄마가 나온다. 뒤따라 몸에 달라붙는 면바지 차림의 늘씬한 미경이. 넉넉한 디스코바지를 입은 내가 제일 늦게 바캉스 가방을 들고 나타난다. 아버지가 운전사 옆에 타고, 뒤에 엄마와 딸내미들이 쪼르르 자리잡고 선글라스와 챙 넓은 모자들이 한들거린다.

유리문 밖에서 보면 단란한 가족 나들이지만, 안은 시끄럽다. 20년 전에는 눈이 뒤집히고 이를 갈았지만 지금은 하찮은 어떤 이유로 미경과 내가 입씨름을 벌인다. 법과대학 신입생인 미경과 무기정학을 당해 대학에서 쫓겨난 내가 서로 상대의 말꼬리를 붙잡고 늘어지는 한 치의 양보도 없는 신경전이 차에서 내릴 때까지 계속된다. 점심때가 되어 냉면으로 유명한 향토음식점에서 냉면에 곁들여 빈대떡으로 배를 불리고 서울 외곽의 공동묘지로 가는 차 안에서도 미경과 나는 우리의 공통된 '언니'를 입 밖에 내놓지 않았다. 황톳길은 아스팔트로 변해 있었다. 선크림과 모자를 챙겨 가방에 넣고 신발을 신으며 고생을 각오했던 나는 새로 포장된 도로를 달리며 안도의 숨을 내쉬었다.

산중턱의 너른 공터에 차를 세웠다. 트렁크의 아이스박스에서 제사

음식을 꺼내고 멍석을 깔고 떡과 과일을 늘어놓고, 엄마를 돕는 딸들의 태도에는 마지못해 끌려온 의무감이 짙게 드리워져 있었다. 번갈아 제주祭酒를 따르며 미경과 나는 잠시 휴전 상태에 돌입했다. 고인이 사망한 뒤에 급히 얻은 자투리 땅이라 무덤의 터가 좁고 위험했다. 투덜대는 딸들에게 아버지는 대견스레 말했다.

"그래도 이게 남향이다."

무릎 꿇은 밑이 낭떠러지라 떨어지지 않으려 엉덩이와 어깨를 맞대고 묵묵히 엎드려 절하며, 우리는 다시 형제로 돌아갔다. 가족 구성원의 한 사람으로서 건성으로 묘지에 참배했을지언정 나는 고인을 진심으로 추모하지 않았다. 묘비명을 읽지도 않았다.

"우리가 죽은 뒤에는 너희끼리 와야 한다."

부모님의 당부를 두 귀로 흘리고 나는 길을 익히지 않았다. 묘지의 관리인에게 벌초비를 쥐여주며 한 해의 의무를 끝내고, 우리는 현재를 향해 시동을 걸었다.

1982년 여름에 우리의 현재는 동해 고속도로. 바캉스의 중간에 끼워넣은 성묘는 내게 휴가를 마음놓고 즐기기 위한 통과의례였다.

호텔방이 없었다. 설악동의 유수한 호텔과 콘도에서 퇴짜맞고 모텔에 짐을 푼 뒤 미경과 나는 싸움을 재개했다. 성수기에도 숙소를 예약하지 않은 어설픔에서 짐작되듯이—온 가족이 모여 먹고 자는 여행은 1967년 이후 처음이었는데 푸른 바다를 다시 보고도 나는 즐겁지 않았다. 외삼촌과 살던 나를 데리러 온 가족이 속초에 왔던 1967년에는 있었으나 1982년에는 없는 언니를 비선대와 모래사장이 환기시켜

서가 아니었다. 첫날부터 방을 구하느라 지친데다 동생과의 첨예한 말다툼으로 사사건건 부딪쳐 나뿐만 아니라 다른 식구들의 기분까지 망쳐버렸다.

기사 아저씨의 퉁퉁 불어터진 얼굴만 남고 피서지에서 생긴 다른 일들은 모래바람 속에 날려보냈다. 벽제의 묘지에서 설악산까지 말없이 운전대를 잡은 뒤에 우리 일행을 모텔에 떨구고, 따로 숙소를 잡기 위해 돌아서며 신랄하게 움직였던 입술은 미소 뒤에 칼을 감추었다.

아버지가 움직이는 어디든 관용차와 기사를 대동한 무리수는 몇 년 뒤 박물관에서 직위 해제되는 불미스러운 사태의 빌미를 제공했다. 아버지의 반대자들 편에 붙은 기사 아저씨는 이사회에 나와 "정일도 관장은 여름휴가와 딸애의 등하교에도 미술관 차를 이용했다"고 자신을 해고한 상사를 향해 직격탄을 날렸다.

97

소설책과 성적표에 묶여 있던 70년대가 가고 독재 타도!와 최루탄이 나를 옭아맸다. 피 묻은 보도블록이 흑백으로 편집되어 밥상에 오른 아침. 열 번쯤 복사된 유인물의 깨진 글자들을 해독하는 밤. 시대가 나를 삼켰다.

우리는, 여름 농활을 준비하는 대학 동아리의 3학년 회원들은 한국 현대사와 일제강점기 농지 수탈에 관한 세미나를 마치고 봉천동 길을 앞서거니 뒤서거니 걷고 있었다. 발걸음을 뗄 때마다 가로등이 하나 둘 켜지고 지저분하던 거리들이 대낮의 때를 벗고 새옷으로 갈아입었다. 민족 모순과 계급 모순이 지들끼리 싸우다 흐지부지되고…… 세계의 모순을 내 작은 어깨에 떠받치기엔 아까운 저녁이었다.

브래지어 끈이 밖으로 삐져나오지 않을까? 조바심치지 않았다면 완벽한 저녁이었으리. 나는 목 부근이 깊이 파인 주황색 니트를 입고 있었다. 요즘에는 야할 것도 없지만 1982년 여름에는 외출하면 속옷이 보이지 않을까 5분마다 신경이 쓰이는 민소매의 상의였다.

나는 아무 생각도 하지 않았거나, 기껏해야 농촌 봉사활동을 앞두고 머리를 깎을까 말까—나의 외모가 너무 도시적이라 농민들에게 위화감을 줄테니 농활을 가려면 파마 머리를 잘라야 한다고 남자 선배는 나를 협박했었다—웨이브가 풀려 자연스러운 긴 머리를 자르느니 농활을 포기할까 따위를 고민했을 터. 봉천동의 촌스러운 불빛들은 나의 허튼 고민을 받아주었고 산들바람이 여름 저녁의 열기를 기분 좋게 식혀주었다. 나의 즐거운 산책을 방해하는 소음이 있었으니 나란히 길을 걷던 남학생이 지나가는 말로 나를 건드렸다.

"하경아, 너희 아버지, 거기 들어갔다 나왔다며?"

말하는 틈틈이 그는 나를 옆눈으로 훔쳐보았다.

(거기라니……)

"응? 무슨 말이야? 니가 우리 아버지를 어떻게 알아?"

"너, 김×× 알지? 왜 있잖아. 이대 다니고, 너네 아버지 친구 딸 말이다."

김××는 아버지의 옛 동업자의 딸이었다. 같은 해에 대학에 입학한 동업자의 두 딸은 서로 만난 적은 없으나 각자의 부친을 통해 서로를 알고 있었다.

"걔랑 미팅을 했는데 그러더라. 하경이 너네 아버지가 옛날에 거기……"

싱글거리며 그는 '거기'에 힘을 주었다. 나는 곧 옛날의 거기가 어디인지 감이 잡혔지만, 내 얼굴을 지나 목덜미를 훑는 그의 께름칙한 시선으로부터 나의 속살을 보호할 손수건이 간절했기에 아버지의 거기를 들킨 일쯤은 대수롭지 않았다.

98

아버지의 거기를 그에게 들키기 전에, 어머니와 마주앉아 나는 당신의 긴 이야기를 들었다.

"전투는 휴전을 앞두고 더 치열해졌지. 하루에도 몇 번씩 고지를 내주고 되뺏는 싸움이 계속됐어. 휴전 협상을 앞두고 서로 유리한 고지를 차지하려고 총력을 기울였던 게야. 그러다 그 사고가 일어났지. 비 오는 날이었대. ('비 오는 날'에서부터 누가 도청이라도 하듯이 어머니의 음성이 실비처럼 잦아들었다.) 그놈이 그렇게 술을 먹고 항의를 하더란다. 총 메고 저 고지 점령해! 올라가라니까 안 가더래. 말을 안 듣더란다. 그래 가지구 우비 뒤집어쓰고 빵! 해버렸대.

그땐 전시니까 직속상관이 자기 부하가 명령에 불응하면 쏴도 죄가 아니었대. 아버지는 그 즉결처분권이 폐지된 줄 모르고 쐈대. 재판 과정서 보니까 즉결처분권이, 그 사건 일주일 전인가 아흐레 전인가 폐지됐다 그러더래. 어떤 장군이 있었는데, 이름이 뭐라더라? 김계원이라든가? 박정희 정권에서 청와대 무슨 실장 비슷한 감투 쓴 이가 있었어. 그 사람도 느이 애비와 똑같은 케이스로 걸렸대. 그런데 그 사람은 나오고 니 애비는 형을 살았지. 5년인데, 감방은 열 달을 1년으로 친대. 느이 애비는 다 살고 나왔지. 빽이 없으니까. 사형당해 목 매달아 죽은 사람들 시신을 다 손으로 만져서 입관하고, 교도관이 그런 일만 시키더래. '정일도, 넌 사람 죽인 놈이니까 이걸 해'라며. 변소 청소하구 그런 험한 일만 하다 얼마 후에 단추 다는 일 같은 거 했대.

큰할아버지가 돌아가신 것도 느이 애비 때문이야. 아들을 국군에 보냈다고 빨갱이들한테 몰매를 맞아, 그래 그 후유증으로 병을 얻어 일어나지 못했어…… 그런데 하경이 너, 지금 내가 한 얘기, 동생들한테는 절대로 하면 안 된다. 니 애비가 알면 큰일나."

우리 어머니가 남들에게 절대로 말하면 안 된다고 강조하는 건 절대로 사실임이 틀림없으므로, 어떤 의혹도 똬리를 틀지 않았다. 어머니와의 독대를 마친 뒤 24시간도 못 되어 나는 백마고지의 비극을 휴지통에 버리고 새날을 맞았다.

99

1987년 대통령 선거가 끝나고 나는 평창동으로 들어갔다. 자취와 하숙을 전전하다 부모의 집에 기어들어온 스물일곱의 이혼녀에 갈데없는 실업자는 자신이 쓰던 방을 동생에게 주고 문간방으로 내몰렸다.

운동을 포기했지 삶 자체를 포기하지는 않았다고 강변하면서도 현실에 치여 날마다 작아지는 자신을 방치했다. 대낮에도 누워서 무위도식하는 머리맡에 여름인데도 찬 바람이 불었다. 식구들과 싸울 때만 내가 살아있다는 느낌이 들 뿐. 아침에 눈을 뜨면 손가락 까딱할 힘도 없던 무력감의 끝에서 나는 언니에게 돌아가, 글쓰기를 시도했다.

일찍 온 장마가 오래 꾸물대던 여름. 빗속의 외출을 삼가고 오랜만에 집안에서 어머니와 오붓이 지내며 나는 기억을 복구하는 작업에 착수했다. 언니에 대해 내가 아는 사실들과 떠오르는 이미지들을 종이에 적어보았는데, 공책 한 쪽을 넘지 않았다. 내가 가진 정보의 빈약함에 충격을 받은 나는 생각이 뻗을 때마다 언니를 녹음했다.

소설을 쓰기 위해 나는 묵은 상처를 파헤쳤다. 거실의 소파에서 묵주신공을 올리는 엄마를 때아닌 질문으로 방해했다.

"언니가 학교는 다녔어?"

"내가 극성을 부렸지. 아파서 할딱거리는 애를…… 학년 올라갈 때마다 학교 가서 선생님한테 체육 시키지 말라 신신당부하고. 그럼 체육 시간에 체육은 안 하고…… 그렇게 할딱거리고 다녔다구."

"왜 억지로 보냈어?"

"그러게 말야. 살 줄 알고…… 아이— 다 지나간 일이다."

언니가 중학교에 입학한 건 엄마의 욕심만은 아니었다. 어머니가 "윤경아, 너, 중학교 가고 싶니?"라고 물으니 언니는 아무 말도 하지 않았다 한다. 큰딸을 중학교에 안 넣는다면 '친구들 창피해 못 산다'는 아버지의 고집도 상급 학교 진학을 강행한 이유였다.

"그런데 엄마, 언니는 어떻게 미국 갔어?"

"가만있는 애를, 삼촌이 바람을 넣었지 뭐니. 미국 가서 수술받으라구. 그랬어. 그래서…… 그런데 넌 왜 자꾸 그런 걸 묻니?"

세월의 힘으로 거진 사그라졌던 불길이 다시 치솟고, 어머니의 손에서 묵주가 벗겨졌다. 저녁 기도를 바치다 말고 벌떡 일어나 엄마는 신영동의 뜨개방에 갔다. 어머니가 자리를 뜨면 나도 내 방으로 들어갔지만, 며칠 뒤 나는 또 어머니를 앉혀놓고 지난 일을 들추었다.

내 머릿속의 사진첩에서 언니가 차지하는 자리는 텅 비어 있다. 유년의 다른 부분은 조밀한데, 언니 부근만 가위로 도려낸 듯 뻥 뚫렸다. 내게 언니는 전생처럼 까마득하다. 그러나 기억력만큼은 누구에게도 뒤지지 않던 나 아닌가. 나는 나와 관계된 것은 아무리 사소하더라도 놓치지 않는 사람이다. 책을 읽다 마음에 드는 구절은 몽땅 외워버리고, 누가 어떤 자리에서 무슨 말을 했는지 사람들의 표정과 말투를 그대로 따라 하고, 머물렀던 여러 집과 호텔방의 구조를, 남자와 만나고 헤어진 날의 하늘과 대기의 흐름을, 20년 전 어느 가을날 내가 걸쳤던 바바리의 색과 천의 질감까지도 쫘악 펼쳐 보일 수 있는 내가. 첫번째 데이트에서 그가 뭘 주문했는지 수저를 어떻게 사용했는지, 원한다면 나는 내 생의 어느 하루든 아침부터 밤까지 글로 재구성할 수 있다.

뭘 잊어버리는 법이 없어 오히려 문제를 일으키는 내가 나의 친언니를 기억하지 못하다니? 나는 나를 용서할 수 없었다. 일부러 지우지 않고는 정하경에게 망각은 불가능하다. 나의 자아와 초자아가 개입했던 기억의 학살을 확신하며 부채의식에 사로잡혔던 여름과 겨울, 나는 과거를 뒤지며 소일했다.

나는 사진을 훔치고 신문을 오리고 문서들을 복사할 것이다. 전화번호와 이름과 주소를 알아내고 편지를 쓸 것이다. 사람들을 만나 사실을 확인하려 기차표를 사고 비행기를 탈 것이다. 그러나 나는 기다려야 한다. 답을 얻기 위해, 먼길을 떠날 시간과 돈을 벌기까지.

100

어머니는 언니의 옷과 일기를 태웠지만 사진은 없애지 않았다. 어머니는 당신의 큰딸을 장롱 깊숙한 곳에 숨겨두었다. 어느 날 나는 가족 앨범에서 언니가 들어간 사진들을 수습해 엄마의 허락 없이 내 앨범에 끼워넣었다. 언젠가 그것들이 내게 말을 걸기를 희망하며.

언니의 기일을 잊지 않고 성당에서 연미사를 올리며, 무덤을 찾아가 그날의 의식을 치르는 사람은 엄마밖에 없다. 해마다 돌아오는 그날이 정확히 언제인지, 그곳이 어디인지 나는 몰랐다. 고인의 유해가 묻힌 묘지를 어머니가 말해주기 전에 나는 알지 못했다. 버스를 타고 날마다 천주교회 팻말을 지나쳤는데도 관심을 두지 않아 세검정 성당이 터널 위의 어느 지점에서 꼬부라져 들어가는지도 확실치 않았다. 아침 식탁을 치우면서 그날을 끄집어낼 때만 해도 나는 엄마를 따라 나서겠다는 결심이 서지 않았다.

"오늘이 그날 맞지?"

"무슨 날? 으응. 왜, 너도 오려고? 11시 미사다. 늦지 마라. 살다보니 이런 날도 있구나. 니가 성당을 다 오겠다니. 천주님이 내 기도 들어주셨나보다."

빨간 루주가 오므렸다 펴지며 웃음이 번지는 입술이 생소했다. 서른 살이 되도록 나는 내 어머니의 얼굴을 눈여겨보지 않았다. 그날 아침에야 나는 나를 낳고 기른 눈코입을 차분차분 미술관에 걸린 초상화 관상하듯 주의깊게 살폈다. 엄마는 늙었다. 늙고 추레해진 당신은 성당에 갈 때에만 화장하고 차려입는다.

1년에 단 하루 고인을 기리고 나머지 364일은 잊기 위해 산 자들이 고안해낸 장치라는 이유로 나는 추모식이라든가 제사 같은 형식들을 거부했었다. 스스로 유물론자로 자처했던 나는 위령미사에 이름 한 자 박으려고 봉헌금 내는 엄마를 쓸데없이 돈을 낭비한다고 못마땅해 했는데……

나는 변했다. 종교는 아편이라고 비판했던 내가 틀렸다. 아편과 사탕마저 없다면 우리는 어디에서 위로를 얻을 것인가. 어리석고 탐욕스러운, 인간이란 약한 존재가 아니던가? 신 앞에서가 아니라 현실 앞에서 약할 수밖에 없지 않던가. 이 광막한 우주를 떠다니는 티끌처럼 하늘과 땅 어디에도 기댈 곳 없어, 몸과 마음이 가난한 나는 독이 묻은 사탕이라도 빨고 붙들련다.

성당은 생각보다 멀었다. 미사에 늦지 않으려 비탈길을 헐레벌떡 올라갔다. 바짝 묶은 머리가 헝클어지지 않도록 조심스레 손수건으로 이마의 땀을 훔치며, 나는 언니의 여정을 따라갔다. 신영동의 집을 나와 육교를 건너고 구기동에 위치한 성당까지 보통 사람도 차 없이는 버거운 길고도 가파른 오르막길을 환자가 어떻게 걸어서? 일기장을 보고서야 알았지만, 언니는 고민했다. 죽느냐 사느냐의 선택을 해야 하는 절박함을 피를 나눈 누구와도 나누지 못해, 언니는 하느님에게 의지했다.

부드러운 어둠이 앞을 가로막았다. 안으로 들어가려다 말고 나는 멈칫했다. 의식은 이미 시작되었다. 나직한 풍금 반주가 성스러운 울림을 자아내고 오랜만에 성당을 찾은 나는 일상을 벗어난 시공간에 압도당했다. 궂은 날씨에 평일 미사라 실내는 한산했다. 모두 스무 명 남짓 될까. 수녀님과 열성파 신도들로 앞만 조금 찼지 중간부터는 비었다. 뭇사람의 시선으로부터 자유로운 맨 뒤에 앉아 주위를 둘러보았다. 회랑의 벽을 장식한 조잡한 성화들, 전염병처럼 도지는 헛기침. 새로 사람이 들 때마다 젖은 몸에서 뿜어내는 축축한 습기가 천장에 매달린 선풍기 날개 속으로 헉헉 빨려들어갔다. 일정한 간격으로 벽에 도열한 촛대에서 불꽃이 까막거리고, 암흑의 바다에 떠 있는 작은 섬처럼 베일에 싸인 고만고만한 뒤통수들 속에서 먼저 와 있을 어머니를 가려내려 목을 길게 뽑았다. 어머니가 뒤를 돌아보았고, 나는 소지품을 챙겨 당신의 곁으로 이동했다.

신자들의 흐리멍텅한 뒷모습과 대조적으로, 반원형의 제단에 서서 빛에 잠긴 신부는 멀리서도 뚜렷했다. 나는 내 위치에서 파악되는 유일무이한 정면상을, 실내의 모든 움직임이 그로부터 비롯되는 형체를 탐욕스레 뜯어보았다. 혼례를 치르는 신랑 못지않게 화려한 예복. 적, 흑, 녹색의 번쩍이는, 옷이라기보다 색면 추상에 파묻힌 파리한 얼굴이 석고 조상처럼 단단해 보였다.

도대체 몇 살쯤 되었을까?

제복을 입은 이들은 나이를 가늠키가 어렵다.

서른, 마흔, 쉰?

사제복을 벗은 신부를 '문 밖에서' 백주의 대로에서 마주친다면 내가 그를 알아볼 수 있을까. 미사를 집전하는 그에게서 '남자'를 찾아내려는 내게 쓴웃음이 나왔다. 오늘은 특별히 경건해야 될 날이 아닌가. 나는 지금 망자들을 위한 위령미사에 참석하고 있다. 오늘만큼은 대중의 관습에 나의 언행을 맞춰야 한다. 기도문을 외우지는 못하더라도 미사통상문을 손에 들고 입을 벌리는 시늉이라도 해야 한다.

"내 탓이오. 내 탓이오, 내 큰 탓이로소이다."

무릎 위에 주보와 기도서를 펴놓고 자신의 귀에도 들리지 않을 만치 작게 사람들을 따라 했다.

성부와 성자와 성신의 이름으로 두 손을 들어 성호경을 그었건만 나는 미사에 완전히 몰입할 수 없었다. 반쯤 열린 옆문으로 이따금 바람과 햇빛이 들어와 수군댔고, 미끄러지는 머릿수건을 고쳐 쓰는 아낙들의 손놀림이 부산했다. 레이스 틈으로 비치는 누런 속살들, 살짝 드러난 목덜미…… 할머니의 손에 이끌려 성당을 출입할 때부터 나는 거룩한 성사의 틈틈이 내 앞의 미사포를 탐닉했었다. 서로 다른 색과 무늬를 감상하며 딱딱한 예배의식을 견뎠다.

하얀 미사포…… 흰 우유를 약 먹듯 마시던 창백한 얼굴.

언니는 우유를 좋아했다. 학교가 파하고 집에 오면 어머니는 내게 갖가지 심부름을 시켰다. 언니가 먹을 포도깡통이나 우유를 사러 가는 일은 내게 기쁨이었다. 주둥이가 동글고 허리가 잘록한 우유병. 첨

성대처럼 휘어진 잘빠진 유선형이 우유보다 더 탐났다. 표면에 신선한 물방울이 맺힌 병에 담긴 우유는 학교에서 급식으로 나오는 비닐팩 우유보다 더 비싸고 고급스러워 보였다.

"이건 아픈 언니 거야. 니들 손대면 죽을 줄 알아."

내 손에서 병을 낚아채며 엄마는 엄포를 놓곤 했다. 여름이면 상하지 말라고 찬물에 담가둔 우유병을 어머니는 신줏단지 모시듯 했다.

기운이 없는 언니는 한꺼번에 들이켜지도 못하고 기침이 멎으면 조금씩 홀짝댔다. 찔끔찔끔 줄어드는 우유를 흘금흘금 눈독들이던 나. 병을 버리기 전에 바닥에 가라앉은 우유 찌꺼기를 물로 휘휘 부셔 마시고 빈 우유병을 모아다 주면 동전 몇 푼을 받았다. 그게 다 돈이라고, 잘못 건드려 깨지 말라고 엄마가 누누이 주의를 주었다.

"너희는 모두 이것을 받아 마시라.
이는 새롭고 영원한 계약을 맺는 내 피의 잔이니,
너희와 모든 이의 죄 사함을 위하여 흘릴 피니라.
너희는 이 예식을 행함으로써 나를 기념하라."

구구단을 외는 소년처럼 빠르게 봉헌경을 바치던 신부가 제단을 향해 몸을 돌려 성배를 높이 치켜들었다. 성당 안의 조명과 음향이 모두 이 순간을 위해 치밀하게 계산된 듯 사방에서 발원한 빛이 황금빛 성배에 집중되고, 어린 복사들이 방울을 흔들었다. 쩔렁! 짧은 금속성의 울림이 실내의 잡음을 빨아들였다.

"그들에게 영원한 안식을 주소서. 영원한 빛을 비추소서. 이 세상을 떠난 교우 정윤경 마리아……"

갑자기 멍했다.

'방금 뭐라고 그랬지?'

미사의 절정에 불려진 이름이 누구의 것인지 깨달은 나는 감정의 폭풍에 휩싸였다. 생전의 고인을 알지 못하는 신부의 성대를 진동시킨 낯설고도 익숙한 소리마디를 되뇌었다.

정. 윤. 경.

내게 언니는 그냥 '언니'였다. 죽은 사람이니까 이름을 부를 일이 없었다. 소리내어 말하지도 쓰지도 못했던 이름 석 자에 전류가 흐르듯 육체가 요동쳤다. 흐느낌이 밖으로 새나가지 않게, 내 앞에 앉은 어머니에게 전달되지 않게 손수건으로 입을 틀어막아도 소용없었다. 추도 미사가 진행되는 그곳에서 언니의 이름은 살아 있었다. 꿈에서도 듣지 못했던 '정윤경'이 허공에 복사되며, 울지 않으려 저항해도 제힘에 떠밀려 몸 전체가 웅성대고 들끓는 도가니가 되었다. 손수건이 행주처럼 푹 젖었다.

진작에…… 고인의 유해를 빗속에 떠나보내며 몸과 마음을 부려 소진해야 했는데.

장례식은 산 자를 위한 의식이다. 살아남은 자들이 스스로를 달래는 절차를 우리는 생략했다. 꽃도 촛불도 없었다. 우리는 언니를 매장하지 못했다. 독한 향이라도 피우고 식구끼리 얼싸안고 눈가가 짓무르도록 울음을 쏟았다면 지금쯤 언니는 희미해졌을 텐데. 우리는 우리를 치유하지 못했다.

101

언니와 대화했던 최신부를 알현하려는 나의 바람은 실현되지 않았다. 세검정성당의 사무국에서도 최신부의 행방을 아는 이가 없었다. 평창동의 산꼭대기에 지어진 태양열 주택에 산다는 소문을 듣고 찾아가 현관 벨을 눌렀으나 아무도 나오지 않았다.

최신부를 만난들 무슨 소득이 있었을까. 지금 생존한다면 아흔을 넘었을 은퇴한 사제의 꺼져가는 머리에 수십 년간 자신이 관할했던 지역구의 무수한 신자들 중 하나였던 어린양의 세례명이라도 온전히 남아 있을까?

내게 언니를 증언해줄 다른 사람들, 사건의 열쇠를 쥔 군인삼촌은 벌써 작고했다. 언니가 사라진 10년 뒤 언니처럼 불치병에 걸려서 갑자기 사망했다.

병치레에 결석이 잦았던 학생에게는 우정도 없었나. 언니가 학교를 그만둔 뒤 내게 정윤경의 안부를 묻거나 친구라며 우리 앞에 나타난 사람은 없었다. 언니의 친구, 친구라고 부를 만큼 가까웠던 벗이 하나라도 있었는지조차 나는 모른다.

102

장마가 물러난 추석 무렵에 엄마와 나는 언니를 보러 갔다.

언니의 산소를 돌보는 일을 어머니는 '윤경이한테 간다'고 했다. 언니에게 가기 위해 엄마는 인절미와 우유를 준비했고, 나는 꽃을 샀다. 노란 들국화를 들고 멀뚱멀뚱한 내게 엄마가 소상히 일러주었다.

"찾기 쉽단다. 저기 하얀 석상 보이지? 마리아상. 아래 오른쪽 끝이야."

여러 해를 거른 뒤라 산소 찾기가 만만치 않았다. 양지바른 언덕에 오종종 모여 있는 무덤들은, 죽은 자들은 모두 비슷비슷해 보였다. 이승에서는 저마다 다른 옷에 다른 걱정거리를 안고 다른 이불 밑에서 발을 뻗었겠지만, 초가을의 햇살 아래 푸른 수의를 입고 누운 그들은 평등했다.

비 온 뒤라 땅이 질었다. 늪처럼 빠지는 덤불을 헛디디지 않으려 아래만 보고 주위를 살피지 않아 이듬해에도 나는 엄마의 뒤꽁무니만 따라갔다. 5년쯤 연달아 성묘한 뒤에야, 엄마 없이 혼자 가서 애꿎은 남의 산소를 밟으며 마리아 상 밑을 어지간히 헤맨 끝에 나는 언니에게 가는 길을 외웠다. 주위의 불룩한 봉분들과 확연히 구별되는 서양식 화장묘는 산등성이가 끝나는 기슭에 숨어 있어 바로 근처까지 가기 전에는 눈에 띄지 않았다.

2백 밀리리터 종이곽에 든 우유를 비석 앞에 세워놓고 제주인 내가 엎드려 절하면, 엄마는 내 옆에 서서 두 손을 모았다. 내가 무릎을 펴고 일어설 때까지 합장한 손이 풀리지 않았다. 눈을 감고 기도하는 어머니는 모든 것에 초연하고 편안한 모습이었다.

추모의 핵심만 정제된 간단한 묘제를 마치고 화강암 푯돌을 고인인 양 쓰다듬다 나는 보았다. 묘석을 해박은 그때에는 분명했으나 지금은 희미해진 글자들. 고인의 한자 성명과 세례명 그리고 생몰연대를 새긴 숫자들이 내게 조용한 파문을 일으켰다.

'鄭潤敬 마리아'에서 1센티미터도 떨어지지 않은 '夏敬'. 언니와 가장 가까운 이름은 나. 이승에서 언니의 무덤을 돌볼 사람은 바로 밑의 동생이라는 엄연한 질서가 묵직했다.

어머니는 민둥산처럼 듬성듬성 흙이 보이는 무덤 위에 웃자란 풀을 뽑고, 장맛비에 쓰러진 개나리를 일으켜세웠다. 무덤의 흙이 장마에 휩쓸리지 않도록 당신이 심었던 꽃나무였다. 가을인데도 개나리 가지 끝에 노릇한 망울이 도톰했다. 9월에 개나리가? 강산을 열두 번도 더 할퀸 수마를 이겨낸 나무의 생명력에 감탄하는 딸에게 엄마가 빙그레 설명을 달았다.

"지는 해를 받아 핀 거야."

서쪽으로 지는 해. 솟는 해가 아니라 스러지는 해. 피기도 전에 시든 무덤의 주인에게 어울리는 꽃이 아닌가. 피 같은 우유를 남김없이 비우고 우리는 일어섰다.

윤경아, 잘 있어라.

언니, 또 올게.

마치 산 사람에게 하듯 고인에게 말을 거는 어머니를 따라 나도 작별의 인사를 무덤 위에 뿌렸다.

어머니와 나란히 산을 내려가며 나는 내 등을 떠미는 바람 소리에 옛날처럼 시달리지 않았다. 귀신은 없었지만, 바람처럼 휘익 당신이 털어놓았던 해묵은 쓸쓸함이 귀에 쟁쟁하다.

"나 혼자, 이 고개 넘는 게 너무 싫었다."

우리가 철저히 외면했던 십자가 언덕을 어머니 홀로 지켰다.

103

첫번째 긴 고백.

1989년 1월의 어느 날 아침부터 다음날 아침까지 나는 그에게 나를 보여주었다. 그의 집에서, 그의 방에서 밤을 지새며 우리는 자지 않았다. 내가 어떻게 살아왔는지 나의 과거와 현재를 24시간에 요약해 그에게 들려주며 나는 언니를 토해냈다.

그는 걷지 못하는 중증 장애인. 감옥에서 출소한 마르크스주의자였다. 이민주의 맑은 눈동자와 기침 소리, 그리고 불구의 몸이 내게 언니를 연상시키지 않았다면 나는 그를 더 일찍 떠났을 게다.

나는 그의 차에 동승해 도심을 빠져나가고 있다. 언니의 산소에 같이 가겠다는 그를 거절하지 못해 날을 잡았지만 약속 장소로 가기 위해 집을 나올 때부터 왠지 내키지 않았다. 나와 친했던 어떤 남자도, 여자도 내 언니의 무덤에 관심을 표명하지 않았었다. 나에 대한 그의 대단한 관심이 고마우면서 부담스러웠다. 홍제사거리를 지나 서울의 북쪽을 향해 페달을 밟는 차 안에서 나는 말없이 초조감을 씹었다.

이대로 곧장 달리면 30분 안에 묘지에 도착할 텐데……

그의 비서이자 운전사인 남자가 모는 봉고의 뒷좌석에서, 그의 휠

체어 옆에 붙어 나는 극도의 불안감과 싸웠다.

홍은동 고개를 넘기 전에, 시의 경계를 벗어나 돌이킬 수 없는 지점을 통과하기 전에, 늦기 전에……

정하경이라는 지극히 즉흥적인 외피 안에 깃든 차분한 분별이 내게 명령한다.

"차 세우세요."

차가 급정거한 순간, 나는 그를 버렸다. 버리기로 작정했다.

언니를 그에게 보여주면 헤어지지 못할 것 같아, 나는 차에서 내렸다.

함께 가겠다는 약속을 일방적으로 파기한 나의 행동에 의미를 부여하며, 나는 알았다.

그는 내가 내 형제의 산소에 데려가 마땅한 사람이 아니다.

나는 나의 내밀한 상처를 그와 공유하고 싶지 않다.

나는 그와 결혼하지 않을 것이다.

떠났지만, 그는 내 안에 오래 있었다.

홍은동 고개까지 치달았던 열정을 쉽게 잊을 수는 없었다.

104

이민주와 끝낸 가을에 나는 또다른 남자의 차에 앉아 있다. 우리는 서울을 벗어나 과천 외곽을 드라이브중이었다. 도로 표지판에서 '인덕원'을 보았다.

나는 이곳을 안다. 인덕원을 그냥 지나칠 수는 없다.

나는 그에게 차의 속도를 늦춰달라고 청했다. 개울과 징검다리, 길옆에 바짝 붙어 흐르는 개울과 다리의 위치가 옛날과 다름없었다.

"여기 비닐하우스와 배나무 과수원이 있었어요. 저수지가, 고아원이 있었어요."

그에게 언니를, 다는 아니지만 저수지와 고아원이 있었던 그곳이 내게 얼마나 각별한 장소인지, 나는 말했다. 그는 갓길에 차를 세웠고, 종이와 필기도구를 꺼내 언제라도 내가 차 없이 혼자서 찾아올 수 있게 인근의 자세한 지도를 그려서 내게 주었다.

저수지는 말랐고 고아원은 보이지 않았다. 바람 쐬러 놀러 갔던 교외의 건널목에서 언니가 출몰했지만, 다시 차가 달리고 데이트가 막바지로 치닫자 저수지가 있던 풍경을 내 머리에서 몰아냈다.

105

1990년 6월 25일을 즈음해 아버지에게 온 우편물이 많아졌다. 거실의 테이블에 성가시게 나뒹굴던 육군종합학교 향우회에서 보낸 6 · 25 발발 40주년 행사 초대장과 동창회 회보들, 육종 관련 신문 조각들을 나는 슬며시 내 방으로 가져갔다.

육종陸綜은 6 · 25의 와중에 창설된 장교 양성기관으로 이곳에서 2개월의 짧은 훈련을 마치면 소위로 임관되어 전선에 투입되었다. 육종 소대장들은 1953년 휴전 때까지 적과 맞서 싸우며 전사 1377명, 부상 2256명 등 총 3633명의 사상자를 내 졸업생 2명 중 1명 꼴이라는 세계 전사상 유례없는 희생자를 낳았다. 최전방에서 말단 소총부대 소대장으로 전투를 이끌던 이들을 '총알받이' '소모품 소대장'이라 불렀다.

살아남은 육순六旬의 전우들이 넥타이를 매고 충용탑 앞에서 다정하게 포즈를 취한 신문 속 사진에 아버지는 없다. 당신은 실패한 군인이었다. 향군회관을 찾은 참전용사들과 6월의 햇살 아래 서 있지 못하는 정일도 소위를, 나는 안방의 경대 서랍에서 발견했다. 육군종합학교 동창회 수첩에서 아버지는 소속과 군번으로 이루어진 하나의 번호였다. 이름과 계급 뒤에 현재의 직위가 명기되었다. 장관을 지내다 은퇴한 사람, 퇴역한 육군 장성, 대학교수, 언론인…… 아무런 표시 없이 직업란이 비어 있는 이름들도 있었다. 간단히 전사로 표시된 사람들 명단에 내 아버지 정일도가 없는 행운 덕분에 오늘의 내가 존재한다. 육군교도소에 수감되지 않았다면, 총알받이 소대장이 동부전선에서 살아 돌아올 확률은 희박했다.

당신의 이름도 훈장도 없는 상처에 입맞추며, 나는 아버지의 과거를 모으기 시작했다. 군법무관으로 일하는 남자친구에게 부탁해 육군 기록보관실에 보관된 판결문을 보았다.

鄭一道

소속: 9사단 ××연대 ××대대

군번:××××××

계급: 소위

죄명: 국방경비법 48조

재판: 9사단 군법회의

선고내용: 파면

전 급료 몰수

징역 20년

확인: 파면

전 급료 몰수

징역 5년

(1952. 12. 22. 신태영 국방부장관)

범죄 사실: 1952. 10. 10. 20:00 강원 철원군 효성산에서 1등중사 박개남에게 '총 메고 고지를 점령하라'고 명령하였으나, 박개남이 항의하며 상관인 피고인의 명령에 불복종하고 피고인을 욕하자, 박개남을 칼빈총으로 구타, 복부-두부에 1발씩 발사, 사망케 함.

친구가 검정 펜으로 베껴온 40년 전의 재판 기록을 받아들고 나는 마음의 동요를 감추지 못했다. 그는 징역 20년이 5년으로 줄어든 까닭을 설명하며—상관 모욕죄에 해당하는 경우에는 즉결처분권이 주어져서 확인 절차에서 고려되었다—냉정한 말투로 나를 가라앉혔다.

"뭐 그런 일로 놀라냐? 그런 상황에서는 누구나 그럴 수 있어."

그럴 수 있을까?

친구로부터 건네받은 종이쪽지가 나를 강타할 줄 알았다면, 나는 우리끼리의 볼일이 끝난 뒤에 같은 장소에서 동생 숙경에게 내 남자 친구를 소개시킨다는 약속을 하지 않았으리라. 막내가 나타나 태연을 가장했지만 '내 아버지가 살인자'를 소화하려면 하루로는 부족했다. 며칠 동안 나는 아버지와 눈을 맞추지 않았다.

아버지가 아무 죄 없는 부하를 때려죽였다? 부하의 명령 불복종 때문이 아니라 농담을 참지 못해서? 화나면 식구들에게 소리지르거나 물건을 던졌지, 남들과 몸싸움을 하는 아버지를 나는 보지 못했었다.

신혼 초기에 유부녀인 부인을 집까지 따라온 어느 놈팡이를 아버지가 개 잡듯이 했다는 활약상을 어머니로부터 들었지만, 아버지는 어머니나 딸들에게 손찌검을 하지 않았다. 어린 딸들에게 가끔 회초리를 들거나 벌을 세웠지만 습관적으로 부정한 폭력을 행사하지는 않았다. 그러나……

내가 아버지의 전과 기록을 접수한 날로부터 얼마 지나지 않아, 아버지가 엄마를 공격했다. 대학원에서 돌아와 1층의 내 방에 처박혔던 나는 집을 뒤흔드는 큰 소리에 놀라 문밖으로 뛰쳐나갔다. 1층과 2층의 층계참에 멈춰 선 내게 어미의 나지막한 하소연이 들렸다. 2층 아버지의 방문 앞에서 어머니가 아버지에게 뭔가를 따졌다.

"……당신이 그러실 수 있어요?"

"아니, 이 여편네가 미쳤나!"

아버지가 고함을 지르며 어머니를 향해 의자를 집어던졌다. 갑자기 날아온 무기를 피해 어머니가 계단을 뛰어내려오고, 어머니를 뒤쫓아 계단을 내려온 아버지는 거실에 서서 의자를 높이 들었다.

"왜 그러세요, 아버지. 이러지 마세요."

막아서는 딸은 안중에도 없고 화가 머리끝까지 올라 찌그러진 이마, 비상하게 번득이며 한곳으로 쏠린 눈동자, 그는 내가 알던 아버지가 아니었다.

"아버지, 제발 의자 내리세요."

나는 빌고, 아버지는 무기를 내려놓지 않고, 어머니는 사색이 되어 내 등뒤에서 떨고 있었다. 아버지와 어머니의 중간에 샌드위치처럼 끼어든 나는 팔과 다리를 벌려 있는 힘을 다해 거대한 몸뚱이를 가로

막았다. 씩씩거리던 아버지가 의자를 내렸고, 나는 어머니를 부축해 방으로 들어갔다.

"나는 일찍이 엄마를 잃고 아버지를 서모에게 빼앗겨, 이날까지 니 애비를 내 아버지로 하느님으로 알고 의지했다. 그랬는데 너도 봤지…… 어떻게 나를……"

어머니는 마치 자신의 친아버지에게 매를 맞은 어린아이처럼 서럽게 울먹였다. 계단에서 뒷걸음치다 벽에 부딪히고 넘어진 어미의 몸은 멍투성이였다. 까지고 피멍 든 상처 부위에 약을 발라주려는 딸의 팔을 뿌리치며 어머니는 상의를 걷어올려 당신 손으로 물파스를 발랐다.

2층의 응접실 의자가 부서진 밤에 나는 어머니 곁에 누웠다. 당신은 한줌이었다. 내 손아귀에 헐렁하게 잡히는 쪼그라든 뼈와 살을 보듬으려는데, 당황한 듯 어머니가 몸을 뺐다. 우리 어머니는 자식들과 꼭 필요한 경우가 아니면 신체적 접촉을 꺼렸다.

'당신이 그러실 수 있어요?'는 '당신이 나를 제쳐두고 그년과 비행기를 탈 수 있어요?'였다. 남편의 외도를 어머니답게 고분고분 따지려다 비위를 건드려 불거진 폭력 사태를 진정시킨 뒤에 나는 알았다. 내 아버지는 화가 끓어오르면 말보다 손이 먼저 나오는 사람이다.

106

10년간 살았던 2층 양옥을 팔고 이주한 평창동 산꼭대기의 3층 빌라는 정남향에 전망이 좋았다. 신축한 연립주택의 거실 벽에 환갑을 맞은 집주인의 초대형 사진이 유리 액자에 들어가던 날. 새로 맞춘 파란 비단 마고자를 걸치고 북한산을 배경으로 활짝 웃는 자신을 가리키며 "아버지 멋있지?" 벙글거리며 좋아하는 아비에게 내가 뒤에서 심술궂게 대꾸했다.

"그 얼굴 만드느라고 우리 식구 다 잡아놓구서."

사진에서는 세상 모르게 행복하지만, 당신의 육십번째 생일에 씩씩하게 죽음을 찬미했던 아비의 노래는 하객들을 숙연하게 했다.

광막한 광야를 달리는 인생아
너는 무엇을 찾으러 왔느냐.
이래도 한세상 저래도 한평생
돈도 명예도 사랑도 다 싫다.

아비의 다사다난했던 60년을 마감해준 〈사의 찬미〉는 대학 시절에 나의 십팔번이었다. 일제시대의 염세와 환멸을 정당화했던 윤심덕의 노래는 80년대 대학생들에게도 애창되었다. 아비와 딸은 세대를 건너뛰어 같은 노래를 좋아했지만, 우연의 일치는 거기까지이다.

"내 집에 빨갱이년을 들일 순 없어."

한겨레신문을 구독하는 나를 보고 아버지는 불같이 화를 냈다. 하지만 당신은 한 번도 딸의 면전에서 "너, 왜 이런 걸 보니?"라며 책망한 적이 없다. 그 자리에 내가 있는데도 엄마한테 들으라는 식으로 무대 위의 방백처럼 얘기했다. 천하의 정일도도 딸자식 앞에 서면 흐물흐물 녹아 뼈도 못 추리는 약한 아버지였다.

"내가 돈 벌려고 시골로 땀흘리고 다니는데 신문을 한 집에서 두 개씩이나 보고 있어."

"내가 빨갱이 세상 만들려고 싸운 거 아냐. 나는('우리'가 아니라 항상 '나'였다) 혁명을 했어."

혁명이라고 아버지는 목청을 높였지만, 내 생각은 다르다.

5 · 16은 혁명이 아니었다.

5 · 16에 반대한 아버지의 거사도 혁명은 아니었다.

107

아버지의 그림자가 비치면 나는 손을 놓는다. 컴퓨터 화면에 커서가 깜박거리고 내 아버지의 결코 평범하달 수 없는 생애가 마구 뒤엉켜버려 의자에서 일어난다. 시내의 대형 서점에 가서 한국사 코너를 향해 돌진해 사다리를 타고 서가의 맨 위칸에 올라가도 남로당 간판을 뗀 중학생, 우익 청년 정일도는 없다. 한국현대사의 어느 장면에도 아버지는 등장하지 않는다.

정일도를 찾으려다 그를 만났다. 『해방 후 정치사 100장면』 『한국현대사 강의』 한국현대사를 다룬 거의 모든 서적에 등장하는 그. JP라는 영문 약자로 알려진 변신의 천재. 박정희의 왼팔이었다가 독재자가 죽은 뒤에도 여러 공화국에서 살아남은 기름진 얼굴이 바둑을 두고 있다. 당신의 손톱을 뽑으라 명령했던 중앙정보부장을 내 아버지는 싫어했었다. 그는 경복궁의 파티에서 장갑을 끼고 내빈들을 접대한다. 검은 선글라스를 걸치고 손을 흔들며 비행기 트랩을 내려와 의장대를 사열한다. 월남전 파견 장병들을 격려하는, 그는 피를 흘리지 않았다. 나는 책장을 덮었다.

집으로 돌아오는 길에 봄볕이 노곤노곤 졸고 있는 버스에서 북으로 소떼를 몰고 갔던 재벌 회장의 떠들썩한 장례 소식을 라디오로 들으며, 나는 내 아버지의 빗나간 청춘을 저울질해보았다. 열다섯에 학생이었고, 스무 살에 헌병이었고, 스물두 살에 육군교도소에 수감되고, 서른 살에 자유의 몸이 되어 한일회담 반대 시위를 주동하고, 서른일곱에 쿠데타를 모의한 당신의 파란만장.

아버지를 음모의 테이블로 불러낸 건 무엇이었을까. 존경하는 선배의 명령이었나? 재판정에서 주장했듯이 애국의 충정이었나? 수사 당국의 발표대로 이마에 별을 달고 싶어서? 불온한 봄기운의 충동이었나? 무엇이 당신을 그토록 오래 떠돌게 했나.

당신의 몸으로 때운 역사. 신념에 찼던 반공주의자가 반공의 현대사에서 거세된 역설을 이해하며 나는 아버지와 화해했다. 우리는, 아버지와 딸은 시대의 아웃사이더였다. 빨갱이를 때려잡는 게 일생의 목표였던 아버지. 빨개지려다 분홍으로 비껴났으나, 때로 단순한 빨강보다 더 피 흘린 나.

시대가 다르고 깃발만 바뀌었지 아버지와 딸은 같은 궤도를 달렸다. 급행열차에 몸을 싣고 안전장치 없이 무작정 달린 아비와 딸은 똑같은 실수를 저질렀다. 우리는 둘 다 우산을 쓰지 않았다. 비 오는 날을 대비해 허술한 우산도 준비하지 않고 시대의 광풍을 맨몸으로 맞았다.

그날 밤 나는 잠자리에 누워 내 아버지와 어머니의 생애를 차근차근 되짚어보았다. 전쟁과 궁핍으로 휘어지고 부러진 가족의 벽화를 그렸다. 철없던 내가 그들을 향해 던졌던 돌멩이들이, 비난의 화살들이 다 내게로 와 꽂혔다. 당신들의 산산이 조각난 청춘을 끼워 맞추며 나는 스무 살, 서른 살, 마흔 살의 어머니, 아버지가 되어 울었다.

손수건이 없어서 서랍장에서 속옷을 꺼내들었다. T를 위해 샀던 기념품 같은 팬티. 순면 백 퍼센트의 넉넉한 천이 손에 쥐어졌는데도 더 쏟아져야 할 눈물이 나오지 않았다. 울다가 웃으며 나는 중얼거렸다. 그럼, 내가 누구 딸인데. 도저히 우아해질 수 없는 몸이지.

108

아버지는 자신에 대한 자부심이 대단한 사람이었다. 잘생기고 똑똑한 당신 앞에서 다른 남자를 칭찬하는 건 선전포고나 다름없다. 5공 비리 청문회를 시청하며 내가 변호사 출신의 국회의원 노무현을 치켜올리자 대뜸 아버지가 말했다.

"아버진 저까짓 녀석들보다 더 잘할 수 있어."

"치이, 무슨……"

딸의 빈정거림에 마음이 상한 아버지는 방송이 끝나자 양복을 걸치고 집을 나갔다.

청문회 스타를 질투해 2층 계단을 통탕거리며 내려갔던 아버지는, 딸이 대본을 쓴 다큐멘터리를 시청하고 가시 돋친 비판을 가했다.

"니 작품엔 철학이 없댄다."

아비의 비평을 전해주며 엄마는 나를 위로했다.

"아마, 그년이 니 애비한테 그렇게 말했나보다. 그러니 상심하지 마라. 하도 위해 키워서 지가 제일 잘난 줄 알고 손주 이쁜 줄도 모르는 사람이다."

내 작품에 철학이 없다고 폄하했던 '그년'은 인사동에서 화랑을 경영하는 최마담이다. 나는 내 아버지의 여자친구들, 친구였다가 애인이었다가 적이 된 이름들을 다 외운다. 미스 정, 미스 심, 최마담. 여자가 생길 때마다 아버지는 숨기지 않았다. 엄마를 배려해, 엄마와 우리를 속이기 위해 아주 작은 트릭조차 쓰지 않았다. 우리 아버지는 당신의 환갑날에 엄마가 보는 데서 최마담과 팔짱 끼며 일본행 비행기 트랩에 오른 사람이다. 아버지는 남의 눈을 개의치 않았다. 아버지에게 가장 중요한 사람은 아버지 자신이었다. 나에게 중요한 사람이 나였듯이. 말년의 아버지에겐 가족도 타인이었다. 당신은 이기적인 만큼 고독한 왕이었다.

그런데 엄마는 왜 공항에 나갔을까. 왜 상처받을 게 뻔한 장소에 출현해 늙은 두 연인이 벌이는 애정 행각의 목격자가 되었을까? 아버지가 용맹스러웠다면 어머니는 막무가내였다. 아버지와 어머니, 두 개의 극단이 맞물려 사태를 악화시켰다. 아버지가 여자들과 일본을 스무 번쯤 왕복한 뒤에, 어머니 혼자 당신의 육십번째 생일을 자축하며 홋카이도를 단체로 유람한 뒤에야 '일본'은 엄마를 놓아주었다.

아버지는 늙어서도 여자 문제로 속을 썩였다. 공과 사를 구별 못하고 애정과 돈을 뒤섞는 게 우리 아버지의 특기였다. 우리가 추궁하면 그냥 '알고 지내는 사이'라고 발뺌하는 여자들과 돈 거래를 하고, 돈이든 애정이든 한쪽이 깨지면 도망을 다녔다. 받으면 끊어지는 수상한 전화가 잇달아 걸려온 뒤에 며칠씩 집을 비우는 아버지에게 우리는 익숙해졌다. 아버지가 상대한 여자들은 시퍼런 처녀든, 화랑을 경영하는 중년의 과부든, 다방의 마담이든 우리에게 당당히 자신을 알렸다. 현관문에 "사장님 제 돈 5천만원 돌려주세요"라고 적힌 쪽지가 붙어 있으면, 아버지는 밖에서 엄마에게 전화를 걸었다. "나, 오늘 집에 못 들어가." 당분간 아버지는 '그년'과 마주치지 않으려 여관에서 잘 것이다.

꼬일 대로 꼬인 아버지의 사생활을 정리해주는 해결사는 엄마였다. 말로는 항상 "일은 지가 저질러놓고 성가시면 남한테 떠민다"고 불평하면서도 엄마는 아버지의 뒤를 치웠다. 냄새나는 자리를 닦고 어디선가 돈을 융통해 여자들의 험한 입을 틀어막았다.

109

아버지는 젊은 과부와 차를 마시고, 나는 늙은 남자와 밥을 먹는다.

나는 젊은 남자와 술을 마시고, 늙은 남자와 밥을 먹었다. 내가 늙은 남자와 밥을 먹고 아버지가 젊은 과부와 차를 마시는 동안, 어머니는 뜨개방에서 실타래와 씨름한다. 꽈배기 무늬가 들어간 파란 스웨터와 조끼로도 가슴의 불을 끄지 못해, 어머니는 배낭에 물병을 집어넣는다. 배낭을 메고 홀연히 집을 나서 심야의 관광버스를 탄다. 오대산으로 울릉도로 무박 2일의 단풍 여행을 감행한다. 망망대해를 가로지르는 2등석 객실에서 뱃멀미를 하며 떼굴떼굴 구른다.

우리는 따로따로 짐을 꾸렸다. 잊기 위해 어디로든 가야 했다. 살기 위해 무엇이든 해야 했다. 우리는 저마다 상처를 봉합하고 똑같은 환부에 다른 처방을 했다.

나는 경찰서로 수녀원으로 고시원으로 제주도로 유럽으로 정체불명의 남자에게로, 말없이 사라져 엄마 속을 썩였다. 잘 지내다가도 실종하고픈 욕구가 차올라 가방을 쌌다. 아비와 딸은 여러모로 닮은꼴이다. 앞뒤 안 가리고 덤비는 무모함. 자기를 부수면서 자아를 확대하려는 광기. 자신을 가두는 도덕과 제도의 벽을 뛰어넘는 배짱을 아버진 내게 물려주었다. 장애물을 넘은 다음에 찾아오는 허망함 또한 대물림한 유산이다…… 그건 당신과 나의 생존의 방식이었다.

"아버지를 닮았어"는 우리 집에서 가장 심한 욕으로 통했다. 물론 아버지가 없을 때 우리끼리 하는 소리였다. 당신이 늙어 초라해지기 전에는 아무도 당신 면전에서 그따위 버릇없는 망언을 입에 담을 수 없었다. 얼마나 여러 번 비슷비슷한 장면이 우리 집에서 상영되었던가. 엄만 내가 "지 애비를 닮아 덜렁댄다"며 구박하고, 아버지는 "얘가 왜 날 닮았어? 당신 닮았지" 발뺌하며 두 양반이 서로 내 딸이 아니라고 떠넘긴다. 동생이 소리지르면 나는 "기집애가 아버지를 닮아 엄마에게 함부로 군다"며 눈을 흘기고, 막내는 "하경 언니가 나이들수록 엄마를 닮아간다"고 재미있어한다. 딸년들이 모이면 "엄마와 아버지가 닮아간다"고 입을 모으고.

닮지 않으려 발버둥칠수록 우리는 서로를 닮아갔다. 한 지붕 밑에서 엉겨 덜그덕거리는 가족이라는 낡은 마댓자루, 다 해져 실밥이 뜯어지고 구멍이 뚫린 천막 안에서 우리는 우리에 갇힌 짐승들처럼 서로를 할퀴고 물어뜯었다. 지긋지긋한 넝마를 찢고 탈출할 날을 따로따로 꿈꾸었다. 가족이라는 허울을 유지시킨 건 엄마의 끝없는 희생이었다. 아버지와 딸들이 구질구질을 빠져나오려 획책하는 밤에 엄마는 아무도 거들떠보지 않는 누더기를 홀로 깁고 꿰맸다. 깨어진 조각들을 눈물과 땀으로 봉합해 겉으로라도 정상적인 가정을 만들고자 혼신의 힘을 기울였다.

110

증조부와 고조부, 할아버지와 할머니들에게 절한 뒤 이제 끝났나 보다고 거실 소파에 털썩 주저앉으려는데, 아버지가 “이제 니들끼리 절해라”며 뒤로 물러났다.

‘니들끼리? 왜 우리끼리……’

영문을 몰라 당황하던 나는 전에 없던 일이라 머쓱해하며 언니에게 처음 술을 따랐다. 살아서는 따뜻한 차 한잔 건넨 적 없는 차가운 손으로 사람 없는 술잔에 전통주를 붓고 잔을 돌렸다. 예전에 우리는 추석이나 설날이면 조상들에게, 말 그대로 우리보다 앞선 세대인 선조들에게만 음식과 술을 바치고 엎드려 절했다. 부모보다 먼저 간 딸자식을 예를 다해 모시는 의식을 치르며 우리는 언니를 극복했다.

세 개의 튀는 개성이 얼굴을 마주보며 모처럼 사이좋게 지낸 추석 연휴 사흘은 너무 길었다. 저녁을 먹은 뒤 집안에서 노닥거리던 세 명의 화려한 싱글들은 한껏 차려입고 홍대 앞으로 진출했다. 이른 저녁이라 카페에는 손님이 없었다. 맥주잔을 탁자에 올려놓고 홀짝거리는 젊은 애들 서넛만 있고 중앙의 둥그런 무대에는 아무도 없었다. 맥주를 주문한 뒤 다 마시지도 않고 우리는 구두굽 소리 요란하게 텅 빈

무대로 나아갔다.

본격적으로 흔들 시간은 아니었지만—홍대 앞의 록카페들은 보통 밤 10시, 11시가 넘어서야 춤판이 벌어진다—몸이 풀리고 열기가 고조되자 우리는 거추장스러운 구두를 벗어던졌다. 맨발이 되어 음악과 춤에, 그 순간에 열중했다. 내 생애 한 번뿐인 특별한 밤이었다. 무대를 접수한 우리는 다른 사람들을 의식하지 않았다. 동심원의 세 꼭짓점처럼 보이지 않는 힘으로 연결되어 서로 마주보며 필사적으로 비트는 우리에게 어떤 남자도 여자도 끼어들지 않았다. 밤이 깊어 손님들이 하나둘 들어왔지만, 키가 훤칠한 세 여자가 온몸으로 내뿜는 '기'에 다들 질렸는지 아무도 춤추러 올라오지 않았다.

우리만의 파티가 계속되며 세 자매가 공유하는 어떤 격정, 성격이 딴판인 동생들과 나를 어느 순간 하나로 결속시키고 다른 무리들과 구분하는 근거, 그곳에 있어야 할 우리의 큰언니, 셋이 아니라 넷이어야 완전해지는 원을…… 고막을 때리는 〈I will survive〉에 배꼽을 흔들며 나는 분명히 의식했다.

고인의 술잔 밑에 하나가 되고, 록카페를 점거해 광란의 밤을 보냈던 우리는 머지않아 하경과 미경과 숙경으로 뿔뿔이 흩어졌다.

111

1995년 8월 4일.

나는 평창동의 부모님 집을 나와 완전히 독립했다. 신도시의 아파트로 이사해 엘리베이터에, 17층 높이에 적응되지 않았으나 곧 괜찮아졌다. 고층 아파트에서는 먼지도 평지와 다르다. 단독주택에선 머리카락에 솜처럼 똘똘 뭉쳐 방구석을 돌아다니던 생활의 때들이 17층의 아파트에서는 가루로 흩어진다. 방을 쓸어도 회색 시멘트 가루만 나온다. 높은 곳이라 파리도 모기도 없다.

8월 13일.

신도시로 이사와 며칠째 꿈자리가 사납다. 언니가 꿈에 나타났다. 언니의 이부자리가 불편해 보여 내가 계속 고쳐주다 잠에서 깨어났다. 거실 벽에 걸린 피카소의 〈우는 여인〉이 밤에 보니 꼭 언니 같아 액자를 치워버렸다.

〈우는 여인〉은 내가 지난여름에 뉴욕의 미술관에서 사온 복제품이었다. 닷새 남짓 뉴욕에 체류하며 나는 미술관만 돌았지, 열여섯 살 입양아의 20년 전 자취를 찾으려는 어떤 시도도 하지 않았다.

미국으로 날아가는 비행기 안에서 나는 그 아이를 정면으로 마주

보지 못했다. 기내 공기가 차갑다고 스커트 자락을 추스르는데, 어린 애가 울었다. 내 앞에서 두어 줄 떨어진 아이에게 뚱뚱한 금발의 여승무원들이 다가가 손뼉 치고 웃으며 달래는 따뜻한 풍경에 흐뭇해하다, 목이 메었다. 좌석 등받이 위로 번쩍 들어올려진 갓난아이의 얼굴이 이상했다. 코와 입 사이가 괴이하게 찢어진 그 아이는 미국으로 입양되는 한국 아이였다. 내가 아는 어느 심장도 하늘을 나는 탈것에서 그애처럼 긴장했으리.

8월 28일.

술을 마셨다. 어울려 잔을 기울이던 상대가 귀신 이야기를 꺼냈다. 피카소의 그림이 죽은 사람의 얼굴로 보였으니, 귀신이라면 귀신이다. 내가 모르는 언니의 진실이 있던가? 뭔가 곡절이 있어서, 그래서 망자의 혼령이 편치 않아 내게 신호를 보내는 걸까? 아니면 살아 있을지도……

미국으로 떠날 때 언니는 한국 나이로 열여섯 살이었다. 그처럼 늙은 고아를, 불치병을 앓는 환자를 입양하는 선량한 양부모가 있단 말인가. 나는, 우리는 언니의 주검을 보지도 만지지도 못했다. 내 눈으로 확인하지 않았으니 검은 상자 속의 유해를 믿을 수 없었다. 언니가 심장 수술을 받았던 1975년 미국의 의학 수준도 의심스러웠다. 혹시? 제삼세계의 어린이를 데려와……?

사실일 확률이 0.0001퍼센트인 가정을 불리며 의심의 매듭을 꼬는 내가, 나는 두려웠다. 두려웠기에 그 끝까지 가서 벗어나고자 길 떠날 준비를 했다.

8월 29일.

환자의 자세한 병력을 기재한 의무 기록은 진찰권 번호나 주민등록번호를 입력해야 나온다. 죽은 언니의 진찰권이 집에 있을 리 없다. 만 17세 이상이라야 주민등록번호가 있다며, 안 된다는 동사무소 직원에게 간청해 특별 열람한 주민등록원장에서 발견한 언니의 한자 이름. 鄭潤敬 1959년 11월 29일 출생.

호적등본에 기재된 어머니와 아버지의 혼인 신고일은 1959년 6월 5일이었다. 언니가 태어나기 다섯 달 전인데, 임신한 상태에서 식을 올렸던가? 우리 부모의 결혼 기념사진에서 신부의 예복은 한복이었다. 젊은 그들의 시대보다 대담했던 사랑의 결실이 언니였다.

이미 고인의 사망 신고가 되어 있었다. 언니를 몰래 매장하고 시일이 지난 뒤에 사망신고를 하기 위해 만든 것으로 추정되는 주민등록번호가 남아있었다. 나의 주민등록번호와 유사한 열세 자리 숫자를 종이쪽지에 메모했다.

8월 30일.

미국으로 가기 전 고아 신분의 언니를 진료했던 국립의료원은 10년이 넘은 의무 기록은 보관하지 않는다. 어려서부터 언니가 치료받았던 성모병원에 문의했더니 마이크로필름으로 보관된 1975년도의 의무 기록이 있으나, 본인이거나 신원이 확실한 사람만이 열람 가능하다는 말을 들었다.

"왜 20년 전 기록이 필요해요?"

"그럴 사정이 있어요. 그런데 신원이 확실한 사람이라면 누구를 뜻하나요?"

"의사 선생."

내 주위에는 의사 선생들이 널렸다. 동생 미경의 남편은 치과의사. 중학교 동창인 김영미는 방사선과 전문의다. 얼마 전 결혼한 미경은 출국 준비로 바쁘다. 의사인 김영미는 내게 그걸 이제 와 뭣 하러 알려느냐, 그만 잊으라고 충고했다.

8월 31일.

나의 대학원 졸업식에도 나는 지각했다. 아버지, 엄마, 미경, 숙경 그리고 오늘의 주인공인 나. 가족들이 모두 모여 교정의 나무 밑에서 사진 찍고 점심 먹는 것으로 하루를 보냈다. 미경은 내일 남편과 미국으로 살러 간다.

9월 1일.

가족의 의무를 이행하려 김포공항에 나갔다. 시댁 부모와 친정 식구들이 총출동해 배웅하는 가운데 미경이 탑승구로 들어갔다. 손 흔들며 멀어지는 환한 웃음이…… 언니와 겹쳐진다.

20년 전 이곳에서, 가족의 마중 없이 외로이 출국했던 사람은 미경처럼 환히 웃을 수 없었으리.

9월 9일.

비 오는 오후에 인덕원의 고아원을 찾고자 집을 나섰다. 그러나 버스가 서울을 벗어나기도 전에 멀미가 나서 되돌아왔다. 길 건너 버스 정류장으로 방향을 틀며 정처없는 구두에 채이던 문장들을 집에 갖고 와 책상 위에 올려놓고 요모조모 요리했다.

멀리서 비에 젖는 어느 영혼을 위해 빌고 싶은 밤, 이라고 얼버무리며 나는 언니를 숨겼다. 나는 늘 언니를 숨겼다. 일기장에. 빗속에. 멀리서 비에 젖는 초라한 무덤을 피해 달아났다.

9월 11일.

성모병원에서 찾아낸 고인의 진찰권 번호와 이름으로 특진을 신청했다. 진료 예약을 해야 옛날 차트가 창고에서 나올 것이므로. 의사는 환자 본인이 아니면 곤란하다며 차트를 넘겨달라는 나의 요구를 거절했다. 다른 통로로 청탁을 넣어 언니의 상세한 병명과 병력을 입수했다.

선천성 심실중격결손증. 합병증으로 신장 질환을 앓았고, 한 달간 입원한 기록도 있다.

심실중격결손증이 무엇인지 알기 위해 심장 질환의 종류에 따른 증세와 환자들의 구체적인 투병기가 수록된 의학 상식 서적을 구입했다. 중학교 생물 시간에 냉정한 정신으로 들락거렸던 좌심실과 우심방을 손으로 짚으며, 파랗고 빨간 화살표를 따라가던 내 피가 역류한다. 언니는 좌심실과 우심실 사이에 있는 칸막이에 구멍이 생겨 동맥과 정맥의 피가 거꾸로 흘렀던 선천성 기형아였다.

무지했고 돈이 없었으므로, 우리는 언니의 수술 시기를 놓쳤다.

창고의 마이크로필름으로만 조회되는, 병원의 컴퓨터로만 뜨는 언니. 주민등록과 진료카드의 번호로만 남은 사람. 정윤경이 존재했었다는 흔적은 아라비아 숫자들로 조합된 고유번호밖에 없다. 한 인간이 이 세상에 왔다 갔는데. 15년이나 살았는데……

9월 17일.

일이 손에 잡히지 않는다. 이번 주까지 전화가 없으면 내가 직접 미대사관에 가서 언니의 출국 날짜를 추적해야겠다.

9월 24일.

아침과 점심 사이에 술에 취해, 가구 배치를 새로 했다.

9월 25일.

지도를 보며 나는 길을 찾고 있다. 청계산, 백운호수, 서울구치소, 성남과 인덕원 사거리를 다 집어넣은 그의 꼼꼼한 지도 덕분에 헤매지 않았다. 고아원은 어느 여자중학교의 수련장으로 바뀌어 있었다. 흙먼지를 동반한 바람이 드셌던 초가을녘. 내 원죄의 본당을 둘러보며 나는 기다렸다. 바람이 멈추고 무언가 수면을 뚫고 나타나기를…… 그러나 야트막한 둔덕에 옆으로 길게 누운 막사 같은 시멘트 구조물에서 뿜혀나오는 벼락같은 회상은 없었다. 실망해 돌아서려다 두두룩하게 언덕진 밑바지에 말라비틀어진 식물의 잔해들이 시야에 들어왔다.

시든, 시들었다기보다는 오래전에 죽은 꽃가지들이 먼지를 뒤집어쓰고 철사줄처럼 엉킨 해바라기의 시체들 틈에 고아원의 이름이 칠해진 퇴색한 나무팻말이 나뒹굴었다. 그곳은 태양농원이었다.

고아원이 문을 닫은 뒤 수년간 버려진, 여기 꽃들이 있었던가? 폐허의 끝에 서서, 마당에 테라스에 식탁에 번창했을 노란색을 불러오려 애쓰며, 해바라기의 샛노란 염원을 뒤로하고 나는 집으로 돌아왔다.

의왕시청 복지과에서 1975년 인덕원에 소재했던 사회복지법인들의 주소와 원장의 성명을 알아냈다. 태양농원의 원장은 손××였다. 고아원에 수용된 원생들은 모두 원장의 성을 물려받는 게 상식이니 언니도 출국에 따른 제반 서류에 정윤경이 아니라 손윤경으로 등록되었거나, 성만 아니라 이름까지도 바뀌었을지 모른다. 알 수 없는 일이다.

9월 28일.

머물지도 떠나지도 못해, 애꿎은 감자국밥을 넘기다 체했다.

10월 14일.

빨래를 걷다 속옷에 묻은 혈흔을 보았다.

커피를 끓여 마시며 머릿속을 헹구었다.

112

신문에서 심장병과 해외 입양이 들어간 굵은 글씨들을 오려서 상자에 담았다. 종이들이 바래고 형광펜이 희미해지고 감회가 식으면 정리하련다. 10여 년에 걸쳐 모은 자료들을 내가 '언니의 서랍'이라고 분류하는 두번째 칸에 밀어넣고 노래를 감상했다. 공연장에서 기타 연주에 젖었다. 영화 〈꽃잎〉을 관람했다.

포르노로 짓밟힌 광주. 1980년 5월을 90년대의 첨단 기술로 포장한 영상에 분개해 '광주는 언제 신파를 극복할 것인가? 싸구려로 위로받느니 냉정한 무관심을 택하겠노라' 자신했지만 실은 나도 위로받고 싶었다. 나도 누구 못지않게 위로를 구걸하며 수렁에 빠졌다. 추락하는 자신을 직시하지 못했기에 더욱 위험했다.

1995년 11월. 파리의 샤를드골 공항에 도착해 짐가방을 내리듯이, 나는 언니를 내려놓았다. 파리는 파업중이었고, 로마에서 만나 두 끼의 식사를 나누었던 독일 조각가가 건네준 명함을 이튿날 나는 찢어버렸다. 옷을 갈아입듯 기차를 갈아타며 유럽의 도시들을 사냥하고 나는 귀국했다.

오랫동안 나는 누워 있었다. 발가락부터 머리끝까지 움츠러들게 하는 이 냉기는 어디서 오는가. 무엇이 나를 덥혀줄 수 있나.

1996년 4월. 나는 또 도피를 꿈꾼다. 며칠째 유레일 지도를 펴놓고 계산기를 두드리며 여행 경비를 뽑아보았다.

런던—파리—로마—나폴리—프로방스—암스테르담—뮌헨—마드리드—니스—베네치아……

불연속적으로 이어진 선들은 조카 도연이 태어나기까지 나를 지속시킨 정열이었다. 이방의 도시에서 도시로 이동하는 지도 위에서, 야간열차에서 나는 나를 소진했다. 런던에서 파리에서 뮌헨에서 남자들이 내게 접근했다. 하루 만에, 이틀 만에, 사흘 만에…… 한 달도 못 가 나는 관계를 정리했다.

멀리 유럽에서도 가책의 빗줄기가 나를 때렸다. 늦은 저녁의 비엔나. 버스 안에 승객은 나 혼자였다. 사위가 캄캄해지더니 폭우가 쏟아졌다. 바람이 일 때마다 아스팔트 위에 쓰레기처럼 쓸리는 여린 꽃잎들을 차들이 밟으며 질주했다. 아직 숨이 붙어 있을 것만 같은 가녀린 이파리들이 짓이겨지는 참혹을 더는 관망할 수 없어 눈을 감았다. 그리고 유년의 뜨락이 차창에 클로즈업되었다. 언니가 없어진 이듬해의 여름. 소나기가 지나간 뒤 울 밑에 흩어진 봉선화 꽃잎을 보았다. 만지면 찢어질 듯 야들야들한 가장자리가 검게 타들어가고 물기를 머금어 더욱 처연한 붉은빛이 눈에 스몄다.

내가 봉선화를 거기 서 있게, 꺼져가는 생명을 수수방관했고, 내가 언니를 죽였다.

113

일요일의 늦은 아침. 오 오 오 뷰티풀 선데이…… 경쾌한 리듬이 팡팡 흘러넘치고 나는 게으른 몸을 일으킨다. 헐거워진 무릎뼈들이 부딪는 소리를 들으며 거실 바닥에 서서 하나, 둘, 팔을 돌리고 휘젓는다. 아무 생각 없이 기계적으로 움직이는 체조 시간이 나는 좋다. 하나, 둘, 셋, 앉아서 다리를 들어올리고 착착 진도가 잘 나가다가도 넷, 다섯, 여섯, 어느새 몸이 정지했다. 바닥에 무릎을 세우고 dizzy! dizzy! 〈my love〉가 실내에 쌓이는데, 손가락 하나 까닥하지 않고 나는 누워 있다.

언니를 연민하며 자신을 학대하는 것도 스스로를 위로하는 방식이 아닌지……

파도처럼 밀려들었다 썰물처럼 빠지는 밑도 끝도 없는 상념에 나를 맡기기 싫어 체조를 시작하며 벽시계를 보았는데, 딱 10분으로 끝내려고 한 게 30분이 지났다. 과거가 아직도 자라고 있다. 내 팔과 다리와 머리에, 아파트 실내에 진을 치고 식탁과 싱크대와 화장실에 숨어 있다 슬며시 고개를 내민다. 어제 만난 남자보다 또렷한 영혼이여. 지상의 누구를 향한 사랑도, 미움도 내게 붙어 있는 언니를 떼어놓지 못했다.

만나고 헤어지고 짐을 쌌다 끌렀다 수없이 들락거렸는데 왜 아직도 내 앞에 나타나는 것일까? 지구를 두 바퀴나 돌았건만, 여기에서 저기로 이 남자에서 저 남자로 옮겨다녔건만, 수천의 낮과 밤을 보냈건만, 언니는 가벼워지지 않았다.

유럽에서 돌아와, 서랍을 열고 묵은 신문들을 들추었다.

MBC 〈생방송 아침만들기〉는 한국 입양아가 가장 많이 살고 있는 미국 미네소타주 미니애폴리스와 서울 스튜디오를 위성 연결해 해외 입양아에 대한 문제 제기를 담은 프로그램을 방송한다. 6·25 이후 해외로 입양된 어린이들은 약 13만명에 달한다. 미국의 미네소타주에서는 매년 10월 첫째주 토요일을 '한국의 날'로 정해 한국 입양아들과 그들의 양부모들이 한복을 곱게 차려입고 모여서 한국 노래를 부르는 등 행사를 열고 있다.

> 부산에서 심장환자 상담 요양원을 운영하는 김미카엘라 수녀는 국내에서 심장 수술이 어렵던 70년대 초 한미재단과 미팔군 병원의 도움으로 환자를 미국에 보냈다. 수술로 고칠 수 없는 중증 환자와 가정 형편이 어려운 환자 20여명을 돌보고 있는 김수녀의……

70년대 초. 한미재단. 미팔군 병원.

언니가 연관되었을지도 모른다. 그들이 언니를 알지 못하더라도 교착상태에 빠진 추적의 어떤 실마리를 제공하지 않을까? 해당 기사가 실린 신문사에 근무하는 후배에게 부탁해 드디어 수녀님과의 전화통화에 성공했다.

"1975년에 미국에서 해외 입양아의 심장 수술은 미네소타, 미니애폴리스에서만 했어요. 입양아의 출국 시기는 3월 아니면 6월이었어요."

미네소타는 미경이가 있는 곳이다. 마침 잘됐다고 반가워하며 공교로운 장소의 일치를 나는 대단찮게 받아들였다.

빨간 벽돌집에 당도하도록 나는 만약의 경우를 포기하지 않았다. 생존하는데 어떤 이유로 우리 앞에 나타나지 않았을 수도 있다, 라고 상상을 부풀렸다.

상담소의 앞마당에 수녀님과 마주서서 나를 소개하며 거짓말을 꾸며댔다. 내가 여기 온 이유를 슬쩍 둘러댔다.

"고아원에서 같이 자란 언니가 있는데요. 열네 살에 헤어진 뒤 연락이 끊겼어요."

미국에 입양된 자매를 추적하는 현재의 나를, 엊그제 수녀님과 통화하고 부산까지 달려온 용무를, 언덕을 올라오며 미리 준비한 말들을 수녀님에게 털어놓았다. 나의 장황한 거짓말에 담긴 진의를 간파했던지 수녀님은 70년대 미국에서 심장 수술을 받은 한국 어린이의 수술 경과를 기록한 공책이 있다고 했다.

안으로 들어간 회색 두건이 현관에 다시 보이기까지, 내가 인내했던 가장 긴…… 불가능을 가능으로 바꾸기에 충분한 몇 분이었다.

공책이 없었다면 나는 헛된 기대를 품지 않았으리라. 문밖에서 기다리는 사람에게는, 수술이 성공할 확률은 실패할 확률과 똑같이 2분의 1이다. 사람의 생과 사가 확률의 문제가 되자, 희망은 자기를 복제하며 빠르게 팽창했다. 나의 바람이 얼추 사실로 믿어질 즈음,

"손윤경이라고 했지요?"

수녀님은 마치 자신의 과실로 잘못된 환자를 가족에게 알리는 의사처럼 미안해 어쩔 줄 모르며 내게 언니의 사망을 통보했다. 그래도 미심쩍은 기운이 가시지 않은 나를 단념시키려 수녀님이 공책을 넘겨주었다. 미국으로의 출국 연도와 한글 성씨들 옆에 누가 봐도 식별 가능한 기호로 수술이 성공했으면 ○, 실패했으면 ×였다.

손윤경에게 그어진 ×표를 확인하고 언덕을 내려와 30분쯤 뒤에, 나는 바다가 보이는 해운대의 호텔 로비에서 공중전화에 결박되었다. 상담소의 위치와 면회 가능한 시간을 메모했던 종이쪽지의 뒷면에 선택된 남자들. 부산에 사는 내가 아는 번호들에 동전을 있는 대로 삽입하고 다이얼 버튼을 눌렀다. 내가 호출을 시도했던 번호들이 아니더라도 호텔 로비에서 내 등을 두드리는 여자든 남자든 누군가와 접속되었다면, 나는 그와 저녁을 보냈으리라.

손윤경은 ×이지만, 정윤경 마리아는 ○도 ×도 아니었다. 입양 알선기관과 미국인 양부모, 수술한 병원과 담당 의사를 알고 싶다는 서울 손님에게 부산의 수녀님이 참고하라며 미셸 최의 연락처를 일러주었다.

"우리 애들이 미국에 가면 가끔씩 돌봐주신 분이 있었어요. 공원에 데리고 산책 나간다든가……"

수술을 앞둔 어린 환자들을 보살폈던 한국 출신의 간호사 미셸 최는 손윤경을 기억하지 못했지만, 그녀를 통해 몇 가지 유용한 정보를

입수했다. 1975년 미네소타에서 한국 어린이들의 심장 수술은 카이저 박사가 전담했다.

Dr. Keiser, Michelle Choi, 한미재단 서울사무소의 미스 양……

해마다 연말이면 나는 다음해 수첩의 뒷면에 1975년의 언니와 가까웠을 이름들을, 주소와 전화번호를 베꼈다. 영어 철자나 우편번호가 하나라도 틀릴까봐 주의를 집중하며 내가 접근할 수 없는 소실점을 맴돌았다. 1997년에도 1998년에도 다이어리의 한 면을 할애했던 미국에 나는 가지 않았다.

114

하루도 맘 편한 날 없이 속 끓이며 사느니 어서 헤어지라고, 제발 아버지와 자식의 그늘에서 벗어나 당신의 인생을 사시라고, 딸인 내가 아무리 애원해도 어머니의 대답은 똑같았다.

"숙경이를 결혼시킨 다음에 헤어져도 헤어져야지. 그때까지만 참고 살련다. 그다음엔 내가 미쳤냐? 내가 저 인간이 좋아서 사는 줄 아니? 다 니년들 때문이지."

어느 날 평창동에 가보니 어머니의 얼굴이 몰라보게 상해 있었다. 아버지의 이혼 강요와 미경의 시댁에서 받은 모욕이 어머니를 쓰러뜨렸다.

둘째 아이를 임신하고 미국에서 임시 귀국한 미경은 시댁에서 며칠을 못 버티고 친정으로 들어왔다. 언쟁 끝에 말없이 첫애를 데리고 집을 나간 며느리를 괘씸히 여긴 미경의 시아버지가 야심한 시각에 예고 없이 들이닥쳐 '자식 교육을 잘못 시켰다'고 사돈에게 따졌다. 예에 어긋난 언행에 충격을 받아 몸져누운 엄마를 나는 들여다보지 않았다.

보름 동안 목이 마비되어 말도 못하고 음식도 넘기지 못했던 어머니는 성당 교우인 세실리아 아줌마가 하루에 두 번 쑤어오는 죽으로 간신히 연명했다. 딸자식이 셋이나 있는데도. T에게 미쳤었던 나는 어머니에게 안부 전화도 하지 않았다. 막내를 출가시키기 직전에 두 분이 이혼한 것도 몇 달이 지나서야 알았다.

사업을 한다고 집을 담보로 은행 대출을 받았던 아버지는 얼마 못 가 또 돈이 달렸다. 어머니 앞으로 집의 명의를 변경해 보험회사에서 추가 대출을 받기 위한 형식적인 이혼이라고 아버지는 변명했지만, 어머니 말로는 그게 아버지의 수법이었다.

"그참에 잘됐다 싶어, 그년하고 맘놓고 즐길 생각에 속으로 노래를 부를 거다."

졸지에 쫓기는 빚쟁이 신세가 되었는데도 어머니는 아버지의 약속에 한 가닥 위안을 삼았다. 빚 갚으면 위자료로 집을 주겠다는 아버지의 호언장담을 철석같이 믿고 어머니는 매달 돌아오는 이자를 대느라 끊임없이 사채를 빌려야 했다. 아버지는 어머니를 법적인 채무자로 만들어놓은 뒤에 나 몰라라 종적을 감추었다. 어머니는 아버지의 만만한 은행이었다.

누구에게 얼마를 어떤 이율로 빌렸는지를 메모한 어머니의 수첩은 암호책 같다. 꾹꾹 눌러쓴 정자체처럼 계산이 정확한 어머니는 자식들에게 빌린 돈도 반드시 원금에 이자를 붙여 갚았다.

115

"언니, 나 임신했어."

막내의 전화를 받던 날부터 나는 어른이 되었다. 축하한다고 숙경을 불러내어 점심을 대접하며 나는 잔소리를 늘어놓았다.

이제부터 너는 엄마야. 홀몸이 아니니 몸조심해라. 인스턴트 식품을 멀리하고 머리에 파마도 염색도 하지 마. 아무쪼록 너 자신을 소중히 여겨라.

동생의 초음파 검사에 동행하며 나의 방황이 끝났다. 출산을 앞두고 불안해하는 동생의 곁에 있기 위해 나는 그리스 여행을 연기했다. 진통이 시작된 산모가 병원에 갔다는 어머니의 전갈을 받고 나는 황망히 짐을 챙겼다. 병실에서 밤을 샐 경우에 대비해 칫솔과 수건에 속옷까지 가방에 욱여넣고 택시를 부르는 연속된 동작을 수행하면서 아닌 밤중에 애인에게 달려갈 때처럼 신열이 올랐다.

"서울 성모병원이오. 빨리 갑시다."

성모병원은 언니가 다니던 종합병원이다. 언니가 치료받던 병원에서 동생이 아이를 분만한다는 얄궂음을 한강에 뿌리며, 그 무엇으로도 채워지지 않았던 내면의 공허가 메워졌다. 새로 태어날 생명이 언니를 닮지 않기를…… 신의 존재를 믿지 않았던 내가 기도하는 심정으로 나 아닌 누군가의 안녕을 빌었다.

나보다 먼저 달려와 복도에서 대기중이던 미자 이모와 어머니가 내 손을 잡고 출생 직후의 진단 결과를 전해주었다. 아이는 건강하고 산모도 무사하다. 예정일보다 며칠 일찍 나왔지만, 신생아의 체중이 정상이다. 한시름 놓은 듯 어머니의 얼굴 주름이 밝게 펴졌다.

"순산이었어."

"하느님이 도우셨지 뭐니."

분만실 밖의 벤치를 지키는 것만으로도 생명의 탄생에 동참했다는 환희가 밀려들었다. 간호사가 나와서 산모가 입을 팬티를 찾기에 마침 내가 준비한 면내의를 핸드백에서 꺼내주며 "이게 어째 필요할 것 같더라" 헌 내의 한 장으로 출산을 거든 듯 우쭐했다.

"여기 앉으시죠."

"자네나 앉게나. 난 괜찮아."

어머니와 숙경의 남편에게 자리를 권하며 아이를 위해서라면 무엇이든 할 것 같던 날로부터 사흘 뒤에, 나는 산모와 아이를 남겨두고 아테네행 비행기에 탑승했다.

"내가 있으니 걱정 말고 놀다 오라"는 미자 이모에게 뒷일을 부탁하고 여행을 떠났는데, 숙경이 소변을 보지 못해 응급실에 실려갔다는 전갈을 받고 일정을 앞당겨 귀국했다. 분만의 긴장이 지나쳐 근육이 경직됐던 동생은 내가 도착한 뒤에 증세가 호전되어 아이와 함께 퇴원했다.

지중해에서 북해에서 에게해에서 원죄의 단추가 나를 누르면 나는 잠들지 못했다. 아테네의 호텔방에서 추위로 잠을 설치며 나는 깨달았다. 파르테논 신전으로 로마로 파리로…… 지구의 어디로 발버둥쳐도 나는 언니로부터 도망칠 수 없다.

서울로 돌아오는 기내에서 수면용 눈가리개 밑의 눈물을 훔치며, 나는 맹세했다. 다시는 먼길을 떠나지 않겠다. 마지막 문장에 마침표를 찍고 글 속에 언니를 묻는 의식을 끝낼 때까지 밖으로 떠돌지 않겠다…… 2천 미터 상공에서 흔들리는 수첩의 뒷장에 선명한 결의를 휘갈겼다.

116

아이를 보러 간다.

어머니와 나는 교대로 요일을 정해 숙경의 산후조리와 육아를 거들었다. 내가 갈 날이 아닌데도 집을 나서면 저절로 발걸음이 아이에게로 향했다. 시간 맞춰 분유를 먹이고 기저귀 갈아 채우고 목욕시키고 빨래 삶고…… 어른 셋이 갓난아기 하나를 두고 쩔쩔맸다. 애가 울기라도 하면 들쳐업고 이리 뛰고 저리 뛰며 생난리다. 동생네 안방을 차지하고 밤새도록 자다 깨다 아이와 씨름하다보면 너무 힘들어 어서 그 노역에서 해방되고 싶었지만, 막상 돌아서면 언제 그랬냐 싶게 애가 눈에 밟혔다.

백일 무렵의 도연이는 우량아 콘테스트에 나간 아이처럼 뚱뚱했다. 피둥피둥 세 겹 네 겹으로 접힌 다리와 토실토실한 볼은 건강에 대한 어른들의 강박을 보여준다. 잘 먹어야, 영양 상태가 좋아야 병에 걸리지 않는다는 의사의 지시를 막내는 지나치게 충실히 이행했다.

올바른 육아법을 놓고 동생과 나 사이에 이따금 격렬한 언쟁이 오갔다. 딸꾹질하는 아이에게 우유를 줄 것인가, 보리차를 줄 것인가? 아무 영양 없는 물보다는 분유를 먹이려는 숙경에 맞서 끝끝내 보리차를 주장하다 막내에게서 "언니가 애 키워봤어? 뭘 안다고 간섭이야. 그럴 거면 우리 집에 오지 마"라는 선고를 받고 며칠 못 가 나는 또 숙경네 아파트의 벨을 눌렀다.

117

도연이가 아프다. 애가 갑자기 열이 오르고 코피를 흘려 병원에 간다는 동생의 말을 듣고, 전화기를 내려놓자마자 옷을 대충 걸치고 집을 나섰다.

"그렇게 살살 꼬집으면 어떡해."

정밀검사를 받기 전에, 아이가 자지 못하게 더 세게 꼬집으라는 동생의 야단에 마지못해 아이를 울렸다.

"도연아, 자지 마. 응? 자면 안 돼."

소리쳐 얼르며 아이를 깨우는 데 나는 능숙하지 못했다. 돌도 안 된 몸에 바늘을 찔러 피를 뽑았다. 이런 저런 검사에 시달리는 아이가 안쓰러웠다. 의사로부터 무슨 말을 들을까? 초조해 입이 마르던 날.

괜찮대! 열이 내렸대! 혈중 헤모글로빈 농도도 정상이래.

안심해도 좋다는 말을 듣고, 긴장이 풀려 화를 불렀다. 병원을 나와 버스 정류장에 서 있다 변을 당했다. 내 앞을 휙 지나던 여자의 핸드백에 손등을 맞았는데 뼈가 부러진 듯 아팠다. 정형외과에서 사진을 찍어보니 왼손 주상골에 금이 갔다. 내 팔자에 없는 육아노동을 즐기며 근골격계를 얼마나 혹사했으면, 지나가는 여자의 핸드백에 맞아 뼈가 부러졌나. 정형외과 전문의도 의아해하는 황당한 교통사고였다.

깁스를 두르고 3개월쯤 지나야 다시 뼈가 붙는다. 당분간 손을 쓰지 말라는 의사의 주의를 무시하고, 나는 팔에 깁스를 두르고도 숙경네 출입을 계속했다. 퉁퉁 부은 숙경의 젖을 짜고, 우유병을 소독했다.

"이제 지 혼자 키우게 내버려두자."

우리가 없어야 막내가 어미로서 책임을 자각한다는 어머니의 의견에 동조해, 방문의 빈도를 차츰 줄였다. 일주일에 세 번에서 두 번으로, 두 번에서 한 번으로, 동생네로 향하던 발길이 뜸해졌다. 여름이 시작될 즈음, 어머니와 나는 도연이를 막내에게 맡기고 훌훌 미국으로 날아갔다.

118

미니애폴리스 공항에서 나를 마중나온 미경을 나는 얼른 알아보지 못했다. 예전의 화려했던 미모는 간데없고 야위고 까칠해진 모습에서 그간의 고달팠던 심신이 짐작되었다. 친정엄마에게서 공주 대접을 받던 동생이 말이 통하지 않는 외지에서 연년생으로 사내애들을 낳고 시부모 공양하는 생활이 쉽지 않았으리라.

다운타운에서 떨어진 한적한 전원주택에 도착해 2층에 올라가 영준을 보고 얼떨결에 내가 내뱉은 첫마디가 "얘는 뭘 믿고 이렇게 잘생겼니?"였다. 외할아버지 정일도를 빼닮은 준이는 남자다운 용모에 몸집이 우람한 사내애였다. 사람들과 눈을 마주치지 않고 저 혼자 떨어져 헝겊을 빨며 노는 둘째를 미경은 외할아버지와 어미인 자기를 닮아 남에게 관심이 없다고, 과묵하다며 기특해했다.

여독을 푸는 첫날밤에 미경이 내 침소인 서재로 물컵을 들고 들어왔다. 에어컨을 틀어 공기가 건조할 거라며 밤에 목마르면 마시라고 물컵을 탁자에 놓는, 전에 없던 환대에 나는 어리둥절했다. 애 엄마가 되더니 성품이 변했나? 결혼 전에 비해 그녀는 소탈해지고 말도 많아졌다.

준이를 낳고 찢어진 상처가 아물지 않아 한 달 동안 시어미가 해주는 밥을 먹으며 누워 있었어. 변비로 얼마나 고생했는지 몰라. 아침저녁으로 섬유소 가루를 우유에 타 마셔. 우유 한 컵에 두 숟가락씩.

자신의 일상을 시시콜콜 나열하며 며칠 뒤 시부모가 한국으로 돌아가고 시부모 대신 아이들을 돌봐줄 친정어머니가 내 집안에 발을 들여놓는 상상만으로도 기운이 난다는 그녀에게, 어두운 부탁을 꺼낼 적기는 아니었다. 그러나 이때가 아니면 언제냐 싶어 나는 눈치 없이 운을 뗐다. 미경의 남편은 미네소타 주립병원의 의사이다. 미셸 최의 말이 사실이라면, 그가 근무하는 병원에서 언니가 수술을 받았다.

"그건 뭣 하러? 다 지난 일인데."

언니의 수술 기록을 찾아보자는 나의 청탁을 단칼에 거절하며 미경은 싸늘하게 말했다.

"언니가 윤경 언니를 때렸어. 엄마만 없으면 큰언니 위에 올라타 마구 두드려 팼어. 그래서 내가 왜 때리느냐고 뜯어말렸는데, 기억 안 나?"

내가? 그럴 리가…… 그럴 리가 없어.

(거짓말. 이건 미경이 네가 꾸며낸 거짓말이야.)

비틀거리는 내게 그녀가 의미심장한 미소로 최후의 일격을 가했다.

"그래서 나중에 언니가 제일 괴로울 거라고 생각했지."

설마…… 나는 나를 믿을 수 없었다.

서재의 한쪽 벽에 붙은 싱글 침대의 매트리스 위로 올라온 나무틀이 불편해, 그날 밤 나는 잠을 이루지 못했다. 창틀 밖에 그림처럼 정지된 나무들과 호수, 푸른 잔디가 카펫처럼 매끈하게 깔린 마당을 보니, 언니의 유해가 들어오던 신영동의 옛집이 연상되었다. 푸른 잔디를 밟으며 검은 상자가 들어왔다. 미네소타에서 내가 누렸던 풍요는 평화롭지 않았다.

이곳에서 언니가 죽었다.

언니가 수술받고 재로 태워졌던 장소에 내가 왔다.

언니가 죽은 땅에서 동생의 아이들이 탄생했다.

피할 수 없는 우연과 필연들이 문득문득 흩어지는 마음에 새겨졌다.

레이크 파크에서 나의 하루는 무료했다. 미술관이나 공원으로 산책 나갈 때를 제외하고 대부분의 여가에 아이들과 텔레토비 비디오를 보거나, 마야 안젤로의 에세이를 뒤적이며 소일했다. 미네소타 안내 책자에 소개된 인디언 보호구역과 맛있는 레스토랑을 찾아가며, 나는 내가 미국에 온 이유 중의 하나를 뒤로 뒤로 미루었다. 미니애폴리스에서 멀지 않은 시카고에 거주하는 미셸 최는 수술받기 전에 한국 아이들이 모여 찍은 기념사진이 있다고 했다. 언니의 마지막 모습을 내가 직시할 수 있을까. 나는 나를 알 수 없었다.

미셸 최의 목소리는 수화기 너머 피곤에 절어 있었고 어쩐지 귀찮아하는 기색이 역력했다. 지도에서 미니애폴리스와 시카고까지의 거리와 교통을 가늠하며 내 머리는 복잡해졌다.

시카고에 다녀오겠다고 내가 통보하자 "거긴 왜?" 누구를 만나려느냐고 캐묻는 미경에게 "글쎄 그럴 일이 있어. 아는 사람이 거기 살아" 대충 뭉개며 나는 끝내 진짜 목적을 밝히지 않았다. 출근하는 미경의 남편이 모는 차로 미니애폴리스 버스터미널에 갔다. 오전에 출발할 예정이던 시카고행 버스의 운행이 취소되었다. 다음 버스는 저녁에 있다는 안내 방송을 듣고 나는 머뭇거렸다. 버스를 타려면 열 시간 넘게 기다려야 한다.

미국으로 떠날 때의 확고했던 결심이, 미셸의 전화번호와 주소가 적힌 수첩을 가방에 챙기며 준비했던 여행이, 그녀와 접촉하려는 나의 의지조차 사소한 방해에 부딪치자 흔들렸다. 터미널의 대기실 의자에 10분쯤 엉덩이를 붙였다 택시를 잡아타고 집으로 돌아온 뒤, 나는 다시는 터미널에 나가지 않았다.

119

미경의 시부모가 가고 어머니가 왔다. 어머니가 오기 전부터 계획했던 대로 우리는 북쪽으로 차를 달려 슈피리어 호숫가의 리조트 펜션에서 짐을 풀었다. 짐을 푼 다음날부터 골프장으로 출근하는 미경 내외가 해질녘에 돌아오면, 어머니와 나는 애들을 쫓아다니던 손과 눈을 놓고 물가에 나가 우리 앞의 막막함을 감상했다.

바다는, 호수는 평온했다. 파도만 치지 않을 뿐, 끝없이 자신을 확장한 바다 같은 호수.

"오리는 꼭 쌍쌍이 떠 있는데, 갈매기는 혼자 다녀. 이상하지?"

"정말 그러네."

어머니의 예리한 관찰에 맞장구치며, 곁에 아무도 붙이지 않고 창공을 유유히 비행하는 새의 자유와 고독에 나를 투사했다. 나를 여기까지 오게 한 운명을 헤아리면서, 잠잠하던 내면이 깨어나 소용돌이를 일으켰다.

내가 정말 미셸 최를 만나고 싶었나.

버스 스케줄이 잡힌 다음날에도 그 다음날에도 나는 터미널에 나가지 않았다. 그녀를 통해 과거와 대면하려던 내 의식의 밑바닥에는 무엇이 있었나.

어딘가의 누구를 찾아간다는 분명한 계기를 취해 과거와의 완전한 결별을 꿈꾸었던가? 나는 언니 때문에 미국에 가지 않았다. 손을 다쳐 기본적인 생활이 어려웠던 나는 동생과 엄마 옆에서 밥이라도 편하게 얻어먹고 바람도 쐴 겸 미국행 비행기에 올랐다.

어머니와 단둘이 펜션의 방안에서 쉬며 나는 언니와 관련된 마지막 모퉁이를 돌았다.

"엄마, 미경이 그러는데 내가 언니를 때렸대. 내가 언니를 때렸어?"

"아니. 그런 적 없다. 그런데…… 내가 걔를…… 윤경이 종아리를 걷게 하고 회초리로 때린 게 걸려……"

딸의 뜬금없는 질문에 답하느라 어머니는 당신 홀로 품어온 죄를 끄집어냈다. 미경이 나를 단죄한 것보다 아프게 나는 엄마를 때렸다.

120

새 천년 봄에 미경이 미국에서 완전히 귀국했다. 내가 살고 있는 신도시의 외곽에 아파트를 장만하고 다시 직장에 나가는 미경의 아이들을, 손자들을 키워주기 위해 어머니는 짐을 싸서 들어갔다. 그래서 평창동의 연립주택은 사람이 살지 않는 빈집이 되었다.

응답기에 녹음된 어머니의 목소리는 은근했다. 어머니의 목소리가 은근해진 건 옆에 사람이, 파출부 아줌마가 있어서다.

"하경이 나가고 없냐? 응. 네가 잊어버릴까봐 그러는데 7월 14일 우리가 괌에 가잖니. 그래서 그러는데, 15일이나 16일 성당에 가서 미사드려라. 세검정 성당이든 어디든. 알겠지? 무슨 말인지? 끊는다."

'무슨 말'인지 나는 안다. 너무 잘 안다. 7월이 시작되기도 전에 달력에 동그라미를 쳐두었다. 검정색의 밋밋한 동그라미로 마음이 놓이지 않아 파란 펜으로 별표를 첨가해 강조했다. 7월 15일. 7월 16일이던가? 헷갈려 지난해의 수첩들을 뒤진다. 수첩을 뒤지기 귀찮으면 엄마에게 전화해 그날을 물어본다. 엄마는 언니의 기일뿐 아니라 세 자매의 생년월일과 주민등록번호를 다 꿰차고 있다.

그날이 다가오고 나는 초조해진다. 7월이 되면서 나는 자꾸 달력을 쳐다본다. 달력에 수첩에 동그라미를 치기 전에 머릿속에 이미 진하게 검은 줄이 그어져 있다. 내가 심각한 연애에 빠지면 시간의 밑줄이 희미해진다.

전화기의 단축 버튼, 메모리 0은 엄마다.

"어머니, 전데요."

"응, 그래. 아까는 아줌마가 있어서 말 못했다. 오는 일요일이 윤경이……"

언니의 이름이 나오자 나는 어머니의 말을 도중에 가로챘다.

"내가 알아서 할게요. 어머니는 걱정 마시고 잘 갔다 오세요."

미국 국적을 유지하기 위해 미경네 가족은 미국령의 동남아시아로 여름휴가를 떠난다. 괌에서 미경과 그녀의 남편은 골프를 치고 어머니는 호텔방에서 손자들과 씨름한다. 해변에 아이들을 풀어놓고 준이가 바다에 빠지지 않을까 감시하며, 문득문득 어머니의 눈은 다른 곳을 보리라. 허술한 흙무덤이 장맛비에 떠내려가지 않을까, 어머니는 속이 탄다.

어머니에겐 세검정성당에 가겠다고 큰소리쳤지만, 서울은 멀다. 아침 일찍 공원을 산책한 뒤 집 근처의 성당에서 연미사를 신청했다. 사무실에 비치된 미사 예물 봉투에 신청인의 이름, 전화번호, 봉헌일과 금액을 써넣은 뒤,

_____의 _____을 위하여

빈 칸을 어떻게 채울지 난감했다. 앞에 고인의 이름을, 뒤에 세례명을 기입했다.

"이렇게 쓰는 거 맞나요?"

"아니요. 영혼이 빠졌네요."

언니의 영혼을 빠뜨리다니. 망치로 맞은 듯 얼얼했다. 자원봉사자가 고쳐준 대로 격식에 맞게 봉투를 작성했다.

정윤경 마리아님의 영혼을 위하여.

121

동해안의 휴양지에서 옛날의 유리병을 다시 보았다. 언니가 마시던 우유병을 닮은 유리병이 진열된 상점의 선반에 내 눈이 멎고, 하얀 액체가 솟구치고 유리창이 부예진다.

유리병을 산 뒤, 내친김에 꽃집에 들러 백합과 허브 화분을 샀다. 옛날의 나 같으면 결코 허용하지 않던 낭만이다. 혼자 살면서도 나는 여느 독신자들처럼 애완동물이나 화분 따위를 집안에 들여놓지 않았다. 누가 이런 사정을 모르고 화초를 선물하면, 앞에선 고맙다고 인사하지만 그가 가고 나면 바로 버리거나 옆집 아줌마에게 주었다. 나는 식물이든 동물이든 생명을 키우지 않았다. 나의 부주의로 내 눈앞에서 그것들이 죽어가는 꼴을 보고 싶지 않았다.

수도꼭지를 틀고 유리병에 물을 받아 베란다로 나간다. 바닥에 흐르지 않게. 넘치지도 모자라지도 않게. 꽃집 아저씨의 충고대로 허브의 줄기와 잎에는 직접 물이 닿지 않게 삼가서 물을 붓다 번뜻, 후회가 파고든다. 내가 며칠에 한 번 화초에 물을 주는 정도의 관심을 언니에게 기울였다면……

추억의 유리병은 지금 내 신발장 위에 있다. 말라비틀어진 장미들을 안에 품고서. 함께 작업했던 동료가 선물한 서른 송이의 장미에 나는 일부러 물을 주지 않았다. 며칠 못 가 시드느니 처음부터 말려 죽이는 게 꽃을 더 오래 감상하는 비결이라고, 친구가 가르쳐주었다.

122

해마다 여름이 오고 봉선화가 거기 서 있다. 아무도 몰래 피었다 아무도 몰래 진다. 울 밑에 봉선화를 나는 그냥 지나치지 못한다. 한낮의 태양을 견디느라 축 늘어진 붉은 꽃잎…… 아가, 난 네가 필요하다. 너의 새까만 눈동자와 깔깔거리는 천진무구만이 나를 과거의 늪에서 구해낸다.

오늘은 토요일. 도연이는 엄마 아빠와 함께 있겠지. 아이의 해맑은 웃음이 방안 가득 번진다. 컵에 물을 따르며 장난치던 모습이 아이가 떠난 뒤에도 그 자리에, 부엌 식탁 위에 남아 있다. 불면의 밤을 견딜 수 없으면 어제의 미소를 움켜쥐고 잠을 청한다.

도연이는 내 책상 위에 있다. 나는 내 책상 위에 놓인 언니와 조카의 사진을 번갈아 쳐다본다. 언니는 비닐 앨범에, 아이는 액자의 유리 속에 있다. 언니는 죽었고, 도연이는 살아 있다. 단백질, 지방, 탄수화물을 태우며 아이는 내 손을 뻗치면 닿는 곳에서 숨쉬고 악쓰고 재롱부린다.

—언니, 있으면 전화 좀 받아봐. 도연이가 언니한테 할말이 있대. 없어? 밤늦게 어딜 갔어? 자, 도연아. 수화기에 대고 아까 엄마가 가르쳐준 것 이모한테 얘기해.

—이모, 나 변기에 똥 눴어요.

—들었지? 우리 도연이 오늘 처음 변기에다 똥 눴다.

벌써 몇번째인가. 어린것의 쫄깃쫄깃한 목소리를 듣는 재미에 걸핏하면 응답기의 재생 버튼을 눌러댄다.

—이모, 나 변기에다 똥 눴어요.

—아이구 장하다. 우리 아가 다 컸네. 혼자서 밥 먹지, 똥오줌 가리겠다 인간 다 됐네. 도연이 이제 이모 집에 와서 자도 되겠네? 그지?

한동안 도연이는 아침마다 똥을 누면 이모에게 신고했다. 전화가 안 오면 내가 먼저 안절부절 다이얼을 돌린다. 나는 그 아이에게 중독되어 있다. 새까만 눈망울이 어른거리면 옷을 갈아입는다. 조카와 가까운 곳으로 이사가야겠다고, 외출 준비를 서두르며 이를 닦다가 나는 소스라친다. 그 사랑스러운 아이도 때가 되면 늙고 병들고…… 그건 안 돼. 우리 도연이만은, 이 아이만은 불멸의 존재였으면.

123

지금까지 내가 듣는 데서 막내가 큰언니를 들먹인 건 두 번밖에 없었다.

1991년 봄. 하릴없는 실업자로 집에서 빈둥거리던 나는 가끔 동생의 방에 들어갔다. 동생의 물건들이 탐나서라기보다 뭐 새로운 게 없을까? 나른함을 견디다못해 주인이 없는 옷장을 열고 서랍을 들췄다. 내 동생들은, 특히 막내는 자신의 소유물에 대한 집착이 대단해 자신의 옷이나 구두, 스타킹과 화장품에 타인의 손길이 닿는 것을 끔찍이 싫어했다. 손이 아니라 눈으로 훑는 것도 동생의 허락을 받아야 가능했는데, 금기가 강할수록 건드리고픈 욕망이 나를 부추겼다.

나의 심심한 손으로부터 자신의 방을 보호하기 위해 막내는 희한한 기구를 발명했다. 부재시에 외부의 침입자를 가려내기 위해서 문턱에 머리카락을 한 올 떨어뜨려놓고, 외출했다 돌아와 경보장치인 머리카락이 제자리에 있는가를 일일이 검사하곤 했다. 어느 날 동생의 방을 나오다 숙경에게 들켰다. 모발로 된 경보장치가 뭉개진 문지방의 바깥에 서서 동생이 나를 째려보며 최후통첩을 던졌다.

"큰언니 이름을 걸고 내가 맹세하는데, 앞으로 다시 내 물건에 손을 대면 절대로 용서하지 않겠어."

절대로 용서하지 않겠다는 막내의 으름장보다, 예기치 못한 '큰언니'에 나는 얼어붙었다.

1999년 6월. 숙경이 신혼살림을 차린 아파트에서였다. 내가 오기를 기다렸다는 듯이 막내는 내게 며칠 전 신문에서 오려낸 문화면 기사를 들이댔다.

"큰언니랑 너무 닮지 않았어? 나이도 똑같아. 살던 곳도. 나 태어날 때, 우리 거기 살지 않았어?"

나도 그 신문 기사를 읽었지만, 소설의 배경이 우리가 살았던 동네이고 내가 도시락을 나르던 영미다리가 등장한다는 유사함만 의아스러웠을 뿐. 여성잡지의 장편 공모에 당선된 신인 작가의 사진을 보고 막내처럼 언니를 연상하지는 않았다. 자신의 유년기를 소설로 형상화한 그녀는 나도 한 다리 건너 이름을 아는 사람이었다. 나와 같은 대학 서클에 적을 두어 한두 번 술자리에서 대면했던 대학 선배를 정작 나는 몰라봤는데. 숙경이 나보다 언니를, 언니의 얼굴을 더 잘 안다. 일곱 살이었던 막내에게 윤경 언니가 더 살뜰하게 사무쳐 있다.

2001년 12월. 언니를 화제에 올리지 않는다는 불문율을 깨고 막내와 나는 자정이 넘도록 전화기를 붙들고 서로의 죄의식을 나눈다.

"엄마가 내게 큰언니 먹을 떡볶이를 사오라고 심부름을 시켰는데, 환자가 먹을 거니까 맵지 않게 고춧가루 넣지 말라고 하랬어. 봉지를 들고 오다가 길에서 한두 개 집어먹었겠지. 그때 우리는 떡볶이 같은 걸 사먹을 처지가 아니었는데, 엄마가 큰언니만 위하는 것 같아서 샘이 났었어. 그래서…… 큰언니를 생각하면 진짜 걸리는 건 따로 있어."

"뭔데?"

"전번에 내가 말했을 텐데, 언니 또 잊어먹었지?"

"아니. 너 나한테 그런 얘기 한 적 없어. 아마 미경이한테 했겠지."

"내가 빨간 지갑 얘기 안 했어? 엄마가 만든 빨간 지갑 생각나?"

"아니."

"우리 엄마가 바느질도 잘했잖아. 빨간색, 주홍빛 인조가죽 천이었어. (지금도 눈에 훤한 듯 동생은 '빠알간'을 강조했다) 그걸 잘라서 재봉틀로 박는 걸 옆에서 구경했는데, 지갑을 두 개 만들어서 하나는 엄마가 갖고 하나는 큰언니를 주었어. 난 그게 탐나서…… 그래서 내가 큰언니 손등을 할퀴었어. 손톱으로 꼬집었는데도 아무 반응이 없더라. 그래서 더 세게 할퀴었어. 살점이 떨어져나올 정도로. 그런데도 큰언니가 가만히 있는 거야. 말도 하지 않고."

……동생의 고백을 들으며 수화기를 쥔 내 손에 실핏줄이 돋는다.

"미경이 말로는 내가 언니를 때렸다는데."

"응. 미경 언니도 나한테 그렇게 말하더라. 언니가 큰언니를 때려서 자기가 말렸다고."

"미경이 말이 사실일까?"

"글쎄, 거짓말일 수도 있어. 작은언니는 원래, 엄마가 그랬어, 거짓말 잘한다고."

"너, 내가 큰언니 때리는 거 본 적 있니?"

"아니. 나는 그때 태어나지도 않았지."

전화를 끊고 나는 싱크대의 찬장을 뒤졌다. 금연을 한다고 라이터와 재떨이를 치웠는데 도저히 못 참고 악마에게 손을 벌린다. 그런데 그 지갑은 지금 어디 있을까. 주인과 운명을 같이했을까. 태워졌을까.

진실을 알기 위해 나는 사진을 본다. 언니는 미경에게 붙어 있다. 미경의 어깨에 다정하게 한 팔을 두르고 어린이대공원의 분수대에서, 추석날 온 가족이 모인 마당에서도 언니는 내 옆에 서지 않았다. 언니는 내 곁에 서거나 앉지 않았다. 왜?

그리고 또하나의 움직일 수 없는, 사진보다 확실한 물증이 있다. 오래전 자료들을 정리하다 낱장으로 돌아다니는 옛날 원고지에서 동생의 말이 틀림없다는 증거를 발견했다.

"언니는 때려주기에는, 미워하기에는 너무 멀다."

어지러이 휘갈긴…… 분명히 내 글씨였다. 붉은 줄이 쳐진 2백자 원고지 위에 구겨진 그 문장은 미경에게서 내 가슴을 후벼파는 말을 듣기 훨씬 전에, 미네소타를 방문하기 10년 전에, 반지하 셋방에서 어느 날 잠결에 불쑥 솟아난 단어들을 내 손에 잡힌 아무 종이에 받아쓴 무의식의 낙서였다.

원고지의 네모난 칸을 무시하고 줄 밖으로 삐져나온, 컸다 작았다 제멋대로인 획들이 글쓴이의 반半수면 상태를 말해준다. 바람에 날리는 머리카락처럼 사방으로 휘날린 문자들을 나도 처음에 알아보지 못해, 잠에서 깨어나 내 머리맡에 놓인 종이를 보고 '이게 내가 쓴 거 맞나? 혹시 룸메이트 K의 글씨가 아닌가?' 헷갈렸다.

124

아버지 옆에 붙은 여자의 이름이 잘못 박힌 못처럼 거북했다. 번번이 소문내고 바람피우던 아버지답지 않게 이번에는 솜씨가 감쪽같았다.

'어쩜. 우리를 속였어.'

허를 찔린 나는 어머니에게 달려갔다. 어머니는 아버지가 '그 과부년'이 아니라 중국에서 듣도 보도 못한 조선족과 결혼한 사실을 나보다 먼저 알고 있었다. 나처럼 동사무소에서 증명서를 떼다 아셨다며.

"뭐 그깟 일로 놀라냐."

어머니는 되레 나를 위로했다.

"아마 아이를, 사내애를 낳아 니 애비가 꽉 잡힌 것 같다. 그렇지 않으면 중국에 들어갈 때마다 과자를 잔뜩 싸들고 갈 리 없다."

아무렇지도 않게 웃어넘기는, 정말이지 우리 엄마는 예측할 수 없다니까.

중국에서 귀국해 생일상 차려준다는 딸네에 들어선 아버지는 여전히 멋쟁이였다. 대충 면바지를 걸치고 나온 딸들보다 세련된 노란 넥타이와 베레모를 '멋있다'고 비꼬는 내게 아버지는 이제 늙어서, 이렇게 차려입어야 비행기에서 스튜어디스들이 쳐다보고 사람대접해준다며 웃어넘겼다. 시대를 잘못 만나 불평분자의 탈을 걸쳤으나 내 아버지 정일도는 본디 낙천적인 사람이었다.

"니 애빈 다른 건 몰라도 책임감 하난 끝내줬지. 생활이 아무리 어려워도 처자식 굶긴 적은 없다."

자식들 앞에서 어머니가 아버지를 추켜세우고, 아버지는 나를 추켜세운다.

"하경이 너 때문에 살았다. 그때는 니들이 대학은커녕 고등학교나 마치면 다행이라 생각했었지. 근데 하경이 니가 '엄마 걱정 마. 내가 연탄 날라 돈 벌 거야. 내가 돈 벌어 학교 갈 거야' 그랬다지 뭐냐? 그 얘길 들으니 내 기운이 나더라."

"미국에서 대통령이 올 때마다 정보계 형사들이 들이닥쳐 니 애비를 잡아갔단다."

존슨 대통령의 한국 방문을 앞두고 아버지를 장롱에 숨겼다는 일화는 잔칫날에 어머니가 즐겨 꺼내는 단골 메뉴다. "정일도를 풀어놓으면 큰일을 저지른다며 얼마나 나를 윽박지르는지 아주 진땀이 나더라"를 우리는 아버지의 환갑에도, 칠순에도 들었다.

장롱에 들어가기 한참 전에, 아버지는 단칸 셋방을 찾아온 청년학도들에게 열변을 토했다. 내가 엄마 뱃속에서 꿈틀대고 언니가 방 한 구석에서 칭얼댈 때, 아버지는 고등학교 후배들이 써온 연설문을 한 줄 한 줄 고쳐주었다. 아버지를 찾아온 어린 손님들을 대접하느라 무거운 몸을 일으켜 된장국을 끓여 내왔던 옛날을 젓가락으로 뒤집으며, 어머니의 얼굴에 잔잔한 미소가 미끄러졌다.

사위들의 축하한다는 인사와 술이 돌아가고 사람들이 모인 자리면 늘 그렇듯이 아버지는 당신의 철 지난 무용담을 다 식은 잔칫상 위에 쏟아붓는다.

"나는 대한민국 역사의 중요한 고비마다 현장에 있었어."

눈을 깜빡이며 진술의 진실성을 강조하는 칠십 노인의 목소리가 팔팔 뚜렷했다.

방안에 거북한 침묵이 깔린다. 그 거북함 속에는 당신에 대한 나의 연민과 애증도 섞여 있다. 사위들과 딸들, 심지어 어머니까지 딱하다는 듯 그날의 주인공을 쳐다본다. 착잡한 표정을 감추느라 고개를 떨구는 사위들을 아버지는 보지 못한다. 타인을 의식했다면 우리 아버지가 아니다. 그는 단순한 사람이다. 당신의 단순함 때문에 내가, 우리가 복잡해질 수밖에 없었다.

화제를 바꾼 건 나였다. 누구보다 아버지를 닮은 내가 누구보다 아버지를 못 견뎌 한다.

"아유, 아버지. 사위들 앞에서 재미없는 얘기 좀 그만 하세요."

한여름의 후끈한 열기와 음식 냄새 속에, 국수 가락처럼 풀려나오는 말의 잔치 속에, 당신이 슬쩍 건너뛴 시간이 있다.

125

용산의 미군 기지 옆에 자리잡은 우람한 흰색 건물은 단체로 견학 나온 학생들로 북적였다. 나무와 꽃들이 만발한 야외 정원에선 분수가 물을 뿜고, 엄마와 소풍 나온 아이들이 뛰어다니고, 기하학적으로 조성된 공원의 잔디에 탱크와 전투기가 붙박여 있다. 달리지 않는 전차와 날지 않는 비행기는 사내아이들이 갖고 노는 커다란 장난감이 되었다. 매점에선 메달이나 캐릭터 인형 따위의 기념품을 팔고, 관광 안내소에서는 영문으로 된 대한민국 지도가 어서 날 집으라고 외국인을 손짓한다. 수도 서울을 대표하는 문화공간이자 관광명소인 전쟁기념관에서 한국전쟁은 역사가 되었다. 예술이 되었다.

탱크의 뭉툭한 포신 위에 햇살이 빛나던 6월의 어느 한가로운 오후. 하늘은 푸르고 대기는 더할 나위 없이 우호적인 온기를 내뿜건만, 나는 내게 주어진 장소와 시간을 온전히 누리지 못했다. 내 눈에 들어온 지극히 평화스러운 풍경과, 총탄이 빗발치는 하늘을 화해시킬 수 없었다.

숱한 목숨과 사연을 삼키고, 주인 잃은 팔다리와 이름 모를 시신들을 매장하고 태연히 빛나는 하늘에 대한 묘한 배반감을 평화의 광장에 뿌린 뒤에 나는 엘리베이터를 탔다.

한일월드컵으로 온 나라가 들썩일 때 나는 전쟁기념관 한국전사戰史실의 복사기 옆에 서 있다. 한국현대사를 다룬 역사책들에서 한 줄도 언급되지 않던 아버지가 국방부 전사편찬위원회에서 펴낸 『한국전쟁사』에서는 당당히 이름 석 자로 등장한다. 步兵 第12期生 鄭一道. 보직자 명단에 들어 있는 한자 성명을 하나하나 손가락으로 짚으며 보고 또 본다.

> 제9사단은 1950년 10월 25일 국군이 북한군의 남침을 응징하고 북진작전을 전개하고 있을 때, 이승만의 증편 계획에 따라 서울에서 제28, 제29, 제30연대로서 창설되었다. (……) 1951년 6월 3일 포천으로 이동하여 철의 삼각지 확보 작전에 참가, 보계산, 고대산을 탈취하고 철원을 점령, 6월 말에는 김화로 이동, 계웅산을 점령하고 김화를 방어하였다.

낙동강에서 철의 삼각지까지 나는 아버지의 발자취를 더듬었다. 아버지가 참여했을 9사단의 전투 상황을 수첩에 적고 밖으로 나가, 뻐근한 눈을 부비며 늦봄의 훈기를 들이켰다. 휴게실의 자판기에서 뽑아 마신 음료로도 가라앉지 않는, 계웅산까지 올라간 감정을 가라앉힐 술과 친구가 그리워서 핸드폰을 두드렸다.

> 1951년 적의 5월 공세에 현리, 상남, 인제, 고성 전투에서 국군 제3군단이 중공군에 완전히 포위되어 6·25전사상 제일 많은 손실을 보았다는 탈출 작전에 나도 끼게 되었다. 3일간을 굶고, 3일간을 자지 않

고 폭우가 연일 휘몰아치는 險山險谷에 포위된 상황에서는 지휘관도 장교도 없이 완전히 붕괴된 무질서한 집단에 불과하였다.

—제9사단 제29연대 제2대대 부관 金永秀 소위, 「현리의 비극 2」에서

이윽고 날이 저물었다. 좁은 도로 위에서 끝도 없이 늘어선 차량 종대에 일제히 불이 붙기 시작했다. 누구 명령인지 몰라도 모두 아군의 차량에 휘발유를 끼얹고 불을 지른 것이다. 포병들은 야포의 포구에 수류탄을 까넣어 폭발시켰다. 검은 연기와 화염이 점화하면서 트럭과 전차에 적재한 기관통과 포탄이 폭발하였다. 이게 무슨 꼴인가? 이런 식의 전쟁도 있었던가?

—제9사단 제28연대 하사관 교육대 구대장 겸 교관 金雲璣 소위, 「현리의 비극 3」에서

공황 상태에 빠진 중동부전선中東部戰線을 고발하는 글들에는 전쟁을 직접 몸으로 겪은 사람들만 알 수 있는 리얼리티가 살아 있다. 육군의 치욕이었던 현리 철수는 미군과 한국군 지도부의 주도권 다툼이 초래한 작전 혼란과 '교통 체증'이 빚은 비극이었다. 적에게 포위된 좁은 지역에서 우왕좌왕하다 각 부대 지휘관들의 자기만 살겠다는 비겁한 태도로 엄청난 인명이 희생되었다.

배가 고파 냇물로 허기를 채우고 나면, 그 냇가 물속에 있는 이름 모를 전사자 시체!

—제9사단 제29연대 제2중대 제1소대장 白承珠 소위, 「현리의 비극

1」에서

현리로 빠지는 이정표가 나오자 아버지는 차를 세웠다. 우리 가족이 한솥밥을 먹고 평범한 중산층처럼 산으로 강으로 휴가 여행을 떠나던 여름. 청평에서 춘천으로 가는 도중에 왼쪽의 샛길로 들어서니, 밑이 훤히 비치는 계곡과 병풍처럼 둘러선 바위산이 수려했다.

"여기가 이렇게 변했구려, 여보. 이게 이 물이 다 빨갰어."

피로 물들었던 격전지를 돌아보며 감회에 젖던 아버지.

내 결혼을 앞두고 함이 들어오던 밤. 창밖엔 라일락과 아아— 아카시아. 5월의 독한 향기가 어슬렁 마당을 배회하고, 2층의 내 방엔 포탄 연기가 자욱했다. 술상에 빼곡히 둘러앉은 젊은 남자들 스무 명을 합친 것보다 더 용감한 참전용사가 내뿜는 추억의 열기로 데워진 방을…… 나는 냉정히 들여다본다. 그날의 주인공은 함을 받은 예비 신부와 신랑이 아니라, 신부의 아버지였다. 대학원생인 사위의 친구들보다 더 좋은 청중을 근래에 구하지 못했을 터.

그는 마이크를 잡으면 떠드는 사람이다. 식구끼리 있을 때는 조용하나, 딸의 함이 들어온 날처럼 청중이 스무 명을 넘어야 말문이 트이고 백 명에 육박하면 펄펄 나는 무대 체질의 웅변가였다. 시퍼런 젊음과 어울려 옛날로 돌아간 아버지는 유쾌해 보였고 당신의 6 · 25를 술술 풀어 술상 위에 올렸다. 다리에 총을 맞아 후방에서 치료받고, 낙하산을 잘못 내려 홀로 산속에 고립되어 열흘을 풀뿌리로 연명하며 걸어서 부대를 찾아갔다는 모험담이, 80년대의 반항하는 먹물들에게는 잔칫상에 오른 해물전보다 맛있었다.

산더미처럼 쌓인 포탄 탄피들은 밑에 쓰인 사진 설명이 없으면 얼핏 맹랑한 현대의 설치미술 작품으로 보인다. 종군기자가 찍은 흑백사진에서는 전쟁의 북소리와 비명이 들리지 않는다. 그것들은 고요하고 평화로우며 매끄럽다.

가운데가 뻥 뚫린 피리 모양의 강철 더미를 지나 멀리, 방금 면도한 턱처럼 황톳빛 맨살을 드러낸 벌거벗은 산등성이들을 응시해야 쿵, 참혹이 발밑에 떨어진다.

이곳은 피의 능선. 1951년 9월 5일부터 9월 23일 국군이 완전 장악하기까지 뺏고 빼앗기는 치열한 공방전이 벌어져 풀 한 포기, 나무 한 그루 살아남지 못한 완전초토로 변했다. 18일간 하루도 쉬지 않고 계속된 전투에서 39만 발의 포탄이 퍼부어졌고 1만여 명의 전사자가 나와 '피의 능선'이란 이름이 붙여졌다.

1952년 10월 6일. 중공군 3개 사단의 파상 공격을 받아 열흘 동안 고지의 주인이 24번이나 바뀌는, 단기간 지역 전투로는 전쟁사상 유례가 없는 격전 끝에 중공군 14389명 국군 3146명이 희생되었고 산의 높이가 1미터나 낮아졌다. 심한 포격으로 파괴된 산의 모습이 공중에서 보니 하얀 말을 닮아 무명의 395고지는 '백마고지White Horse Hill'로, 백마고지를 방어하다 산화한 육군 제9사단은 백마부대로 불리게 되었다.

수류탄 두 개와 물병 주머니, 무전기, 수첩을 허리에 매달고 어깨에 장총을 멘 청년이 내 아버지 맞나? 아버지가 이렇게 날씬한 때가 있었나? 한창때에 99킬로그램에 육박했던 살집이 쭉 빠진 훌쭉한 몸. 치켜 올라간 눈썹, 꽉 다문 입술과 단단한 철모로도 숨길 수 없는 풋풋함이 살아 숨쉰다. 둥근 바가지 엎어놓은 것 같은 모자에 찍힌 '헌병'의 하얀 고딕체가 크나큰 자랑이었을 그는, 아직 소년을 벗지 못한 스무 살의 커다란 아이였다.

전쟁중에 찍은 단 하나뿐인 사진은 앞으로 그에게 어떤 일이 일어나든, 무슨 짓을 저지르든 '나는 무죄'라고 선언하는 듯하다. 누구보다 순수했던 청년을 범죄자로 내몬 구체적인 전황을 알고 싶어 나는 종이들과 씨름한다. 나는 내 아버지를 위한 변명을 찾고 있다.

> 소대장으로서 主抵抗線에 배치되어 소금물에 짜게 절여 있는 주먹밥 한 덩어리로 요기를 하고, 소대원의 신상을 파악할 겨를도 없이 야간만 되면 중공군과 인민군을 상대로 조명탄을 발사하고 사격하는 (……) 이와 같이 정신없이 싸우는 동안에는 무엇이 무엇인지 스스로도 판단할 수 없으리만큼 무아의 지경에서 광기 어린 순간을 맞이했다. (……) 이때 겪었던 충격이야말로 나의 전 생애중 그 무엇과도 비교할 수 없을 만큼 강도 높은 것이었다.

제8사단 제21연대 제11중대 제2소위장 김용경 소위의 「횡성전투 참전기」를 읽으며 '광기 어린 순간'이 조명탄처럼 내 머리를 밝혔다.

아버지는 도망치지 않았다.

돈과 여자가 개입된 사생활에서만 그는 도망자였다.

도망치지 않았지만, 도망치지 않았기에 그는 미쳤다.

그는 지옥에서 살아남았다. 결혼하여 아이들을 낳고, 아내가 아닌 다른 여자가 있는 중국행 비행기에 오른다. 서로 총부리를 겨누었던 어제의 적을 베이징의 어느 식당에서 우연히 만나 낙동강 전투에 관해 담소했다는, 옛 중공군 병사 이야기를 하며 얼큰히 취한 아버지의 뺨은 붉게 상기되어 있었다. 내게 80년대가 언제까지나 현재 진행형이듯, 아버지에게 6 · 25는 결코 끝나지 않는 전쟁이다.

126

생활인이 되었건만 내 아버지의 머릿속에서 정치를 완전히 내쫓기는 힘든 일. 떨어져 사는 부녀가 1년에 두어 번 대면하면 시국이 화제였다. 한치도 물러나지 않고 격돌했던 논쟁도 이즈막에 시들해졌다. 아비와 딸이 같이 늙어가며 견해 차이가 좁아졌고 정치에 대한 관심도 줄었다. 김빠진 대담이 이어지던 어느 날 정치인들의 과거사를 도마 위에 올려놓고 씹다가, 딸이 아버지에게 물어서는 안 될 치명적인 과거를 묻고 말았다.

"그게 알려져도 괜찮겠어요?"

"뭐?"

이마를 찡그리며 눈을 깜빡이는 아비를 보고서야 아차! 나의 실수를 주워담고 싶었지만 '그것'은 벌써 아버지를 찔렀다. 당신의 안면이 이내 굳어졌다.

"아, 그거— 나는 잘못한 것 없다. 인삼을 몰래 빼돌렸던 놈이다. 그놈이 인삼을 팔아먹었어."

당신이 주둔하던 철의 삼각지 부근에는 인삼밭이 많았다. 전선 바로 옆에서 감시가 소홀한 틈을 타 인삼을 팔아 잇속을 챙기는 사람들이 있었다는데, 아버지의 말씀을 경청하는 거실의 창밖으로 푸른 들판이 넓게 펼쳐진다. 달빛 아래 고고하게 빛나는 인삼밭의 낭만을…… 총성이 울리는 전선의 밤이 쓸어버린다.

127

광화문은 촛불로 바다를 이루었다. 미군 장갑차에 희생된 여중생의 사진을 치켜든 아이들. 교복을 입은 소녀와 검은 띠. 저녁 뉴스를 시청하다 나는 비 내리는 세검정으로 달려간다. 애도의 물결 속에 언니를 위한 촛불은 없다. 없었다.

시위 현장에 가서 르포를 써오라는 잡지사의 청탁 전화를 나는 정중히 거절했다. "손을 다쳐서요." "이사한 뒤라 할 일이 많아요." 단발머리에 초점을 맞추며, 여중생과 미국을 언급하며 그녀들과 같은 나이에 깜빡거리는 촛불처럼 사라진 언니가 비칠까봐, 나는 두려웠다.

128

큰애가 학교에 입학할 나이가 되자 미경은 외국인 학교가 있는 서울 연희동으로 이주했다. 어머니도 당연히 따라갔다. 연희동으로 옮긴 뒤 어머니의 평창동 출입이 수월해져 아버지에 대한 집착도 되살아났다.

아버지가 1년에 한두 번 한국에 들를 때마다 호텔처럼 사용하는 집을 청소하기 위해 어머니는 한 달이 멀다 하고 연희동에서 평창동까지 성지순례를 떠났다. 버스에서 내려 가파른 언덕을 10분쯤 걸어 3층 계단을 올라가 열쇠를 돌렸다. 이부자리를 빨고 소파 껍질을 벗기고 진공청소기를 돌리고, 냉장고가 비었다며 김치와 밑반찬을 배낭에 지고 나르다 몸살을 앓는 어미가 딱해 웬 청승이냐고 말리는 딸들에게 어머니는 오히려 호통을 친다.

"그래도 니들 애비다. 망할 년들, 니들 공부한 게 다 누구 덕인 줄 알아? 나한텐 니 애비가 백번 잘못했어도 니들에겐 훌륭한 아버지였다. 암, 그렇구 말구. 그걸 알기나 알어? 이 싸가지 없는 것들아."

말꼬리만 잡히면 '니 애비는 그년하고 내 눈앞에서 팔짱 끼고 비행기에……' 당신은 침 튀기며 욕을 해도 자식들이 아버지를 비난할라치면 못 참는 게 우리 엄마다. 아버지에 대한 어머니의 집착은 1년에 스무 번 돌아오는 제삿날 절정에 달한다. 이혼한 뒤에도 어머니는 정씨 집안 큰며느리로서 의무를 다했다.

아버진 중국에서 연락 두절인데 어머니는 아무리 아파도 빈집에 미리 가서 청소하고, 정씨들은 한 명도 없는데 내 아버지의 할아버지의 할아버지의 제사를 강행한다. 제사를 주관할 제주인 아버지도 없고 딸년들은 코빼기도 안 비쳐도 혼자서 흰밥에 국 떠놓고 나물 무치고 두부 부쳐서 제사상을 차리는 딱한 당신.

당신은 달력으로 남으리라. 어머니의 새해는 천주교회에서 발행한 벽걸이용 달력에 동그라미를 치는 일로 시작한다. 조상님의 제삿날과 식구들의 생일, 최근엔 사위들과 손자들의 생일까지 챙기느라 종이가 시꺼메졌다. 당신이 어디에 있든, 지구를 벗어나 화성에 떨어지더라도 생을 하직하는 날까지 변하지 않을 습관이다.

129

기어이 집을 팔았다. 원금을 죄다 까먹고 눈덩이처럼 불어난 이자를 이리저리 틀어막다 내린 어머니의 결단이었다. 한 집안의 반세기 묵은 살림을 뿌리째 들어내는 큰일을 처리하느라 어머니는 연희동과 평창동을 서너 번 왕복했다.

손때 묻은 가구들과 전자제품들을 버리기 전에 어머니는 자식들과 이웃들에게 필요한 가구들을 골라 가지라고 통보했다. 나는 덩치 큰 물건들과 아버지의 책보따리를 매정하게 거절하고, 옛날 문갑 하나와 29인치 컬러텔레비전만 빼왔다. 편안히 내 아파트에 앉아서 받은 텔레비전을 한 달 뒤에 거추장스러워 버렸다는 말을 듣고 어머니는 몹시 속상해했다.

평창동의 빌라를 처분한 뒤 우리 식구는 명절에 모여서 제사를 지내지 않는다. 차례상을 차리기 위해 청소할 집이 없어진 어머니를 모시고 나는 설날 아침에 서해고속도로를 달렸다. 해수탕에서 목욕하고 어머니가 좋아하는 생선요리로 배를 채운 뒤에 주문했던 푸짐한 과일 디저트도 우리의 허한 속을 달래주지 못했다.

마음의 거처가 사라진 뒤 어머니는 부쩍 가족들의 안부를 묻는다. 하루 건너 딸의 목소리를 들어야 안심이 된다는 당신이 걱정을 하든

말든, 작업에 방해받지 않기 위해 나는 수시로 전화기의 코드를 뺐다가 다시 낀다.

집은 없어졌지만, 가족은 해체되지 않았다. 뒤숭숭한 빈집에 의존했던 예전보다 가족 구성원 간의 연락이 긴밀해져 나는 종종 어머니와 아버지를 잇는 다리가 되었다. 우리는 서로를 잊지 않았다. 어머니는 나에게, 나는 아버지에게, 아버지는 어머니에게, 그리고 다시 어머니는 나에게 전화한다.

그러나 그 반대 방향으로의 소통은 이뤄지지 않는다. 우리끼리의 의사소통을 일방통행으로 만드는 건 어머니의 자존심이다. 어머니는 중국에서 따로 살림을 차린 아버지에게 먼저 전화 걸기를 꺼린다. 어머니는 아버지의 거처를 알고 싶어하지 않지만 꿈자리가 조금만 사나워도 아버지의 안위를 걱정한다.

"고모가 그러는데 글쎄, 니 애비가 꿈에 안 좋게 나타났대. 아무래도 무슨 일이 있는가보다. 하경아, 너 아버지한테 전화할래?"

어머니가 가르쳐준 긴 번호를 누르며, 내가 그토록 벗어나고자 몸부림쳤던 혈육의 질긴 끈에 기꺼이 나를 묶는다.

"아버지, 저 하경인데요. 잘 지내시죠?"

"응, 하경이냐. 네가 나온 프로그램 어제 티브이에서 봤다."

1년 만에 듣는 아버지의 육성이 다정했다. 한국어 방송이 방영되는 거기가 어디일까? 궁금했지만 곧 무시했다. 부녀지간에 상식적인 인사말만 오가는 짧은 대화중에 다른 잡음은 들리지 않았다. 아버지와 같이 산다는 조선족 여인의 목소리도, 그녀가 낳았다는 사내애의 울음도 없었다. 머지않아 한국에 오겠다는 아버지의 말을 전하자 어머니는 코웃음을 쳤다.

"아휴, 이것아, 니 애비 지금 여기 못 와."

"왜?"

왜라니, 내가 그 이유를 몰라서 물었던가. 아버지는 빚쟁이들에게 쫓기고 있다.

전화를 끊고 나는 아버지에게 드릴 선물이 그대로 있나, 확인하려 장롱의 문을 열었다. 노란 실크 넥타이와 한일월드컵 비디오가 지난 여름부터 쇼핑백에 싸여 주인을 기다리고 있다.

"어느 항공사래? 중국 어디서 출발하는 비행기래?"

"몰라. 그냥 4시 10분에 공항에 나가서……"

"4시에 도착하는 비행기가 한두 개유. 아니 엄마는 그것도 묻지 않았어?"

아버지에게서 귀국 일정을 통보받은 어머니는 항공편과 출발 도시를 확인하지 않았다. 출발지를 알면 사는 곳이 드러나고, 어디서는 '누구'와 통한다. 그 '누구'에 엄마는 관심이 없다. 그 누구를 엄마는 질투하지 않는다. 언제부터인가 어머니는 아버지를 놓아주었다. 이진순은 법적으로 남남인 정일도의 사생활에 상관하지 않는다. 내 집을 포기한 뒤로 엄마는 아버지도 포기한 것처럼 보인다. 정말 그럴까? 우리 엄마가 우리 아버지를 완전히 포기할 수 있을까. 당신은 과연 공항의 검색대를 무사히 빠져나올까?

중국에서 출발해 오후 4시에 인천에 도착하는 비행기는 베이징발 대한항공 여객기였다. 출구의 문이 열리며 검정 베레모와 쑥색 바바리가 펄럭이는 동시에 나는 소리쳤다.

"아버지!"

내지른 내 목소리가 너무 커서 나도 놀랐는데, 웬 중년 남자가 나보다 먼저 아버지에게 다가갔다. 그가 아버지와 귀엣말을 나누는 동안 주위를 둘러보며 나는 안심한다. 아버지 옆에는 작은 여행 가방 하나뿐. 물건을 담았음직한 짐가방도 수상한 사람도 없었다.

"인사해라. 이사장이야."

"네? 무슨 이사장이요?"

그는 배가 불룩하고 두리뭉실한 전형적인 아저씨. 내가 어릴 때부터 봐온 아버지의 동업자들처럼 생겼다. 아버지가 상대하는 사람들은 흔히 이사장이거나 국장이거나 주지스님이다. 허울에 불과한 직함임을 깜박 잊을 만큼 소원했던, 그간의 뜨악함을 만회하려 나는 부친에게 냉큼 선물부터 안겼다.

아버지가 동업자와 밀담을 나누는 데 방해가 되지 않으려 나는 자리를 피해주었다. 일없이 공항 구내를 위아래로 쏘다니다 시계를 보니 5시 10분 전. 리무진버스의 출발 시각에 맞춰 커피숍에 가서 아버지의 가방을 끌고 앞장섰다. 저녁 7시에 시작하는 역사 다큐를 놓치고 싶지 않아 나는 아버지를 연희동까지 모셔다 드리지 않았다.

"연희동 육교 앞에 내리면 미경이 마중나와 있을 거예요."

아버지를 보내고 나는 주차장으로 뛰어갔다.

130

2003년 3월 20일 오전 5시 30분. 미국이 이라크를 공격했다. 방송국마다 비장한 고전음악을 깔아 전쟁 속보를 내보낸다. 사탕 봉지처럼 생긴 토마호크 미사일이 발사되는 실제 상황을 영화의 한 장면처럼 편집한 필름에 섬광과 굉음은 있지만, 살인자의 얼굴은 없다. 첨단 기술로 생중계되는 융단폭격은 구경거리가 되었다.

3초 뒤에 화면이 바뀌고 정교하게 칠해진 립스틱이 반짝거리는 섹시한 입술에서 투항하는 병사들과 탈출하는 난민들, 세계 각국 지도자들의 논평과 반전 시위 소식이 빠르게 굴러나온다. 높낮이와 강약이 없는 무미건조한 음색으로 1초도 쉬지 않고! 토씨 하나 틀리지 않고! 사람들은 텔레비전 화면을 떠나지 않고 시청률은 올라간다. 이것도 미친 짓 아닌가.

전쟁을 시작하고 끝장내는 건 이성일 수 있지만, 전쟁을 지속시키는 건 광기이다. 차에 기름이 떨어지면 달릴 수 없듯이, 개개의 전투는 폭력을 수혈받으며 끊임없이 자신을 재생산한다. 국가적 규모의 살인청부업에 동원된 개인이 평상심을 유지한다는 건 불가능하다. 전쟁터에서 벌어지는 합법적인 살인과 비합법적인 살인의 차이는 무엇일까? 저쪽을 쏘면 영웅이고 이쪽을 쏘면 반역자이다. 총부리가 어디를 향하느냐에 따라, 각도의 차이가 영웅과 전범을 가른다.

어떤 상황에서도 다치지 않는 인간들이 있다.

유사 이래 언제 어디서나 어떤 상황에서도 자신을 돌볼 줄 아는 자만이 살아남는다. 그들의 자손은 복될지어다. 평화가 그들을 영접하고 대대로 영화榮華를 누릴 것이다. 편안한 얼굴들이 낳은 지루한 얼굴들이 영화관에 앉아 있다. 살인을 추억시키는 간판들이 대한민국을 점령했다. 천만의 관객을 끌어모은 주홍글씨를 아버지가 보지 않았으면 좋으련만. 나는 희망한다. 〈살인의 추억〉이 상영되는 봄에 여름에 가을에 겨울에 아버지가 한국에 없었으면.

누구에게 6·25는 지난 일이며 흥미진진한 볼거리일 테지만, 어떤 이들에게 전쟁은 끝나지 않은 이야기라 추억할 수가 없다. 헌병 모자가 소품으로 등장하는 코미디를 참지 못하고 나는 텔레비전의 전원을 껐다.

131

여섯 살인 도연이는 혼자서 옷 입고 젓가락질하고 변기에 앉아 고사리 같은 손으로 밑을 닦는다.

"엄마가 여덟 번 접으랬어."

휴지를 말아 접으며 하나, 둘…… 여덟까지 세는데, 사소한 일에도 신중한 눈빛은 정씨 가문의 후손답다. 어느덧 내 키의 절반을 넘게 자란 도연이는 오목을 두며 나를 이긴다. 체스의 말을 제멋대로 섞고 떼깡 부리는 아이에게 일부러 져주며 나는 흐뭇했다. 유치원 입학식에 따라가 기념사진을 박고, 꼬맹이가 같은 반의 여자친구에게서 받은 연애편지를 소리내어 읽던 날들은 내 생애 최고의 나날이었다.

한일월드컵 뒤에 동생은 도연이를 어린이 축구 교실에 집어넣었다. 유니폼을 입고 뛰는 귀여운 모습을 놓치지 않으려 토요일이면 나도 일찍 일어났다. 축구공을 사주고 헤딩을 가르치려 암만 시범을 보여도 도무지 머리를 헛내밀던 꼬맹이가, 이모보다 공을 더 세게 멀리 차는 씩씩한 사내애로 자랐으니, 아이의 성장처럼 눈부신 빠름이 또 있을까.

터프가이를 만들고픈 우리의 바람에도 불구하고 귀여운 순둥이인 도연은 공차기처럼 몸을 움직이는 운동보다 장기 두기나 동화 읽기처럼 머리를 쓰는 놀이를 더 즐긴다. 그애가 "이모, 이리 좀 와봐" 내 손을 끌고 안방의 침대로 가면 연극의 막이 올라간다. 나란히 누운 이모와 조카는 서로에게 옛날이야기를 들려준다. 아이의 청을 못 이겨 그 자리에서 도깨비방망이를 두드려 뚝딱 만들어낸 나의 창작 동화들은 다 어디로 갔나. 돌아서면 나는 잊었다. 다음날에도 같은 메뉴를 들이대다 도연이가 나 그거 안다며 중간에 끊을 때 어찌나 머쓱하던지.

아이를 만족시키기 위해 하루에 적어도 세 개씩 인과의 코에 꿰어 주섬주섬 길어올리던 언어의 우물도 곧 바닥이 드러나, 요즘은 도연이가 떠들고 나는 주로 듣는 편이다. 이모와 조카의 침대 밀담 초창기에 엄격하게 적용되던 상대성의 균형이 깨져, 애가 세 개 말하면 나는 한 개로 겨우 어른의 체면을 살린다.

공 숨기기, 가위바위보, 카드 뒤집기, 끝말잇기…… 이모가 자기의 성에 차게 충분히 놀아주고 귀가할 때면 조카는 이모에게 상을 내린다. 아기 공룡, 종이딱지, 그애가 아끼는 로봇 카드를 내게 선사할 때는 눈물이 돌 만큼 감격했다. 도연에게 선물받은 색종이를 나는 냉장고 문짝에 테이프로 붙여놨다. 이모 집을 방문할 때마다 도연이는 냉장고 문에 붙은 장식을 새것으로—제 딴에는 더 세련되고 폼나는 색종이 딱지로 교체해준다. 아이로부터 받은 애정의 증표들을 나는 상자에 담았다가 도연이 오면 심심하지 않게 꺼내놓는다.

도연이는 내가 나 자신을 무조건적으로 주었던 유일한 인간이었다. 여태 어느 남자에게도 거리낌없이 '사랑한다' 말하지 못했던 내가 조카에게는 볼 때마다 '사랑'을 밥먹듯이 남발했다.

132

언니에게 가기 위해 해마다 중간 지점에서 만났던 어머니와 내가 2003년에는 만나지 않았다. 바쁜데 서로 일정을 맞추느라 무리하느니 각자 편한 때에 가면 된다는 어머니의 뜻에 따라, 어머니-아버지-나의 순서로 다른 날 다른 시각에 따로따로 벽제행 버스를 탔다. 근래에 언니의 산소를 돌아보지 않았던 아버지는 요즘 들어 벽제뿐 아니라 용인으로 가평으로 조상의 무덤을 찾아갔다.

아버지 덕에 벌초비를 둘러싸고 벌어지던 어머니와 나의 다툼이 생략되었다. 10만원이든 5만원이든 관리인이 요구하는 대로 주자는 딸에 맞서 어머니는 늘 벌초비가 턱없이 비싸다며 절반으로 깎았다. 아버지의 솜씨를 못미더워하는 내게 "니 애비가 얼마나 풀을 잘 뽑는 줄 아니?" 어머니가 장담한 대로 아버지가 다녀간 자리는 잡초 하나 없이 단정했다.

133

그는 지하철에서 내 옆의 옆에 앉은 남자였다.

그를 알기 전에, 나는 그림을 보고 있었다. 미켈란젤로의 화집을 펼쳐 〈최후의 심판〉을 감상하는데 두런거리는 소음이 나를 방해했다. 어수룩한 차림의 중년 남자가 내 왼쪽에 앉은 젊은이에게 호적등본인지 초본인지를 보이며 한자로 씌어진 어떤 글자를 해석해달라고 도움을 청하고 있었다. 부친의 사망과 관계된 기록이 잘못 기재되었다는 하소연을 늘어놓는 남자를 쳐다보다 나는 미켈란젤로로 돌아왔다. 시스티나 벽화를 제작할 즈음 화가의 심리를 분석하며 글과 그림을 번갈아 대조하는데 박격포가 날아왔다.

"박격포…… 전사자…… 좌표를 잘못 읽었대요……"

옆자리에서 발포된 '박격포'의 파편에 맞은 나는 달리는 열차의 진동에 섞여 띄엄띄엄 전해지는 사연에 바싹 귀를 갖다댔다.

6·25에 참전했던 그의 아버지는 전투중에 아군이 동료 병사가 입으로 불러주는 좌표를 잘못 알아들어 엉뚱한 방향으로 발사된 박격포에 맞아 전사했다.

남자가 들려주는 부친의 사망 경위에 흥미가 끌려 나는 그를 슬금

슬금 염탐했다. 솜을 누빈 넉넉한 겨울 잠바에 들어간 평퍼짐한 몸, 둥글둥글 혈기왕성한 얼굴, 끈이 풀린 운동화로 미루어 짐작컨대 육체노동에 종사하는 사람 같았다. 호적을 떼기 위해 시골에 다녀왔는지 운동화에 진흙이 묻어 더러웠다.

자꾸 옆으로 돌아가는 나의 열띤 관심을 의식했는지 그도 내 쪽을 돌아보았다. 나의 무릎 위에 뒤엉킨 나체들—사람이 죽고 사는 일과 무관한 5백년 전 서양의 벌거벗은 누드에 닿는 문외한의 시선을 감지한 나는 그만 책을 덮고 싶었다. 6 · 25에 참전한 아버지를 둔 아들에게 물큰 동지애가 솟구쳐 그와의 대화를 갈망하면서도 나는 〈최후의 심판〉을 손에서 놓지 않았다. 귀는 박격포 쪽으로 열어두고 눈은 미켈란젤로를 훑었다.

> 지옥에 떨어지는 인체도, 하늘로 올라가는 인체도 비틀려 악령도 성령도 편안해 보이지 않았다.

육체의 죄에 대한 화가의 통찰에 감탄하며, 나는 오늘 지하철에서 6 · 25를 맞닥뜨림을 하나의 계시로 받아들였다. 최후의 심판과 '그'를 내게 동시에 보여준 건 하늘의 뜻이 아닐까. 그가 내리는 곳은 마침 나와 같은 역이었다. 청년과 인사를 나누고 일어서는 그를 따라서 나도 책을 접었다.

그는 모자를 쓰고 있었다. 챙이 있는 평범한 방한모였지만 내겐 특별해 보였다. 뭐가 특별했느냐고 물어보면 들이댈 말이 없지만, 빨강과 회색 천을 덧댄 부위가 어딘지 남달랐다. 승강장을 빠져나와 계단을 올라가며 나는 그를 쫓아갔다. 군중 속에 묻히려는 모자를 놓치지 않으려, 그를 여기서 놓치더라도 언제 어디서든 그를 식별할 표식이라도 되듯이 지하 대합실의 저쪽으로 멀어지는 빨간 모자를 안타까이 주시했다. 어서 뛰어가 "아저씨, 저 좀 보세요" 그의 어깨를 두드리며 돌려세워야 하지 않나.

그러나 나는 전철에서 엿본 생면부지의 남자를 무작정 따라가는 여자가 아니다. 다가가 말을 걸고픈 충동과 그래선 안 된다는 수줍은 자아가 다투었고, 그는 퇴근길의 인파에 섞여 사라졌다. 애인을 놓쳤을 때도 이렇게 허탈하지는 않았다. 터벅터벅 집을 향해 걸어가면서 나는 아쉬움을 삭였다. 그러나 내가 대체 그에게 무슨 말을? 무슨 말을 할 수 있단 말인가.

내 아버지도 거기 있었다.

당신 아버지처럼 그때 그곳에 있었다.

내 아버지도 당신 아버지를 죽인 군인처럼 실수로 우리 편을 죽였다고……

한국전쟁이 낳은 무고한 희생자의 아들인 그에게 내 아버지를 속죄받고 싶었던가? 그를 놓친 며칠 뒤 새벽의 서늘한 공기 속에 깨어난 나는, 내가 그에게 구해야 했던 변명을 찾았다.

134

텔레비전 뉴스에서 올해가 토끼해라며 토끼들을 보여주었다. 울 안에서 풀을 뜯는 여리고 순한 동물을 지켜보다, 과거가 떠올랐다. 고아원과 토끼장. 토끼처럼 크고 슬픈 눈의 언니. 언니가 걸친 손뜨개 스웨터의 무늬도…… 내가 살아 있는 토끼를 가까이 본 건 그때가 처음이었다.

나는 언니가 있는 별채에 가지 않았다.

내가 인덕원에 가면 언니가 내가 있는 곳으로 왔다.

언니가 나를 어디론가 데려간다.

고아들의 합숙소가 있는 마당을 지나 언니가 앞장서고 내가 뒤따라간다.

호젓한 뒤뜰의 토끼장 앞에 언니와 나.

철망으로 만든 작은 우리 앞에 자매가 나란히 서고 앉는다.

어미 토끼 옆에 아기 토끼 두 마리가 앙증맞게 풀을 뜯고 있다.

내가 손가락으로 우리 안을 가리키며 언니에게 늘어놓은 수다들이 푸릇푸릇 그 자리에 남아 있다.

"어머, 귀가 움직이네."
"어미는 하얀데 새끼는 왜 회색이야?"
"풀만 먹고 산대?"

새끼의 입안에서 쉼없이 푸른 풀이 짓이겨지고(토끼의 목젖과 입천장에 달라붙은 연두색 찌꺼기가 징그러웠다) 어미가 귀를 쫑긋 세웠다. 나는 토끼의 눈을 들여다보았다. 실핏줄이 맺힌 단추 같은 눈망울이 습기를 머금고 처량하게 빛났다. 야금야금 우리를 포위하는 어둑어둑과 대치하며 내가 토끼의 눈을 탐험하는 시간이 길어지자, 언니가 내게 충고했다.

"너무 쳐다보지 마. 어미가 놀라서 새끼를 물어 죽일 수도 있대."

죽일 수도 있대…… 언니가 내게 했던, 내가 기억하는 유일한 말이다. 토끼도 토끼풀도 언니의 줄무늬 스웨터도…… 생명을 이루던 빛들은 스러졌다.

135

휴가를 계획하는 식탁에서 새로운 과거를 캐냈다.

『론리 플래닛』 아일랜드편의 표지에서 세 갈래로 갈라진 초록잎의 정체를 파악하고자 영어사전을 펼쳤다.

토끼풀white clover의 일종인 shamrock은 아일랜드의 국화이다.

클로버가 토끼풀이라고?

토끼와 풀…… 인덕원. 언니.

"행운을 가져다준대."

네잎 클로버를 찾아서 우리는 고아원 뒤뜰의 풀밭을 뒤집었다.

우리는…… 나와 언니인가? 나와 동생인가?

끊어진 길을 이어주는 하찮은 연상도 내게는 소중해, 노트북 뚜껑을 연다.

136

화강암 돌 위에서 언니는 늙어갔다.

언니도, 언니 옆의 내 이름도 밤이슬에 젖어 흐려졌다. 무슨 글자인지 알아보기 뭉툭하게 끝이 닳아빠진 비명碑銘을 나는 새로 새겨 넣지 않았다. 쓰러지는 비석을 나는 일으켜세우지 않았다. 올여름에는 우리 식구 누구도 언니에게 가지 않았다. 어머니는 붙박이 입주 가정부를 구하느라, 아버지는 체납된 물품 대금을 받느라 머릿속이 복잡했고, 나는 나대로 이유가 있었다.

여름이면 조금씩 깎이는 산기슭. 태풍이 지난 뒤 모녀가 우유곽을 들고 찾아와 흰 우유를 휘휘 술처럼 뿌리는, 성모상 밑 한 뼘의 양지는 나의 과거가 시작되고 끝나는 곳. 나의 지나친 의미 부여가 온당치 않다고 반성하면서도, 가지 않아도 나는 그곳에 있다.

내리쬐는 햇살 아래 모자 없이 10분도 못 버티는, 오래 몰입하지 않으나 헤어날 수도 없는, 거기서부터 나의 남아 있는 나날들을 다시 써 내려가야 하리.

137

소설 속에서 하나로 섞인 두 개의 죽음이 의미를 찾아간다.
신호등 앞에 서 있어도 파란불이 보이지 않을 때가 있다.

138

사십 해의 비바람에 상처의 톱날이 무디어졌다. 어느덧 하나둘 늘어난 잔주름에 묻히는 손톱자국이 때로 아쉬우니—감추고 싶었던 흉터가 지금은 뭇 얼굴들 속에서 번쩍, 나를 알아보는 무늬가 되었다. 어디에서건 나를 드러내는 서명처럼.

흉터가 무늬가 되도록 나는 사랑하고 싸웠다.

아침 빗질에 머리카락 빠지듯 삽시간에 뽑혀나왔다 스러지는 사람들. 내 위를 밟고 간 봄들이 유리문 안으로 밀려들었다 빠져나간다. 어떤 빛도 그림자도 머물지 않는다. 사랑은 나를 거꾸러뜨리지 못했다. 아이섀도를 문지르고 립스틱을 바르고 화장대에서 부지런히 손을 움직이는 동안에는, 어떤 죽음도 어른거리지 않는다. 화사한 분가루에 가려 주름도 손톱자국도 보이지 않는다.

나는 가벼워졌다. 더 가벼워져야겠다.

생성되고 잊혀지고 다시금 발굴된 과거도 지워지리라. 시간의 모래 위에 새겨진 낙서처럼, 해변의 발자국처럼 이 밤이 지나면 파도에 씻겨질 것을…… 스스로 할퀴었던 칼날을 세상 속에 그만 파묻고 싶다. 흘릴 피가 없으니까.

작가의 말

이 글은 세상에서 제일 긴 이야기, 가족에 대한 소설입니다. 갈피마다 작가의 입김이 서려 있지만 이것은 어디까지나 소설, 즉 허구이며 현실 그 자체와는 거리가 있는 언어의 구조물입니다.

『홍터와 무늬』는 제가 시인이 되기 전부터, 이십 년 넘게 만지작거린 소설입니다. 마지막 문장에 마침표를 찍으며 이제 숙제를 마쳤으니 떠나도 되겠구나…… 안도했답니다. 저의 모든 것을 쏟아부었기에, 덧붙일 말이 궁색하네요. 컴퓨터가 한국에서 상용화되기 전에, 1988년 여름에 원고지에 처음 소설을 시도했지요. 그뒤 수십 년에 걸쳐 쓰다 말다를 반복해, 각기 다른 시기에 저장된 한글 파일들과 습작 메모를 정리하는 게 큰일이었습니다.

처음 쓴 장편소설이 반듯한 책으로 묶여 나오는 데 도움을 주신 모든 분께 감사드립니다. 잘못된 표현을 지적해준 훌륭한 편집자 김영수님 덕분에 글이 더 깔끔해졌습니다. 느닷없는 청탁을 내치지 않고 멋진 추천사를 선물하신 김용택 선생님과 오정희 선생님께 특별한 고마움을 전하고 싶습니다.

멀리서 그리고 가까이서 격려해준 벗들이 있었기에 오늘날까지 버틸 수 있었습니다. 페이스북과 블로그로 친교를 맺은 여러분의 관심도 제겐 큰 힘이 되었습니다.

2005년에 출판되었다 한동안 절판 상태였던 소설을 고쳐서 다시 내기로 결심하고, 작년부터 틈틈이 들여다보았습니다. 몇 개의 꼭지를 추가하고, 여러 가지 이유로 초판에서 삭제했던 표현들을 복원했습니다. 옛날의 문장들을 다시 읽으니 감회가 새로웠습니다. 너무 오랫동안 내 속에 있다 나온 글이라, 막상 책이 출간된 뒤엔 또 들여다보기 징그러워 잊고 살았지요.

시인의 첫 소설을 선뜻 출판해주신 문학동네 편집부에 깊이 감사드립니다. 작가 사진을 찍어준 정하경과 표지를 만든 분들, 따뜻한 밥상을 차려준 단골식당의 언니들에게, 그리고 나를 반겼던 햇살에게도 인사하고, 다음 책을 위해 저는 이만 물러나겠습니다.

2017년 봄이 오는 길목에서

최영미

문학동네 장편소설
흉터와 무늬

초판인쇄 2017년 3월 22일
초판발행 2017년 3월 30일

지은이 최영미
펴낸이 염현숙
책임편집 김영수 | 편집 강윤정
디자인 강혜림 유현아 | 마케팅 정민호 박보람 이동엽
홍보 김희숙 김상만 이천희
제작 강신은 김동욱 임현식 | 제작처 영신사

펴낸곳 (주)문학동네
출판등록 1993년 10월 22일 제406-2003-000045호
주소 10881 경기도 파주시 회동길 210
전자우편 editor@munhak.com | 대표전화 031) 955-8888 | 팩스 031) 955-8855
문의전화 031) 955-3576(마케팅) 031) 955-2679(편집)
문학동네카페 http://cafe.naver.com/mhdn | 트위터 @munhakdongne

ISBN 978-89-546-4484-6 03810

* 이 도서의 국립중앙도서관 출판예정도서목록(CIP)은 서지정보유통지원시스템 홈페이지(http://seoji.nl.go.kr)와 국가자료공동목록시스템(http://www.nl.go.kr/kolisnet)에서 이용하실 수 있습니다.(CIP 제어번호: CIP2017006072)

www.munhak.com